PIEDS-BLANCS

Houda Rouane vit en Saône-et-Loire. Elle signe ici son premier roman.

HOUDA ROUANE

Pieds-blancs

ROMAN

PHILIPPE REY

ISBN : 978-2-253-12082-7 – 1re publication LGF

Tu me dis, j'oublie.
Tu m'enseignes, je me souviens.
Tu m'impliques, j'apprends.

Benjamin FRANKLIN.

À ceux qui ont donné un visage à ma chance :
mon père, ma mère, ma famille d'ici et d'ailleurs,
Murat et Philippe « rey of light »

À l'École qui m'a offert de rencontrer
MM. Parize, Barruel et Georges,
ainsi que Ghyslaine Chermain

Aux enfants

Je m'appelle Norah Rabhan. J'ai vingt-cinq ans, j'aime le rouge, tous les trucs italiens aux quatre fromages et je suis pionne. Depuis la loi Ferry, on appelle ça « assistante d'éducation ». Je bosse dans un collège classé ZEP (zone d'éducation prioritaire). J'ai été recrutée par défaut. Ils voulaient un mec, mais celui qu'ils ont retenu a eu la trouille au dernier moment. Il s'imaginait déjà agressé par une bande de rebeux et de renoix en culottes courtes. Alors, en dernier recours, ils se sont décidés pour une Arabe. J'ai eu le boulot à l'arrache. J'ai pas le droit à l'erreur. On m'a à l'œil. Je sais que ça ira. J'aime les gosses. Je suis assez vieille pour plus me laisser bouffer. J'assume mon autorité. Je ferme ma gueule aussi…

Dans l'Éducation nationale, il faut trois choses pour avoir la paix. Un : respecter la hiérarchie. Deux : pas oublier ce que tu es. Trois : les enfants sont ni muets, ni tombés d'un arbre, ils ont des parents. En quelques mots, obéir à tous ceux qui sont au-dessus de toi, pas regarder de haut les agents de service (une femme de ménage, si elle te remet pas, peut transformer ta vie en enfer) et surtout faire attention aux enfants.

Je suis bien élevée, j'ai toujours vu mes darons courber l'échine sans jamais baisser les yeux pour nous ramener de quoi vivre. Mon père dit que quand on travaille honnêtement, on peut se balader dans la rue à poil avec une plume dans le zouk sans que personne rigole. Le travail, ça justifie que je ravale ma fierté tout en conservant ma dignité. Dans ces conditions, ça peut que rouler.

Hier, c'était la pré-rentrée, celle du personnel. Au menu : discours, présentation des nouveaux arrivants, grimaces, bâillements, sourires et petits fours. J'ai crevé en chemin. Je suis arrivée avec plus d'une demi-heure de retard. Ça l'a foutu mal… Je me suis faite toute petite. C'est dur quand on est la seule basanée dans la salle. L'autre, Karima, une contractuelle, servait le café dans le fond du réfectoire. J'ai cherché du regard les deux seules têtes que je connaissais : Madame le Principal et la CPE (conseillère principale d'éducation) qui m'avaient auditionnée pour le poste. J'ai pas eu à chercher longtemps. Elles ont fondu sur moi en quelques secondes, le sourire accroché aux lèvres et les yeux me lançant des éclairs de désapprobation. Tssktssktssk…

On m'a présenté mes futurs collègues de la Vie Scolaire et je suis restée plantée là, seule et silencieuse jusqu'au début du discours de rentrée. Je me demandais ce que j'étais venue foutre dans cette galère. Ma mère avait raison. Je me suis reproché de pas avoir assez bien travaillé à l'école. En ces temps où personne avouait plus de regrets, j'en avais déjà plein.

*

C'est le jour J. Aujourd'hui, les sixièmes font leur rentrée. La plupart sont accompagnés de leurs parents. Certains sont venus avec leur grand frère ou leur grande sœur. Ils sont maintenant tous regroupés sous le préau.

On a sorti l'artillerie lourde pour les impressionner. Il y a un ampli, un micro. Sur une table sont étalées les listes de classes. Les gosses, en plus d'être perdus, ont une boule d'angoisse à l'idée de se faire remarquer quand on appellera leur nom. Je me souviens de ma rentrée en sixième. Ma mère était plus émue que moi. Je me souviens de sa joie à la vue de Mme Michel, ma prof principale, et de ma déception devant la vieille carne aux cheveux bleus avec une canne à la main.

Les profs ici semblent moins effrayants. Ils sont quasiment tous sur leur trente et un, affichent un sourire de façade. Les parents s'inquiètent pas vraiment. La CPE est aussi la femme du maire, ça rassure… Ils savent que leurs enfants sont en de bonnes mains. Deux ou trois daronnes m'ont souri parce que je suis arabe. Parmi les gosses, il y a une gamine qui me ressemble à faire peur. Lorsqu'on l'appelle, j'imprime son nom automatiquement : Samira Meziane. Les petits Arabes, les petits Turcs et divers basanés me sourient tous en passant. Pour les autres, il faudra une opération séduction mais ils y viendront aussi. Les parents quittent peu à peu les lieux. Certains reviendront à midi manger à la cantine avec leur progéniture. Je me rappelle pas si c'était possible à mon époque. En tout cas je crois que j'aurais pas aimé…

Tandis qu'ils sont tous en cours, la CPE continue son show, elle dispatche les tâches à chacun de nous, nous envoie dans les classes avec la paperasse et, lorsque la mission est enfin accomplie, elle relâche la pression et nous fout la paix. Elle est comptable des deniers publics, mais elle est pas chienne au point de t'envoyer photocopier un truc parce qu'elle t'a vu te curer l'oreille oisivement. C'est une femme qui a de l'allure et de la gueule. Je la vouvoie, je lui serre la main le matin et l'appelle

Mme Certain. C'est une bonne femme. Une vraie. La première fois que je l'ai vue, je l'ai pas trouvée belle, je l'ai trouvée chic. Elle froufroute, elle rigole en perles et elle transperce de ses yeux verts tout ce qui passe. Je me méfie encore. Mais je crois que je la respecte déjà. Je sens chez la dame des couilles et un cœur énorme. J'observe encore. D'ici quelque temps je saurai à quoi et à qui m'en tenir. Pour le moment, je tâte le terrain.

La principale me fait penser à la Dame de cœur dans *Alice au pays des merveilles*. Elle sourit beaucoup, parle avec beaucoup de tact et fait preuve de déférence avec le monde, mais je sais pas pourquoi je la sens très capable de crier : « Qu'on lui coupe la tête ! » L'adjoint de la Dame de cœur ressemble à s'y méprendre à l'inspecteur Derrick. Il vient au bureau débiter ses théories politiques fumeuses et crache sur sa boss alors que devant elle il sort la brosse et le Baranne ultra-polish. C'est comme l'inspecteur Derrick, il parle beaucoup, mais on voit jamais son flingue. Monsieur fait dans le psychologique tout en gardant un œil sur les paires de fesses ou de seins qui passent. Il bosse avec des femelles et c'est très dur pour un type comme lui, né avant la révolution sexuelle et la libération de la femme. Voilà pour le haut du panier.

Pour les pions, rien à signaler qu'une équipe d'anciens. Des filles méfiantes à mon égard, et un seul et unique type qui m'a accueillie gentiment. Je comprends vite que je devrai m'écraser aussi avec eux. Le pion, Paul, est sympa. Chez les filles, au-delà de la méfiance légitime devant l'inconnue, il y a quand même un gros sac qui me regarde pas vraiment comme si j'étais de la même espèce qu'elle. J'aimerais lui dire « touche pas à mon pote ! », mais la Grosse Carla, elle est trop haut perchée sur l'échelle de l'évolution pour pouvoir m'entendre. Je kiffe les gens comme elle. Ils sont prévisibles. Au premier coup d'œil on voit à qui on a affaire. La Grosse Carla, elle ressemble à rien avec ses cheveux filasse teints en cheap acajou. Elle est têtue et bête, en plus. C'est fou quand même de se croire supérieure à Gandhi, Zizou ou Whoopi Goldberg juste parce qu'on a le cul blanc ! La Carla, elle a rien pigé à la vie, elle rêve d'adopter un petit tchintchin directement importé d'Asie, parce que le jaune est plus mignon et grandit moins vite. Donc, la grosse, elle a le cul qui pointe, elle est raciste mais pas envers les Asiatiques, croit-elle. Parce que, quand même, ils ont inventé les nouilles, les mangas et qu'Amélie Nothomb a vécu au Japon. Elle est dingue d'Amélie Nothomb, la tordue qui bouffe des fruits pourris. Comme c'est dur d'adopter un Jap, n'importe quel bridé fera l'affaire, ils se ressemblent tous, après tout… Les autres pionnes suivent le mouv', la Grosse Carla fait peur.

Pourtant, s'il y en a bien une qui me plaît un peu, c'est la Minipouss'. Elle se maquille à la Patti Smith, elle est petite, frêle et discrète. On dirait ma sœur : de l'énergie à fleur de peau comme un félin prêt à bondir. À voir… L'autre pionne, elle a mon âge apparemment mais on dirait déjà une femme. Les gosses l'appellent la Colonel. Elle a bossé dans un lycée militaire avant. Elle est un peu beaucoup cul serré, style je me suis faite toute seule, j'ai pas eu de chance dans la vie, je suis née du mauvais côté de la barrière. Cette meuf, elle rougit pour un rien. Tu sais ce qu'elle ressent rien qu'à la couleur de sa tronche. J'ai pas envie de lui parler. Je sais que je ferai toujours attention avec elle. Au CDI (Centre de documentation et d'information), il y a une autre pionne qui bossera avec nous pendant la demi-pension. Celle-là, c'est une bonne femme de paysan bourguignon. Gironde, maman de deux gosses, Belle des champs est là pour boucler les fins de mois difficiles. Je comprends ce qui la motive, alors forcément je me fous un peu de bosser avec elle, je crois que ce sera du gâteau. Il y a une autre pionne qui arrivera la semaine prochaine pour compléter l'équipe, j'espère juste qu'elle me prendra pas la tête.

*

Vendredi 17 heures. Paul et moi avons fait les bus. En fait, on doit accompagner les gosses qui les prennent jusqu'à la grille côté cimetière et s'assurer que tout le monde embarque, avant de se casser pour de bon. L'effet rentrée et le beau temps ont largement contribué à ce que ça se passe vite. La semaine n'ayant commencé qu'un jeudi, c'est déjà le week-end. Les autres élèves feront leur rentrée dès lundi. D'ici là, j'essaie de me remettre de tout ce qui m'arrive. J'ai stressé comme jamais cette semaine. J'ai eu mal au bide dès mercredi matin et je comprends pas que ça continue ce soir. Je me sens fébrile. Pourtant le pire est derrière moi. Je me souviens pas d'avoir autant morflé pendant une rentrée… Peut-être que je suis claquée, que la route, que la précarité de mon statut m'ont fait cogiter jusqu'à somatiser ? Je sais pas trop…

Ce qui est sûr, c'est que je vais profiter de mon week-end pour dormir, passer du temps avec le Grand Turc et tout oublier. Faire comme si mon boulot me comblait d'aise, de fierté… Ce qui craint quand on est fier, c'est de pas avoir le droit de se plaindre. Je prends toujours mes responsabilités de manière chirurgicale. Sans trembler, sans émotions. Histoire de garder la face, histoire de faire ce qui doit être fait même si je trouve ça gore…

Travailler, c'est trop dur, mais voler, c'est pas beau... Alors, en attendant, je fais ce que je peux pour être à la charge de personne. Un jour tout ira bien. Je sais que Rabbi a pas pu me mettre ce cœur et cette cervelle-là pour que j'en fasse qu'une assistante d'éducation.

J'essaie pourtant. Je rêve de beaucoup de choses. Devenir adulte, c'est une aussi grosse arnaque que la pierre philosophale, on l'est jamais vraiment, on fait comme si. Moi je fais trop comme si... J'ai mal au ventre. J'ai aucune envie de passer mon samedi matin à poireauter dans la salle d'attente de mon médecin. C'est rien... Si dimanche j'ai encore mal, je prendrai rendez-vous pour lundi soir. J'ai comme des épingles qui me griffent le ventre. YaRabbi que ça passe... Il faut que ça passe.

*

Vendredi 20 heures. Mes parents sont au bled jusqu'à la fin du mois. Le Grand Turc et moi avons le champ libre. Nous pouvons sortir jusque très tard. Mon petit frère est avec une fille depuis le début du printemps. Il a changé. Lui qui me surveillait un peu trop comme le lait sur le feu quand il se fait du Banania, me fout enfin la paix.

Je suis officiellement fiancée au Grand Turc depuis près de deux ans. Et pourtant, chaque fois que nous sortons ensemble, j'ai l'impression d'être une pute quand vient le moment de rentrer à la maison. C'est pas trop que j'ai pas la conscience tranquille, c'est plutôt que j'avais pas envisagé une seule seconde que j'étais comme ça. Capable de tenir tête à tout le monde parce que soi-disant je suis amoureuse. Je m'en suis pris plein la figure et je m'en moque. Je suis une Pomponnette aux yeux de mon père et de ma mère. Ils me regardent plus de la même manière, on dirait que maintenant j'ai un gros furoncle sur le nez et une bosse dans le dos.

C'est vrai aussi que le Grand Turc est turc. Je pense que ça leur fout les jetons. Il pourrait me faire du mal, me voler mes gosses quand j'en aurai et les cacher en Turquie chez sa première femme turque dont il serait pas réellement séparé... Y a pas que de Villiers qui est pour le non à la Turquie... Mohammed et Malika Rabhan ont pas confiance. Le Turc est pire que l'Arabe, il aime les armes à feu, il est trop fier et taré à rester avec ses congénères. Le Turc est asiatique. C'est une race cruelle. Est-ce que je savais que les Turcs se croient supérieurs à tout le monde ? Est-ce que j'avais entendu parler de la jeune fille étouffée par ses frères ?... Est-ce que je me souvenais de mon voisin Dogan qui avait une Fuego noire ? Le type du quatrième étage qui vivait avec une Française à qui il a tout pris et qu'il a jetée à la porte pour ramener une femme voilée de Turquie. Puis qu'il a fréquentée de nouveau pour qu'elle les entretienne lui et sa femme ? Il était beau lui aussi. Il avait les yeux verts lui aussi.

Mon portable sonne. C'est lui. Il est au bas de l'immeuble. Je descends. Fraîchement brushée, maquillée et parfumée, fine, féminine, je pense à rien. J'ai mal mais ça devient une habitude. Alors j'oublie. Ça fait bientôt trois ans que le Grand Turc et moi sortons ensemble. J'appréhende toujours le bisou salut-tu m'as manqué-je t'aime. On fait gaffe, les gens voient tout, on attend d'être hors de la cité pour se renifler le museau. Il fait attention à la route, je guette les gens qui pourraient nous voir. Moi, je m'en fous dans le fond. Mais je sais que les M&M's veulent pas qu'une bonne âme leur en parle quand ils font leur marché. Les

M&M's ont pas grand-chose, alors ils tiennent à leur dignité et à leur pudeur. Mama dit souvent que les gens, quand ils peuvent te faire souffrir, ils te font souffrir juste pour voir ce que ça fait. Momo, lui, il parle d'honneur depuis que je suis gosse. Je comprenais pas mais je savais que c'était grave, que si j'en avais plus j'allais mourir et aller direct chez le Chétane.

Le Grand Turc m'emmène au resto. C'est le genre de truc qu'on fait à deux pour être comme tout le monde. On a vu ça à la télé mais nos darons à nous, ils l'ont jamais fait. Ou plutôt si, ils y vont seulement quand ils sont sur la route du bled parce que au Maroc ou en Turquie, ils peuvent nourrir la smala pour pas grand-chose quand les glacières sont vides. Je sais pas pourquoi, mais le resto c'est la manière civilisée de dire qu'on est beaux et heureux ensemble. Nous deux, on mange hallal, c'est le casher du musulman. Quand on va au restaurant, c'est toujours au kebab ou à la pizzeria. On a essayé un restaurant tunisien une fois. Mais, moi, je peux pas manger le couscous de quelqu'un d'autre que les M&M's. Je sais pas... C'est comme sucer le sein d'une autre daronne quand la tienne a encore du lait, ça se fait pas !

Donc, je trouve ça bien d'être ensemble, mais je trouve le décor minable. Je m'imaginais pas que ça se passerait comme ça... Je voyais plutôt un truc comme dans *La Belle et le Clochard*, des chandelles sur des bouteilles de chianti, une nappe à carreaux rouges et blancs, un type qui chante *O sole mio*... Mais c'est pas grave. Au restaurant, je m'amuse. Le Grand Turc est pas ce qui se fait de plus bavard, spirituel ou rigolo, mais c'est rien. Je le comprends. On lui a appris à respecter son ventre, alors, quand il a un truc à manger sous le nez, il mange, c'est tout. Moi, je tends l'oreille ailleurs pour pas l'entendre manger, c'est pas ce qu'il fait de plus glamour.

J'écoute les gens autour et j'observe aussi. Le week-end, on peut voir toutes sortes de gens. Il y a les petits jeunes tout mimis parce qu'ils ont pas franchement de fric et que le type flambe pour sa belette. Chez ceux-là, comme le mec claque le fric qu'il a gagné cet été ou aux vendanges, c'est la meuf qui prend ce qui lui plaît. Lui, il choisit le truc le moins cher sur la carte et boit de l'eau en carafe. Il essaie de garder quelques sous pour le cinoche et, peut-être, pour se payer une nouvelle paire de baskets. J'aime bien les regarder parce qu'ils se touchent souvent et qu'ils ont encore des paillettes dans les yeux.

Des fois, le type, il est arabe. Lui, il fait comme dans les films de gangsters ou les westerns, il s'installe avec sa meuf loin de la baie vitrée, de l'entrée et surveille tout ce qui bouge autour de lui. Il touche à peine sa copine mais la regarde très fort. Il fait gaffe. On pourrait le reconnaître et ce serait la fin des haricots. D'abord parce qu'il a une réputation à garder, ensuite parce que cette nana, il l'aime déjà puisqu'il la sort et qu'il protège de la méchanceté des autres ce truc doux et chaud qu'il ressent et comprend pas vraiment. Mon frère doit être comme ça… Le Grand Turc, avant nos fiançailles, était comme ça.

Il y a aussi le père divorcé qui sort ses gosses parce qu'il les a pour les week-end, qu'il sait pas faire la cuisine, qu'il a pas encore trouvé une autre meuf qui les nourrirait bien, qui lui redonnerait confiance. Celui-là, demain il les emmènera au McDo à midi, au Buffalo Grill le soir et, dimanche, ils mangeront chez papy et mamie avant qu'il les rende. Le type, il bouffe ses gosses du regard, ils lui ont manqué. Il dit rien à son fils qui a arrosé sa pizza de sauce piquante et qui en réclame une autre qui pique pas, il répond rien non plus à sa fille qui lui dit qu'il la soûle, qui a des trous partout et qui se prend pour Britney Sexy Spears avec son string ficelle-cœur-en-strass qui dépasse de son taille-basse. Je crois que tout le monde l'a vu, son cœur au bord des fesses. Même la daronne de la table à côté, elle lui jette des regards-balles de kalachnikov.

La daronne, elle est venue avec son mari, ils ont la cinquantaine. Elle a une dégaine de secrétaire new generation, décolleté, mèches rouges et gloss coloré. C'est le couple « je baise encore après trente ans de mariage, trois gosses et un boulot de merde », qui a fini de payer son crédit maison, a un caniche abricot qui dort dans la chambre sur le boutis ramené de la boutique du camping de Quelque Chose-les-Flots où ils passent tous leurs congés payés depuis quinze ans. Ils ont les moyens maintenant, le type a certainement une carte Gold et conduit un Subaru, et sa femme, une carte or France Loisirs, se paye des soins chez l'esthéticienne et fait faire sa couleur chez le coiffeur. Le vendredi soir c'est resto, le samedi boutique la journée, amis au coin du feu le soir et danse rétro le dimanche après-midi. Il leur arrive même d'aller en boîte entre amis pour s'amuser parce que à cinquante ans on est encore jeune !

À la table à côté d'eux, il y a un couple en bout de course. Je les connais… Ça y est, ce sont les parents d'un copain d'école. Elle, c'était l'instit de Leyla, ma sœur, quand elle était en maternelle, lui est prof de maths. C'est le couple parfait qui a tout fait et tout réussi, les gosses, la vie, le boulot et tout et tout… Il y a quelques années, j'ai appris que Monsieur Parfait et Madame Parfaite s'étaient séparés et avaient divorcé. Ça m'a foutu un coup sur le moment, et puis je me suis dit que Monsieur Parfait et Madame Parfaite devaient s'être beaucoup emmerdés. C'est vrai, quoi, une belle maison, du fric, des gosses beaux et intelligents avec des noms sortis de la légende du roi Arthur, des boulots respectables et gratifiants parce qu'ils les faisaient bien, tout ça, ça pouvait que leur rapporter un coup d'aïn.

Chez moi, on m'a appris très jeune que, même quand t'es heureux, il faut pas trop le montrer parce que le mauvais œil, l'aïn, peut tout t'enlever et apporter le malheur sur toi et ta maison. J'y crois à ce truc. Et pourtant, j'ai jamais su le porter moi-même. Je détestais ma maîtresse en CE1, elle était méchante avec les plus faibles. Moi, j'étais bonne élève, et puis elle me foutait la paix parce que ma mère lui avait acheté des produits Avon, mais Benjamin, le plus petit de la classe, elle le giflait tout le temps. La tête de Benjamin quand il se prenait la main aux ongles longs et vernis rouge sang, elle tournait comme celle de l'inspecteur Gadget quand il faisait gogo-gadget-hélico et qu'une hélice lui sortait du chapeau et tournait si vite qu'elle lui dévissait le cou. Benjamin, il était en CP avec moi, il appelait la maîtresse maman et avait finalement appris à lire et écrire avant juin. En CE1, après les grandes vacances, il se souvenait de rien. Alors, la nouvelle maîtresse, comme elle aimait pas les nuls et manquait de patience, elle le tapait. C'était la pro de la baffe bi-goût, deux en un, ça claquait et ça griffait à la fois. Cette année-là, ma grand-mère était venue du bled et elle disait que les malheurs de la famille c'était à cause de l'aïn. J'en ai parlé à mon copain Samir. On en a conclu que pour que la maîtresse méchante et injuste arrête de taper Benjamin et nous laisse tous tranquilles, il fallait qu'elle tombe malade comme Madame Tonneau en CP, que Rabbi nous enverrait, c'est sûr, une super-maîtresse pour la remplacer. Comme on était petits et pas très balèzes, on allait utiliser l'aïn pour la dégommer.

Pendant une semaine, Samir et moi, on a pas lâché des yeux Madame Outil. Même pendant la récré, on la suivait du regard. On faisait goal pour pouvoir jouer au foot quand même. Samir et moi, on s'est fait dévisser la tête plusieurs fois pendant la semaine par Madame Outil parce que nous la fixions et qu'elle aimait pas ça. Après l'école on se disait que l'aïn c'était comme le sirop pour la toux, ça marchait pas tout de suite-tout de suite, qu'il fallait poursuivre pour avoir un résultat. On a continué jusqu'au samedi matin et quand elle nous a rendu nos cahiers de contrôle, on s'est dit qu'elle était super-forte. Elle avait retourné l'aïn contre nous ! J'ai eu 10/10 en dictée, Samir 0/10 comme d'habitude. Par contre, moi qui étais un vrai boulier chinois, j'ai eu 2/10 en calcul mental et Samir, qui se débrouillait bien aussi parce qu'on nous avait appris que les chiffres c'étaient des arabes comme nous, il a eu 3/10. En fait, on avait pas écouté parce que pendant les contrôles de calcul mental, on devait poser le stylo-bille sur le cahier et attendre qu'elle nous donne le calcul pour écrire le résultat en dix secondes et reposer le Bic. Nous, on lui jetait l'aïn, on pouvait pas tout faire en même temps !

Madame Outil, on l'appelait la sorcière à cause de tout ce qu'elle faisait de méchant, et de sa dégaine. Elle avait des cheveux noirs tirés en chignon chinois, des griffes, une bouche rouge sang, de petits yeux gris durs, et surtout une peau très blanche qui tranchait sur le tableau noir, ce qui attirait toujours le regard sur elle, pas sur la leçon. La sorcière, elle était trop puissante pour nous. En plus elle m'a demandé en me rendant mon cahier si ma mère venait me chercher. J'ai répondu que oui, elle a dit qu'elle voulait la voir. À Samir, elle a rien dit, elle lui a juste collé à lui ausssi une baffe bi-goût. L'aïn, ça marchait que quand une grande personne vous le jetait. On en a plus reparlé. Et, la semaine d'après, tout est redevenu comme avant, Samir et moi, on a joué dans la même équipe, on était plus goals et on a gagné tous nos matchs !

L'aïn, c'était un truc trop puissant pour nous. Depuis j'ai plus jamais essayé de m'en servir. Mais j'ai vu chez beaucoup de gens ce que ça leur avait fait. C'était pas joli-joli. Mama, après m'avoir démontée pour mon 2 en calcul mental, m'a accroché une chaîne avec une main de fatma autour du cou et m'a dit que quand on fait des trucs comme l'aïn, c'était comme prendre rendez-vous avec le Chétane pour plus tard. L'aïn c'est du malheur qui arrive mais les gens bien, Rabbi, il les aide à pas tout perdre. Donc, malgré le coup d'aïn, Monsieur Parfait et Madame Parfaite, ils sont restés potes. C'est bien mais c'est normal pour un Monsieur Parfait et une Madame Parfaite…

La daronne à côté, c'est Super Jamie, elle a l'œil flingueur pour Sexy Britney, et l'oreille bionique tendue vers le couple en bout de course. Elle lâche pas une miette du truc, elle espère le clash. Moi, quand je vois le prof de maths prendre la main de son ex-femme, et qu'elle pose la sienne par-dessus avec l'index caressant, je trouve ça beau. Comme quand je regarde un truc fleur bleue à la télé ou que je me retape un passage romantique d'un bouquin, je pense à mon Grand Turc. Il est en face de moi, la fourchette et le couteau efficaces, me dit un mot par-ci, termine une phrase par-là, me sourit régulièrement. Je fais un effort pour lui parler un peu, parce qu'il s'inquiète de mon silence. Le Grand Turc, lorsque je dis rien, s'attend à une scène. Il a souvent raison. Sauf que, depuis quelques mois, j'ai besoin de lui. Qu'il soit là, à côté, ça me suffit, j'ai pas grand-chose à lui dire. J'aime qu'il soit là. C'est tout.

*

Samedi. Je suis rentrée assez tôt hier soir. C'est bizarre mais sans les M&M's à la maison, je trouve ça difficile de profiter de leur absence. J'ai encore mal au ventre. Comme j'ai beaucoup dormi, ça passe. Cet après-midi, c'est moi qui vais retrouver le Grand Turc chez nous. Depuis quelques mois, on a pris un appartement. On a couru tout l'été derrière les soldes et les bonnes affaires pour meubler la maison. Ce qui me dérange un peu, c'est la plaque sur la boîte aux lettres : Mlle Norah Rabhan et M. Grand Turc. Ça fait pas couple légitime. Ça fait plutôt : on vit dans le péché et on aime ça. Il est prévu qu'on se marie avant Ramadan, au mois d'octobre, mais l'Opac nous a collé des plaques avec les noms signés sur le bail. En tout cas, on a eu la baraka. Chez nous, c'est joli, c'est confortable et j'ai une pièce que pour moi. Le Grand Turc et moi, on s'est vraiment débrouillés comme des castors, on a tout fait tous seuls. Mais pour l'instant, le nid reste vide. On le visite pendant quelques heures. Et puis on range les clefs. Tout y est. Ma maison, sa maison aussi, a une âme, des torchons dans la cuisine, des serviettes dans la salle de bains et le lit est fait dans la chambre. Nous, on y habite pas. C'est notre cabane au fond du jardin où on rêve qu'on est seuls au monde jusqu'à ce que nos parents nous rappellent à l'ordre. C'est triste. C'est ça aussi d'attendre…

*

Dimanche. Je me suis levée à midi. Et personne m'a demandé de faire une machine, de ranger la maison, de nettoyer et de repasser. Je sais bien que le dimanche, c'est le jour pour remettre tout en ordre. Chez nous, on commence toujours une nouvelle semaine dans une maison qui sent le Vigor et la Javel, on a toujours des piles de linge propre et lisse dans les placards. Mama est pas là pour le rappeler mais le pli est pris depuis des lustres. Ça sert à ça, une fille.

J'ai de plus en plus mal. Je décide d'appeler le médecin de garde tandis que mes corvées sont finies. C'est vraiment trop douloureux. C'est bon, il peut me prendre dans une heure et demie. La consultation est beaucoup plus chère que chez le docteur Dudoux, et le type a pas l'air commode. Squelettique, des yeux de hibou et pâle à faire peur, lui aussi, il aurait besoin d'un docteur. Trente-cinq euros pour m'entendre dire qu'il faut que j'aille aux urgences et recevoir une lettre pour faciliter les choses là-bas. Impossible pour l'instant. Je rentre à la maison. Je prépare mon sac et attends mon frère. J'ai appelé le Grand Turc qui m'emmènera à l'hosto. Mon frère, il se fait désirer. À 8 heures du soir, il m'a enfin appelée pour me prévenir qu'il rentrerait pas. Je lui ai dit pour les urgences. Il m'a dit de bien me soigner. Sans plus. C'est beau l'amour quand ça passe avant tout mais quand même…

Le Grand Turc est arrivé. Il m'attend en bas de l'immeuble. Il est inquiet. Il s'est enfilé la route entre Le Creusot et Montceau en moins de dix minutes. Il espère que c'est pas trop grave et essaie de me rassurer. C'est beau l'amour quand même quand ça passe avant tout… À l'hôpital, on poireaute un certain temps dans la salle d'attente. Le Grand Turc, il fait les quatre cents pas et me sourit de temps en temps pour me dire que tout va bien. YaRabbi que tout aille bien…

On vient me chercher enfin. Le Grand Turc a pas le droit de venir avec nous. Tandis qu'on m'embarque pour je ne sais où, il reste planté là comme un chauffeur de taxi qui attend le fric de sa course. Après m'avoir examinée, questionnée et piquée, on m'a laissée reposer plus d'une heure dans un box. Personne peut vraiment se prononcer, alors on m'amène le Grand Turc pour me tenir compagnie et me rassurer. Ils pensent que c'est une crise d'appendicite. On verra demain après l'échographie. Il faut m'hospitaliser. En attendant une chambre, je suis restée là au chaud avec le Grand Turc qui est ni un membre de ma famille, ni mon conjoint. C'est comme un ami. Ça veut tout dire l'amitié… J'ai flippé pendant tout le temps dans le box des urgences parce qu'un papy en sang dans le couloir hurlait à la mort : « maman ! maman !… » On a beau choper Alzheimer, on l'oublie jamais celle-là, on l'appelle jusqu'au bout…

*

Lundi. J'ai téléphoné au collège pour prévenir. À l'échographie, on me dit que j'ai l'appendice enflammé et tordu sur lui-même. Il va falloir opérer. C'est pour demain matin parce que, là, je suis pleine d'eau et qu'il faut être à jeun. Je rappelle le collège dès que je rentre dans ma chambre. Je bosserai pas pendant au moins deux semaines. Ça fait pas très sérieux, mais je vais pas risquer la péritonite pour assister à la rentrée des grands…

*

Lundi. Après deux semaines d'arrêt maladie, je retourne déjà bosser. J'ai rien fait de mal. J'ai mauvaise conscience. C'est la première fois de ma vie que je me suis mise en arrêt. D'habitude, je tiens le coup, je vais au turbin et finis par refiler ma crève à tout le monde. Je me souviens que, gosse, j'ai refourgué ma varicelle à toute la classe en CM2 parce que ma mère voulait pas que je manque l'école. C'est vrai aussi qu'à l'époque, elle avait personne pour nous garder à la maison. Mama, de toute façon, me croyait plus quand je disais être malade depuis qu'après avoir maté un épisode d'*Arnold et Willy*, j'avais fait exploser le thermomètre en le collant contre une ampoule pour pas aller à l'école. Mama, en vingt ans de boulot à l'usine et trois enfants, elle a jamais pris d'arrêt maladie. C'est pas trop qu'elle voulait pas, c'est plutôt qu'une femme qui porte son monde à bout de bras a pas le choix. Elle dit souvent qu'une femme a pas le droit de tomber parce que, si ça arrive, tout s'écroule autour d'elle. Je sais que c'est vrai. Alors, aujourd'hui, je me sens coupable d'un truc qui a rien à voir avec mon appendicite. J'aime pas me décevoir. J'aime vraiment pas ça du tout.

Au collège, l'accueil, c'est pas vraiment des vœux de prompt rétablissement. J'ai une mine de déterrée. Comme on passe à l'action dès 7 h 35, on a pas le temps de se parler. On me dit juste que je suis de préau. En fait, je dois squatter le préau, m'assurer que les élèves circulent sans casquette, sans capuche, et les virer des toilettes ou du coin aux casiers en direction de la cour intérieure en attendant la sonnerie. Il fait déjà froid pour un mois de septembre. Les gosses me connaissent pas encore. Je suis très amoindrie par mon opération. J'aurais dû accepter une semaine d'arrêt supplémentaire.

J'ai psychoté tout le week-end à l'idée de reprendre le boulot.

Quand j'arrive sur place, il y a déjà beaucoup de gosses à l'abri. Ça résonne fort. Je salue et vire à tours de bras les élèves jusqu'à ce qu'un grand zozo me résiste et me bouscule. C'est donc ça une ZEP… En cinq-cinq, je t'attrape le gamin d'un mètre quatre-vingt-dix et le traîne vers la sortie. Il résiste, il me dit que je lui pète les couilles, y a pas moyen que je l'affiche devant ses potes. Je tiens le coup, je lui dis que s'il veut pas sortir, je le traîne chez Madame Certain. Il se fout de moi, j'ai plus le choix. Je l'accroche par le bras et, seul Rabbi sait comment, lui fais bouffer la distance entre le préau et le bureau de la Vie Scolaire. J'aime pas ça. J'essaie toujours de régler les embrouilles avec les gosses par moi-même. Je sais que je balance pas même si ça fait partie du taf. Mais les gosses, quand c'est entre eux et toi, ils doivent apprendre que t'as pas que de la gueule. Et que t'es pas qu'un pion non plus.

La CPE, elle est surprise de me revoir si tôt. Elle observe ma colère. Elle croit que c'est à cause du grand boutonneux. C'est à cause de moi. Je poucave que le gros de l'altercation et laisse les couilles de Monsieur Zozo au chaud. Madame Certain me dit que j'ai harponné un sacré poisson, un fouteur de merde notoire, et l'oblige à me présenter des excuses. C'est vrai quoi, Norah, elle bossait en lycée avant, elle comprend pas que des petits soient plus durs que des grands. Elle me dit que ça doit être la cour des miracles pour moi. Elle a tout compris. Cette meuf, elle est théâtrale. Comment elle pose ses poings sur ses hanches, comment elle durcit son regard à la commande, comment elle pose sa voix… Elle cartonne. Elle profite de l'occase pour rappeler au grand Nicolas qu'elle l'a à l'œil cette année et que c'est déjà mal barré pour lui apparemment... Le grand Nicolas s'excuse. On ressort. Dans le couloir, je l'attrape par le bras. Il s'arrête à contrecœur, je lui tends la main et lui dis que je le démonte la prochaine fois qu'il essaie de lever quoi que ce soit sur moi. Tandis que sa patte est dans la mienne, je dis au grand Nicolas que j'ai calé l'affaire et que je suis une dame qui en a rien à faire de ses bubbles. Il me sourit et trace vers ses potes. Mon boulot commence enfin. Je me suis fait un contact. À la récré, tout sera déjà plus simple.

*

La récréation. Ça a toujours été ce que j'aime le plus à l'école. Je suis de cour centrale. Ça fait un peu promenade de prison… J'entame ma ronde. Les gosses ont déjà commencé à spéculer sur mon compte. J'ai cru comprendre que je venais de Paname et que j'étais super-dure. Jusque-là tout va bien. Les Arabes s'encombrent moins de manières. Ils attendent juste de voir si je suis une vendue ou pas. C'est pas aujourd'hui qu'ils le sauront. Mais ils sont presque tous venus me dire qu'ils étaient contents de voir quelqu'un comme eux. Je représente… Avec les enfants, faut faire comme avec les fauves, c'est eux qui viennent à toi. Si c'est toi qui inities le mouv', ils finissent toujours par te bouffer un jour ou l'autre. C'est pas méchant de leur part, c'est de l'instinct. Alors moi, comme d'habitude, j'attends que la montagne vienne à moi…

La nouvelle pionne, celle qui est arrivée pendant que je galérais avec des perfs à l'hôpital, elle sait pas tout ça. Ils lui ont déjà trouvé un petit nom qui va lui coller comme une merde au talon pendant tout le temps qu'elle bossera ici. C'est : la Russe. C'est vrai qu'elle a des yeux bleus de poupon Tini, la poupée qui fait pipi. Celle à qui Leyla avait fait boire du Banania parce qu'elle s'inquiétait que son bébé fasse pas popo. La Russe ressemble à une matriochka et elle devient bleue aussi quand elle a froid. C'est une maman de la trentaine qui croit que les gosses ont bon fond. Les enfants, c'est des gens comme tout le monde. C'est tout. Elle a l'air superdoux et pourtant quand elle gueule sur les gosses, c'est aussi agréable que d'entendre le schtroumpf musicos jouer de la trompette. Ça sonne faux. C'est pas naturel. Les gosses, quand tu les bichonnes et qu'après tu leur rentres dedans parce que après tout il y a un règlement à faire respecter, ils comprennent plus rien et te font vivre un enfer. La Russe, elle a rien compris à la vie. La Russe, elle pige pas les gosses. Ceux d'une ZEP encore moins.

Moi, je vois bien que c'est un collège classé ZEP parce que la ZUP est pas loin. Pas plus. J'ai remarqué en cinq-cinq qu'il y avait tout autant de rats des villes que de rats des champs dans le bahut. Il y a beaucoup d'élèves qui viennent de villages avoisinants et, eux, ils ont pas vraiment le profil cité. Les peqs, ils sont plus lisses. Les grandes, elles ont une interprétation toute particulière de la mode, du maquillage et de l'épilation des sourcils. On dirait des Evelyne Leclerc, la blonde qui présentait « Tournez manège » avec son pote à moustache, Charlie Oleg, au synthé. Et les grands, ils ont tous une dégaine de G.I. JOE qui a le permis tracteur et mobylette. Bien sûr, les peqs, ils portent de l'Airness, du Puma et des Van's, mais c'est pas pareil…

*

10 h 05. Au bureau, on m'explique ce qu'on attend de moi. On me rappelle que tout est dans le livret d'accueil qui a été distribué le jour de la pré-rentrée. Celui que, bien sûr, j'ai pas lu.

C'est bizarre, mais les gens, quand t'es sombre et que t'as les yeux noirs, ils croient que tu as le regard noir. Mes collègues, ils ont peur, alors ils me foutent la paix. J'ai même pas une photocopie à faire pour me rendre utile. Donc, je me pose et me mets à bouquiner. Ce qui est cool au moins dans ce boulot, c'est le temps que t'as pour lire. Le pion, Paul, il est juste sympa. Il me parle peu. Mais il me parle cash et bien. Il me fait une place. Il me traite comme une personne.

C'est chaud à dire mais quand t'es arabe, les gens sont pas naturels avec toi, ils prennent des pincettes. C'est pas vraiment que t'es différent, que t'as le teint olive ou que tu pourrais avoir un couteau caché sous ta veste. C'est plutôt que t'es différent d'eux quand même et que, plus que nous, ils ont peur du racisme. C'est bizarre, ils ont peur que tu voies qu'ils se rendent compte que t'es pas comme eux. Ils ont une trouille bleue de quelque chose qui nous dépasse tous. Moi, je m'en fous. Ça fait longtemps que j'ai appris que les autres, c'est pas moi. Quand tu viens d'ailleurs, tu connais ta place. C'est celle qui est vide, le no man's land que personne a été assez con pour occuper. Pour les darons, c'est autre chose. Ils sont venus là pour bosser. Les Blancs, ils les ont vus chez eux au bled, ils savent comment ils ont tous été arrogants, du colon le plus dur à la dame patronnesse la plus charitable. Pour nous, les gosses, on est là parce que c'est comme ça. La vie a continué pour nos parents malgré tout et ils se sont pas rendu compte que pour leurs enfants ce serait pas aussi facile que ça.

C'est pas parce que t'es né quelque part que c'est forcément chez toi. Autrement tous les pieds-noirs seraient restés chez nous, Moïse aurait pas fini par traverser la mer Rouge avec son peuple et nous, on serait pas des pieds-blancs. Mon père, il dit qu'on est des pieds-blancs parce qu'on est des Arabes, qu'on est nés et qu'on a grandi ici. Le bled, c'est un putain de membre fantôme que tu sois pied-noir ou pied-blanc : il te démange jusqu'au fond de cœur que tu l'aies connu ou pas…

Quand on est perdu dans le désert et que quelqu'un vous donne une seule goutte d'eau, on oublie pas le geste. Même si on a encore soif, c'est déjà ça de pris. Le Paul, il pourra me demander le service qu'il voudra pendant l'année. Je lui dois un sourire sincère et une goutte d'eau. Là, encore une fois, je me trompe pas et quelque part, ça m'agace. Je me sens amoindrie, faible, et le salue avec un vrai sourire plein de dents du bonheur. Lui, un type que les gosses appellent Tarzan, il me l'a donné.

C'est comme ça, les femmes sont des louves pour les bouffonnes comme moi. La pire reste cependant la Grosse Carla parce qu'elle m'a remplacée pendant mon absence et qu'elle arrive dans trois semaines au bout de son contrat emploi jeune. Elle se demande encore pourquoi moi et pas elle. Elle sait qu'elle peut encore se rendre utile. Personne l'en remercie. Elle se rend compte, au bout de cinq ans au collège, que personne est irremplaçable et surtout pas elle ! La Colonel et la Russe, visiblement, la soutiennent mais sans trop se mouiller quand même. Elles se soumettent à la Grosse Carla qui les mène par le bout du nez. La Minipouss', dans sa bulle, s'occupe de son rimmel et se fout de ce que les gens se disent autour d'elle. Moi, je prends sur moi et me dis que la Grosse Carla fera pas de vieux os. Il faut que je ferme ma gueule en attendant, que je laisse autant de place à sa grande gueule que son cul en prend sur une chaise. La Grosse Carla, elle croit qu'elle est le boss. Elle oublie vite qu'au bureau, Madame Certain règne sans concessions…

*

On bouffe super-tôt. À 11 heures, que t'aies faim ou pas, c'est la pause déjeuner. La moitié de l'équipe de pions mange au premier service tandis que l'autre moitié est occupée au bureau ou surveille l'étude. Tous les pions doivent être sur le pied de guerre à midi. J'ai mangé avec Tarzan, la Grosse Carla et la Colonel. J'ai pas parlé parce que j'ai senti que j'étais de trop et que j'avais pas envie et pas le temps de faire des efforts. Je crois, par-dessus le marché, qu'elles ont pas compris quand j'ai pas pris de viande et que j'ai dit au cuistot que je mangeais hallal. Je suis pas compliquée. Je respecte qu'elles tapent dans la bouffe qu'on leur sert mais moi, je mange hallal, j'ai pas de raison de faire autrement. Je vois bien ce qu'elles pensent. Cette Norah, elle a sûrement une burka pliée dans son sac qu'elle remet en quittant le boulot. C'est une islamiste. Hé non ! Je suis juste une musulmane assez vieille pour me passer de viande à déjeuner. Les gens, ils mêlent vraiment cette histoire de laïcité à n'importe quoi…

Les cuistots, ils ont été sympas, ils ont compris, se sont excusés d'avoir rien d'autre à m'offrir avant de me proposer une seconde entrée, plus de frites, un autre morceau de fromage et un dessert en plus. Ils m'ont promis de me faire des œufs ou du poisson les prochaines fois. La grande classe. J'ai rien demandé mais c'est tellement agréable de voir des gens simples et gentils. Ils m'ont dit qu'ils commanderaient bien de la viande hallal mais il y avait pas assez de gosses musulmans demi-pensionnaires. J'ai dit que j'avais l'habitude à la cantine de pas manger à ma faim et que je voulais pas les embêter avec ça. Ils m'ont répondu que c'était normal parce que je payais aussi la cantine. C'est si rare, les gens bien… C'est rare aussi les gens qui vous en donnent pour votre argent et font pas comme si vous payiez avec des cailloux.

À table, Tarzan, il me dit que les cuistots sont vachement gentils avec tout le monde. La Grosse Carla et la Colonel manquent pas d'ajouter que les gosses sont pourris gâtés, qu'ils gaspillent la nourriture et que les cuistots sont trop accommodants avec les régimes particuliers. Je sais pas si c'est pour moi qu'elles disent ça, mais je rigole in petto parce qu'elles, elles sont grosses et bouffent rien. C'est de voir les autres manger qui leur fout la haine. Elles ont pas de gosse non plus pour apprécier le fait que des cuistots attentionnés et généreux, c'est un luxe. Et puis j'ai souvent remarqué que les gens au bas de l'échelle qui ont des prétentions, ils crachent à mort sur ceux qui viennent juste en dessous d'eux. Ça les rassure. Moi, je suis bien contente que les cuistots soient humains et intelligents. Tarzan aussi, il est super-content parce que c'est un rugbyman immense et qu'il a besoin de manger à sa faim.

Comme on a une demi-heure pour manger, on fait vite. Je suis redescendue prendre l'étude et relever la Russe. Je suis de réfectoire. Je dois faire en sorte que tout se passe bien et proprement. Comme il fait froid dehors, je savoure le moment malgré le boucan. Les gosses se foutent de moi quand je ramasse un bout de pain par terre et que je l'embrasse en marmonnant avant de le mettre à la poubelle. J'explique que, chez nous, le pain c'est sacré, que le jeter comme ça, c'est pas bien. Les gosses, ça les étonne mais ils arrêtent tout de suite de rire, pour certains, je sais qu'ils le referont plus. À la cantine, je vois que les gosses, ils sont étonnés que je leur souhaite bon appétit et que je les oblige pas à manger plus vite que leur ombre pour faire de la place. Tout roule, on commence même à me parler. Je réponds aux questions et, comme je souris facilement aux enfants, je sais que le courant circulera avant même que je sache à qui je m'adresse. Ce qu'on dit pas dans l'Éducation nationale, c'est que les grands, les adultes, ils ont peur aussi, au début, devant les gosses. Moi, j'ai toujours la trouille quand j'arrive dans un bahut parce que j'entre en scène sans trop savoir ce qui m'attend. On m'a pas encore jeté de pomme pourrie mais tout peut arriver…

*

Ça y est, j'ai travaillé une semaine complète. Je connais mon emploi du temps dans les grandes lignes. Je sais quand et où je dois me trouver à la minute près. C'est important. Il faut être à sa place tout le temps parce que la responsabilité d'une foule de gosses, ça s'improvise pas. Les emplois du temps sont affichés à la Vie Scolaire et chez la Dame de cœur. Il faut jamais quitter son poste sans prévenir.

Ce que je préfère, c'est être d'étude ou de poste mobile. À l'étude, je peux aider les gosses à faire leurs devoirs. C'est un petit plus que j'accorde parce que je me sens utile et que je fais autre chose que de la discipline. Le poste mobile, c'est un truc qui me permet pendant une heure d'échapper au bureau, de me balader dans le bahut et me poser pour boire un café. Madame

Certain m'a refilé aucune tâche administrative. Je sais pas si elle a pas confiance ou si elle a pas voulu me soûler. Moi, ça me va.

Au bureau, avec Madame Certain, c'est pas le Pérou mais presque. Je kiffe assez sa manière de bosser. Elle est pas prise de tête, elle aime les gosses pour de vrai et mène son monde de main de maître. Ça fait plus de vingt ans qu'elle est la CPE du collège, elle est chez elle. C'est pourtant pas un dinosaure. Elle est encore dynamique. Elle attend pas la retraite avec résignation. C'est pas le genre de bonne femme qui prend les choses de haut. Elle investit beaucoup d'énergie à s'occuper des gosses. Il y a beaucoup de gosses qui ont manqué l'école pour faire les vendanges, beaucoup qui ont profité de l'absence des parents à la maison parce qu'ils étaient aux vendanges pour pas venir. Eh ben, Madame Certain, elle a pigé le truc, elle a envoyé les courriers et téléphoné sans se démonter. Pour elle, l'école, c'est un putain de truc républicain trop beau pour que les gens en profitent pas. Elle est pas facile facile mais elle a des convictions qui lui font espérer le meilleur chez les gens même si elle fait souvent face au pire. Elle croit pas en grand-chose mais elle espère quand même. Elle regrette qu'on enlève plus les allocs aux parents qui font pas leur boulot de parents. Dans le fond elle a raison, elle le sait, mais elle comprend aussi qu'un gamin a besoin de thune même s'il a pas seize ans. Elle a juste pas le droit de le dire. Alors elle bosse, elle donne des chances aux gamins de se rattraper et fout la trouille à leur famille tant qu'elle peut. Avec Madame Certain, c'est l'école qui vient à eux même si eux ils y viennent plus. C'est balèze. C'est humain. Ça me fait peur de voir quelqu'un d'aussi bourge être aussi humain.

Je sais que la dame m'observe encore, qu'elle tend l'oreille quand je parle. Je suis pas facile à cerner. Je rentre pas dans la case « intégrée » ni dans la case « racaille ». Comme en France, on est soit l'un, soit l'autre, moi, j'emmerde mon monde en étant seulement moi. Madame Certain, elle fait partie de ces gens qui veulent comprendre malgré tout. Alors elle prend sur elle pour comprendre, elle prend sur elle pour se dire que dans le fond, même quand on a raison, on a peut-être un peu tort… Cette bonne femme, tu peux que la respecter. Pourtant, en peu de temps, j'en ai entendu des vertes et des pas mûres sur son compte… Des trucs bien dégueu de la part de gens qui devant sa pomme sortent que des sourires et hochent la tête comme le gendarme devant la folle de *La Soupe aux choux*. Moi, je vois un peu ce qu'elle fait. Je crois qu'elle a une grande gueule parce qu'elle est très sensible. Sa carapace, elle lui sert à pas se laisser bouffer par le boulot et les bonnes âmes qui bavent dans son dos. Moi, je veux pas qu'elle me cerne parce que j'aime bien garder mes distances avec mon boss. J'ai pas envie qu'elle voie que je la trouve bien. C'est chaud quand il y a un rapport hiérarchique entre deux personnes, ça fausse pas tout mais c'est un truc à toujours garder à l'esprit. J'ai pas envie non plus qu'elle me connaisse parce que les gens qu'on connaît, on leur en demande forcément plus…

✶

C'est bientôt Ramadan. Je suis née pendant la nuit du destin. On m'a raconté, quand j'étais petite, que cette nuit-là, le Coran avait été révélé à Mahomet, et que les anges jettent des boules de feu pour chasser les démons. Moi, comme je faisais que des bêtises, on m'a dit que cette nuit-là, j'avais dû esquiver une boulette. C'est certainement pour ça que j'ai pu survivre...

Sérieux, j'aime pas Ramadan parce que c'est une période de fêtes où tu peux manger ce que tu veux quand tu veux dès le coucher du soleil, mais où tes parents, ils ont du bled plein les yeux. Ramadan, ça montre combien on est loin de chez nous, les darons, ils sont tristes mais font semblant d'être heureux. Ramadan, c'est la période où t'es musulman pour de vrai avec tout ce que ça implique de difficultés logistiques et de difficultés tout court pour s'y retrouver quand même... Les gosses, ça les excite de se coucher tard et de trouver du Mont-Blanc à la pistache dans le frigo. Mais, pendant cette période, on se coupe de la France, on se crée une bulle de religion et de traditions.

C'est bizarre, mais j'ai jamais vu les gens s'entendre sur les dates. Dans le fond, on commence Ramadan comme un Marocain, un Algérien, un Tunisien ou un Turc, on le fait comme un musulman, puis on le termine comme un Marocain, un Algérien, un Tunisien ou un Turc. Les Français, ils pigent que dalle à ce truc-là. Ils voient pas que c'est de la compassion à l'état brut qui se joue pendant un mois. Ils voient juste des immigrés qui font les cakes à pas bouffer et à pas boire pendant la journée. Nous, pendant un mois, on les voit vivre comme si de rien n'était. Comme s'ils étaient des âmes perdues dans une spirale où tout va trop vite... En fait, Ramadan, j'aime bien dans l'idée et j'aime pas dans la pratique. J'aime pas voir des gosses se crever à le faire alors qu'ils ont pas une couille de tombée ni de nichon qui aurait poussé. Je crois que l'école ça passe avant tout. Les gosses, ils le font par mimétisme, ils le font pas souvent du fond du cœur. C'est le rite initiatique qui fait de toi un homme ou une femme aux yeux de tes parents alors qu'au bout du compte, tu sais pas pourquoi t'es musulman…

Je sais pas quand j'ai compris moi-même ce que c'était qu'un musulman. Je crois que c'est venu tout seul après avoir longtemps craché en silence sur ce truc qui me semblait injuste, arriéré et tellement anti-féminité et misogyne. C'est venu quand ce con de Saddam s'est fait damer le pion par Bush pour des sornettes, des armes de destruction massive cachées entre deux chameaux, un troupeau de moutons et quelques derricks de pétrole… C'est surtout venu en réaction à quelque chose, d'une idée de nous, les Arabes, que j'avais longtemps partagée avec mépris. À force d'entendre du mal des bougnoules, tu finis par détester tous les bicots du monde entier parce que toi, dans le fond, on t'aime bien, t'es pas comme les autres, on peut te faire confiance… C'est comme le petit Marseillais, Omar, qui était venu chez mes parents pendant les vacances de Pâques et qui voulait qu'on l'appelle Jérôme parce qu'être arabe c'était bidon. À trois ans, il avait pigé tout ce que l'on attendait de lui. C'est un peu un condensé de ceux qui se disent musulmans non pratiquants parce que, comme dans la chanson, leur étoile jaune c'est déjà leur peau et qu'il faut faire peur à personne… Est-ce que les cinq piliers leur sont tombés sur la tête ou quoi ?

Les musulmans exilés, ils ont compris qu'on parle pas d'eux, on parle seulement des psychopathes, des terroristes et de tous les autres bouffons qui se servent de leur religion. Alors qu'eux, elle les aide tout bonnement et doucement à tenir la tête hors de l'eau depuis qu'ils ont quitté leur bled. C'est tellement balèze de recréer l'appel du muezzin dans sa tête tous les jours du monde dans un coin où on entend sonner que les cloches des églises… C'est dur de voir qu'on montre à la télé que les malades qui font sauter des bombes. La peur qui se balade en ce moment, les gens, ils comprennent pas que nous, on la ressent amplifiée. Et, comme les renards, on se rongera plutôt la patte que de se laisser intimider. Notre djihad, c'est d'essayer d'être heureux et dignes quand même, malgré les déglingos qui se font sauter à la bombe ou au Boeing…

Aujourd'hui, un Arabe c'est plus un voleur. C'est un terroriste. De la peur de se faire tirer son sac ou sa mobylette, on est passé à celle de se faire démonter la gueule dans une gare ou un grand magasin. La vie a changé pour nous. Mais nous, avons-nous vraiment changé ? Je sais pas… On est peut-être tous devenus plus durs, plus sûrs aussi de ce qu'on deviendrait jamais, c'est-à-dire des assimilés. Je crois qu'à cause de Benni, l'Arabe regarde plus le monde comme avant. C'est trop tard pour montrer patte blanche.

L'intégration, c'est de la désintégration. On veut plus être des vendus pour être heureux. Nique sa mère la France aux Français, on est là et on y reste ! C'est chaud à dire. Mais c'est vrai, on a tapé l'incruste pour de bon. C'est pas trop qu'on voudrait pas se casser chez nous, sentir le soleil, l'air de l'Afrique et avoir de la poussière et du sable plein les yeux et les narines. C'est plutôt que quand on est né en captivité comme une guenon du Jardin des plantes, on est sûr de se faire bouffer la gueule si on retourne dans la jungle. L'immigration a ça de commun avec les documentaires animaliers que mon père regarde : on y apprend vite qu'on peut pas vraiment apprivoiser une bête sauvage même si elle joue bien le jeu. Pour les animaux nés en captivité, l'instinct détermine tout, même si les barreaux et la grisaille sont capables de mater une bête venue des Enfers. On a gardé l'Œil du Tigre. On se souvient et on se souviendra encore et toujours des herbes hautes, des arbres et du soleil. On est encore génétiquement programmés.

Et puis, ici, on peut encore rêver à plein de choses… Devenir Jamel Debbouze, Nagui, Kamel Ouali ou même, pour les plus ambitieux, Zizou ou Rachid Arhab. Rien qu'à énumérer ces quelques noms, je me rends compte qu'il y a pas de femme assez connue pour que je la cite en exemple et que ça fasse tilt. Pour l'instant, on a pas d'autre alternative que les décolorées en blondes, des Nâdiya ou des Laâm qui ont mis la french touch à leurs noms, bougent leurs fesses et portent des décolletés à défriser les barbichettes des darons rebeux qui, après avoir tenté la coupe afro et le pastis au PMU dans les années soixante-dix, ont retrouvé le chemin de la mosquée quinze ans après. N'y aurait-il pas un juste milieu à trouver pour les filles entre la burka et le string à paillettes ? Ah si, peut-être Wallen, Assiah, et encore… Il faudrait des Fatima instits, infirmières, médecins, avocates et pas qu'une secrétaire d'État qui occupe un poste bidon, un cache-misère qui existait pas avant et qui arrive pas à fermer sa gueule à Sarko.

Au bled, tu peux plus rêver à rien si c'est de trouver le meilleur moyen de cramer le chemin entre le Maghreb et l'Europe sans te faire pécho. En ce moment, le must des destinations, c'est l'Italie et l'Espagne. La France a plus la cote et fout la trouille aux blédards. Sarko peut vraiment fermer sa gueule sur le sujet et laisser les charters au sol. Ils sont rares, les crétins qui rêvent d'atterrir ici. Les allocations familiales, le Rémi et la couverture sociale suffisent plus à attirer l'immigré. Ceux qui habitent en France ramènent plus au bled les plus belles caisses, se sapent plus la classe et les femmes portent plus autant d'or que Barracuda. Maintenant c'est l'Italien ou l'Espagnol qui font rêver les petits Mohammed et les petites Fatima de l'autre côté de la Méditerranée.

Nous, on a rien choisi, on vit avec et on fait comme on peut. Mon père a mis trente ans pour dire que la France ci beau ! J'en ai mis vingt-cinq pour comprendre que c'était chez moi quand même.

*

Comme c'est bientôt Ramadan, le Grand Turc et moi, on s'est mariés. Je sais pas encore si c'est seulement par amour. Je crois que c'est aussi par envie d'arrêter de tourner autour du pot. On a eu envie d'exister pour de bon l'un pour l'autre. Alors, c'est fait et c'est bizarre. Je comprends maintenant ce que c'est qu'un fil à la patte. Je nous vois encore les yeux mouillés pendant nos fiançailles et puis plus tard devant l'adjointe au maire. Le sosie de Roselyne Bachelot version PS, elle nous a trouvés beaux. On était plus que beaux… On était là comme deux gosses. Orphelins avec la volonté d'être ensemble. Toujours. C'était pas aussi chouette que Gretna Green et son maréchal-ferrant. C'était minable dans une grande salle de mariage vide avec de la musique républicaine et deux employées administratives comme témoins. Mais nous, on a dit oui sans artifice. On a dit oui pour nous, avec la certitude que rien saurait être plus dur que ça. On finit toujours par faire un choix dans la vie, un truc qu'on aurait jamais cru avoir les tripes de faire mais qu'on exécute comme ça…

J'ai eu droit à cinq jours de congé pour mon mariage. J'ai prévenu au dernier moment. Madame Certain, définitivement, savait pas sur quel pied danser avec moi.

J'étais loin d'avoir l'air épanoui et resplendissant des futures mariées. Je venais juste d'avoir l'appendicite. J'avais fait ma demande d'autorisation d'absence en douce, sans faire profiter la Vie Scolaire des paillettes dans mes yeux. J'ai rien partagé avec personne. De toute façon, j'ai toujours trouvé que le bonheur c'est un truc indécent. Je crois qu'il faut savoir garder ce truc pour soi quand ça arrive. J'étais pas non plus au nirvana, je me posais tout un tas de questions. Je voulais pas que des étrangers me donnent des conseils ou pire m'avisent d'écouter mon cœur ! « Écoute ton cœur… », c'est le truc le plus con que je connaisse. Et pourquoi pas : écoute ton cul, écoute ta main, écoute les mouches voler !

Après le mariage, j'ai pas ramené de gâteau arabe exotique et oversucré. J'ai pas apporté de photo non plus. J'avais même pas de henné sur les pattes… Ça, c'est un truc que des gouerons savent pas repérer, même après plus de quarante ans de cohabitation avec des Arabes. Nous, on les connaît. Eux pas. Alors, j'ai repris le boulot comme si de rien n'était. J'ai parlé de rien. J'ai juste dit que ça allait bien. Aux gosses, quand ils m'ont demandé où j'étais passée, j'ai expliqué le mariage. Ils étaient contents de voir que je sortais pas d'une boîte tous les matins du monde pour bosser et que j'y retournais pas non plus une fois que l'école était finite comme ils disent souvent. Ils ont découvert que j'avais aussi une vie ailleurs. Et le bébé, c'est pour quand ? Chaque chose en son temps, après tout, j'étais une jeune mariée avec toute la vie devant elle… Ramadan approchait à grands pas et le cross annuel aussi. J'ai pas fait longtemps les choux gras de leurs conversations. J'avais juste l'impression d'avoir rempli mon devoir, pas celle de vivre un rêve de petite fille. J'y serais allée depuis longtemps à la mairie si cela aurait exaucé mon rêve de devenir un Chevalier du zodiaque et aussi balèze que Mohammed Ali.

*

Jeudi, mi-octobre. C'est le jour du cross annuel du collège, un événement super-particulier. Une institution du bahut. Tout le collège se déplace au stade de la ville et les élèves se confrontent les uns aux autres par niveau. T'as plus de chance de gagner la course si t'as déjà redoublé deux fois. Le cross, pour les gosses c'est une occase de faire la fête. Pendant une matinée ils sont libres de pas poser leurs petites fesses sur une chaise et d'attendre que ça se passe.

Pour les pions, c'est pas vraiment ça. Il faut escorter les groupes qui sont pas pris en charge par un adulte et s'occuper des allées et venues de tout ce peuple. Six cents élèves à driver, c'est six cents fois plus de problèmes. On a reçu pour consigne de surveiller les gradins, les vestiaires et leurs alentours. Il paraît que certains en profitent pour aller s'en griller une en loucedé... Moi, j'ai pas signé pour faire dame pipi ou applicatrice de la loi Evin, je fais juste gaffe à ce que tout aille bien. Pas de zèle comme la Colonel ou la Russe. La Minipouss' et moi, on fait plutôt dans la surveillance éclairée. On s'assure juste que personne se met en danger et on fait jeter les clopes à peine allumées. C'est devenu si cher de fumer que le vrai truc pour faire chier les gosses, c'est de les obliger à bien écraser leurs cigarettes. Après, ils savent plus si t'as été sympa ou vraiment vache. Ils apprennent juste à se méfier et à pas gaspiller.

De toute façon, Madame Certain, elle a d'autres chats à fouetter que les fumeurs de derrière les vestiaires du cross. Les profs ont pas tous pris en charge leurs classes, pour eux, c'est un peu comme une pause en salle des profs avec les collègues. Ils ont même du café en Thermos et s'esquivent de temps en temps pour s'en griller une. Ils profitent du kiffe autant que les élèves et critiquent ceux que le cross dérange dans leur progression de cours. Les profs d'EPS sont à l'honneur. Ils saisissent l'occase pour montrer combien ils bossent et faire oublier que, dans ce bahut, c'est à eux que les meilleurs emplois du temps sont toujours accordés. Ils ont pensé aux en-cas style briques de jus de fruit et barres de céréales made in Leader Price pour les gosses.

Dans les gradins, on dirait une ruche. Ça bourdonne, ça papillonne aussi. Il y a des couples qui se forment et des clans qui s'approprient un territoire. Les Segpa, les fachos, les péquenots, les rebeux, les j'ai-des-seins-un-string-et-je-me-maquille-à-treize-ans, suivies de leurs j'ai-du-poil-au-menton-le-BSR-et-un-scoot qui tournent forcément autour, tout le monde a trouvé un coin de gradin pour faire son show. Moi, je circule entre les vestiaires et les gradins. Je me marre de voir combien les gosses se la racontent hors du collège. C'est chouette, c'est le boxon, on dirait Astérix aux Jeux olympiques. Pendant les courses, y en a qui se défoncent, d'autres qui trichent, d'autres encore qui, en bons derniers, se tiennent le côté droit et discutent jusqu'à la ligne d'arrivée.

En parlant de ligne d'arrivée, il faut voir comment la course des profs remporte un vif succès auprès des élèves. Ils attendent tous l'arrivée du vainqueur. Ça leur cloue le bec de voir le prof de maths, Monsieur Taureau, remporter la course. Peut-être qu'il a gagné aujourd'hui parce qu'il porte pas un de ses jeans moule-paquito mais un short ultra-aéré qui le laisse enfin respirer et bouger de partout… Les jeans de Monsieur Taureau, c'est peut-être comme les bracelets de plomb que je mets à mes chevilles quand je vais courir… C'est la technique de Tortue géniale pour que Sangoku gagne le grand tournoi dans *Dragon Ball*. Mais la course des profs, ça ressemble franchement à rien. Des trentenaires qui ont tous plus envie de se prouver à eux-mêmes qu'ils sont encore jeunes plutôt que de participer à un événement sportif et fédérateur du collège. La Russe, elle a couru. J'aurais bien voulu qu'elle gagne. Parce que ça aurait été la victoire de David contre Goliath, ou plutôt du pion contre la pièce. Mais bon, elle a perdu. L'infirmière du bahut, elle aussi, était de la course. C'était le revival années 80, bandeau éponge, collant cycliste et souffle cadencé à la foulée style toutouyoutou… Marrant.

Et puis vient la fin de la matinée avec ses podiums et remises de médailles. La presse locale est là. Ça fait plaisir à tout le monde. Surtout aux adultes du collège qui aiment qu'on parle de leur école pour autre chose qu'un vol de bicyclette ou une bagarre. C'est souvent comme ça qu'on cite dans le journal un établissement classé ZEP… Bien évidemment, quand tout va pour le mieux, il y a toujours un truc qui merde. Parmi tous les clichés pris ce jour-là, ils ont rien trouvé de plus glorieux que de publier une photo où des élèves rebeux, vêtus de survêts aux couleurs de l'Algérie, brandissaient fièrement une écharpe « Algérie » près du podium. C'était con. Tellement con que le lendemain, les élèves ont bénéficié d'un jour de congé scolaire forcé. On est en République. En République française, ça se fait pas. Si les auteurs d'une telle sanction allaient aux States, ça les rendrait malades de voir les drapeaux des pays d'origine flotter à côté de la bannière étoilée devant les maisons, les boutiques, les restos ou briller sur les stickers des pare-chocs de caisses !

Si je me souviens bien, à l'époque où j'étais gosse, c'était pas trop conseillé de la ramener sur là d'où tu venais. On savait, nous, on avait pas besoin de le montrer. Parce que au fond, c'était voyant sur nos tronches, la dégaine de nos darons et que nos racines avaient pas encore commencé à pourrir sur place. Nous, on allait assez souvent au bled pour pas fantasmer plus que ça dessus. Les gosses aujourd'hui, c'est à peine s'ils peuvent aligner deux mots intelligibles à la suite en arabe. Ces gosses, ils ont presque l'âge d'être les miens. C'est la troisième génération. Celle qui a pas eu à s'humilier à cause de la loi Pasqua, décrétée du jour au lendemain, qui faisait que, même si t'étais né là, il fallait que tu réclames la nationalité française. Je crois pas que les fils de Polonais ou de Portugais aient eu à en passer par là de leur temps… À moi, on m'a même demandé si je voulais franciser mon prénom et mon nom ! Mon père, il m'a appelée Frrrançouaze jusqu'à ce qu'au consulat du Maroc on lui dise que je bénéficiais de la double nationalité.

Les gosses rebeux, aujourd'hui, ils ont plus peur de rien. Ils sont là pour de bon, personne leur a jamais dit que demain ils repartiraient au pays, là où il y a pas de Nutella au petit déj ou de chocos BN à 4 heures. Ils ont jamais eu la peur coupable de tout laisser derrière eux, le Club Dorothée, la copine de classe Sophie et la maîtresse qui refile des bonbecs et les anciens *Pif Gadget* que son fils a déjà lus, quand t'as des bonnes notes. Ils rêvent encore du bled comme de l'Eldorado, le coin chouette où la plage est à deux pas, où le soleil brille et où tu fais le gringo devant tes couses en bouffant un MacHallal dans une 206 cc. De toute façon, ils connaissent pas assez la vraie famille – celle qui est pauvre, celle que leurs darons ou grands-darons ont quittée pour venir en France et à qui ils ont envoyé quelques sous grappillés çà et là pour aider le zaman – pour savoir qu'au bled c'est pas si marrant. Même si la vie, dans le fond, elle est belle partout, jusque sur les trottoirs de Manille…

*

Vendredi. Premier jour de Ramadan. Premier jour de galère. Au bled, les horaires sont aménagés. Ça manque ici mais vaut mieux pas le dire parce qu'ils voteraient une loi sur la laïcité encore plus musclée et pas du tout dirigée contre les démonstrations de foi musulmane… C'est pas si grave parce que le week-end approche et que je pourrai caler mon rythme. En attendant, je sais comme une évidence qu'il y aura des gamines au bahut qui vont avoir leurs ragnagnas pendant un mois d'affilée.

Les gosses musulmans jouent à la Gestapo entre eux. Ils se surveillent pour être sûrs qu'ils sont pas les seuls à souffrir. Elle est loin l'idée de compassion… Ils en sont à se tirer la langue toutes les deux secondes pour voir si leurs potes ont pas fauté. La langue, elle doit être blanche comme neige et l'haleine fétide pour être crédible.

Certaines gamines, libération et modernisation des mœurs obligent, sont maquillées comme des camions volés. Hchouma et décadence ! Moi, je m'en fous un peu mais bon, j'ai jamais aimé voir des enfants peinturlurées comme des travelos. Je sais pas pourquoi, mais les rebeux, elles maîtrisent pas l'art du maquillage, celui qui rend belle. Elles aiment ce qui se voit à quinze bornes. Alors, quand c'est Ramadan, ça craint. Je sais bien qu'il faut que jeunesse se passe, mais là, c'est relou. C'est même chaud pour elles parce qu'il y aura forcément une bonne âme pour le répéter à leurs darons ou à leurs frangins. Et le fard à paupières bleu canard risque de se transformer en œil au beurre noir. Cher payé pour un mois de compassion à la misère des pauvres. Les gamines, elles osent tout et n'importe quoi, mais rares sont celles qui tentent le grand saut de bien bosser à l'école. Elles rêvent beaucoup trop à l'Ali Baba Charmant qui les enlèverait à dix-huit ans et leur paierait un beau mariage avec les sept tenues et de l'or. L'après, elles y ont pas encore réfléchi. Elles sont pas plus connes que les autres mais pour beaucoup le grand pas féministe sera de choisir leur conjoint. C'est déjà mieux que pour nos mères. Mais bon, je crois pas que ce soit suffisant pour s'épanouir dans une vie de femme… D'abord parce que l'Ali Baba Charmant, il pète et il rote comme tout le monde. Et puis on a aussi besoin de dire merde de temps en temps aux gens qu'on aime, et c'est plus facile quand on leur doit pas tout, qu'on existe aussi par soi-même. J'espère qu'elles s'en rendront compte assez tôt. Ou pas trop tard…

Quand même, j'admire la volonté des gosses qui font Ramadan. J'admire aussi la curiosité des autres qui ne le font pas mais qui essaient au moins de comprendre. Madame Certain, elle m'en a parlé, elle a fait une affiche encourageante pour les petits ramdameurs et préventive aussi contre leurs absences et leurs retards. Elle a tout compris, Ramadan, c'est un truc trop beau pour en faire n'importe quoi.

*

Vacances de Toussaint moins une semaine. Ça tombe bien, je suis claquée. Je sais qu'à la rentrée je pourrai enfin lâcher un peu de lest sur la discipline. Tenir les gosses, ça passe ou ça casse avant les vacances de la Toussaint. Le gros du boulot doit être fait pendant ce temps parce que après c'est déjà trop tard. Pour nous, les adultes, ça peut être la misère mais pour l'élève, son année se joue…

Pour moi, tout roule. Je connais déjà tous les gosses. Même ceux de la Segpa. Ceux qui sont toujours à part et qui se tapent souvent dessus. La Segpa, si j'ai bien compris, on y a mis tous ceux qui rentraient pas dans les classes « normales ». Il y a des cas soc, des QI très bas, des conséquences de grossesses alcoolisées, etc. Au début de l'année, quand on m'a parlé d'eux, j'ai voulu bien faire avec une larme au coin de l'œil. Je me suis plantée grave. En fait, ils sont comme tout le monde. Ils ont pas besoin de pitié. Ils ont besoin qu'on les aime. Maintenant, ça se passe bien. Ils me font plus peur ni pitié. En fait, j'arrive même plus vraiment à voir la différence si ce n'est qu'ils ont des instits spécialisés et qu'ils aiment pas se mélanger avec les autres. La Colonel, quand elle parle d'eux, c'est toujours avec dégoût. Ça, ça me dérange. Moi, je comprends un peu qu'ils aiment pas être parmi les autres parce que ça les rend nerveux et qu'ils savent pas trop comment faire. C'est un peu comme quand t'es gros sur la plage, tu te fais tout petit parce que ça te file des complexes. Mais comme t'es gros, on te voit malgré tous tes efforts. La vie est dure quelquefois…

Bon, je les ai des fois en étude. Seuls avec moi, c'est du gâteau. Mais dès que j'ai une classe « normale » en plus, ça se gâte. Je fais comme si c'était rien et au bout de quelques minutes, tout rentre dans l'ordre. J'ai remarqué aussi que quand tu leur montres pas de mépris, les autres gosses, ils se tiennent aussi à carreau. C'est sûrement ce qu'on appelle du mimétisme… Faut pas croire non plus que les Segpa, ils viennent de la planète Bisounours. Ils ont du vice comme vous et moi.

Y a un gosse surtout que j'ai repéré parce que lui et moi, c'est franchement pas possible. Moi, je suis l'adulte, je prends sur moi pour être juste avec lui. C'est pas facile. Le gros Lolo, il est gros, il est méchant et il est capitaliste. Le gros Lolo, il a beau être en Segpa, il a compris depuis longtemps que beaucoup de choses s'achètent. Beaucoup de gens aussi… Alors, il ramène toujours plein de fric sur lui et joue au big boss avec ses potes. Le problème avec le gros Lolo, c'est que j'ai vu des fois dans ses poches presque un tiers de ce que je gagne en un mois à me forcer à me lever à pas d'heure pour faire un boulot méprisé et épuisant. C'est pas de la jalousie. Juste le constat que l'argent, c'est une grosse pute qui choisit celui qui peut déjà se l'offrir plutôt que celui qui en a besoin. J'aime pas non plus que d'autres gosses voient combien leurs parents à eux sont minables avec leur Rémi à côté de ce gros machin. J'ai pas non plus envie qu'on le carotte et qu'on m'oblige à prendre son parti de victime. L'argent dans la main d'un gosse, j'ai toujours trouvé ça indécent et dangereux.

Le gros Lolo, depuis que ses darons se sont mis à leur compte pour installer des paraboles et des antennes de télé, il se sent plus. Il peut même se payer des meufs et, à treize ans, je trouve la démarche nitroglycérine. Le jour où entre lui et moi c'est parti en live, c'est quand il a payé une gamine de sa classe pour rouler une pelle à un de ses potes. La gamine, elle a pas inventé l'eau chaude. Pourtant, quelque part dans sa petite tête, il y avait un truc qui lui disait que ce qu'elle avait fait, c'était pas bien. Elle a pas gardé ça pour elle pendant cent sept piges, elle m'a craché ça le jour même. J'étais dégoûtée. Comme ça, le gros Lolo, il diversifiait ses activités. Après sponsor de dealers, sniffeur obscur d'Efferalgan en poudre qu'il prenait pour de la coke payée au prix fort et fournisseur officiel de bonbons, il se lançait dans le proxénétisme…

Je l'ai dit à Madame Certain qui a transmis aussitôt à la Dame de cœur parce que c'était pas la première fois que le gros Lolo faisait un passage par son bureau et qu'au lieu de reconnaître les faits, il lui balançait des noms de gosses déjà cramés, en difficulté scolaire et en misère sociale, affective et tout et tout… Le jour où Madame Certain a appris qu'il rachetait la part de bouffe de ses copains à la cantine, elle a appelé ses parents. Ils ont nié qu'ils lui refilaient de l'argent et ont même pas voulu envisager qu'il pouvait piquer dans la caisse. Il avait faim, point. Fallait voir les darons… Ils avaient le profil mannequins chez Olida mais en bien vulgaires et crâneurs. Il a rien eu. Les autres gosses, il a payé des grands pour leur casser la gueule.

Le gros Lolo, comme il a balancé tous ceux qui respiraient son air vicié, il s'est fait un jour casser la gueule pas loin du bahut par ses propres gardes du corps. Son daron a alerté la police et le journal local a publié ses propos dans l'édition du lendemain parce qu'un collège ZEP, en pleine cambrousse, ça fait toujours un bon papier… Le problème, c'est qu'après tout ça, le gros Lolo est resté au collège et que les autres ont été vidés jusqu'à leur conseil de discipline. Ses parents, ils ont fait un barouf pas croyable. Ils ont été sans pitié pour les autres gosses et les ont même accusés de racketter leur gros Lolo qui mange jusqu'à ce qu'il en chie dans son froc. Madame Certain me rassure. Lui aussi, il ira au conseil de discipline. Il faut juste recueillir assez de témoignages pour le foutre dedans. Ça, c'est possible. Mais il faudra faire les choses bien. Sans tricher, en rapportant juste la vérité pour que ça veuille dire quelque chose. Je rends mon rapport en omettant volontairement quelques trucs à sa charge parce que vraiment des fois la réalité dépasse la fiction !

*

Vacances de Toussaint. Comme c'est Ramadan, j'en profite vraiment pour dormir. Les M&M's sont rentrés du bled depuis deux semaines et ils ont du mal à s'adapter. Nostalgie du bruit, de l'odeur, de la famille et de cet ailleurs où ils se laissent enfin vivre pour de vrai. Leurs cœurs sont pleins de ces moments volés chez eux. Hamdou'llah, là-bas tout le monde va bien. Ils ont pu s'en rendre compte de visu. Les parents ont vieilli. Mais bon, ils tiennent pas un coin de tapis et de mur pour passer le temps. Ils ont encore leur place de choix dans la famille et, bizarrement, les rides qui se sont creusées sur leur peau les défigurent pas, elles contournent la vieillesse, elles leur donnent qu'un peu plus d'expression.

Je crois que ce qui rend fous les M&M's, c'est de pas croire ce qu'on leur dit au téléphone pendant l'année. Ils ont besoin de voir pour le croire. Il est arrivé déjà tellement de choses qu'on leur a cachées pour qu'ils s'inquiètent pas… Ils ont plus la force de se sentir coupables. Ils prennent leur mal en patience jusqu'à ce que sonne l'heure de la retraite où ils plieront bagage pour le bled. Pour vivre les choses pour de bon. J'espère juste qu'ils auront le temps d'y retourner vivants. Le bled, c'est un peu comme le cimetière des éléphants, la plupart de ceux qui y retournent pour de bon, ils sont déjà morts ou sur le point de mourir. Ça fait presque trente ans que les M&M's vivent en France comme dans un rêve. On m'a dit un jour que les cauchemars existent pas, alors pour eux, c'est pas un mauvais rêve. C'est juste un rêve étrange et drôle parfois. Mais comme dans tous les rêves, le temps compte pas, les choses s'enchaînent sans trop de sens. Elles défilent sans qu'on puisse vraiment les comprendre ou les retenir dans l'ordre.

À la maison, ils sont pas l'ombre d'eux-mêmes mais on sent bien qu'il leur manque quelque chose… En tout cas, ils sont revenus plus adoucis que jamais et me disent rien sur mes réveils tardifs et mon apathie générale. Depuis que je suis mariée, j'existe en flou pour eux comme s'ils voulaient plus qu'on vive des trucs ensemble qui pourraient nous attacher davantage les uns aux autres. Ils sentent que je vais quitter la maison d'ici la fin de Ramadan. Je fais mon baroud d'honneur. Alors on fixe bien fort l'autre lorsqu'il a le regard détourné, on grave un peu plus de trucs mais on fait preuve de pudeur. C'est dur de couper le cordon…

Le soir, je prends mon temps et je me tape la saison 2 de *Mariés, deux enfants* et *La caméra explore le temps* à volonté parce que j'ai pas à me lever le matin pour aller bosser. Ce qui est cool avec les vacances, c'est qu'elles arrivent toujours juste avant que tu lâches toi-même l'affaire.

*

Mercredi. Rentrée des classes. Les gosses sont plus calmes qu'il y a dix jours. Juste au moment où je commençais à reprendre du poil de la bête, c'est reparti pour un tour. En plus, c'était pas super-chouette de dealer tous les jours avec mes parents pour pouvoir sortir. J'ai beau être mariée, les M&M's, ils lâchent rien. Une fille, ça doit se respecter et pas sortir le soir. Le problème, c'est que pendant Ramadan, y a que le soir où tu peux voir ton amoureux. Comme par hasard, le Grand Turc, il va aussi à la mosquée tous les soirs. Ça a été très chaud pour se voir entre le ftor et la mosquée. Mais bon, rien est jamais impossible, on s'est contentés de quelques quarts d'heure par-ci, par-là. Et puis, on a fini par se rencontrer pendant la journée. Parce qu'on voulait être ensemble et pas spécialement se bécoter. Puisque l'école a repris, on se téléphonera plus et on se verra moins jusqu'à ce que Ramadan se termine. Hamdou'llah, le Grand Turc a un forfait Millénium. Je crois que la vraie libération de la vie sentimentale des filles musulmanes, elle vient du portable. Depuis le portable, on a plus besoin de faire passer son petit ami pour une copine. Les mecs, ils font plus appeler leurs petites sœurs à la maison pour rouler le daron ou le frangin qui décrocherait.

– Allô ! Shkoun hada ?

– Salamalekoum, c'est Karima, une copine de Norah, est-ce que je peux lui parler s'il vous plaît ?

– Ah, Karima ? Wagha… Norah ! Norah ! Viens, ci Karima au tiliphoun ! Dipêche !

Le portable, ça empêche que le mensonge devienne nécessaire. Le portable, c'est un truc de santé publique. Les filles ont enfin le droit à une vie privée avant le mariage sans qu'il y ait la moindre occasion de se faire tabasser au passage.

Au collège, les vacances ont aplani quelques angles mais les problèmes ont pas disparu. En fait, tout recommence de plus belle. Les gosses ont plus d'assurance et un regain d'énergie. Beaucoup se sont emmerdés comme des rats morts pendant les vacances. Comme ils habitent dans ce coin paumé de cambrousse, ils ont pas grand-chose à part la Playstation et la télé pour tuer le temps. Les copains, ils habitent pas toujours le bourg ou la ZUP, et leurs forfaits, ils les explosent souvent dès le premier jour. Pour ceux qui font du sport, c'est la trêve pendant les petites vacances. Leur trop-plein d'énergie leur a valu des engueulades avec leurs darons et, pour les plus rôdeurs, des problèmes avec les keufs. Les gosses adorent attendre les vacances mais une fois qu'elles arrivent, comme ils partent pas, ils s'ennuient. Ils ont pas encore l'âge d'apprécier les congés et pas de sous, de permis et de voiture pour se sentir libres d'en profiter. Bref, les plus heureux de retrouver les bancs d'école, ça reste les élèves. Même si on leur refourgue une tonne de contrôles la semaine de rentrée. C'est bizarre mais je croyais que les vacances, c'était fait pour se reposer, pas pour permettre aux profs de continuer leur progression…

Le train-train reprend aussi. Les récrés ponctuent les journées d'école. Les blousons, les manteaux et les écharpes remplacent au fil des jours les T-shirts et les petits gilets. Les filles sont dégoûtées de plus pouvoir exhiber leurs piercings au nombril, alors elles portent de plus grosses et plus clinquantes boucles d'oreilles pour donner le change. Avec les gosses, il faut que ça brille, il faut que ça ronronne. Moi, petit à petit j'ai adapté ma tenue à la rigueur de mon boulot. J'ai investi dans des petites Puma, des Clarks pour changer un peu et une doudoune à capuche kaki qui est peut-être pas du dernier chic féminin mais qui tient chaud pendant les longues demi-pensions que je passe dans la cour du bahut.

Je me transforme de plus en plus en pionne. La pièce qu'on bouge en premier et qu'on sacrifie sans états d'âme. Pion, c'est une manière de pas vraiment quitter l'école lorsqu'on a peur de la vraie vie dehors. Et pourtant, c'est dur même si c'est pas un métier. Tout le monde s'en fout. Cependant, à être en première ligne sur le front, ça permet de combler tous les vides que les parents et les profs ont laissé s'installer. Je connais maintenant toutes les têtes même si j'ai oublié la plupart des noms pendant les vacances. J'arrive à comprendre ce qu'ils disent pas et pourquoi ils montrent certains trucs et pas d'autres. Moi, j'observe, j'interviens à peine, je parle peu. Mais je fais des signes, je souris, je crie par onomatopées et je réponds à toutes leurs questions sans mentir. Les enfants, ils aiment quand tu les prends pas pour des cons. Ils se soumettent facilement au « tu verras quand tu seras plus vieux » si on dit ça sans mépris, sans gêne. Tout ça m'aide à me soigner de la gamine que j'étais aussi à l'époque. La bouffonne qui comprenait tous les mots difficiles mais qui avait pas encore assez vécu pour piger que souvent on fait ce qu'on peut et pas ce qu'on veut dans la vie. Je sais ce que c'est que la toute-puissance de cet âge-là et le flou artistique, la confusion qu'on ressent aussi. Ce moment de la vie où la culpabilité se transforme en honte. On peut se sentir coupable très jeune, mais on commence à se sentir honteux à partir du moment où les hormones se mettent à vous faire pousser des trucs sur la tronche et sous les fringues. Norah, elle comprend tout ça maintenant… Alors les gosses, ils me sourient aussi, ils bronchent plus, ils obéissent au peu que je leur impose parce qu'ils savent que ni eux ni moi n'avons le choix. Ce qui me fait le plus kiffer, c'est quand les rebelles se tiennent à carreau parce qu'ils veulent pas me créer d'ennuis.

Quand je suis au bahut, je suis dans la même galère qu'eux, alors ils veillent sur moi aussi. C'est le coup de l'arroseur arrosé… mais en bien.

*

Comme on est en novembre, c'est aussi l'occasion pour Derrick de venir à la Vie Scolaire vomir ses théories sur les Américains. Il fait vraiment pitié, ce type-là. Il y a les élections présidentielles qui se jouent là-bas et, apparemment, le monde entier croit avoir voix au chapitre. Les gens, ils pigent que dalle aux Ricains. Ils ont rien pigé non plus à la guerre en Irak. Mais bon, je me demande pourquoi ils se posent encore des questions. S'ils ont pas compris que le Terminator, il est gouverneur de Californie et que ça, c'est un signe annonciateur de la fin des haricots… Ils ont encore moins pigé que Bush passera. C'est bien fait. Ils ont oublié qu'on était pas tous des Américains. Le 11 septembre, on s'est pas tous sentis Américains. Pas moi en tout cas. Je me suis pas demandé non plus pour qui sonnait le glas, des fois il faut savoir compatir sans s'écraser… Ils croient tous ici que les States, c'est Hollywood. Les States, c'est la moitié d'un continent à eux tous seuls. Les States, c'est grand mais c'est pas magique. Est-ce qu'on vit pareil en Amérique latine qu'en Europe ? Non. Alors pourquoi un Américain du Nord ne serait-il pas aussi différent ? Les Européens oublient que les Pères fondateurs se sont cassés d'Europe parce qu'ils étaient plus d'accord avec le Vieux Continent. Nous, aujourd'hui, pour pouvoir faire ça, il faudrait qu'on change de planète parce que à chaque recoin du monde flotte une bannière. Ça doit être pour ça que les sectes marchent si fort de nos jours… Même aux States, il y a des Ron Hubbard qui se sentent à l'étroit sur le nouveau continent. C'est un pays de rednecks comme Homer Simpson, mais en moins gentils et moins rigolos. À la télé, ils se sont tous passé le mot pour soutenir Kerry. Le problème, c'est que c'est le peuple américain qui votera. Pas nous. Alors moi, je rigole un peu de les voir tous s'exciter pour que dalle. Ils voient pas que les Ricains ils croient qu'on bouffe tous des grenouilles, qu'on porte tous des bérets sur la tête et une baguette sous le bras. Ils savent pas qu'ici on a des cartes bleues à puces super-pratiques, TPS, Canal Sat, que même les gens FN mangent du couscous Garbit avec des morceaux de merguez dedans et que la deuxième religion de France, c'est l'islam. Ils savent pas non plus que le DVD qui cartonne en ce moment dans les ventes, c'est le spectacle d'un type qui s'appelle Jamel Debbouze et que la personnalité préférée des Français depuis 1998, c'est un Zinedine Zidane. Les Ricains, en fait, ils se foutent de tout et de tout le monde.

En France, de toute façon, beaucoup ont la mémoire courte. Ils ont oublié qu'il y a pas si longtemps, un Français sur quatre a voté pour le Jean-Marie national, celui qui, sur ses affiches de campagne, avait le même col roulé noir et la même pose que Lady Di en couv' de sa biographie. En France, les gens portent aux nues un type qui s'est dressé contre la guerre en Irak mais qui, quelques années auparavant, avait parlé d'un certain bruit et d'une certaine odeur… J'en suis encore malade d'avoir eu à choisir en 2002 entre la peste et le choléra. Les gosses, ils s'en foutent de tout ça. Ce qu'ils apprécient pas, c'est qu'on déprogramme *Monk* et le film du soir pour diffuser des émissions pseudo-politiques à la place. Depuis les événements du 11 septembre, je me demande où ont bien pu passer l'intégrité et l'impartialité journalistiques dans les médias. Heureusement, sur M6, on se laisse pas démonter, on continue les programmes et on garde quand même *Un, Dos, Tres*. Les gosses, ils ont compris plus de trucs que la plupart des cadors de l'info ou de la politique rien qu'en matant le « Six minutes » en attendant *Une nounou d'enfer*. Si tout ce barouf est utile, c'est bien de faire oublier pour un moment la question de l'entrée ou non de la Turquie dans la Communauté européenne, le merdier qui règne en France sous la houlette du Bossu de Notre-Dame et les misères qui continuent un peu partout. Le problemo, c'est que la vie, elle est belle mais le monde est pourri. Alors on fait pas semblant mais presque. Et on garde tout ça pour nous parce que maintenant on mate la télé à table quand on s'y réunit encore. Et on évite les sujets qui font moins bien passer la pizza Marie.

*

Bush est élu. Les enfants au bahut, ils s'en foutent pas tant que ça parce qu'ils ont compris que c'était pas juste. C'est pas facile quand on connaît pas vraiment la valeur de l'argent de comprendre les intérêts politiques… Eux, ils croient encore en l'écologie, ils font la quête pour la Croix-Rouge avec une boîte en fer-blanc à la sortie des supermarchés deux fois par an et trouvent que la guerre dans le monde, c'est moche. Mais en attendant de piger et d'accepter que les gens votent de plus en plus pour protéger leurs portefeuilles et pas leurs droits, ils rêvent à peine d'un monde meilleur, mais déjà à ce qu'ils veulent pour Noël ou pour l'Aïd. Ils oublient vite qu'avant, il faudra passer l'épreuve du bulletin trimestriel dans la boîte aux lettres familiale.

La vraie vie, après tout, c'est comment chacun voit midi à sa porte.

*

Lundi matin. Dans mon casier, je trouve une convocation pour un conseil de discipline. C'est très formel comme paperasse. Un conseil de discipline, c'est un peu comme rayer un élève de la circulation d'un établissement scolaire, c'est démissionner devant un gosse. C'est la première fois qu'on m'appelle Madame Norah Grand Turc. J'aurais jamais cru que j'aimerais pas du tout ça. J'aime définitivement pas ça, j'ai l'impression qu'on appelle quelqu'un d'autre.

Le conseil de discipline, il aura lieu dans une semaine. Le gros Lolo passe enfin à la casserole. Son père aurait jamais dû faire le gringo devant la presse. La Dame de cœur s'est enfin décidée à lui faire couper la tête. Elle aime pas qu'on parle de son collège comme ça. Elle fait beaucoup pour redorer le blason de son établissement. Alors, quand il y a un zozo qui bave sur le taf qu'elle accomplit, elle contre-attaque sans pitié ni merci. Il faut toujours faire attention aux femmes de pouvoir comme la Dame de cœur ou la Grande Catherine de Russie, ces nanas elles sont pires que tout quand t'essaies de saboter leur pouvoir. Cette race de femmes, c'est de la mante religieuse même si, quand elles te bouffent, elles peuvent pas s'empêcher d'écraser une larme…

Ce qui craint, c'est que les anciens gardes du corps du gros Lolo, ils y passeront aussi au conseil de discipline. Je devrai donc rester plus tard mardi prochain pour assister à la mise au rebut. J'ai peur comme si j'étais moi-même sur la sellette. Il y aura tout le monde, des profs, Madame Certain, la Dame de cœur, l'infirmière scolaire, des parents d'élèves délégués, les parents des accusés, les accusés eux-mêmes. Il paraît même que le gros Lolo sera défendu par un avocat en la circonstance. Ça craint du boudin quand même, tout ce barouf pour un gros Lolo à deux boulettes qui lui s'en sortira mieux que les autres…

*

Mardi soir. Je suis rentrée très tard du conseil de discipline du gros Lolo. Je me sens pas satisfaite de son renvoi. Il en est ressorti sans avoir appris quoi que ce soit. Il y avait pas d'avocat, juste les parents du gros Lolo et la grand-mère. Je suis presque en colère de voir des cons pareils s'en sortir. Ils m'ont regardée tout du long comme si j'étais un kelb, une moins que rien. Je reconnais ce genre de regard mais je m'y habituerai jamais. C'est encore plus humiliant quand tous ceux qui vous entourent s'en rendent compte.

Le gros Lolo a chialé tout le temps, les parents nous ont resservi les mythos qu'il leur a racontés pour excuser ses détournements de fonds. La mémé, elle était rusée comme un singe, elle a su tenir deux générations de Lolo par les couilles et s'imposer comme avocat de la famille au conseil de discipline alors qu'elle a même pas son certif. Mémé abondait dans le sens de tout le monde et faisait en sorte que personne parle de choses sérieuses. La Dame de cœur pinçait Madame Certain sous la table parce qu'elle était prête à bondir sur ces bouffons qui se foutaient de notre gueule à tous.

J'ai été accusée de l'avoir insulté et humilié. Genre de truc que bien sûr j'aurais jamais fait, pas parce que j'en aurais pas eu souvent envie, mais surtout par acquit de conscience et parce que je suis une adulte qui en profite pas. À la fin, j'ai ouvert ma gueule pour rappeler que mon boulot je l'avais fait, que j'aimais les gosses et que l'école pour moi c'était une institution faite pour éduquer et protéger le plus longtemps possible les enfants. Ça a fait écho surtout chez les parents délégués. Mais bon, le gros Lolo, il a pas compris la leçon. Il est reparti comme une victime du système et d'une sale bougnoule qui le détestait. Des fois on gagne avec un goût dégeu dans la bouche…

*

Jeudi. Madame Certain me demande ce matin si je peux accorder un peu de temps à sa fille en fin d'après-midi. Je dis que oui, bien sûr. Il est convenu qu'elle viendra à 4 heures après ses cours. Apparemment, elle a un devoir à rendre sur la laïcité. Madame Certain m'a dit que sa fille a déjà interviewé l'évêque du coin et s'est documentée. Elle aimerait bien qu'elle me rencontre parce que je pourrai lui parler du foulard, de ma religion et de tout un tas de trucs. Elle pense que je suis quelqu'un d'intelligent. Je crois pas que je pourrai beaucoup l'aider mais je veux bien. Je sais pas ce qu'elle a voulu dire par intelligent. Peut-être parce que, maintenant, elle me connaît et elle voit que je taffe honnêtement, elle voit une Norah et plus seulement une Arabe ?

La journée s'est passée comme d'habitude, du bruit, des études et des cavalcades derrière les élèves et les fiches d'appel. À 4 heures, la fille Certain se pointe avec une copine de classe. La fille de Madame Certain est super-jolie. Grande, brune, fine, élancée et féline, la gamine est sapée à la dernière mode. Elle ressemble pas à une gosse de prof type comme on en a tous connu, elle est dans le mouv' sans être cheap, style je m'habille chez Zara et pas chez Jennyfer. C'est pas juste, autant de baraka quand on est censé avoir des boutons plein la tronche et une dégaine à coucher dehors parce que c'est l'adolescence.

La fille Certain, quand elle arrive, sa mère la regarde avec beaucoup d'amour et de fierté, genre « c'est moi qui l'ai faite ! ». Cette gamine a l'air d'une chatte. Elle a l'œil vif et charbonneux, ses mouvements sont gracieux et mesurés mais ils cachent une énergie bien plus dangereuse qu'il n'y paraît. La Chatte est à l'aise comme à la maison. On nous présente, on bavarde deux secondes et j'ouvre le bal des questions pour garder le dessus. On plaisante pas avec les félins. La Chatte materne sa copine, c'est elle la maîtresse du jeu. Je l'ai un peu déstabilisée parce qu'elle s'attendait à gérer l'entretien. Et puis tout s'enchaîne assez naturellement. Le temps a passé très vite. On a pas fini, Madame Certain va au Tunnel à ma place. Le Tunnel, c'est un trou sombre derrière une grille par lequel entrent et sortent les élèves de la ZUP. Moi, le Tunnel, je m'y suis aventurée quelquefois avec l'impression que c'était une porte vers un monde étrange comme quand Alice tombe au fond d'un trou.

Pendant ce temps, j'explique ce que c'est qu'une musulmane, la place de la femme dans la religion et celle qu'on lui laisse dans la société, le foulard, la Rissâlah, tandis qu'en Europe on se demandait, jusqu'à très tard, si les femmes avaient une âme ou pas. On en vient forcément à parler de la condition des hommes. De la claque qu'ils ont prise en arrivant en France où ils sont plus vraiment des hommes. Comment ils se sont transmutés en une espèce de sous-hommes à qui on dit jamais « vous » mais « tu », même devant leurs enfants quand ils achètent du pain. Ils sont pas grand-chose hors du bled, hors de la maison, ou plutôt de l'appartement dans lequel ils ont fini par amener une femme pour leur tenir compagnie pendant cette fuite en avant loin de la misère. Ils ont pas manqué de pain chez eux, ils ont manqué d'avenir et de rêve. Ça leur semblait si facile de l'autre côté de la Méditerranée de survivre à l'étranger, ils avaient de bonnes raisons.

Ils sont partis pour la France comme d'autres étaient partis en leur temps pour le Nouveau Monde, l'Amérique ou les colonies faire fortune et revenir un jour avec de l'argent et de l'honneur plein les poches. Mon père et tous les autres voulaient gagner de l'argent pour le ramener à la famille chaque été et essayer d'en garder un petit peu pour marier une brave fille du bled qu'ils laisseraient avec les leurs, à qui ils feraient des garçons et une ou deux filles pour aider à tenir la petite maison blanche qu'ils auraient fini par construire pour tout le monde. Mais comme rien se passe jamais comme on voudrait, en France, ils se sont sentis seuls, ils ont bu, ils ont joué, ils ont payé des femmes pour un peu de chaleur, ils ont oublié le bruit et l'odeur du bled, même si dans le fond ce bled, il est quelque part en eux où ça fait très mal, très triste et très douloureux. Ils ont dépensé beaucoup d'argent qu'ils avaient durement gagné à la mine, à l'usine ou sur les chantiers. Cet argent, ils l'ont pas toujours envoyé et pourtant ils en profitaient pas non plus.

Alors, comme au bled on mariait un garçon pour qu'il retrouve le Dînh et le droit chemin, ils ont commencé à ramener de bonnes filles du bled pour donner un sens à tout ça et combler le vide. Ces bonnes filles, une fois installées, elles ont fait des bébés. Et certaines, éblouies par les primes offertes à la naissance à la fin des années 70, ont trouvé un moyen formidable pour s'acheter la ceinture, les boucles et les sept bracelets en or qui ronronneraient du tonnerre de Dieu avec leur nouveau cafetan pendant les mariages où elles seraient invitées l'été suivant. Elles et leurs maris seraient plus vite capables de retourner au bled Inch'Allah pour s'acheter enfin une épicerie et une voiture. Combien ils seraient fiers d'eux ! Combien on les jalouserait là-bas !

Les hommes trouvaient leur compte dans tout ça parce qu'ils régnaient enfin sur quelque chose. Ils redevenaient des Hommes, des vrais. Ils avaient sous la main un être obéissant et dépendant. Ils ont repris le droit chemin et peu à peu ont choisi de suivre le côté obscur de la force. Lire le Coran, pour des analphabètes ou des illettrés, ça veut dire aller au plus simple, droit au sens de ce qui est écrit sans interprétation. C'est comme prendre au mot les chansons d'Indochine ou des expressions comme « la nuit tous les chats sont gris » ou « sauter du coq à l'âne ». On est bien emmerdé et on est loin du sens des images si on les interprète pas un peu. Et puis, ils nous ont fabriqués, nous les Français première génération, sans trop réfléchir à ce que ce serait pour nous… La France, quand elle a invité ces blédards à bosser chez elle, elle l'a fait comme on adopte une chienne. Elle a pas pensé une seule seconde qu'ils se reproduiraient, qu'il y aurait tout un tas de petits bronzés qui seraient français juste parce qu'ils avaient poussé leur premier cri au bon endroit. Comme on pouvait décemment pas noyer les gosses d'immigrés, parce qu'on a beau dire, c'étaient quand même des êtres humains et que personne voulait les adopter, la France a fait avec. La vie prend toujours le dessus mais, pour les immigrés, il est toujours question de survie.

Moi, je me plains pas, les M&M's, ils ont assuré les cacahuètes avec nous ici. D'abord, parce qu'ils ont connu le bled sous l'occupation et aussi parce que ma daronne est allée à l'école française là-bas. Ils ont souffert d'impuissance, de solitude, mais ils avaient déjà entendu parler de la beauté de la France (celle qu'on avait bien cachée aux immigrés quand ils sont arrivés) et ils en avaient aperçu un petit peu par-ci, par-là. Les M&M's auraient bien voulu repartir avec nous sous le bras, mais bon, il y avait l'école. Ça restait une raison majeure pour eux de résister en France. Et puis avant, c'était plus facile, presque automatique, de vivre parmi les Français parce qu'on avait peur d'eux, on avait appris depuis des générations à les craindre, parce que les paraboles existaient pas encore pour leur échapper un peu et que nous étions tous convaincus qu'il fallait la fermer pour pas attirer l'attention. Aujourd'hui, nous, les enfants, on est français, ça décomplexe beaucoup, ça change la donne…

La loi sur la laïcité, y a pas que le Bossu de Notre-Dame et ses potes qui l'ont votée, y a des gens bien aussi. D'accord, c'est évident que la communauté musulmane est visée la première. OK, c'est pas juste mais c'est pas inutile non plus… Il faut pas oublier que l'école pour les filles, c'est le meilleur moyen d'exister, d'avoir des couilles aux yeux de leurs pères et de leurs frères même si beaucoup prétendront toujours le contraire. Ça vaut bien de plier un bout de tissu au fond de son cartable quelques heures dans une journée. Après tout, ils ont pas brûlé nos mosquées ou interdit la pratique de notre culte… Ceux qui auraient bien voulu, ils ont pas pu parce que c'est écrit dans la Déclaration universelle des droits de l'homme et du citoyen et que ça, c'est le genre de truc qui rend super-fier d'être né ici. C'est dommage toutefois que les porteurs de croix ne se sentent pas plus concernés que ça par la loi sur la laïcité. La croix, ça fait partie du paysage culturel, c'est vrai aussi que c'est plus rock'n'roll que le tchador. Imagine un peu le contraire... Madonna en a porté pendant des années, des croix. Elle a cartonné avec ses méga-crucifix bijoux, aujourd'hui, il lui faudrait porter une burka en résille fuchsia pour avoir une fatwa sur le dos et faire fortune comme Salman Rushdie. Ça, ce serait de la nouvelle rock'n'roll attitude, de la provocation, le petit côté rebelle qu'elle a paumé depuis dix piges.

Il y a visiblement des choses auxquelles la Chatte et sa copine ont jamais pensé. Elles imaginaient pas une seule seconde que les musulmans aiment et désirent aussi. Et que même une fille qui porte le voile s'intéresse tout particulièrement aux soaps du début d'après-midi sur TF1 ou au beau gosse du fond de la classe. Les filles musulmanes d'ici, elles sont rarement des victimes. Elles sont souvent rebelles. C'est simplement plus facile de s'exprimer, de se lever contre un système devant des gens qui vous casseront pas la figure, vous renverront pas au bled et vous marieront pas de force. Les musulmanes sont soumises à rien d'autre que leur colère, le silence et la trouille d'être rien.

Et Rabbi dans tout ça? Je sais pas. Je crois qu'il aimerait que toutes ses créatures soient libres et heureuses. Je crois qu'il tient pas plus que ça au foulard pour recevoir l'hommage. Il est partout de toute façon s'il est déjà dans le cœur. Allah'ouakbar, c'est tout. La Chatte et sa copine réalisent que la laïcité à l'école, c'est pas de l'athéisme pour les gens comme moi, c'est plutôt comme la nécessité d'enlever son chapeau devant une grande dame.

Il est déjà 7 heures lorsque nous nous quittons. J'espère que ça ira pour leur exposé...

*

Mardi. La Chatte et sa copine ont eu une bonne note. Je suis contente pour elles. Madame Certain est reconnaissante mais je m'en fous. Le geste le plus parlant pour une mère, c'est de confier son enfant même pour un petit moment à quelqu'un. Je crois que c'est un peu de la confiance. Ça fait plaisir de faire plaisir. La matinée se passe aussi tranquillement que possible, mais c'est comme si quelque chose de pourri flottait dans l'air. Un truc auquel on a oublié de penser mais qui commence à se rappeler au bon souvenir de quelqu'un… Après la récré de 10 heures, j'ai vu ce qui allait pas. Madame Certain a les yeux rouges, elle peut à peine retenir les soubresauts de sa poitrine. Elle retient ses larmes avec beaucoup de dignité.

La Colonel, avec son tact habituel, demande ce qui se passe. Personne à part elle aurait osé trouver les mots devant le chagrin de Madame Certain. La pudeur devant le malheur des autres, elle l'a laissée au vestiaire depuis qu'elle a perdu son père avant les vacances de la Toussaint. Ça a été très dur de lui présenter mes condoléances, les mots, des fois, ça a aucun sens… Et puis, à elle, j'ai pas su lui poser la main sur la peau pour lui faire comprendre que je compatissais, que je regrettais que ça lui soit arrivé. Je l'ai fait pourtant parce que les malheurs des uns vous renvoient à ceux qui vous sont déjà ou pas encore arrivés. Mais la Colonel était déjà pas ce qu'on peut appeler un être sensible aux malheurs, à l'infortune des autres, maintenant qu'elle est passée par l'épreuve de la perte d'un être cher, elle y va cash. Sans scrupule, sans empathie, la Colonel affronte la peine des autres comme un juste retour de bâton pour ceux qui avaient eu, croyait-elle, plus de chance dans la vie. Il y a des gens sur cette chic planète qui se consolent grâce à la misère des autres. La Colonel se sent tout à coup plus forte face à son malheur parce qu'il y a quelqu'un d'autre qu'elle qui déguste.

Madame Certain répond comme dans un rêve que sa mère est malade. Quand elle sort du bureau, la Colonel, elle dit qu'il n'y a pas de quoi en chier une pendule parce que le cancer du sein, ça se soigne très bien aujourd'hui. C'est chaud de dire ça aussi froidement. La Colonel souffre, je sais, mais bon... Elle dit que de toute façon, les parents de Madame Certain sont vieux et qu'elle a eu le temps de bien profiter d'eux. Je sais pas si on profite jamais assez de ses darons. Quand mon père a perdu les siens, j'ai appris qu'on se sent autant orphelin à cinquante ans qu'à dix.

Pour Momo, la terre a cessé de tourner rond pendant au moins deux ans, c'était comme si on avait tué son enfance pour de bon. Il était perdu, rien comptait plus vraiment, même pas nous. C'est pas qu'il nous aimait plus, c'est plutôt qu'il était plus l'enfant de personne, il avait plus d'excuse, plus personne pour témoigner avec des paillettes dans les yeux du gamin qu'il avait été. On sait déjà pas toujours très bien où on va, alors quand on sait plus vraiment d'où on vient, ça se complique sévèrement.

Je sais que Madame Certain est théâtrale mais sa douleur est très pudique. Ce qu'on en voit c'est ce qui lui échappe, ce qu'elle veut partager avec personne et qu'elle supporte pas elle-même. J'imagine, comme tous ceux présents dans la pièce, ce que je ressentirais si ça arrivait à ma daronne. Le malheur des uns fait toujours écho à une trouille bleue chez les autres. La journée se passe lourdement, automatiquement pour Madame Certain. J'ai de la peine pour elle, mais elle a besoin qu'on fasse la sourde oreille et qu'on évite ses yeux rouges. Elle a sa famille pour l'aider avec tout ça. C'est la preuve en béton qu'elle a réussi sa vie. Madame Certain tient le coup et quitte pas le navire, elle rentre les absences, s'occupe de la paperasse et laisse rien passer. Elle est athée, et là, je vois le prix qu'elle paie pour sa liberté, pas de répit, pas de regrets, de la force et encore de la force, de l'orgueil. Mais je me demande toujours si au fond d'elle, elle craque pas un petit peu, si elle demande pas à la grande Simone, à Jean-Paul (pas le pape mais l'autre, l'existentialiste) ou même au Grand François de lui venir en aide… Après tout, y a pas que les croyants qui lèvent les yeux au ciel, y a aussi les gens inquiets, en colère ou encore les rêveurs.

*

Nuit du destin. Ça veut dire bientôt le bout du tunnel. Je suis née pendant cette nuit-là. Tous les ans, je guette le ciel et les étoiles. Des fois, j'ai rien pu voir parce que le ciel était couvert. Ce soir, les étoiles brillent si fort qu'on dirait un écran de veille Windows. À la maison, on a allumé des bougies et des bâtons d'encens qui brûleront toute la nuit. J'aimerais bien voir, au moins une fois dans ma vie, une boulette de feu niquer un djinn.

Mais en attendant, je redemande comme tous les ans qu'on me raconte comment je suis née. C'est plus important pour moi que jamais depuis le 11 septembre. J'aime pas l'idée de fêter mon anniversaire le jour où on pense à un drame. Avec le calendrier lunaire, ma date de naissance change tout le temps et même si ça me fait vieillir plus vite, je préfère, je trouve ça plus décent. J'écoute mon histoire à deux voix, celles de mes M&M's.

Mama rappelle qu'elle était très jeune lorsqu'elle est arrivée, que la France, c'était pas aussi chouette, pas aussi chic, pas aussi glamour qu'elle l'avait imaginé. Combien elle avait été surprise de voir que les Français du bled étaient différents de ceux qu'elle avait trouvés dans ce coin paumé de Bourgogne. Combien elle avait été étonnée de pas voir de château ou de dames habillées en Chanel et Dior, mais surtout des maisons grises et des bonnes femmes avec des blouses à fleurs et des espadrilles à semelles de corde quand c'était pas des charentaises. Le jour où elle avait voulu acheter du lait et qu'on lui a dit d'aller au Casino, comment elle s'était dit que c'était bizarre qu'on fasse aussi épicerie dans un endroit où on joue des jetons et de l'argent en tenue de soirée. Combien elle avait trouvé la France décevante, ça ressemblait pas aux films qu'elle avait vus. Il faisait froid et elle était loin de Paris. Elle, elle croyait que la France, c'était Paname. D'ailleurs, elle a toujours pas vu Paris au bout de vingt-six ans. De toute façon, c'est trop tard, elle en a plus autant envie qu'avant. Mama, maintenant, elle rêve de son Casa, de son Doukala et, en secret, de La Mecque.

Momo, quand il l'a mariée, il lui avait promis qu'elle continuerait ses études. Ça lui plaisait l'idée d'avoir une femme qui avait décroché son bac, qui parlait couramment le français, c'était une bénédiction pour lui. Quand ils se sont mariés, un an avant qu'elle arrive en France, elle devait entrer en terminale à la fin de l'été. Alors, elle était demeurée au bled chez ses darons le temps de passer son bachot. Pour éviter les doutes et les problèmes, ils avaient décidé de pas avoir de nuit de noces avant le départ de Momo. Malika voulait être libre. Elle resterait chez ses parents en attendant. S'ils avaient consommé leur union, elle se serait retrouvée chez ses beaux-parents comme dans un quartier haute sécurité. Elle aurait même pas pu continuer ses cours au lycée français dans le Derb Sultane. Momo avait pas vraiment voulu lui offrir un an à l'œil. Les papiers prenaient beaucoup de temps à faire, le mariage, les petits quelque chose envoyés à sa famille, à Malika, et le voyage l'avaient mis sur la paille. Il fallait encore qu'il prenne une maison décente, qu'il la meuble pour accueillir sa Malika. Momo voulait pas qu'elle partage sa vie dans un foyer avec tous les autres. C'était pour toutes ces raisons qu'il avait été bon prince avec sa femme et pas seulement pour ses beaux yeux. Si elle le croyait c'était bien. Parce que comme ça, elle serait reconnaissante et plus disposée à partager sa vie.

Quand Malika est arrivée en France, il avait senti tout de suite qu'il l'avait sacrifiée à quelque chose de froid, de dur et d'exigeant. Elle était loin la nonchalance de la vie et des gens du bled. Malika est arrivée avec les cheveux bien mis, sa plus courte et jolie robe, des talons hauts, du rouge à lèvres, du rimmel et beaucoup beaucoup d'espoir. Elle avait pourtant eu l'occasion de se méfier lors de la visite médicale obligatoire pour toutes celles qui quittaient le bled afin de rejoindre leurs maris en France. C'était un peu comme pour les immigrés à Ellis Island, on lui avait fait montrer les dents, les yeux. On lui avait demandé de faire pipi dans un petit pot et puis de tousser fort, très fort pour voir si elle avait pas la tuberculose. On lui avait posé un truc froid sur la poitrine pour écouter son cœur. On l'avait si bien traitée comme une bête qu'elle était ressortie du Centre d'agrément médical de Casablanca avec l'impression d'étouffer de sanglots et l'envie de sentir le soleil d'Afrique encore et encore et tant qu'elle pouvait encore sur sa peau.

Était-elle en train de faire une bêtise ? Elle avait pas consommé, elle pouvait encore changer d'avis la tête haute. Lorsqu'elle croisait ses copines de lycée pendant son dernier été au bled, elle disait pas qu'elle allait en France, elle avait honte. Il y avait que les pauvres, les incultes, les péquenots qui allaient là-bas, en Belgique ou en Hollande. Malika, elle avait un petit boulot de vacances dans un chic cabinet d'avocats en ville. On l'appelait *Miss* toute la journée. Elle était si jolie que les avocats se servaient eux-mêmes le café parce qu'elle les impressionnait et qu'ils osaient pas se faire servir par la *Miss*. Cet été-là, on lui a proposé une bonne douzaine de fois le mariage. Des hommes bien, des bourges, de très bonnes situations, des gens qui l'auraient gardée près d'eux au bled et emmenée en France faire du shopping. Il y en a même un qui, après son refus, avait essayé de l'écraser avec sa Mercedes parce que, s'il ne pouvait pas l'avoir, personne ne l'aurait.

Mais elle est quand même venue retrouver Mohammed. C'était son Mektoub. Elle a pas continué ses études parce que à Montceau-les-Mines, il y avait pas de fac et que Dijon était bien à cent vingt bornes. Et cent vingt bornes sur la 103 Peugeot couleur caca d'oie de Momo, c'était tout simplement pas possible même si elle avait essayé de l'envisager. Malika s'est mise à beaucoup pleurer. Elle pleurait tous les jours en cachette de Momo. Mais lui, il voyait bien ses beaux yeux rougis. Momo voulait pas qu'elle parte. Il voulait qu'elle soit plus toute seule toute la journée. Il a pensé à un enfant pour l'occuper. Malika voulait travailler d'abord, s'habituer un peu avant d'en reparler. Alors, elle avait commencé à chercher un emploi de secrétaire ou de réceptionniste. Malika se laquait même les ongles de rouge ou de rose indien pour faire plus américaine et forcément plus efficace. Ça, ça a pas marché comme elle l'avait espéré.

Pendant ce temps, entre elle et Mohammed, ça allait de mieux en mieux. Plus le bled lui manquait, plus elle s'accrochait et tombait petit à petit amoureuse de son Momo. Ils faisaient un tas de trucs ensemble, comme regarder du haut de leur balconnet de la rue de Charolles les trains passer et se mettre à rêver qu'ils les emportaient dans des endroits ensoleillés et lointains. Ils allaient au cinéma, ils écoutaient Oum Kalsoum ou Farid El Atrach à la radio égyptienne, ils faisaient le marché et Momo apprenait peu à peu à cuisiner sous l'œil attentif de Malika. Elle lui répétait souvent qu'il devrait l'aider quand elle travaillerait.

Depuis Malika, la vie de Mohammed avait changé, elle lui avait mis des napperons faits au crochet sur les meubles et, sur le dos, des pulls tricotés main. Une femme dans la vie d'un homme, il était certain que ça changeait tout, que ça donnait l'envie de décrocher et de cueillir tout et n'importe quoi pour lui faire plaisir. Quand Malika avait commencé à désespérer de trouver un emploi dans un bureau, à croire qu'à dix-neuf ans à peine sa vie était foutue, il avait remis la question de l'enfant sur le tapis. Elle voulait reprendre ses études, déménager à Dijon. Les enfants, c'était pour plus tard, quand elle aurait une bonne situation.

Momo voulut alors faire un deal avec elle : un bébé, c'est tout, et il l'embêterait plus jamais avec ça. Elle avait demandé s'il la laisserait étudier ou travailler encore après le bébé. Avant, pendant, après, Momo promit tout ce qu'elle voulut. Dans le fond, il avait très peur qu'elle recommence à pleurer, à être dans ce vide où elle le laissait pas entrer. Il voulait que Malika lui fasse un bébé. Fille, garçon, blanc, noir, beau ou moche, il s'en foutait. Il voulait que tout le monde sache qu'une femme comme elle avait regardé et aimé un peu un type comme lui, un ouvrier chez Michelin. Malika promit, elle lui donnerait un enfant avec l'aide de Rabbi. Momo en avait été si heureux qu'il avait ressorti de sa Delsey rouge la peau de lion de son grand-père et touchait un mot à Rabbi au sujet du bébé à la fin de chacune de ses prières.

Entre-temps, Malika avait passé des tests chez Michelin qu'elle avait réussis haut la main. Problème, pendant la visite médicale, on a découvert qu'elle était enceinte. Décidément, la vie faisait toujours un coup de Trafalgar au moment où tout semblait se goupiller enfin… Momo était aux anges, Malika un peu moins haut et les pieds bien sur terre. Elle commençait à se demander comment ils allaient se débrouiller avec un bébé dans un appartement sans eau chaude, sans salle de bains, avec les toilettes sur le palier. Momo avait réponse à tout, fini tout ça, finies les douches aux bains publics de Blanzy, ils déménageraient dans les immeubles de l'Opac où Michelin avait réservé quelques appartements pour ses ouvriers et leurs petites familles.

Malika avait traversé sa grossesse comme dans un rêve, Momo lui passait toutes ses envies, la regardait avec fierté et s'étonnait que sa femme n'ait que le ventre qui grossissait tandis que le reste de son corps restait menu. Il sortait lui acheter des esquimaux au chocolat en plein milieu de la nuit. Quand le cinéma du centre ville était fermé et qu'il trouvait pas non plus le parfum de glace qu'elle voulait au Palace, le cinéma érotique du coin, Momo prenait sa 103 caca d'oie et se rendait jusqu'au Creusot, à vingt et quelques bornes de là, pour lui rapporter son petit pot à la pistache. Une nuit en plein hiver, il était même ressorti à 3 heures du matin pour lui passer son envie et était revenu une heure plus tard. Transi de froid, les yeux larmoyants à cause de sa course, il avait juste eu le temps de poser son casque sur la table de la cuisine et de sortir fièrement le petit pot de glace à la fraise de sa veste avant de se mettre à trembler comme une feuille. Momo avait hurlé quand Malika avait essayé de lui enlever ses gants.

Cette nuit-là, tandis qu'elle le veillait, elle avait compris pourquoi c'était lui et pas l'avocat à la Merco qu'elle avait choisi. Un homme qui voulait bien souffrir pour une femme qu'il avait déjà eue, c'était rare, c'était bon et toutes ses copines au bled pouvaient pas avoir eu plus de chance qu'elle. À partir de cette nuit, elle le laissait toucher son ventre, leur ventre, avec bonheur. Malika souriait aux cheveux frisés de Mohammed tandis que celui-ci, l'oreille collée contre sa goundoura, parlait, chantait ou racontait des histoires et des blagues à l'enfant. Malika comprenait alors intimement le pourquoi du comment d'une famille. Mohammed aurait pas laissé les envies de sa Malika dans le vent avec le risque que le bébé ait des taches à la naissance malgré que, lui, ait failli voir ses doigts se briser comme des morceaux de verre. C'était déjà le début de son travail de père et dans la logique de son rôle de chef de famille. Des fois, dans la vie, on fait des trucs pour soi, pour son reflet dans le miroir, pour sa conscience, et les autres croient qu'on se sacrifie pour eux…

Momo a été très présent pendant la grossesse, il a juste manqué la naissance parce qu'il était de poste de nuit à l'usine. Cette nuit-là, Malika était seule dans leur nouvel appartement. À l'époque, ils avaient pas encore le téléphone car la cité était toute nouvelle et les poteaux étaient pas plantés. Comme elle avait voulu faire Ramadan malgré le bébé, elle a cru d'abord à des crampes. Après un certain nombre de contractions et un pipi debout, elle a compris que le bébé arrivait. Elle est allée frapper à la porte de sa voisine et celle-ci a prévenu le voisin du dessus qui avait une voiture. Malika regrettait que Mohammed ait pas été là, la douleur aidant, elle le haïssait même un peu beaucoup de l'avoir laissée en plan au dernier moment. Il lui avait dit fièrement la semaine d'avant qu'il avait pris un jour pour l'Aïd, mais qu'il travaillerait la nuit de ce dimanche pour rendre d'avance ses heures. D'accord, la nuit du destin tombait pile poil ce jour-là, mais il fallait faire des choix. Évidemment, Malika se retrouva dimanche, quelques heures après avoir observé le ciel par la fenêtre à l'affût d'une boulette de feu ou d'un djinn, sur une table d'accouchement à pousser, à vomir et à chier de douleur tandis que quelque part au fond de son esprit se posait l'obsédante question de savoir si elle avait oui ou non éteint les bougies avant de quitter la maison.

Je suis née pendant la nuit du destin, la péridurale existait pas encore, alors Mama se prive jamais de rappeler combien je l'ai fait souffrir depuis que j'existe. Momo a su lundi en rentrant de l'usine à 5 heures et quelque du mat. Il est allé direct à la maternité. On l'a pas laissé entrer. On lui a juste dit que sa femme allait bien et qu'il avait une fille. Il est rentré à la maison un peu moins fou de culpabilité et d'inquiétude mais, dans sa 103 caca d'oie, il se demandait si Nordine c'était possible comme prénom pour une fille.

À 9 heures du matin, il est allé direct chez Mobiclub m'acheter une chambre en plaqué acajou avec un secrétaire et tout et tout. Il a demandé qu'on livre le plus vite possible et a taxé au vendeur une photo de ce qu'il venait d'acheter juste pour montrer à Malika. À 10 heures un quart, Mohammed était dans la chambre de sa Malika avec des fleurs, des chocolats à la liqueur parce qu'il comprenait pas encore les étiquettes, qu'il avait pris la plus jolie et la plus chère des boîtes, et un nounours bleu avec une tenue d'arlequin, tout ce qu'il avait pu, en somme, trouver de mieux à la boutique de l'hôpital.

Le bébé était pendu au sein de Malika. Il a lâché tout ce qu'il avait dans les mains sur une tablette et il est resté scotché au linoléum. Il a pleuré comme un bébé. Mama, soulagée de le voir enfin, lui a ordonné de s'approcher. Mohammed parlait pas, il sanglotait encore et s'essuyait les yeux à grands coups de manches parce qu'il voyait pas bien le spectacle et qu'il voulait pas en perdre une miette de plus. Mama, lorsque j'ai eu fini de boire, m'a tendue vers lui et, fermement, m'a posée dans ses bras. Papa, il avait peur de me casser, de me faire mal. Mama lui a dit que je risquais rien et qu'elle lui laisserait pas cette excuse pour pas s'occuper de moi. Papa a rigolé, il m'a levée un peu plus haut, puis, sérieusement, m'a approchée de la fenêtre pour me présenter au ciel comme Kunta Kinte avait fait dans *Racines*. Il m'a regardée et a compris qu'on pouvait définitivement pas m'appeler Nordine. Mama a proposé Norah. L'affaire conclue et les bisous échangés par milliers, Papa est allé à la mairie du coin avec son livret de famille marocain déclarer la naissance de Norah Rabhan un certain 11 septembre.

Le lendemain, Mama m'a souvent montré les photos, elle s'était habillée de son plus beau cafetan, avait mis du souak, du khôl et de l'or. Papa avait cuisiné pour elle la rfissa traditionnelle des accouchées et tous les amis sont venus nous voir à la maternité. Boua Raïs, Si l'Hossein, Fikraoui et tous les autres types qui m'ont refilé plein de bonbecs et de pièces pendant mon enfance, tous ceux qui sont retournés au bled depuis que la mine a fermé. J'ai toujours kiffé quand les M&M's me racontent comment c'était avant que je me souvienne. Quand j'étais gosse, après une correction, je me demandais toujours pourquoi mon père avait plus du tout peur de me casser…

✶

L'Aïd. Enfin. Cette année, pas de nuit du Ramadan de Frédéric Mitterrand, c'est l'ancien présentateur du journal de 13 heures sur Antenne 2, celui qui a rasé sa moustache, qui l'a remplacé. Dommage, j'aimais mieux avant. Jeudi, au bahut, les gosses musulmans sont tous absents. Je crois que beaucoup vont s'offrir un week-end prolongé. Ça craint. Mais bon, le week-end de la Pentecôte va sauter, alors c'est comme s'ils rattrapaient le coup. Moi, j'ai droit à un jour de congé pour fête religieuse mais je me le garde pour l'Aïd-el-Kébir. Les gosses qui sont pas venus, je les verrai certainement se pavaner dans la journée aux abords du collège avec des sous plein les poches et des nouvelles fringues qu'on leur aura offertes pour l'occase. C'est un peu comme un Noël pour eux. Les choses ont bien changé depuis que j'étais petite. Nous, avant, on manquait pas l'école, on avait peur, et nos darons encore plus que nous.

C'est chelou quand même de boire et de manger dans la journée. J'avais presque oublié comment c'était. C'est comme si je revenais de Koh Lanta. Après toutes ces privations, j'ai l'impression de truander. Mais non, c'est plus Ramadan, c'est tout. Ciao, à l'année prochaine et pas trop vite s'il vous plaît. Même si de toute façon, le temps, j'ai remarqué, plus je vieillis et plus il passe vite…

✶

Vendredi, j'ouvre le bal par l'accueil des enfants à la grille d'entrée du collège et j'enchaîne sur deux copieuses heures d'études. J'aime le vendredi. J'ai mes habitués en première heure. Quelques Segpa, une poignée de collés, des petits sixièmes et des troisièmes qui peuvent pas venir plus tard ou ont pas fait leurs devoirs la veille parce qu'ils ont préféré mater la Star Ac' et le truc à prendre ou à laisser d'Arthur, ou encore parce qu'ils avaient un entraînement quelconque. Aujourd'hui, en plus, j'ai une classe de troisième à cause de l'absence de leur prof de français. Tout roule Raoul, je fais mon appel et commence à bouquiner un petit moment en attendant qu'on m'interrompe pour demander un coup de main.

Je suis une espèce de grand manitou pour les gosses même si je les soûle avec les détails. Je donne jamais la réponse sans expliquer avant. Des fois, ça les intéresse assez pour qu'ils pensent plus à leur exercice à faire ou à leur devoir à rendre. J'en profite pour leur rappeler que les exos et les contrôles, c'est juste pour vérifier qu'ils ont appris des trucs. J'aide à tout sauf pour les maths, je leur dis que depuis qu'on m'oblige plus à en faire, je veux plus en entendre parler. En fait, je sais plus vraiment comment on fait.

Avec les gosses, il faut toujours montrer que t'es plus fort que tout parce que t'es un adulte et qu'eux, ils ont déjà commencé à se rendre compte que leur daronne est pas la plus belle du monde et que leur daron, c'est pas l'homme le plus fort ou le plus malin que la terre ait jamais porté. Ils ont commencé à se méfier. À cet âge, c'est pas facile de voir que tu t'es fait rouler par tes parents pendant presque toute ta vie, c'est pire encore que lorsque tu découvres que le Père Noël existe pas. Alors, les élèves, ils ont besoin de croire qu'il y a des adultes qui savent plein de choses, qui ont les épaules et le moral solide.

Avec moi, Hamdou'llah, ça passe parce que je les refoule pas avec de la psycho de bas étage, que je les note pas et que je les prends comme ils viennent, sans espoir ni appréhension. C'est facile, je les ai pas élevés, j'ai pas les tripes qui se nouent à l'idée qu'il pourrait leur arriver un truc, je les trouve pas ingrats. Parce que je les nourris pas, je jongle pas avec le budget familial pour leur payer la dernière paire de jeans à la mode ou des cours de guitare. J'ai pas à me sentir minable parce que non, ce mois-ci, je peux pas. Je les aime avec ma tête, pas avec ma viande. Quand on est détaché, on est forcément plus cool avec les gosses. Le boss, je leur ai déjà dit, c'est moi. Ça les fait marrer, mais ils savent que je le pense. Ils le pensent aussi. C'est ça que les grands oublient depuis qu'ils ont lu Dolto. L'enfant est une personne, mais l'adulte dans tout ça ? Moi, en tout cas, je suis une grande personne et je le leur rappelle à l'occasion. Ça marche du tonnerre de Dieu avec eux. Ça les repose presque d'avoir quelqu'un qui décide des choses. Ça leur laisse le temps d'être ce qu'ils sont. Ni plus ni moins.

10 heures. Comme prévu, beaucoup des petits ramdameurs sont pas là. La Colonel, elle peut pas s'empêcher de faire des réflexions sur ces élèves qui viennent à l'école à la carte et sur leurs parents qui font aucun effort pour s'intégrer. Elle fait semblant d'oublier que je fais partie de la même grande famille que ces gens-là, j'ai juste eu la chance d'avoir les M&M's sur le dos. Les enfants ont abusé, c'est sûr, mais elle devrait faire gaffe à ce qu'elle dit. Son discours passe pas très bien autour d'elle. Madame Certain s'occupera de leur cas lundi. On le sait tous. Alors pourquoi continuer à ruminer ? Je crois que la Colonel a toujours suivi à la lettre

les règles, les lois et tout un tas de choses en attendant qu'on lui reconnaisse cette faculté à se soumettre de bonne grâce aux figures imposées. Le problème, c'est que, dans la vie, il faut savoir faire les choses avec intuition, réflexion, imagination et surtout gratuitement, selon sa conscience. Avec des gens comme elle, il y aurait pas eu de type pour dire que la terre est ronde et tourne autour du soleil, de révolutions, de Mai 68 et on aurait pas découvert les Amériques, ni autorisé les femmes à voter. L'ordre, il faut le respecter en son âme et conscience. Mais la vie, comme dit le Grand Turc, elle se vit en free style. La Colonel, comme personne lui dit jamais merci, elle espère que tous ceux qui fautent, ils se fassent pécho très sévère. Mais ça, elle le fait sans diplomatie, elle est tellement sûre d'être irréprochable qu'elle voit pas combien elle agace. Là, encore une fois, elle a manqué l'occasion de se taire. Quand on est pion, on est censé informer et suggérer des solutions. On est pas payé pour décider. Chacun à sa place. Même si dans l'Éducation nationale les gens se tutoient et se sourient, on mélange pas les torchons avec les serviettes. Il faut vraiment être aveugle et sourd pour pas comprendre que l'ambiance post-soixante-huitarde, c'est qu'une façade qui cache l'ambition et les prétentions de beaucoup, même si, quelque part, il se planque toujours une ou deux perles en velours côtelé qui ont la vocation.

*

Lundi. De préau. Les ramdameurs qui ont choisi de faire l'école buissonnière vendredi essaient de refourguer leurs carnets de correspondance pour que je présente moi-même à Madame Certain leurs billets d'absence. Je jette un coup d'œil, je rigole devant autant de gastros fulgurantes et opportunes et dis que non, je veux pas marcher dans la combine.

– Vas-y, Norah ! Assure… T'as vu, c'était l'Aïd…

– Je suis venue, moi, vendredi, l'Aïd c'était jeudi… Débrouillez-vous, fallait y penser avant !

– Tu crains, elle va nous ramasser… La Mecque, elle va nous tuer…

– Laisse La Mecque tranquille ! Allez au bureau, si c'est elle qui envoie quelqu'un vous chercher en cours, ça va chauffer encore plus…

– Norah, t'as vu, l'Aïd c'est trois jours normalement…

– Alors pourquoi vous avez mis à la place sur vos billets : malade, gastro, problème familial ?

Les gosses, dégoûtés, sont allés chez Madame Certain faire signer leurs carnets. J'aime pas les envoyer dans la gueule du loup, mais je fais mon boulot parce qu'il faut vraiment qu'ils apprennent à pas faire que ce qu'ils veulent. Niquer le système, des fois, c'est comme s'autoniquer. J'aimerais qu'ils respectent plus de trucs à l'école parce que je sais que d'ici quelques années, ils seront dans les premières charrettes de gens qu'on oublie au pied d'un immeuble. Là, on s'occupe encore d'eux, il faut vraiment qu'ils comprennent que c'est tout bénef pour eux aujourd'hui et Inch'Allah pour plus tard. Ils ont tous maté le dernier spectacle de Jamel Debbouze pendant les vacances, et tout ce qu'ils en ont retenu c'est que l'ascenseur social est bloqué au sous-sol et sent la pisse, ils ont pas vraiment réfléchi au fait que là où il y a un ascenseur, il y a forcément des escaliers. Et même s'il y en a pas… il faut rêver encore plus fort et se prendre pour Spiderman, déployer des talents de super-héros ou de sherpa pour grimper. C'est plus dur, presque inhumain comme effort, mais ça reste possible. J'ai un peu l'impression d'être un traître sur le moment mais j'ai ma conscience pour moi, ils ont pas tous quelqu'un à la maison pour leur dire qu'il y a des trucs comme l'école sur lesquels on crache pas. Jamais.

*

10 heures. Pendant la récré, je souffle un peu. Je grignote quelques Pépitos. Comme les gosses me regardent manger, je peux pas faire ma chacale, je lâche un, deux, trois, tout ce qui reste de mon paquet de biscuits à ceux qui sont près de moi. Ça les choque de voir une pionne partager son goûter. Moi, ce qui me choque, c'est les gens qui laissent l'envie dans le regard de l'autre. On m'a toujours dit qu'il faut pas manger devant quelqu'un sans partager, c'est comme avaler du poison ou du mal. Il y a des choses comme ça qui, mine de rien, ont été gravées au fer rouge dans ma conscience par les M&M's. Peu importent les raisons d'agir juste et bien, c'est l'action qui compte plus que la motivation. La seule chose que je demande aux gosses, c'est de me dire merci pour la forme. Après tout, je suis pas les Restos du cœur. Je crois vraiment que, quand on donne d'une main, on reçoit quelque chose dans l'autre. Je préviens quand même les gosses que je m'attends à ce qu'ils essaient, à l'avenir, d'en faire autant avec leurs camarades dès qu'ils le pourront. C'est du chinois pour eux. C'est ça, Norah, cause toujours…

Quand je pense qu'on dit toujours des enfants qu'ils sont innocents et tout et tout… Je sais d'expérience que c'est loin d'être le cas. Les gosses, ils ont de l'instinct, ils ont pas le gène du sacrifice, ils sont juste dans le moment. En plus, ils ont pas le temps de s'ennuyer assez pour se mettre à rêver et à imaginer tout un tas de meilleurs scénars dans la vie. C'est la génération Nintendo et Playstation, faut faire avec et essayer de rectifier le tir de temps en temps pour qu'ils pigent un peu qu'il y a pas toujours un bonus ou un game over à la fin d'une partie, mais seulement le plaisir de jouer. Je pense la même chose de la religion. À zapper le paradis et l'enfer, trop lointains, tout est affaire de conscience dans le fond.

Donc, me voilà à transgresser la règle que je m'étais imposée à la rentrée, faire mon boulot sans états d'âme et sans m'impliquer. Je me fixe vraiment des règles à la con quelquefois… Comment éduquer des gosses sans essayer de les rassurer, sans leur apprendre qu'à l'école vivre en bonne intelligence avec ses potots, c'est un peu s'entraîner à être fier de voter et de payer des impôts plus tard ? Merde ! L'école, c'est pas le pensionnat de Chavagne. C'est là où tu vas devenir quelqu'un sans tes darons, tu seras libre comme l'air parce que t'apprends des choses en cours et aussi dehors, tu rencontres plein de monde. Et dans ce plein de monde, il y a les copains et les profs, il y a la prof d'histoire-géo qui est toujours en retard, il y a le prof de musique loufoque, il y a le Grand Nicolas, la jolie Steph qui plaît à tous les mecs et rend dingues les autres filles, les jumelles Algérie avec leurs joggings et leurs écharpes nationales parce qu'elles ont jamais mis un pied au bled et que ça leur manque, les Piles qu'on dit hyperactives et qu'on gave de cachetons tandis que personne n'a songé à leur faire faire du sport pour les anesthésier un peu de bonne fatigue. Il y a aussi la Dame de cœur que certaines langues bien pendues appellent Elena Ceaucescu depuis qu'il fait froid et qu'elle s'enveloppe dans un manteau de fourrure synthétique brune (et c'est vrai qu'elle a un petit quelque chose de…), les Segpa, le prof de gym tripoteur et les cuistots qui refilent du rab avant le rab parce qu'ils ont peur qu'un gamin souffre de la faim. Il y a enfin Tarzan, la Russe, la Colonel, la Minipouss', Derrick qui jette sur le bureau des pions le boulot à faire comme on jette de la barbaque à des fauves qui ont plus de crocs, Madame Certain qui tient le coup de mieux en mieux, qui bosse sincèrement même si elle a compris, après plus de vingt ans de carrière, que le zèle, c'est utile seulement à la maison. Et il y a moi qui partage mes Pépitos au chocolat noir…

*

Demi-pension. Je suis de cour. Ça veut dire que je me les pèle pendant une heure et demie dehors en rôdant un peu partout et en faisant gaffe que les enfants fassent pas de connerie comme fumer une clope, se rouler une pelle ou se tabasser. C'est chouette quand il fait beau mais là, je déguste sévère à cause du froid. C'est vraiment pas un temps à mettre une Arabe dehors. Je mate de plus en plus la météo quand je suis à la maison. Pour savoir comment je devrai m'habiller ou si ça vaudra la peine de me faire un brushing le matin. Les fringues, j'ai aucun mal à me décider, je choisis de plus en plus des trucs confortables. Pour mes cheveux, même si je sais qu'il va pleuvoir et que je vais finir par ressembler au membre fantôme des Jackson Five avec ma gouffa sur la tête, j'ai du mal à pas dégainer le sèche-cheveux et la pince céramique tous les matins. Je kiffe Malcolm X et sa théorie du Black is beautiful mais j'arrive toujours pas à renoncer à mon rêve d'avoir des cheveux raides et impeccables. Les filles basanées à l'école et un peu partout, elles poussent la séquence transformation en beauté occidentale jusqu'à se fourrer des lentilles bleues ou vertes dans les mirettes pour faire plus couleur locale. Vendredi dernier, même Momo la Gazelle a essayé les Freshlook ambre pour épater les nénettes. C'est vrai que l'Arabe en France est pas exotique mais de là à muter pour se faire accepter... Faut pas pousser ! Je me suis tellement moquée de Momo la Gazelle et des ses yeux en plastoc qu'aujourd'hui, il est venu avec ses yeux couleur cafard au naturel. C'est beau, des yeux noirs. J'ai vu la paille dans son œil mais moi, j'ai pas vraiment à faire la fière. Après tout, je me gâche une heure de sommeil tous les matins pour me tirer sur les cheveux. J'ai honte. Je suis superficielle. Je me rassure en me disant que, quand même, j'en suis pas non plus arrivée à la décoloration en blonde.

Tarzan, les jours humides, il m'appelle Norah la gouffa. C'est toujours très chelou quand un cul blanc parle comme nous. Ça fait plaisir mais ça m'inquiète aussi un peu. Tarzan, il suit une formation à côté du boulot pour enseigner le français à des analphabètes ou des gens fraîchement débarqués d'ailleurs. Il se partage entre le bahut, l'ANPE, des centres de formation pour adultes et des assos. Tarzan fréquente des darons et des daronnes arabes, noirs, kosovars, portugais, d'un peu partout et d'un peu toutes les couleurs. Il a appris comme ça plein de trucs et de mots d'ailleurs. Tarzan, il est gentil, il est curieux et il pige vite les choses qu'il connaît pas. Mais bon, de là à me surnommer la gouffa, il abuse. Je crois que depuis le début, je sais que c'est un type sympa parce qu'il a les dents du bonheur.

Les dents du bonheur, pour moi, c'est un peu comme la madeleine de Proust ou le strabisme pour Pascal. C'est un label rouge qui me rassure et m'attire. Des fois, je me suis lourdement plantée à cause des dents du bonheur, j'ai fait confiance trop vite et mal, mais j'en suis pas morte et je continue encore à les kiffer.

J'ai pas eu à chercher très loin la raison. Momo, mon daron, il en a et c'est le type que j'admire le plus au monde avec ma mère. Moi, j'en ai eu des dents du bonheur mais elles ont foutu le camp avec la poussée de mes dents de sagesse. J'aimais bien, pourtant, ressembler à Momo. Maintenant, quand j'attache mes cheveux et que je mets mes lunettes, le Grand Turc, il me dit qu'il croirait voir ma daronne. C'est chouette dans le fond d'avoir une gueule qui reste dans la famille. Tarzan, je l'ai kiffé a priori mais plus le temps passe, plus je vois ce qu'il fait de bien. Au boulot, j'ai besoin d'apprécier un minimum les gens avec qui je taffe pour pouvoir me lever un peu plus facilement le matin. Comme j'en aime bien trois sur six depuis la disparition de la Grosse Carla, ça va, c'est une bonne moyenne.

La demi-pension, c'est le moment le plus intime avec les gosses. Attention, intime dans le sens où on a plus de temps à leur consacrer, pas dans le sens de Dutroux ! C'est là où tu remarques ce qui roule ou ce qui cloche chez eux. Il y a déjà des couples qui se sont formés. Ça je peux le voir arriver depuis des kilomètres. Avec Tarzan, on prend des paris. Généralement, je mets dans le mille. Lui, c'est un type, alors on peut pas dire qu'il soit super-perspicace. C'est pourtant facile à deviner, il suffit de suivre du regard les copains ou les copines d'un tel ou d'une telle à travers la cour et d'attendre qu'ils se chuchotent des trucs à l'oreille. C'est rigolo parce que à ces âges-là, les gosses envoient toujours quelqu'un aux nouvelles à leur place. Si c'est d'accord, ils se font un câlin en douce, sinon le râteau ils se le prennent par personne interposée et ça fait un peu moins mal.

Les filles, je dois dire qu'elles ont oublié ou elles savent pas que des femmes ont brûlé leurs soutifs il y a quarante ans pour être libres. Elles se soumettent presque instinctivement aux garçons pour leur plaire. Devant un prof ou un pion de sexe masculin, elles ouvrent facilement leur gueule, mais face à un boutonneux qui conduit un scooter, ça semble une autre paire de manches. Et vas-y que je te remonte le string jusqu'aux oreilles, que je ferme ma gueule pour faire plaisir, que j'obéis au doigt et à l'œil, que je minaude toutes les deux secondes pour faire ma maligne… Je me prive pas de leur dire qu'elles craignent un max et qu'un type qui en vaut la peine, c'est le premier à pousser une nana à être naturelle. Les filles quand je leur parle de la libération de la femme, elles veulent pas croire que ça a existé. Elles croient que les droits de la femme coulent de source sauf dans les pays lointains, là où les nénettes portent des trucs sur la tronche et la tête. Elles pensent qu'elles trahissent rien en jouant les petites choses fragiles et décérébrées. Un jour, j'espère qu'elles comprendront qu'une fille, elle a pas à s'écraser pour avoir sa place au soleil.

– Mais, Norah, si je lui dis ça, il va me larguer.

– Et alors ? Vous avez pas de crédit maison et voiture, trois gosses et un chien, t'as pas à faire semblant.

– Mais… il dit qu'il m'aime bien, il m'envoie des SMS quand il a du créd'. Il veut juste rester avec ses potes…

– C'est bien alors, si ça te fait plaisir attends à la maison de voir ton portable sonner pendant que lui s'éclate avec ses potes, mais viens pas te plaindre !

– Norah, il dit qu'il faut qu'il respire et qu'on est pas mariés. Il paraît que ça le soûle de rester toujours avec moi parce qu'on fait rien d'autre que s'embrasser.

Moi, dans le fond, je comprends. C'est juste plus facile à mon âge de cracher dans la soupe. Parce que j'ai trouvé un type à qui je peux dire je t'aime et merde dans la même phrase sans me sentir en grand danger d'abandon. Parce que le Grand Turc pourrait me dire qu'il m'aime et merde dans la même phrase sans avoir plus à craindre qu'une scène. Je sais que c'est dur à leur âge de lutter contre la Playstation, les copains, Clara Morgane et le secret grand amour de leur vie, aux mecs : maman. De toute façon, comme elles couchent pas encore, j'espère, elles ont pas grand-chose à risquer ou à perdre. Mais j'aime vraiment pas voir que quand ça coince, une fille se sente moins que rien et qu'un type passe à autre chose tout simplement. Je sais pas si la lutte pour l'égalité des sexes, aujourd'hui, il faut pas commencer par la mener contre cet instinct qu'on a presque toutes à penser à l'autre et à son bonheur avant soi-même. On doit être génétiquement programmées pour se sacrifier et s'autoflageller. Mais de là à le faire pour un tocard…

La demi-pension, c'est aussi le moment où les gosses ont le plus le temps de jouer, surtout les garçons à toutes sortes de trucs avec une balle. Le ping-pong sans raquette avec une balle de tennis, le foot avec une balle en mousse, les marrons qu'on s'envoie dessus en douce, les fuis-moi-je-te-suis-suis-moi-je-te-fuis et les jeux de chat. L'enfance, c'est jouer surtout.

Il y a deux gosses en ce moment qui passent pas une demi-heure dehors sans se retrouver chez Madame Certain. Les Piles, on les a diagnostiqués hyperactifs. Ils prennent des cachetons depuis peu mais le dosage est pas encore au top de l'efficacité. Tarzan et moi, on les laisse jouer, courir, s'épuiser parce que c'est normal pour des gosses de sixième d'être montés sur pile. Le problème avec les deux Piles, c'est qu'ils tiennent vraiment pas en place. Ils sont pas copains, ils sont pas non plus dans les mêmes coins de cour, mais on les retrouve toujours punis dans la salle du photocopieur à 13 h 30. Les pauvres, ils ont du mal à se gérer. J'ai remarqué au réfectoire qu'ils mangent pas beaucoup. Ils savent pas s'arrêter pour reprendre des forces et se calmer. Ils bougent tout le temps, plus la journée avance, plus ils tirent sur la corde, plus ils sont énervés. Forcément, ils provoquent des dommages collatéraux avec toute cette énergie mal canalisée. Je crois que les Piles manquent seulement d'activités comme le sport pour se défouler et s'épuiser un peu. Mais c'est plus facile d'emmener un gamin chez le psy tous les mois plutôt que d'assurer la navette deux fois par semaine pour le stade ou le gymnase…

Quand on parle avec la Pile n° 1, on apprend qu'il a pas manqué un épisode des *Feux de l'amour* ou de *Plus belle la vie* et qu'il a joué presque tout le temps à la console pendant ses vacances. Quant à la Pile n° 2, comme ses parents travaillent et qu'il a pas de frère ou de sœur, il s'est emmerdé comme un rat mort à surfer sur le Net et à jouer à la Playstation pendant toutes les vacances. Ni l'un ni l'autre pratique de sport. C'est trop facile de filer des cachetons à des gosses dont on s'occupe pas assez. L'hyperactivité, c'est la bonne excuse pour camer des gosses qui remuent trop. C'est bizarre, je me souviens pas que cette maladie existait quand j'étais gosse… On disait qu'un enfant était turbulent, pénible, remuant, mal élevé. On pensait pas qu'il était malade. Aujourd'hui, on se trouve trop d'excuses et c'est pour ça que des cons vont peut-être vouloir réintroduire les châtiments corporels après la punition collective.

*

C'est le week-end. Comme l'Opac fait enfin faire des travaux d'isolation sur les immeubles du quartier, on doit dégager le plus de trucs possible pour laisser les ouvriers travailler sans faire de dégâts. Ils viennent lundi matin. Momo a pris ses RTT pour qu'il y ait quelqu'un à la maison. Depuis la semaine dernière, des palettes de fenêtres à double vitrage s'entassent devant notre tour. Mama est super-contente, elle a enfin l'impression que les loyers servent à quelque chose. C'est vrai, quoi, ils payent pas avec des cacahuètes mais ils habitent dans un endroit où tout se dégrade depuis des années sans que personne pense à arranger un peu la vie. C'est pas très agréable de prendre un ascenseur qui sent la pisse, où des fois on se bouche le pif et on fait gaffe à pas marcher sur une plaque de vomi, de la merde de clebs ou sur de la crache. Et puis, je sais pas pourquoi, mais il y a toujours des trucs écrits : « Nique la police, 2Pac, tomawak, Saddam… » avec souvent des fautes d'orthographe et un ou deux boutons brûlés parce que apparemment un ascenseur c'est un peu une galerie d'expo à la Basquiat…

C'est grave, il y a des gens, plus ils sont pauvres et plus ils ont des gros chiens qui pissent et chient partout. Le logement social, depuis quelques années, il a changé de public. On trouve de plus en plus de déglingos et de filles-mères dans les barres et de moins en moins de familles duo-parentales avec plusieurs gosses. Momo, il dit que la France change, que les pauvres, depuis le Rémi, c'est plus tout à fait par hasard, c'est plus tout à fait les mêmes. Je suis pas trop d'accord avec ça même si les soirs, c'est chaud de pouvoir dormir sans entendre des gens qui font la fête en plein milieu de la semaine ou des mecs gueuler dehors parce qu'ils ont trop bu. Quand j'étais gosse, le quartier était vachement plus tranquille. D'ailleurs, maintenant dans le journal municipal on dit la cité du B… sans mentionner le quartier. Beaucoup de choses ont changé.

À tous les étages, ce week-end, on entend des bruits d'aspirateur, on voit de l'eau savonneuse s'écouler des balcons, le vide-ordures et les caves ont jamais été aussi remplis. C'est le grand nettoyage de printemps mais en plein automne. À la maison, j'astique, je débarrasse, je range et je fais mes cartons. Yssa me met la pression pour pouvoir récupérer ma chambre. Je savais qu'il faudrait bien quitter la maison un jour, mais j'avais pas imaginé que ça se passerait comme ça. Tandis que je descends les trucs à jeter, j'embarque quelques cartons pour les mettre dans mon coffre. Je fais le grand saut pour de bon cette fois-ci. Comme j'ai beaucoup de travail, j'ai pas vraiment le temps d'être triste. J'ai l'impression que j'efface les traces de mon existence à la maison à grands coups de Javel et de Pliz. Yssa en a même profité pour me demander de changer les meubles de ma chambre de place pendant que j'y étais. Je fais tout ce qu'on me dit, même nettoyer des vitres qui demain seront dans une benne à ordures. C'est la vie mais c'est un peu violent quand même.

Le soir, tandis que les M&M's se posent devant TV Bled pour souffler un moment, je vais chez moi dans ma voiture over-blindée pour ranger mes affaires ailleurs. Il faudra faire plusieurs voyages. C'est un peu comme si on me forçait à grandir d'un coup. Le Grand Turc, il a apporté ses cartons aussi. On range notre bric-à-brac sans trop parler parce qu'on voudrait pas que l'autre se rende compte que c'est triste dans le fond. Dimanche soir, je dormirai avec lui et même si ça fait des lustres qu'on en rêve, ça commence à faire peur.

Et si ça marchait pas ? Les gouers ont peut-être raison d'habiter ensemble avant le mariage… En tout cas, ni le Grand Turc ni moi faisons les fiers. On y est et c'est tellement bizarre qu'on sait pas quoi faire à part essayer d'organiser nos placards.

Chez nos parents, depuis que la plupart de nos affaires y sont plus, on vit un peu comme des gitans, des gens de passage. Pendant tout le week-end, l'impression d'être à la rue m'a pas quittée. Je sais que c'est pas vraiment le cas mais, des fois, c'est ce qu'on ressent qui est vrai, pas ce qui se passe.

Dimanche, tandis que j'ai embarqué mon dernier carton dans ma caisse, j'ai senti que rien serait plus jamais comme avant. Mon daron s'est cassé au jardin pour pas me dire au revoir. Je dois revenir dans la semaine pour nettoyer après le passage des ouvriers, j'ai gardé les clefs de la maison et de la boîte aux lettres, mais ce sera plus jamais pareil… Ma daronne m'a fourré dans un sac du poulet rôti et des chips comme si j'allais pique-niquer et revenir ensuite. On fait semblant. C'est moins pénible quand on dit rien et qu'on fait comme si…

*

Jeudi. J'ai eu du mal ce matin à décoller de la maison. J'ai presque pas dormi depuis la nuit de dimanche. Il faut dire que le Grand Turc ronfle et grince des dents. Maintenant qu'il est tout à moi, j'ai pas trop envie d'être tout à lui. Les toilettes sont juste à côté de la chambre et c'est une histoire de pipoter sans bruit et sans odeur. J'avais pourtant prévu le coup en achetant de la bombe neutralisante d'odeurs. Je me souviens que dans *Fanfan*, le type, il voulait pas voir sa meuf faire ce genre de truc, alors moi, j'essaie de rester la Norah que le Grand Turc imagine. Pas celle qui fait pipi et popo comme tout le monde. J'esquive aussi le bisou du matin à cause de mon haleine de chacal et j'allume pas la lumière pour qu'il se rende pas compte tout de suite-tout de suite que la nature a pas été super-généreuse avec moi. Avec lui non plus d'ailleurs, mais comme il se pomponne pas, on sait un peu à quoi s'attendre. Moi, c'est de la publicité mensongère, de l'escroquerie sur la marchandise et j'ai peur qu'il s'aperçoive trop tôt où il a mis les pieds. Je crois qu'il a toujours accepté mon caractère de chien parce qu'il me trouvait jolie et tout et tout, mais s'il voit ma face cachée, j'ai comme le pressentiment qu'il sera beaucoup moins conciliant à l'avenir.

Je me prends beaucoup la tête, mais lui aussi j'aimerais qu'il fasse des efforts, qu'il apprenne à tirer la chasse d'eau derrière lui et qu'il ramasse les poils qu'il sème un peu partout dans la salle de bains. Mais c'est pas pareil, il est programmé pour croire que la maison est autonettoyante et que la cuisine se fait toute seule. Pour le Grand Turc, vivre à deux, c'est pas aussi compliqué qu'il le croyait. Moi, je me rends compte que c'est la grosse arnaque du siècle pour une femme. Je sais maintenant ce que veut dire un double emploi du temps. Après le boulot, il faudra faire les courses, la cuisine, essayer d'avoir le sourire quand même, rester fraîche et dispose pour rigoler et câliner un peu avec le Grand Turc. Je me suis mise dans une merde pas possible. Je comprends pourquoi les types, ils se jettent à genoux pour demander la main d'une fille. C'est le moins qu'ils puissent faire pour embarquer la jeune innocente dans ce plan bidon qu'est le mariage. Ils devraient dire : « Bébé, est-ce que tu veux devenir mon esclave, ma mère et ma pute ? », ce serait plus honnête.

En clair, je rencontre pas les problèmes dont on parle dans *Cosmo* mais des trucs bien plus concrets comme : « Comment garder du temps pour moi ? Au secours ! Je deviens la mère de mon mari. C'est chaud d'avoir l'air glamour quand on a passé une heure et demie à préparer un tajine, qu'on doit débarrasser la table après dîner et faire la vaisselle avant de passer une nuisette en polyester tandis que j'ai envie d'enfiler un vieux jogging et des grosses chaussettes. » En plus de tout ça, avec le Grand Turc, on a entamé une partie de bras de fer pour savoir où chacun a son territoire dans la maison et qui est le boss. C'est beau l'amour, mais c'est pas facile à vivre. Au début, les deux premiers jours en fait, j'ai même mis du mascara et du gloss transparent, je me suis ravagé les joues à force de les pincer pour avoir bonne mine et l'air croquant à souhait avant d'aller me coucher. Ce soir, que dalle, je suis trop claquée pour continuer la mascarade. Le Grand Turc, il faudra qu'il me prenne telle que je suis. J'en fais déjà trop. Quand je pense à Betty F. et toutes celles qui ont lutté pour nous, j'ai presque honte de moi… Mais quand le vin est tiré, il faut le boire même si on doit se pincer le nez. J'ai enfin compris pourquoi dans *Pride and Prejudice* et les contes de fées, l'histoire s'arrête après le mariage. C'est parce que la mariée, elle se transforme en citrouille. J'en aimerais presque mes longs trajets en bagnole avec la musique et le chauffage à fond, qui me permettent d'échapper à la maison et au collège. Ça tient pas à grand-chose une vie de femme…

*

Tartuffe le retour ! Tarek Ramadan con sacré dans le rôle… C'est quoi, un moratoire pour les femmes lapidées ? Moratoire : dans le Petit Larousse fashion (celui avec la couv' Christian Lacroix), c'est accorder un délai ou une suspension volontaire d'une action ; s'accorder un délai avant de poursuivre une activité dans un domaine donné. En l'occurrence attendre avant de démonter la gueule des femmes qui auraient commis l'adultère. Le problème, c'est que chez les musulmans, il y a beaucoup de types à l'ancienne qui croient qu'une femme qui sourit à son voisin, elle a niqué ou elle va niquer avec lui. Comment peut-on parler d'un moratoire pour un truc aussi grave ? Est-ce qu'il a aussi un moratoire à respecter avant de condamner l'attentat suicide, le meurtre, le viol ou la maltraitance ? Avec un type pareil, ce serait presque possible. J'étais pourtant vachement contente qu'on médiatise pour une fois un intellectuel bien de chez nous. Au début, tout allait bien, il disait plein de trucs sensés, il était un peu rebelle, le Tarek, juste ce qu'il fallait pour rassurer une idiote comme moi qui aime pas trop les caricatures de bons sauvages arabes qui ont su s'intégrer en baissant leur froc. Il était digne, il était fier comme les Arabes de l'ancien temps, comme Saladin, Ali Baba et Sinbad le Marin.

Mais, comme par hasard, le bonhomme est pas clair du tout. Il fait des ronds de jambe devant les gouers et en même temps devant les extrémistes musulmans. Pour moi, un extrémiste, c'est un type qui pense que les femmes sont toutes des salopes sauf sa mère, il a ce genre de pensée en commun avec les psychopathes. Le Tarek Ramadan, il se fait bouffer par son double discours et il tient pas la route. C'est dommage, il nous aurait bien fallu quelqu'un pour dire enfin que chez nous aussi Allah est Amour. C'est râpé pour cette fois-ci. Pour moucher Finkielkraut, le philosophe qui bouge ses mains tout le temps et embrouille comme le corbac dans *Le Corbeau et le Renard* de La Fontaine, et tous les autres intellos pro-sionistes convaincus mais honteux, on aurait bien eu besoin de quelqu'un de bon et de droit. Quelqu'un qui aurait pas eu de sang sur les mains à part celui du mouton de l'Aïd-el-Kébir, qui détesterait personne et qui dirait pas de connerie à plus de deux syllabes.

Vraiment, qu'est-ce que Ramadan et son pote l'imam de Lyon sont allés parler de la lapidation des femmes alors que le divorce existe même chez les musulmans ? Momo, quand j'étais gosse, il me racontait l'islam. Il m'a parlé une fois d'un roi qui avait envoyé son fils en Égypte acheter du grain pour son peuple, et que ce dernier avait dépensé tout le fric à faire la fête avec des femmes. Quand il est rentré bredouille, hammal, son daron l'a fait attacher à un poteau et fouetter. Au quatre-vingt-dix-neuvième coup de fouet, le fils est mort. Son père a insisté pour qu'on lui tape une centième fois dessus afin de l'acquitter de sa punition pour avoir commis le péché de chair. J'ai grandi en sachant que les hommes aussi, dans la religion, ils pouvaient être coupables de ce genre de truc que je comprenais pas vraiment à l'époque.

Mais tous les types musulmans ont pas une aussi grande mémoire que mon daron. Souvent, la leur est sélective. Ils ont choisi que les femmes seraient responsables à elles toutes seules et que, sur elles surtout, on ferait la démonstration de l'honneur familial. Dans le fond, Tarek Ramadan et ses potes, ils mentent par omission, alors ils peuvent garder la moitié de leur conscience tranquille… C'est franchement dégueulasse. À eux aussi, j'aimerais dire : « Laisse La Mecque tranquille ! »

*

Mardi. Je suis de foyer. Le foyer, c'est une salle en sous-sol où les gosses qui ont payé une cotisation symbolique peuvent échapper à l'étude pour mater la télé et des clips sur la parabole, lire des BD, jouer au ping-pong, au babyfoot ou à l'ordi, ou encore se poser et discuter entre eux. Ils ont aussi la possibilité d'acheter un soda ou une barre chocolatée. Le foyer, quand les ordinateurs sont plantés, quand tout se casse la figure et que le frigo est vide, les enfants ils veulent y aller malgré tout. Moi, je refuse jamais de l'ouvrir parce que ça reste un moment privilégié pour eux et qu'en plus, ils ont chacun payé cinq euros pour ça. De toute façon, il faut pas être sensible au bruit quand on taffe avec des enfants, il faut accepter que l'école est un lieu où la marmaille se sociabilise. Ce genre de truc, je sens bien que c'est important pour eux. Ça semble tout autant important à ceux qui ont pas payé et je me sens un peu dans la peau d'un videur quand il faut dire : « Je crois que ça va pas être possible. » Au foyer, les fauteuils sont en mousse et avec le climat tropical, c'est-à-dire chaud et humide, qui règne dans le local, il faut être un gosse pour pas avoir conscience de l'odeur et du danger d'y poser ne serait-ce que le bout d'une fesse. Je suis sûre qu'on risque la gangrène en ayant juste une coupure au doigt tellement ça sent le moisi et l'humidité là-dedans. Les lundis, je me fais un brushing pour la beauté du geste parce que, même s'il fait beau dehors, j'ai foyer en première heure. Dès que j'en ouvre la porte à 8 heures, je sens mes tifs friser et, si j'ai mes lunettes encore sur le nez, elles se prennent de la buée aux carreaux. Faire le foyer, c'est un peu jouer le remake d'*À la poursuite du diamant vert*, c'est rigolo mais ça reste une aventure.

Aujourd'hui, quand je vais faire ma pêche aux élèves qui veulent aller au foyer, je sais déjà qui me suivra.

Le mardi après-midi, j'ai beaucoup de troisièmes et une poignée de sixièmes. C'est un mix à surveiller en deux temps. Les grands, il faut faire gaffe à ce qu'ils se tripotent pas et refuser qu'ils aillent aux toilettes parce que c'est le nom de code pour s'en griller une en scrède derrière l'atelier menuiserie. Tandis que les petits, il faut faire en sorte qu'ils jouent pas trop fort et qu'ils tchatent pas sur le Net. Tchater, c'est interdit au bahut, mais ils savent pas trop pourquoi des gens qui comprennent pas grand-chose au web leur interdisent le truc qu'ils aiment le plus faire.

Dans mon lot de sixièmes, il y a Samira, la petite qui me ressemble comme deux gouttes de zitzitoun, même gueule, même caractère et même allure que moi. Samira, j'avoue qu'elle a pas à l'ouvrir pour que je pige ce qui lui passe par la tête. Au début, ça nous a fait peur à toutes les deux, on s'est reniflées, on s'est observées et j'avoue que j'ai adoré quand elle m'a snobée les deux premières semaines. Si elle m'avait collée, j'aurais plus rien vu de moi en elle. C'est bizarre mais à elle, je passe rien, je l'aligne au moindre truc. Peut-être parce que j'espère que Samira profitera de ma présence pour avancer vite et bien. Elle me ressemble tellement que je connais quel coup de Trafalgar elle prépare avant même qu'elle y cogite.

Je sais qu'elle fonctionne à l'orgueil et à la trouille et c'est pas le meilleur mélange pour profiter d'une enfance. Elle ment souvent, Samira, parce qu'elle est digne et fière. Elle avouera jamais combien de coups de ceinture ou de claquettes volantes elle s'est pris la veille sur la gueule. Samira, elle se laisse pas faire, elle a peur de rien au collège, elle est impressionnée par personne parce qu'elle est souvent en colère. Elle a la haine de s'en être pris plein la gueule par ses darons pour une sale note, un mot sur son carnet de liaison, une heure de colle ou parce que personne voit ce qu'elle cache avec tellement de dignité. Samira est dure pour son âge, mais c'est qu'elle fait tout pour pas penser qu'elle est une victime. C'est de l'amour à l'ancienne et c'est culturel… Je lui dis souvent en rigolant que les Arabes ont la peau douce parce qu'ils ont le cuir bien tanné. Elle, elle rigole pas du tout à ma blagounette. Mais si, Inch'Allah, Samira devient un peu comme elle rêve d'être un jour, elle s'inventera une blagounette bien à elle pour plus ressentir de colère. Des fois, je la regarde en douce avec de la tendresse pour la gamine que j'étais moi aussi. C'est bizarre mais j'ai l'impression que tout au cours de ma vie, je serai plein de personnes différentes, comme si j'avais pris le témoin à un moment à quelqu'un que je serai plus et que ce sera comme ça pendant toute ma course jusqu'à la ligne d'arrivée. Et si la vie, c'est juste un relais quatre fois cent mètres ? C'est chelou et c'est hram, pourtant, je suis persuadée que je me suis déjà réincarnée plein de fois de mon vivant. Aux gosses, je dis souvent que c'est pas grave ce qui leur arrive, que c'est une mauvaise passe, que des fois, il faut pas se prendre la tête parce qu'on change et qu'il faut juste se laisser du temps. Ils ont pas l'air convaincu, c'est normal, je crois qu'il y a pas de mots pour pouvoir comprendre et accepter ce genre de truc quand on a le nez dedans. La Pythie, quand elle a dit : « Connais-toi toi-même ! », je sais pas si, dans le fond, elle parlait pas de ce relais qu'on doit tous courir… et peut-être que le père Socrate s'est demandé ce qu'elle avait bien pu fumer pour sortir une aussi grosse connerie. Qui sait ?

Les grands, eux, ils viennent au foyer comme on va au café quand on est au lycée, pour passer du temps ensemble et dragouiller par-ci, par-là quand les filles sont là aussi. C'est un petit groupe de bourrins de la campagne, l'un d'eux porte un pendentif représentant le drapeau sudiste alors qu'il peste toujours contre les Ricains. Ça lui plaît d'avoir au cou le symbole par excellence de ce qu'il déteste, mais je crois que pour lui, c'est comme pour mon cousin Icham du bled qui avait dessiné au marqueur noir une croix gammée sur son jean, c'est parce qu'il trouve ça joli, sans plus. Parmi la bande de troisièmes que j'ai aujourd'hui au foyer, il y a un type qui a l'air d'avoir eu un accident. On dirait qu'il a subi de la chirurgie reconstructrice au visage. Llahister, qu'est-ce qu'il est moche ! Un jour, je lui ai demandé ce qui lui était arrivé, il m'a regardé surpris et m'a dit qu'il avait jamais eu d'accident de sa vie. Chez lui, c'est naturel, c'est même pas une question d'hormones, c'est du définitif. Madame Certain, quand elle a vu le bébé d'une prof qui était venue fièrement l'exhiber aux collègues pendant son congé, elle a dit : « Qu'il est drôle ! » par politesse et parce que c'était pas possible de mentir.

Johnny, je crois que depuis son premier cri, les gens le trouvent drôle. Même son prénom sniffe la ringardise à plein nez. Le Johnny, il est moche et il est con. Quand je dis qu'il est con, c'est qu'il est CON. Il tient des discours de facho et il attend avec impatience les cours d'histoire sur la Deuxième Guerre mondiale pour pouvoir faire « Sieg Heil ! » et avoir l'air d'un gringo. Avec ses potes, ils se disent bonjour comme ça et il regrette les bastons fachos contre bougnoules qui se sont passées au collège l'année d'avant. Devant moi, le Johnny bronche pas une seconde, les fachos, ça voue un culte à l'autorité. Une fois, par provoc', il m'a demandé si je savais ce que c'était que *Mein Kampf*, je lui ai dit que oui, que j'avais pas trouvé ça super-bien écrit ou super-intelligent, et que ça se foutait bien de la gueule d'idiots de masse comme lui. Johnny, ça l'a choqué que j'aie lu ce tas de merde juste pour avoir le droit de cracher plus gras dessus. Ce qui me dérange chez ce genre de type, c'est qu'il est assez bête pour pas avoir vu qu'il correspond pas du tout à l'idéal aryen, lui aussi on aurait fini par le gazer, à l'époque.

Comme il s'attend toujours à ce que je le saque, il est vachement étonné que je le traite bien et juste. Le Johnny me cherche pourtant. Rien à secouer, les gens comme lui, j'en ai déjà vu par centaines et j'aime bien l'idée qu'ils s'étouffent dans leur propre haine. Tandis que je suis sur l'ordos avec Samira et un autre petit sixième à jouer aux jeux vidéo, il parle fort et tient des propos limite-limite… Johnny me gonfle. Mais pas assez pour que je le vire, il attend ça avec tellement d'envie que je le laisse macérer dans sa connerie. Je finis tout de même par lui dire de changer de sujet parce qu'il commence à me soûler sévère. Silence. Les autres attendent le clash. Rien. Alors voilà-t'y pas que le Johnny s'approche et me dit que ce qu'il dit sur les crouilles, les Arabes, je peux pas le nier. Merde, il est chez lui et pourtant, les autres, ils se sapent mieux, ils ont de meilleurs portables que les Blancs, ils ont des grosses voitures allemandes, ils agressent les petites vieilles, ils bossent pas et ils profitent des allocs que les Blancs paient avec leurs impôts. Ça y est, c'est dit ! Je le regarde droit dans sa tronche de cake et lui souris.

– Moi aussi, Johnny, je paie des impôts.

– Euh, Norah, toi, c'est pas pareil…

– Surtout me dis pas que je suis pas comme les autres parce que là t'aurais tort, mec ! C'est juste que t'as la trouille que je te colle mais t'inquiète… J'en ai rien à faire que tu me regardes comme un chien, je fais mon boulot, et mon boulot, c'est m'occuper de tout le monde. Même de toi…

– C'est pas ça, toi tu bosses pour l'État et…

– Mouais… Tu sais que pour l'avoir ce taf, il faut être français ? Et quasiment tous les bougnoules dont tu parles, ils sont chez eux autant que toi. Ci beau la France, tu crois pas ? Mais bon, je t'explique, même si j'avais pas ce boulot, je toucherais le Rémi et je te dirais ma façon de penser avec plein de gros mots. Bouge !

– Norah, t'as vu, les Arabes et les Noirs, ils nous envahissent, ils piquent nos boulots…

– J't' arrête tout de suite. Mon daron, c'est la France, nan, Michelin plutôt, qui est venu le chercher au bled parce que les zozos comme toi, ils avaient le choix, dans le temps, de pas bosser à l'usine ou sur les chantiers et de pas ramasser la merde des autres. Les Arabes, les Noirs, tu crois quoi ? Qu'ils allaient repartir comme des idiots au bled parce que les Français ont changé d'avis entre-temps et que maintenant ils veulent bien bosser dans une usine ou balayer les trottoirs pour pas être au chômage ? T'as rêvé ou quoi ? C'est pas des bouche-trous quand même !

– Ouais, mais pourquoi vous foutez la merde chez nous ?

– Pas tous, pas tous…

Je garde mon calme. J'essaie de pas rentrer dans sa combine. Qu'est-ce qu'il croit ? Qu'il y a que des Arabes et des Noirs en tôle ? Des conneries, tout le monde en fait de toutes les couleurs… Seulement, des zozos comme lui, ils ont l'alcool à la place du shit et c'est légal !

– Mais, Norah… c'est normal que les gens ils votent FN, vous foutez trop la merde et vous essayez pas de vivre comme nous. Vous faisez n'importe quoi et vous respectez rien. Je suis pas raciste mais je crois que vous devez rentrer chez vous…

– Apprends déjà à causer la France, mon pote, et après on verra… Ce qui me rassure, c'est que t'as pas encore le droit de vote mais bon, si tu fais pas trop l'idiot, tu l'auras dans quelques années… Pour l'instant, moi, je vote et je fais comme chez moi…

Qu'est-ce que j'aurais pu ajouter à tout ça ? Au boulot je peux pas faire de politique, je suis pas censée avoir d'opinion et pas supposée défendre autre chose que le règlement intérieur. Pourtant, je brûle de lui dire que je vois clair dans son avenir proche, qu'il a bien raison d'être xénophobe parce que pour les cons comme lui, il y a pas de place non plus. Je l'imagine bien, dans quelques années, aller en boîte et se bourrer la gueule au bar parce qu'avec sa tronche aucune nana normalement constituée voudrait danser et flirter avec lui. Et il finirait avec ses copains bourrins par attendre à la sortie la petite bande de basanés qui se seront éclatés sur la piste avec leurs nénettes, et ils leur casseront la figure, histoire de mettre de l'ambiance à une soirée minable. Les keufs arriveront et embarqueront les mecs à terre parce qu'ils auront forcément plus le profil que la bande de peqs. Ce soir-là, il y aurait personne pour rétablir la vérité, les nénettes fermeraient leurs gueules parce qu'elles auraient peur de passer pour des salopes et qu'elles imagineraient finir la nuit de façon plus rigolote qu'au poste de police, à déposer. Et chacun s'en irait là où le vent l'emporterait sans trop réfléchir à ce qui se serait passé parce que, dans le fond, rien ne change, c'est toujours les mêmes gentils contre les mêmes méchants…

J'espère que le Johnny se rendra compte avec tous les autres types de son espèce que nous aussi on a une arme qu'on pourrait un jour utiliser comme eux. Ils devraient faire attention. Les bougnoules, les Noirs, les gosses d'immigrés en général pourraient très bien arrêter de brûler des poubelles et des voitures pour exprimer leur colère. Ils pourraient créer, à la place, un parti politique pour dire combien c'est dur et c'est pas juste. J'imagine bien un FNI ou un FNM, et là, ils verraient vraiment quelle embrouille ça serait en France. Front National Immigré ou, pire encore, Front National Musulman, ce serait vraiment ça niquer le système ! Puisque beaucoup s'identifient aux Blacks américains, un jour, il y aura certainement un petit malin qui lancera l'idée d'un FNI ou d'un FNM, et il fera d'abord son Martin Luther King avant d'amorcer sa phase Malcolm X plus musclée pour surfer sur la vague et remporter tous les suffrages. Et il y en aura beaucoup d'entre nous qui iront faire tamponner leur carte d'électeur pour la première fois en allant voter. Déjà, c'est sûr, ce type-là, ce sera pas un Malek Boutih ou quelqu'un du même acabit qui jusque-là revendique on ne sait trop quoi en attendant d'entrer dans la cour politique des grands. Ça c'est des vendus, ils sont pas crédibles parce qu'on dirait qu'ils peuvent pas prendre directement une carte du PS, il faut qu'ils montrent patte blanche dans les manifs, à la télé et un peu partout ailleurs avant de passer au deuxième tour.

Le président du FNI ou du FNM, il parlera bien, il sera assez honnête et assez fourbe pour pas se faire rouler dans la farine et récupérer par un autre parti. Et puis quelqu'un aura sa peau juste au moment où il aura commencé à changer les choses et à comprendre qu'être radical c'est bon pour personne, qu'une action politique révolutionnaire se base sur des idéaux de respect, de bonté et de justice. Et puis nous dans tout ça, on fait comment pour dire ce qu'on pense, où on en est, ce qu'on espère ? Je pense pas que je pourrais un jour voter pour un FN même s'il y a une lettre derrière, mais il faut jamais dire fontaine…

En tout cas, le Grand Turc et beaucoup de gens que je connais, ils seraient tentés d'offrir leurs voix, qui comptent jusqu'ici pour du beurre, à quelqu'un qui les entendrait pour de vrai. Pourquoi pas après tout ? Puisque personne semble se souvenir qu'on est des citoyens français autant que les autres. On a déjà beaucoup de devoirs et, en spéciale dédicace, celui de fermer nos gueules. Si on continue à traiter les basanés comme des merdes, si on laisse les idiots transmettre leur trouille, on court droit au désastre. Les racistes, ils ont comme la peur de choper la maladie de la vache folle, ils proposent des solutions radicales pour un truc qui les fait flipper et qui prête pas vraiment à conséquence. Ils ont pas pigé qu'il suffit juste de pas bouffer du bougnoule ou du négro pour pas attraper de mal et éviter la psychose. Au contraire, ils s'entêtent et j'ai bien peur que bientôt quelqu'un leur réponde par des conneries aussi peu réalistes, aussi peu humanistes et aussi peu fraternelles que les leurs. Dans la religion, on dit que le Prophète était pour la loi du milieu, qu'il jugeait les extrêmes très dangereux. Benni et ses potes, ils ont pas du tout compris le truc. Alors j'espère que quand quelqu'un voudra prendre la parole pour nous, ce sera un mec qui avait de bonnes notes à l'école en commentaire composé et explication de texte.

Ça sonne. Samira est dégoûtée par ce qu'elle a entendu et me dit qu'elle déteste Johnny. Le petit Lord Fauntleroy, le gamin qui jouait avec elle sur l'ordinateur me regarde l'air coupable et me dit que lui, il s'en fout des Arabes, des Noirs, des Français parce que, des cons, son père, il dit qu'il y en a partout et que moi, il m'aime bien. Je souris aux deux, je ramène Samira sur terre en lui disant que ce genre de discussion, elle en entendra encore beaucoup, que ce sera pas grave si elle travaille bien à l'école et qu'elle y arrive plus tard. Samira me sourit enfin et dit que mon boulot est pas si facile parce que j'ai pas le droit de casser la gueule à Johnny même s'il le mériterait bien. On rigole deux secondes, je dis qu'on répond pas aux mots par des gestes, et les jette dehors parce qu'ils ont cours. Les grands, avant de quitter le foyer, évitent mon regard et s'en vont gênés. Pourtant le type qui porte le drapeau sudiste revient vers moi. Le général Lee est désolé, son pote est un con, et lui et tous les autres, ils pensent pas le quart de la moitié de tout ça parce que ce genre d'idées ça finit toujours par amener plus de problèmes que de solutions. Est-ce que je suis toujours d'accord pour l'aider en français ? Bien sûr que je suis d'accord et je lui ordonne de filer en maths parce que je lui signerai pas de billet de retard.

*

On a tué Van Gogh ! C'est super-grave. Tout le monde en parle partout et sur toutes les chaînes. C'est pas celui qui a peint des tournesols et qui s'est coupé une oreille, celui-là, il s'appelait Vincent et on a pas fait tout un pataquès lorsqu'il est mort ; non, c'est Peter, un type qui faisait des films provoc'. J'avais déjà entendu parler de lui dans un *Tracks* d'Arte et je crois même qu'ils avaient diffusé un de ses films. Ça m'a pas marquée plus que ça, à part que je me suis dit que ce type était dingue de jouer comme ça avec le Coran et la peau des femmes. Même Lagerfeld, à l'époque, s'est fait taper sur les doigts pour un truc moins glauque que ça. Les gouers, ils comprennent pas que les Arabes ont pas le même sens de l'humour. Peter, il s'est fait buter comme un chien en pleine rue par un Hollandais d'origine marocaine qui avait pas du tout envie de réfléchir sur la place des femmes musulmanes. Tout ce battage médiatique, ils comprennent pas que ça ramène pas les morts et qu'un type qui a fait ça, il croit qu'il va aller droit au paradis où soixante-douze ourias lui verseront du vin et du miel jusqu'à la fin des temps.

En Hollande, ça devient chaud bouillant pour les musulmans et les étrangers en général. Le gros Peter, il aurait dû savoir à qui il voulait s'adresser. J'ai remarqué que les gens provoc', ils essaient pas de faire bouger nos mentalités à nous, ils parlent de ce qu'il y a de plus gore dans nos communautés comme si on était des marionnettes à exhiber devant des gens qui, eux, ont déjà toutes les libertés du monde. Qu'est-ce qu'ils en ont de la chance, n'empêche, les Occidentaux, de vivre dans des sociétés où on met une femme à poil pour vendre un yoghourt ! Pendant ce temps, on enferme et on casse la gueule à des gamines qui ont un quart d'heure de retard après l'école et, à certaines, on leur coupe même le clito. Et pendant ce même temps, les Hollandais canoniseraient presque un type qui a fait des films pour Blancs en bricolant un patchwork de copiés-collés de ce qu'il pensait être des tabous chez nous !

Si un rebeu dessinait la Sainte Vierge à l'enfant à oilpé sur un mur, je crois pas qu'on en rigolerait tant que ça. Pire ! Si on dessinait juste des croissants et des étoiles dans la grotte de Bernadette à Lourdes, je crois pas que ça plairait même si on dit que c'est juste de l'art et de la liberté d'expression. On doit pas toucher aux trucs pour lesquels on s'agenouille, niquer une idole ou l'objet d'un culte, c'est aussi criminel que d'achever une personne à terre. Peter, c'est pas juste qu'il soit mort, parce que personne, y compris les cons, mérite la mort pour une idée même si elle est foireuse. Le Hollandais qui a tué le gros Peter, il a mis dans la merde tous les basanés du pays, musulmans ou pas, et ça déborde même sur l'Europe. Dommage. Le petit Van Gogh, je crois pas qu'il voulait passer à la postérité de cette manière…

*

Lundi. Le planning des conseils de classe est affiché à la Vie Scolaire. Pendant deux semaines, ce sera tâches administratives en plus du boulot habituel avec les gosses. Tarzan m'a refilé plein de tuyaux pour assurer ma part sans me faire trop bouffer les moments où je suis pas avec les gamins. J'ai simplement oublié qu'à cette période-là, il y a toujours un défilé incessant de profs qui viennent à la pêche aux informations ou vider leur sac à la Vie Scolaire. Comme Madame Certain fait bureau commun avec les pions, on n'échappe pas aux conversations et vidanges de ce que les profs ont sur la patate. Bien sûr, il y a des habitués mais eux, ils dérangent personne sauf quand ils se mettent à chuchoter avec Madame Certain. Quand ça commence et que je peux pas quitter la Vie Scolaire, je me mets à fredonner un air dans ma tête. Je crois que ceux qui me prennent vraiment la tête, c'est ceux qui viennent se donner bonne conscience à la dernière minute pour assurer enfin le suivi des élèves. Ceux-là, généralement, ils disent jamais bonjour au petit peuple que sont les pions et, de temps en temps, ils pointent le bout de leur nez pour remplir des fiches de colles pour une poignée d'élèves aux noms récurrents.

Et puis, il y a Monsieur la Carpe, le prof et directeur pédagogique de la Segpa qui vient souvent. D'abord parce qu'il centralise lui-même les absences et les renseignements concernant les élèves de cette section avant d'en toucher quelques mots à Madame Certain et aussi parce qu'il vient s'informer des problèmes des Segpa pendant le temps où ils sont avec les autres élèves ou discuter de ses théories sur la prise en charge des cas socs. J'ai appris plein de choses déjà sur les Segpa. Il y a beaucoup de gosses dont les parents eux-mêmes ont été les élèves de Monsieur la Carpe et ça, ça veut dire que quand t'es taré, c'est souvent héréditaire, que la boucle sera jamais bouclée. Beaucoup des gosses de Segpa sont issus de familles nombreuses ou plusieurs fois décomposées. Ils portent quasiment tous des prénoms de feuilletons américains du genre Ashley, Jordan, Kevin, Mégane, Ridge, Bradley directement inspirés d'*Amour, Gloire et Beauté* ou des *Feux de l'amour*. Chez les sixièmes, comme les mères ont aimé la série *Beverly Hills*, on trouve quelques Dylan, Brandon et quelques Brenda. En France, d'ici quelques années, on saura juste à l'état civil de quelqu' un s'il vient d'un milieu défavorisé ou d'un milieu plus aisé. Les bourges, ils appellent leurs gosses de manière plus classique et revisitent les Léonie, Arthur, Clément, Francis, tandis que les pauvres fabriquent des Américains ou des Italiens en carton. Même les Arabes commencent à choisir pour leurs gosses des prénoms bigoût qui se prononcent à l'occidentale mais qui sont un peu de chez nous, je connais plein de Sabrina, Sarah, Farah et même des Adam ou Ryan.

Ce que j'aime moins, c'est quand Monsieur la Carpe et Madame Certain échafaudent des théories sur la prise en charge de ce genre de public. À peu de chose près, ils seraient pour la stérilisation des gens qui pètent un câble, qui ont des QI faibles, des troubles du comportement et deviennent forcément des cas sociaux quand ils grandissent. D'accord, chez les Segpa, il y a une grande majorité de gosses traumatisés par des situations familiales chaotiques et beaucoup d'entre eux ont été placés dans des familles d'accueil ou des centres, mais je crois que c'est un peu fasciste quand ils tiennent ce genre de propos. Monsieur la Carpe et Madame Certain sont des gens profondément gentils et humains, donc souvent je me dis que le système est vraiment pourri pour que des gens qui aiment leur métier et qui l'ont choisi par passion en arrivent à penser des choses aussi dures. Ils aiment pas se sentir pieds et poings liés devant des gosses malheureux qui, en grandissant, ils en mettraient leur main à couper, reproduiront les schémas de leurs parents. J'ai beaucoup de mal à les entendre parler de solutions comme supprimer les allocs ou imposer une contraception stricte voire définitive, parce que les services sociaux leur refilent le bébé avec l'eau du bain, sans états d'âme et qu'ils se retrouvent seuls face à des gosses dont les problèmes dépassent l'entendement. Dans un collège ZEP, c'est vrai qu'on prend beaucoup en charge les élèves, même quand ça relèverait plutôt du boulot des parents, d'un psy, d'une assistante sociale, d'éducateurs spécialisés, de flics ou d'un juge, parce que dehors on manque de temps ou d'argent.

Le pire de tous, le taliban de la réflexion civique, ça reste Derrick. Il met tout le monde dans le même sac. Derrick, contre l'absentéisme, la turbulence, le manque de travail, le rejet de toute forme d'autorité, il propose que les allocs soient versées aux familles seulement pour deux enfants. Et pour les gens qui décideraient d'en faire plus, rien du tout. Derrick, il est pour la sélection sociale et considère qu'on a le droit de faire des gosses que quand on a les moyens et le temps de s'en occuper. Derrick, il a le cœur à droite mais, comme l'Éducation nationale a été envahie par des soixante-huitards, il croit qu'il est socialiste. C'est un gros refoulé parce qu'il a pas eu les moyens intellectuels et financiers d'être le bourge qu'il a toujours rêvé devenir. Qu'est-ce qu'il est beauf n'empêche, ce type ! Des fois, il vient au bureau avec le journal à la main, débite des conneries sur les politiques et je crois que dans ces moments-là, il se prend vraiment pour Superman, le type qui craint rien sauf la cryptonite. Quand la Russe est là, il parle plus fort, fait le cake juste pour ses beaux yeux bleus et ses gros nénés. Tout le monde s'en rend compte sauf elle. Comme il centralise les relevés de notes et les bulletins des élèves dans son bureau, on refile volontiers à la Russe la corvée d'aller les compulser ou les mettre à jour. Derrick, c'est un type qui connaît la politesse et la galanterie que si la nana est facilement identifiable grâce à ses jupes et ses talons hauts et, condition sine qua non, si elle est jolie. Quand c'est pas le cas, c'est le pire des goujats, un type misogyne et complexé, c'est pas ce qu'on fait de plus buvable ou d'intelligent…

✶

Armistice. Il reste quelques poilus vivants. Les médias proposeraient presque de les conserver dans du formol. Pour la mémoire… C'est pas très respectueux comme hommage. Je crois que ces types, ils ont arrêté de vivre à vingt ans parce que rien a pu être aussi fort que ce qu'ils ont vécu pendant ces quatre années de folie. À la vie, à la mort, ils ont traîné une jeunesse qui s'est figée dans la boue des tranchées. C'est beau quand même, un type de cent balais avec des yeux de gamin. Poser les armes et enfin lever les yeux au ciel, voilà ce que le 11 novembre 1918 a représenté pour eux.

Aujourd'hui, cette date, le 11 novembre, prend une tout autre signification pour les Palestiniens et les Israéliens. Yasser Arafat est mort. Il est mort dans la ville lumière, Paris. Adieu, 'Llah y Raham…

*

Les enfants sont possédés par des démons. C'est la seule explication que j'ai trouvée. Ils sont inquiets de leur conseil de classe tandis qu'ils devraient savoir où ils en sont. Mais non, ça serait trop facile. On dirait que quelqu'un a pris possession de leur corps et de leur cervelle pendant tout le trimestre et qu'ils se réveillent enfin avec l'envie de rectifier le tir. Mais il est déjà trop tard. Les gosses viennent pas à l'école pour s'instruire. Non, on les envoie et ils viennent récolter des notes. Il y a eu qu'un petit pas à faire chez les post-soixante-huitards pour désacraliser le lieu, mais ils l'ont fait pour de belles raisons d'abord, puis pour se soumettre aux lois du marché et du capital. Résultat, les gosses courent après des notes et l'espoir de décrocher un bon boulot demain sans bien comprendre l'intérêt du pourquoi et du comment.

Moi, à l'époque, on m'a envoyée à l'école pour que j'apprenne plein de trucs et que je comprenne le monde dans lequel je vis. La différence est là. Momo, il a toujours regretté d'être tombé, à sept ans, sur un fonctionnaire français qui décidait de qui irait à l'école et de qui se contenterait de l'école coranique. C'était un autre temps, un autre monde que le Maroc pendant la colonisation. Mais je l'imagine bien, Mohammed, avec ses yeux pétillants d'intelligence et de malice, sortir du rang des enfants du douar et se joindre à toutes les petites bombes ambulantes du coin qu'on désamorçait en les envoyant prier Allah au lieu de prendre le risque de les instruire. Momo, il croit que, s'il était allé à l'école, il serait devenu ministre. Mon frère, ma sœur et moi, on s'est toujours foutus de lui parce qu'il est trop grande gueule, trop sensible et trop honnête pour avoir pu réussir un jour en politique. N'empêche que pour les M&M's, l'école offre l'occasion d'ouvrir le troisième œil, celui qui permet de vivre toute une vie avec l'envie d'apprendre encore et encore, tout en croyant plus fort et en sentant plus profond.

Les gosses, ils ont pas le goût d'apprendre, ils comprennent pas que l'école c'est accessoirement fait pour trouver un bon travail mais qu'avant tout c'est pour devenir un être meilleur et conscient de tout ce qu'il faudra continuer à apprendre par soi-même une fois livré à la vraie vie, celle où personne s'occupe plus de gagner votre pain et de vous tenir au chaud. Pendant les récréations, c'est toujours le même défilé de gamins qui viennent à la pêche aux renseignements. Est-ce que j'ai vu leurs bulletins ? Est-ce que la prof d'anglais les a pas trop démontés ? Est-ce qu'ils ont eu de bonnes appréciations ? Je me moque un peu d'eux. Oui… Non, je sais pas… Pourquoi, ils devraient savoir, non ? C'est bien temps de se tracasser, je leur avais bien dit qu'ils devaient travailler plus sérieusement ! C'est vraiment rigolo de voir au grand jour leur inquiétude faire remonter à la surface l'enfant qu'ils cachent si bien devant les copains. Je sais que l'école, c'est un lieu où on apprend à se sociabiliser différemment de la maison, mais de là à en oublier de bosser un minimum… Ils ont tous calculé leurs moyennes générales et se comparent les uns aux autres. Les meilleurs d'entre eux, je suis pas convaincue qu'ils se souviennent bien des leçons qu'ils ont fait l'effort d'ingurgiter. C'est ça, on gave les élèves comme des oies sans trop leur expliquer combien c'est important et nourrissant d'être instruit et cultivé, combien ça aide à mieux vivre même quand on galère.

En fait, à leur âge, moi, j'en savais pas plus qu'eux. Ce qui comptait, c'était d'avoir la dernière paire de Nike Air Max avec le sigle en orange fluo, celle que Carl Lewis portait dans la pub. Je l'ai eue en cinquième. Mama me l'avait achetée parce que j'avais cartonné en maths et en physique et que j'avais pas été collée du mois. Je me souviens, j'ai dormi tout le week-end avec mes baskets sous l'oreiller en rêvant à la zone que j'allais taper à tout le monde lundi matin. Je crois que j'en ai à peine dormi le dimanche soir tellement j'étais excitée. Le lendemain, j'ai ronronné de plaisir devant la tronche de mes copains, des grands, et, absurdité du collège, des types de troisième, qui m'avaient jamais adressé la parole jusque-là, sont venus me parler. Pourtant, ce jour-là, personne s'est prosterné devant moi. Qu'est-ce que j'ai été heureuse le lundi soir en repensant aux regards d'envie et d'admiration, mais j'étais triste parce que, quelque part, je savais bien que c'était pas moi la star mais mes baskets. J'ai été collée ensuite, mais j'ai pas replongé en maths ou en physique. Les baskets avaient coûté beaucoup trop d'heures supplémentaires à ma mère pour que je puisse lui faire ça. Et puis, pour les autres matières, je travaillais à peine parce que j'écoutais bien en cours et que ça m'intéressait.

Je dis souvent aux enfants que s'ils la fermaient plus en cours pour écouter les choses qu'on leur raconte et s'ils faisaient l'effort de regarder autre chose que la Star Ac' ou le Hit Machine à la télé, ils seraient supersurpris des notes qu'ils se taperaient. Ils font semblant d'écouter mais ils me croient pas. Je sais bien que c'est du chinois tout ça pour eux. J'aurais jamais cru qu'ils se sentent trop bêtes. Au début, je croyais comme tout le monde qu'ils étaient fainéants, mais c'est des complexés du bulbe, c'est tout !

Il faudrait dire plus souvent aux gosses qu'ils sont intelligents même quand ils le sont pas, parce que, des fois, l'autosuggestion fait des miracles. Seulement, à l'école, on a trop pris l'habitude de calculer la valeur d'un élève à ses notes... Ça craint mais on apprend dès tout petit à croire qu'un zéro ça veut dire qu'on en est un aussi. Quand je faisais des vacations d'anglais, histoire de remplacer un prof malade, enceinte ou mort, j'annonçais de temps en temps à mes classes un devoir au coeff élevé dans la moyenne. Résultat, sous la pression, les gosses apprenaient comme des fous le vocabulaire, les verbes irréguliers et la grammaire anglaise. Seulement moi, ces devoirs, je les notais pas, je mettais juste une appréciation. Chaque fois, on m'a tapé sur les doigts. Tout le monde s'y mettait de bonne foi. Les parents d'élèves, les collègues, les proviseurs, tous m'expliquaient que ça se faisait pas des blagues pareilles. Même les gosses se plaignaient que j'aie osé retirer la carotte du bout du bâton après autant d'efforts. J'ai toujours répondu en souriant que le but du jeu, c'était d'apprendre des trucs pour le plaisir d'apprendre, la curiosité d'en savoir un peu plus, que j'avais pas compris que j'étais payée pour noter des enfants. À ça, personne osait répondre. J'ai gagné à tous les coups et surtout, j'ai donné une bonne leçon aux gosses. L'école, c'est fait pour s'instruire, pas pour entrer en compétition et jouer aux dieux du stade. Ils avaient pas le droit de se plaindre d'avoir appris des trucs à l'œil. Les élèves les plus nuls, ils ont bien rigolé, eux. Ça les faisait kiffer de lire : « Continue ! Pas mal ! L'effort commence à payer ! » Pour une fois, ce qu'ils avaient raté, ça comptait pour du beurre, mais ce qu'ils avaient réussi était souligné en vert avec des smileys encourageants.

*

Le Grand Turc s'est enfin décidé à vider ses cartons souvenirs. Ça fait bientôt un mois que nous avons emménagé ensemble et il a toujours pas rangé ses affaires personnelles. Bien sûr, ses vêtements sont déjà pliés, empilés dans l'armoire ou la commode après être passés au moins une fois par la case machine à laver, mais le reste, ce qui représente ses presque trente ans sans moi, il a pas encore eu le courage d'y toucher. J'ai attendu mais j'ai rien dit. Il fallait seulement que ça s'impose de soi-même. Il a fini par poser sur la table basse du salon des tonnes d'enveloppes pleines de photos.

Je suis pas censée y jeter un œil mais c'est plus fort que moi. Devant le Grand Turc enfant, j'ai le cœur qui se serre et quand je le vois ado et puis jeune homme, je me rends compte de tout ce qui m'a échappé de lui. Il avait les yeux remplis de paillettes que j'ai jamais revues depuis. J'en ai mal au ventre de savoir qu'il a pu exister sans moi. Je lui en voudrais presque d'en avoir profité. On a eu le temps de vivre l'un sans l'autre. C'est un fait. Mais j'aurais bien voulu le connaître quand il affichait encore ces regards et ces sourires pleins d'insouciance et de confiance.

Le Grand Turc est un homme, un vrai, aujourd'hui. Comme Clint Eastwood. Avec tout ce que ça implique de dur, de sévère et d'impitoyable. C'est ce que j'ai détesté la première fois que je l'ai vu et tout ce qui a fait que je l'ai aimé très fort depuis. D'accord, le Grand Turc, c'est une bombe, un mec capable de me transformer en loup barjot comme dans un cartoon de Tex Avery dès qu'il entre dans mon champ de vision, c'est difficile de pas le kiffer. Grand, athlétique, mâle, expressif, mystérieux, une peau, des yeux, des fossettes à tomber et des mains, des mains… Y a juste ses pieds que j'aime pas, parce que à part les miens, tous les autres me gênent. Mais ce que j'aime le plus chez lui, c'est qu'il me fasse me sentir toute-puissante sur lui tout en me sentant minuscule et fragile. Des fois, quand il dort sans ronfler ni grincer des dents, je le regarde et là, je me sens bénie. Le Grand Turc m'a toujours donné l'impression d'avoir de la chance. Même quand on se prend la tête, il arrive pas à me dégoûter de lui et ça, ça relève du miracle.

Donc, il défait enfin ses petits cartons. Pour lui, il fallait le faire un jour, pour moi, c'est l'aveu d'un désir de tout partager ou celui de poser les armes de guerre lasse. On s'est embarqués dans une telle galère… C'est chaud. C'est aussi devenu une question d'honneur de pas lâcher l'affaire, de réussir ce mariage. Chez nous, le divorce, c'est la hchouma et dans notre cas, ce serait reconnaître qu'on est pas capables de faire le bon choix sans la famille. On est partis sans trop savoir où on voulait aller, tout ce qu'on savait, c'est qu'on s'aimait et qu'on ferait le voyage ensemble.

Qui a dit que les histoires d'amour étaient de belles histoires ? Un con sûrement…

Le Grand Turc et moi, on s'aime, mais c'est pas la joie. Je crois pas que l'amour ça ressemble au bonheur. Et le bonheur, c'est pas comme dans les pubs Émail Diamant, ça fait pas rigoler à pleines dents sur le moment, mais seulement quand on y pense après. En fait, dans ma vie à moi, ça ressemble plus à un gros bleu qui a viré de toutes les couleurs et sur lequel j'aime appuyer fièrement en pensant à la raclée que je me suis prise et à laquelle j'ai survécu sans trop pleurer. Ça fait mal mais qu'est-ce que ça fait du bien d'avoir gagné au bout du compte ! J'ai rien fait pour lui. J'ai pas changé. C'est ce qui compte. On a pas eu besoin du modèle grand luxe, juste un petit kif tout simple, sincère et qui brille même quand il fait jour. Je sais que j'aime le Grand Turc parce que, quand je pense à lui, c'est toujours très chouette et ça a très peu à voir avec les moments où je suis avec lui. Entre nous, il se passe rien à chanter. Si j'ai bien voulu l'épouser, c'est que j'ai lu D.H. Lawrence, *L'Amant de Lady Chatterley*, et que j'ai compris qu'on est pas obligé de tout partager pour vivre l'essentiel avec quelqu'un... Mais chut, je lui ai pas dit parce qu'il pense déjà que je fais des choix importants sur un coup de tête... Ce mec me fait rêver à lui, c'est tout...

Des fois je me demande bien pourquoi Rabbi nous a pas gardés près de lui. C'est complètement absurde de faire tout ça pour crever à la fin. Quand je regarde le Grand Turc, je me dis qu'au paradis c'est pas possible de ressentir de l'amour, le vrai, celui qui fait mal tellement ça fait du bien. Le love, c'est le seul truc sur terre qui fait goûter à l'éternité. Mama, quand j'étais petite, elle me disait que pour apprécier la Jena et la mériter, il fallait d'abord être passé par le Nar de la vie et avoir réussi à garder le cœur ouvert et la tête haute. J'y croyais pas. Mais plus je vieillis, plus je me dis que les M&M's, ils ont tout compris à la vie sans avoir jamais fait Sciences-Po.

Rabbi est amour, si on le ressent pas, c'est qu'on est déjà plongé dans les ténèbres de l'enfer et que c'est plus la peine de se poser des questions sur ce qui se passe après la mort parce qu'elle est déjà là quelque part, cette crevarde à te bouffer de l'intérieur, et elle laissera rien dans l'assiette. De toute façon, les gens qui ont pas d'âme, même le Chétane, il en veut pas. Il les abandonne à ce qu'ils sont sans rien tenter parce que pour détruire quelque chose, il faut déjà que quelqu'un l'ait construit. Le Chétane, il en a rien à foutre des cons, des bouffons sans cœur. Il faut ressembler à Gérard Philipe de l'intérieur pour que ça vaille la peine qu'il s'occupe du cas et qu'il propose un deal super-alléchant. Je crois pas vraiment au paradis ou à l'enfer, j'ai toujours imaginé que la vie, c'est la vie et que ça suffit bien assez comme ça. Les trucs comme la Jena ou le Nar, c'est des espèces d'images pour qu'on comprenne que rien tombe du ciel sans qu'on l'ait mérité.

Rabbi, il est malin ! Il a mis un ciel au-dessus de nos têtes… juste pour qu'on se pose des questions et qu'on rêve. Les gens, ils croient que la vie sur terre c'est comme un échantillon gratuit, une occase de tester le bonheur et le malheur qui laisse le choix de kiffer l'un ou de se complaire dans l'autre. En fait, Rabbi, il a juste brouillé les pistes avec des dinosaures, des bibis cromagnons et Bouddha, Moïse, Jésus ou Mohammed pour qu'on goûte au sel de la vie même quand on a plus faim. Moi, j'espère juste que quand ça sera fini pour moi, ça sera fini pour de bon. J'ai jamais aimé les remakes, les adaptations ou les suites de films même si *Le Parrain*, c'est de la grande classe en barre… C'est comme avoir le souvenir d'un truc comme le Pom's du bled qu'on a kiffé quand on était petit, en boire quand on a grandi et se rendre compte que c'est un truc immonde, sucré et artificiel. La dernière fois que j'en ai bu, j'ai cru que mes dents se mettaient à pourrir sur place. C'était plus aussi bon, c'était plus pareil…

*

Vendredi. Les notes du premier trimestre sont bloquées à partir de ce soir. Fini les espoirs de rattrapage, au moins pour cette session. Les premiers conseils de classe sont programmés pour le milieu de semaine prochaine. Je vois certains gosses échafauder les mêmes plans bidons que moi quelques années plus tôt. Il s'agit pour eux de pécho une clef de boîte aux lettres, de spéculer sur le jour d'arrivée du courrier et de savoir qui pourrait mettre la main le premier sur le bulletin. Pour certains, les notes sont loin d'être catastrophiques mais les appréciations… Ça craint franchement du boudin. Quand on pense que leur masque pourrait tomber juste à cause du facteur… Les gosses, ils sont quasiment tous undercover à l'école et leurs parents seraient très surpris de voir la face cachée de bébé.

C'est vrai aussi que les parents de maintenant ont rien à voir avec ceux de mon époque. Ils défendent leurs progénitures bec et ongles, mais c'est pas que de l'amour parce qu'ils font ça vraiment n'importe quand et n'importe comment. Aujourd'hui, si ça se passe pas bien pour leur enfant à l'école, les parents, ils montent au créneau sans hésiter et sans réfléchir. C'est le prof, le pion, Madame Certain, le bahut et tous les autres qui sont des cons. Leur angelot, il est innocent comme l'agneau qui vient de naître. Même si on leur prouve par A plus B que non, il l'est pas. À l'Éducation nationale, ils devraient penser à offrir une prime de risque rien que pour les problèmes que créent les parents mécontents. Quand je pense que ma daronne a dit à mon prof principal de terminale que si j'étais pas sage, il fallait pas hésiter à me tirer les oreilles ! La honte ! Maintenant, les parents, ils ont plus peur de te faire passer pour un gros bouffon aux yeux de leur tendre et cher gamin, juste parce que c'est plus facile d'écrire à l'Inspection académique que d'admettre qu'ils ont leur propre part de responsabilité éducative. Ils ont pas compris qu'au-delà de l'obligation de nourrir, blanchir, abriter, Niker et Playstationniser leurs enfants, il y a celle d'en faire des gens respectueux, bien et capables. Au collège, j'ai des fois l'impression qu'on fait juste office de garderie et qu'on est obligé de marcher sur des œufs avec les élèves. C'est pas bon…

En fin de journée, le fils de Madame Certain pointe le bout de son nez au bureau. Grand, beau gosse, athlétique et souriant. Elle a toutes les raisons d'avoir les yeux qui scintillent de fierté, Madame Certain. Revoilà le regard « c'est moi qui l'ai fait ! » qui se pointe. Maintenant que j'ai vu ses deux gosses, je comprends mieux pourquoi elle peut pas s'empêcher de parler d'eux. La famille Certain, c'est un remake d'*Amour, Gloire et Beauté*. Le fils, il ressemble à Tony Micelli dans *Madame est servie* mais en plus jeune, plus beau et le nez pas cassé. Donc, après une cascade de perles dans le bureau parce que Madame Certain peut pas s'empêcher de rigoler dès que sa progéniture est dans les parages, elle lui dit que Madame Grosses Babines, la prof d'anglais, est déjà partie. Il faudra qu'il se débrouille tout seul avec son CV et sa lettre de motivation en anglais. Peut-être qu'il devrait bosser dessus pendant le week-end et qu'elle les lui ferait corriger par Madame Grosses Babines lundi… Et puis tandis qu'elle réfléchit, elle me voit et se souvient que j'ai fait des études d'anglais… J'ose proposer mon aide. Tony Micelli, il est gêné mais soulagé quand même. Est-ce que je suis sûre ? Est-ce que ça me dérange pas trop ? Oh merci ! C'est vraiment très chouette de ma part. No problemo ! Il suffira juste qu'il me passe son CV et sa lettre de motiv', je corrigerai tout ça… Est-ce qu'il sait que les Anglo-Saxons présentent différemment leurs courriers ? Non, alors je mettrai tout ça en forme et je transmettrai à sa maman… Tony Micelli, il a beau être immense, si on lui pince le nez, il sort encore du lait de son pif et ça, ça explique pourquoi Madame Certain le regarde tendrement comme si elle le dépassait encore de deux têtes. Si je me décide à faire des gosses un jour, j'aimerais bien qu'ils soient aussi réussis, aussi gentils, aussi intelligents et simples que Tony Micelli.

*

Au bureau de la Vie Scolaire, on s'occupe de l'envoi et du classement dans les dossiers scolaires des bulletins. Avant de mettre l'original sous enveloppe, on doit le photocopier au minimum deux fois. Quand les parents sont séparés, c'est trois fois pour que chacun dispose d'un bulletin. Souvent, il faut ajouter une copie pour l'éducateur, le juge pour enfants ou l'assistante sociale. Madame Certain a affiché un tableau avec les numéros des différentes classes pour superviser, de loin, le travail. On doit inscrire son prénom à la ligne de chaque classe qu'on a traitée. Avec Tarzan, on a décidé qu'on se taperait le boulot à deux. Il aime pas faire les photocopies et moi, j'aime pas classer les bulletins dans les dossiers scolaires suspendus dans une armoire au secrétariat. Ça arrange tout le monde et on va vite. Pour l'envoi, on le fait à quatre mains. La photocopieuse me joue quelques tours et en plus je dois la lâcher dès qu'un prof pointe le bout de son nez. Mais c'est mieux que de squatter le secrétariat avec Derrick les yeux fixés sur mon postérieur. Derrick, il faudrait vraiment qu'il apprenne à vivre dans un monde où les femmes sont pas que des culs ou des seins sur pattes.

*

C'est le 13 du mois. Les allocs sont tombées hier et beaucoup de gosses se sont enfin fait payer un blouson ou un manteau pour affronter l'hiver. C'est le genre de truc qu'il faut comprendre quand on bosse en ZEP. Ça fait déjà plusieurs semaines qu'il fait froid et que beaucoup d'élèves viennent à l'école en blouson léger ou en pull alors que très peu d'entre eux sont des victimes de la mode. C'est jamais trop tard pour bien faire, mais c'est pas juste que des gosses souffrent tout ce temps parce que leurs darons ont pas les moyens de leur payer un truc qui fout pas la honte. Ils auraient pu taxer la Croix-Rouge mais les gosses qui se fournissent là-bas, on les reconnaît tout de suite et s'ils ont chaud, c'est aussi parce qu'ils en rougissent de honte.

Lundi. Les gamins de la ZUP et de la Croix-Verte s'appellent tous entre eux Tony Montana. Ça y est, ils commencent à goûter au Grand Art ! Je suis émue. Presque autant que si j'assistais à leurs premiers pas en live. Pourtant, maintenant, j'ai peur qu'ils tombent… Quand j'ai fait mes courses, j'ai vu que le DVD de *Scarface* était à 12,99 euros. Je l'ai acheté parce que l'occase était trop bonne pour la laisser passer et aussi parce que Noël approche. C'est le genre de cadeau à faire pour pas trop cher et qui fait super-plais'. Je sais pas encore à qui je vais le donner, à mon père, mon petit frère ou au Grand Turc… Peut-être que je le garderai pour moi toute seule… Les gosses, ils se rendent pas encore compte qu'ils ont rencontré Al Pac' et qu'ils vont en devenir boulimiques. Ils se prendront pour lui en mafiosi alors qu'ils savent pas qu'il a aussi joué du Shakespeare dans *Looking for Richard*. Après, ils voudront mater *Heat, Le Parrain, Donnie Brasco* et diront qu'ils ont tout vu de lui… « J'te raconte pas… » Dans la foulée ils rencontreront Robert De Niro, Joe Pesci, le maître Scorcese et ils kifferont *Casino, Les Affranchis* et même *Raging Bull* en noir et blanc. Les couche-tard feront le vœu que *Les Sopranos* soient reprogrammés sur France 2 le jeudi dans la nuit quand ils auront fini de diffuser *Six Feet Under*.

*

J'ai acheté le jean de la pub Levi's. Celle que le Grand Turc a enregistrée sur magnétoscope et filmée avec son portable. J'ai halluciné. Le Grand Turc aime Shakespeare et à force de se repasser le spot, il connaît le texte par cœur. La société de consommation a du bon des fois… D'accord, ça me choque un peu qu'on utilise *Le Songe d'une nuit d'été* dans une pub mais au moins c'est pas pour refourguer un yoghourt ou du PQ. Un Levi's, après tout, c'est aussi un classique. Le Grand Turc m'a emprunté *Le Songe d'une nuit d'été*, la traduction de Hugo. J'ai eu beau lui expliquer que depuis, il y en a eu de bien meilleures, il s'en fout. Pour lui, tout ça, c'est du chinois qui l'empêchera pas de se plonger dans la pièce. Il a raison.

J'aime quand, spontanément, il partage mon intérêt pour quelque chose. D'habitude, il se fait ses trucs de son côté et moi mes kiffes de l'autre. On se rejoint que lorsqu'il s'agit de films cultes, de comédies et de Gad Elmaleh en particulier. Bon, d'accord, il voit pas toute la subtilité marocaine de certains personnages mais il connaît *La Vie normale* par cœur. Il arrive à prononcer correctement Abdelrazzak El Marhaoui ou harrira une fois sur deux et quand il m'appelle sur mon portable, il se prend pour Baba Yahya : « Y non, ci moi ! » Son sketch préféré, c'est *L'Éclatante*, très prise de tête quand il me le fait dix fois dans la même journée… Je lui dis souvent que si les Marocains sont aussi beaux, aussi intelligents et aussi fins, c'est parce que les Turcs ont jamais pu franchir l'Atlas. Ça l'énerve et ça le fait marrer en même temps. Il me répète que lui, le Maroc, il l'a marié et que c'est la revanche de l'Empire ottoman. Pourtant, le Grand Turc, à la maison, il est bien obligé de se marocaniser parce que je lui fais de la cuisine traditionnelle. Il commence même à comprendre l'arabe à l'usure. Il sait à force ce que j'entends quand je lui demande de me passer un zief, un mouss ou de pas oublier de se brosser les snanes avant d'aller se coucher. Mama avait raison de dire que le ventre parle souvent pour le cœur chez un homme. Déjà qu'on se parle français entre nous et qu'on se dit *je t'aime* au lieu de *seni sevyorum* ou de *kenbrik*, il faut bien qu'il reste autre chose que nos darons ou les bibelots du salon pour qu'on se souvienne qu'on est aussi venus d'ailleurs…

*

Vacances de Noël moins deux semaines. Tout le monde est fatigué. Il est temps qu'on fasse une pause. Les gosses sont excités. Chacun pour des raisons bien différentes. Il y a ceux qui ont déjà commencé les courses de Noël avec leurs petites familles et qui en peuvent plus d'attendre pour ouvrir leurs cadeaux. Il y en a d'autres qui font partie de la haute et qui flambent parce que papa et maman ont loué un chalet à la montagne. Comme au collège on a une section bilingue allemand-anglais dès la sixième, latin dès la cinquième et, chose de plus en plus rare de nos jours, les gosses peuvent encore choisir allemand LV1, on trouve quelques gosses de gros bourges, de médecins, de notables éclairés qui voient pas la ZEP d'un œil misérabiliste. Il faut dire aussi qu'ici, on a certains profs qui font vraiment de la haute voltige éducative et pédagogique et ça se sait chez les gens malins qui veulent que leurs marmots fréquentent le public avec options diverses et encadrement sérieux et personnalisé. L'autre bahut de la ville nous met souvent dans les pattes des gosses dont personne savait plus quoi faire. Chez nous, bizarrement pour les parents, ça se passe mieux et même bien, parce que les gosses, on fait pas semblant de s'en occuper, on les prend en main. La ZEP, c'est aussi ça.

Il y a aussi les gosses de la ZUP qui fêtent pas Noël. Ils sont musulmans. Pour eux, les vacances c'est chouette jusqu'au jour du réveillon. Ce jour-là, c'est une occasion de plus de pas se sentir comme les autres et là, c'est très triste parce qu'ils font pas la fête comme tout le monde et il y a pas de cadeaux non plus. À la maison, les M&M's nous ont toujours fêté Noël avec un palmier de Noël chargé de boules et de guirlandes, mais pas d'ange sur le dessus ni de crèche quelque part. C'était important pour eux de pas priver leurs enfants. Mais ils nous ont expliqué depuis qu'on est tout petits que les musulmans, ils croient en Jésus mais ils l'appellent Yssa. Le truc qui change, c'est qu'ils croient pas une seconde qu'il soit le fils de Dieu. Chez nous, les prières précisent qu'Allah est seul, unique, né de personne et père de personne, 'llamioulid oua 'llamioulad. On croit que Yssa est né du souffle de Rabbi sur Myriam (Marie pour les chrétiens) sans plus. Le truc de la Trinité, ça nous paraît être une idée pas très orthodoxe. La Trinité, je trouvais ça bizarre.

Je comprenais pas non plus le truc du sacrifice de Jésus pour les hommes. Je comprenais encore moins qu'on puisse prendre pour symbole de la foi un objet sur lequel le Prophète avait souffert alors qu'avant, le signe de reconnaissance chez eux c'était un poisson. C'est chouette un poisson, c'est tranquille comme image. Même aujourd'hui, je me sens mal à l'aise quand je croise une croix, je pourrais pas dormir dans une pièce où il y en aurait une. Quand j'étais petite, avec Momo, on regardait *La Dernière Séance* tous les mardis parce que mercredi j'avais pas école et, pendant les vacances, il me laissait regarder *Le Cinéma de minuit* sur FR3. Quand on a vu *Dracula* avec Bela Lugosi, j'ai cru que j'étais moi aussi un vampire et que j'allais mourir parce que j'avais peur des crucifix. J'ai eu beau essayer de comprendre depuis, je crois que ça me passera pas. De l'autre côté, c'est aussi dur pour moi de piger un sabre sur le drapeau de la Terre sainte alors qu'on a le croissant et l'étoile…

En sixième, quand on a fait la mythologie grecque, je me suis dit que c'était normal que les gouers, ils croyaient que Jésus était le fils de Dieu parce que leurs ancêtres, ils croyaient bien qu'Héraclès était le fils de Zeus. Ça les avait pas empêchés de mourir tous les deux. Les chrétiens, ils étaient presque tous blancs, européens et de culture gréco-latine avant d'être des judéo-chrétiens, nous avait appris Madame Daventure, la prof d'histoire. Moi, j'avais compris que si le fils, il meurt dans l'histoire, c'est que les chrétiens, ils faisaient pas gaffe au fait que Dieu pouvait mourir aussi à la fin dans le cœur des gens comme Zeus à une certaine époque. Y en a qui disent que la religion c'est l'opium du peuple, moi je pense que chacun son kiffe…

En tout cas, les vacances tombent à pic. À taffer avec des gamins, j'ai attrapé tous les microbes qui pouvaient traîner. Je me remets à peine d'une grippe que j'attrape une gastro ou une conjonctivite, et tout ça en boucle depuis que le froid s'est installé. Le week-end, je récupère à peine et rebelote pour le nez qui coule, l'œil ou la gorge qui piquent pendant la semaine. C'est les risques du métier mais pion, c'est pas un métier ! À part ça, tout baigne entre les enfants et moi. Même la petite gothique qui me jetait des regards méchants de ses yeux de chat a changé d'attitude envers moi. Au début de l'année, entre elle et moi, pas de problème. On m'avait dit de me méfier de Sissi mais, moi, j'aime bien me faire une opinion par moi-même. La Sissi, je l'ai en étude tous les lundis en dernière heure. La première fois, tandis que je faisais l'appel des élèves, elle a essayé de me rembarrer parce que j'avais prononcé son nom de famille à l'espagnole. Elle a pas aimé du tout. Moi, je continue quand même à dire Sissi *Rrhamone* et pas Sissi *Jeamon*, et à l'autre rebelle du patronyme, un petit Arabe qui se prend pour Joey Starr, je dis *Rrhaled* et pas *Khaled*. Après plusieurs mois, ils s'y sont faits. Sissi a décidé, comme ça, par un beau matin, de me faire la gueule, elle a essayé de me truander mais j'ai jamais calé l'affaire. Je sais pas pourquoi, mais j'ai toujours kiffé les rebelles, les moutons noirs, les brebis galeuses et les canards boiteux. Peut-être parce que je suis un peu tout ça moi-même… Peut-être parce que je suis plus rassurée devant quelqu'un qui montre les dents d'abord plutôt que par quelqu'un qui sourit pour bien présenter… Peut-être que quelqu'un qui annonce la couleur même si c'est du noir, c'est mieux que quelqu'un qui te dit rien du tout… En tout cas, j'adore qu'on me résiste, j'aime pas les gens faciles parce que j'en connais pas beaucoup qui sont vraiment bons, sans intention. Tout le monde a des défenses, chez les rebelles, elles sont juste de la taille de celles d'un éléphant.

Sissi, elle a vu que je l'ai jamais sacquée. Elle a vu que je l'ai toujours rappelée à l'ordre sans avoir peur de jeter un peu plus d'huile sur le feu entre nous. Je l'ai jamais laissée tranquille quand elle faisait sa bouffonne mais je lui ai fait confiance souvent. Les gosses, quand ils gagnent pas, ils reviennent vers toi seulement quand ils sentent que tu leur en veux pas et que t'as pris sur toi pour être juste. Et puis Sissi, un jour, elle s'est mise à me sourire un peu et à me saluer presque gentiment. Maintenant, elle me cherche, elle m'attend de temps en temps sous le préau parce qu'elle m'aime bien et que j'ai un charme ravageur auprès des gosses. Sérieux, j'ai un don avec les gosses. J'ai de la mémoire. Je me souviens bien de ce qu'on ressent et de ce qu'on pense à cet âge-là, alors je jongle avec ce qu'on attend de moi et ce que je peux faire pour eux.

Sissi est revenue petit à petit. Elle me squatte pendant la demi-pension et s'étonne d'apprendre que j'aime le rock, le punk et que je crache pas sur Marilyn Manson. Je lui dis que ce type, il était journaliste sportif avant, qu'il a adoré les Beatles et John Lennon, l'album Blanc surtout, et qu'il est à prendre au second degré si on veut pas finir dans un cercueil ou en tôle. C'est vrai quoi, Marilyn Manson, c'est un pur produit américain qui bouffe McDo de Paris à Tokyo quand il est en promo et qui a rien de plus révolutionnaire à dire qu'Annie Lennox avec son Eurythmics Band. Quand on parle toutes les deux (parce qu'on parle vraiment maintenant), je lui explique qu'elle devrait pas faire de son look une excuse pour pas bosser en cours. Elle est très jolie et je trouve péchu de mettre tout ça entre parenthèses histoire de grandir un peu pour soi et pas pour rendre les copines jalouses et plaire aux mectons. Ça l'étonne que je pige par quoi elle passe, ça l'émeut de pas me faire peur. Sissi m'aime bien, je le sens. Ça me fait plais' mais ça me fout un peu la trouille de voir combien elle est en demande d'attention et d'affection. Je comprends mieux pourquoi les gourous, style Raël, commencent souvent leurs petites entreprises en recrutant des gamines…

*

Jeudi. Tout le monde a reçu son bulletin maintenant. Si j'en crois les gosses rebeux et autres basanés du bahut qui ont eu un sale bulletin, les profs sont tous des racistes. Les grands – ils ont commencé à étudier la guerre 39-45 en histoire-géo –, ils disent même fachos. C'est un gros problème parce que ces gamins, ils disent plus facilement de quelqu'un qu'il est raciste plutôt qu'il est con parce qu'ils oseraient pas rentrer dedans sans avoir le beau rôle. Momo, il a toujours dit qu'on était des victimes de rien du tout, que si le prof était effectivement raciste, il fallait travailler encore plus et se faire le plus discret possible pour pas apporter de l'eau à son moulin. Momo, il avait raison. On a pas que des défauts dans la vie, on a aussi des qualités. On peut pas être tout à la fois raciste, malhonnête, bourreau d'enfants et de mauvaise foi devant un gosse qui bosse et se tient tranquille. Si, malgré tout, c'est le cas, il faut faire confiance en une ou deux langues qui se délieront et répareront l'injustice.

Je leur dis qu'on récolte ce qu'on sème et que, si certains sentent pas vraiment bon, c'est pas une raison pour glander et faire les relous pendant leurs cours. Les profs, en général, ont pas que ça à foutre de griller une bande de marrons pour le plaisir. Je les avais prévenus, non ? J'avais pas dit qu'il fallait bosser plus que ça ? Si, ah ! Aujourd'hui, c'est trop tard, je leur dis que ça sert à rien de pleurer sur un mort, ça le ramène pas. Il faudra profiter des vacances pour rattraper tout ça et commencer la nouvelle année le mieux possible. Spéciale dédicace aux grands qui attaqueront par le brevet blanc dès la rentrée en janvier. Momo la Gazelle, il ronchonne dans son coin. Il est pas d'accord du tout avec ce que je dis. Depuis qu'il s'est frité avec son prof d'histoire-géo, Monsieur d'Agen, il veut rien comprendre.

C'est vrai que le père d'Agen, il est border-line, c'est le spécialiste du je-te-mets-à-la-porte-dès-que-tu-pointes-le-bout-de-ton-nez-mais-comme-j'ai-pas-le-droit-de-laisser-un-élève-dans-la-nature-tiens-la-poignée-ça-me-rassure… C'est le pro de la punition absurde, obscure et humiliante. Monsieur d'Agen, il est tellement cul serré que ça lui ferait pas de mal de bouffer un ou deux pruneaux le soir avant d'aller se coucher. Ce type, il est fasciné par la guerre 39-45, les camps, la mort, la Résistance, il en a oublié de vivre dans son époque.

Il me fait penser à une meuf de ma classe de terminale, Vaness', la déglingo qui kiffait tout ce qui avait rapport avec les camps de la mort et de concentration (est-ce que c'est pas la même chose ?). La Vaness', ça lui faisait presque mouiller sa culotte de voir des corps décharnés, des yeux exorbités d'horreur et de douleur, des tas de cadavres à oilpé dans des trous. Dans son cahier de textes, on pouvait trouver des photos de gens dans les camps, celles qui, si tu les vois le soir, empêchent de gagner le sommeil. Je trouvais ça glauque, je trouvais ça tordu. Vaness', elle attendait avec impatience le voyage en Autriche vu qu'on allait aussi visiter en chemin Buchenwald. Moi, j'aimais bien m'asseoir à côté d'elle en cours parce qu'elle parlait pas et que je pouvais compter sur elle pour me refourguer les cours quand j'étais absente. Mais ses trips à Vaness', j'ai toujours trouvé ça malsain. J'ai toujours eu peur des gens qui kiffent la mort et le pouvoir, ils sont dans la quatrième dimension, celle où on respecte pas la vie.

J'ai jamais vu un type aussi jeune que Monsieur d'Agen être si vieux. C'est chelou mais on peut même pas lui donner d'âge. Il faut le voir récupérer une classe dans la cour. Cul serré, poings serrés dans son dos, index pointés vers le sol, la face rubiconde et les yeux rétrécis, on dirait qu'il se prépare à mouler un cake. Je crois pas que le père d'Agen soit raciste, il est juste amer comme une cuillère de Clamoxil. Ce type est un choc des générations à lui tout seul. Y a plein de profs qui peuvent pas le voir en peinture. L'autre jour, le prof de maths, Monsieur Brise-glace, lui a foutu la honte devant les élèves en lui criant de fermer sa gueule avant qu'il la lui casse. Ça craint quand les adultes se tirent dans les pattes devant les gosses. Là, y a plus d'exemple à donner et les enfants, ils en profitent. Même si, lorsque je vois le père d'Agen, je pense « Quand on est con, on est con… », je le dirai jamais devant un élève. Au bahut, il faut garder une certaine tenue pour le bien de tous. Mais bon…

Le père d'Agen, il a un stock si impressionnant de Baranne ultra-polish qu'il s'est mis Madame Certain et Lady Di, sa copine, la secrétaire de la Dame de cœur, dans la poche. Madame Certain et Lady Di, elles forment un club. Et vas-y que ça discute, que ça se marre, que ça se confie de petites indiscrétions dans les bureaux et beaucoup dans les coins en scrède parce que la Dame de cœur aimerait bien faire partie de la bande et qu'elle les colle. Elles, elles pourraient chanter « Nous sommes deux sœurs jumelles… », elles sont si complices qu'y a pas moyen pour la Dame de cœur de taper l'incruste. Quand je les regarde faire toutes les deux, j'ai l'impression de voir deux collégiennes qui se marrent bien ensemble. Lady Di, elle a des yeux à tomber, elle est belle comme une pomme d'amour mais elle en joue pas. Elle est trop chouette parce qu'elle fait beaucoup rigoler et qu'elle amène souvent des petites douceurs à la Vie Scolaire. Comme Madame Certain porte le même prénom, elles s'appellent entre elles « Didi ». Les Didis, elles savent pas que le père d'Agen, il dit bonjour aux pions que quand elles sont dans les parages, que des fois, t'aurais envie de lui coller un aller-retour parce qu'il est goujat, con, impoli et qu'il fait partie de ces gens qui ont le don de traiter ceux qui leur servent à rien comme des merdes. Monsieur d'Agen, il change complètement de face quand il y a personne qu'il pourrait gratter ou flatter dans le coin, c'est pour ça que personne, à part les élèves, les pions et quelques profs, a compris pourquoi ça se passe mal pendant ses cours. Il se fait materner à l'œil mais ça l'empêche pas de bouffer à tous les râteliers et surtout à celui du pouvoir. C'est un malin.

*

Jeudi. Vacances de la Noël moins un jour. Aujourd'hui, c'est repas de fête à la cantine. Quand je suis arrivée ce matin, j'ai trouvé à l'endroit où je pose toujours mes affaires un paquet jaune avec une carte de Madame Certain dessus. C'est pas un cadeau de Noël, c'est un set de coupelles en forme de feuilles de bananier, juste pour me remercier d'avoir été gentille avec ses gosses. Ça fait plaisir mais bon, fallait pas… J'ai bien été obligée de l'embrasser. Elle sent bon, Madame Certain. Comme j'ai l'habitude de lui serrer la main, ça me fait bizarre. Je lui ai posé deux bisous sur les joues en douce des autres, j'étais gênée, ça me dérange pas de donner mais recevoir… J'ai rangé mon petit trésor au fond de mon sac et j'ai essayé de pas avoir des mercis plein les yeux pendant mon heure de bureau, ça aurait pu me griller.

La matinée a passé à la vitesse d'un éclair et c'est déjà midi. L'heure où, comme tous les jeudis, je fais l'appel des élèves pour la cantine. Le jeudi, je fais mon show.

– Quatrième A ! Quatrième A ! Quatrième A ! Amori, Baudiot, Ciliot… Rangez-vous sous le préau ! Tout le monde est là ? Bon appétit, messieurs, dames !

– Merci, à toi aussi, Norah !

Et ainsi de suite jusqu'à ce que les vingt-six classes soient toutes montées manger. Comme c'est souvent plein à craquer là-haut au réfectoire, je monte de temps en temps demander à ceux qui traînent de mettre le turbo. Quand il fait beau, ça défile super-vite mais quand on se les gèle dehors…

Ça y est, ma montée est finie. J'ai plus qu'à relever le nom des absents sur mon cahier. Quand on fait la montée, on est systématiquement de préau après. Belle des champs, la campagnarde qui bosse à mi-temps, elle est censée s'occuper du préau pendant l'appel des élèves. Mais bon, je crois qu'elle a un forfait immobile. Ce qui veut dire que je m'interromps souvent pour faire le grand ménage sous le préau à sa place et que je vide des toilettes des relous qui cherchent un peu de chaleur, une glace pour se ravaler la façade ou un robinet pour boire. J'ai trouvé une combine y a pas longtemps. En fait, j'ai pécho au bureau une clef des waters et je les ouvre tous les quarts d'heure pendant cinq minutes. Les gosses, ils ont froid, c'est sûr. Ils se collent aux radiateurs des toilettes, un peu comme des taulards à leurs barreaux. Je vire à tour de rôle, comme ça c'est pas toujours les mêmes qui en profitent.

Pion, ça ressemble à maton, videur des fois si tu respectes les règles à la lettre. Tarzan, Minipouss' et moi, on fait dans l'a peu près parce qu'on est pas des crevards et que le boulot c'est un endroit qui fait un peu partie de ta vie. Pendant ce temps, Belle des champs, la campagnarde qui bosse à mi-temps, elle se contente de sortir un calepin et note les noms de qui a fait quoi et quand, jamais je l'ai vue se demander pourquoi... Ça doit être pour ça que ça passe pas avec les gosses en général et Rieux en particulier.

Rieux, c'est un gosse de troisième qui se fait appeler l'Ukrainien et qui sait pas qui, d'elle ou de la Russe, il déteste le plus. Entre la peste et le choléra, il a fait le choix d'emmerder les deux. Rieux, il fait toujours tout pour faire marrer la galerie mais à bien regarder le fond de ses yeux bruns, on voit qu'il a dû pleurer souvent. Rieux est le roi des bouffons mais moi je l'aime beaucoup. J'aime les gens dignes. À quatorze piges, Rieux pourrait donner des leçons de vie à n'importe qui. Par contre, des fois, on devrait lui apprendre à fermer sa grande gueule. Ça lui éviterait bien des soucis... Rieux, il fait toujours le con. Pourtant, c'est un gamin super-intelligent et cultivé pour un type de son âge. Au bureau, son nom est prononcé au moins une fois par jour par certains profs et la Russe qui le craint, qui sait pas comment s'en faire respecter, aussi par Belle des champs parce qu'il se fout de sa gueule. J'ai appris que son père est mort et qu'il lui manque beaucoup parce qu'il est entouré que de femmes à la maison. Je sais, moi, que des fois c'est bon de se faire démonter sans qu'on t'explique le pourquoi du comment, sans qu'on veuille discuter avec toi de ce que t'as fait ou pas. Ça a pas calé l'affaire pour Belle des champs ou la Russe, d'accord ça expliquait beaucoup de choses mais ça l'excusait pas. Moi, je me suis dit que Rieux, il avait tous les droits puisqu'il bossait quand même ses cours. Même les cocottes-minute sous la pression elles doivent lâcher un peu de vapeur pour pas exploser sur la gazinière.

Avec moi, Rieux, il est sympa. C'est pas qu'il me gonfle pas mais j'ai une patience à l'épreuve des balles. On peut pas demander à un gosse de se conduire comme tout le monde quand la vie lui a fait très tôt un sacré coup de pute. J'imagine pas une seconde ce que la vie aurait pu être sans Momo pour me montrer comment on fait du vélo ou pour boire du thé à la menthe et me raconter sa vie d'avant. On m'a toujours dit qu'une mère c'est ta clef pour le paradis mais personne m'a dit pour le père… Rieux, je vois bien ce qui lui manque. Un daron, ça donne son nom, ça coupe le cordon et la viande, ça nique ta mère pour qu'elle redescende un peu sur terre et se prenne pas pour la Sainte Vierge ou Mère Teresa, ça prend les décisions dures quand il faut le faire sans se demander ce que les autres en pensent, comme le choix du programme télé, la punition du petit dernier qui a essayé de fumer après avoir trouvé un paquet de Gold Coast avec son pote Nicolas, ça te dresse et ça s'amuse aussi avec toi. Je sais pas ce que j'aurais fait sans Momo. Rieux, il faut se dire que c'est une chance pour lui d'avoir la gueule grande ouverte et l'envie de se marrer même si des fois ça fait pas rire les grands… Ça aurait pu être pire, il aurait pu fermer sa gueule et faire l'amnésique…

*

Les vacances enfin. Ma famille me manque. C'est bizarre mais avec le Grand Turc on a pas encore eu le temps de se poser vraiment. Même si maintenant je peux dire que tout roule, deux semaines à se regarder dans le blanc des yeux, ça me fout la flippe. C'est pas trop qu'on s'entend pas, au contraire, c'est plutôt qu'on a pas encore appris à s'ennuyer ensemble. Lui, de son côté, aucun problème à l'horizon. Comme on a pas trop de thunes à cause de la maison qu'on a dû aménager et du mariage à payer, on peut pas trop se permettre d'en profiter à fond.

Le Grand Turc, il croyait pas que pendant le temps où on aurait pas d'enfant, on resterait à la maison. Il rêvait de ski, de vacances au bled, un petit saut en Turquie et un autre au Maroc par-ci, par-là, histoire de se sentir très longtemps en lune de miel. Moi, tout ça je m'en fous. Le Grand Turc, je l'aime sans qu'il soit bronzé ou qu'il sente le sable chaud. Et puis aussi, j'ai jamais passé de Noël loin de ma famille. Lui, il sait pas ce que ça veut dire Noël chez les Rabhan, il sait pas ce que ça veut dire tout court. Le Grand Turc, on lui a jamais fêté Noël. Il sait juste ce que c'est qu'les boules, quand t'es gosse, d'avoir ni sapin ni cadeau. Noël, c'est la période où on te parle d'amour, où la famille se rassemble, où la télé passe des trucs bibliques, des dessins animés et des films la classe. Le Grand Turc, il me dit que tout ça, c'est du baratin commercial. Je m'en fous parce que moi, j'aime la veillée de Noël en pyjama où Leyla, Yssa et moi on se recompte les escargots histoire que personne carotte la part de l'autre. Les M&M's, ils nous achètent tout ce qu'on aime et ils préparent la dinde avec une marinade à la marocaine. Cette année, je vais dormir chez mes darons et le Grand Turc, même si on l'a invité, il viendra pas parce qu'il imagine pas qu'on puisse bouffer des escargots.

Depuis qu'on est ensemble, le Grand Turc et moi, je lui offre un cadeau de Noël chaque année parce que j'en fais autant pour ma famille. Il est gêné quand on lui offre des trucs sans réclamer la pareille. Moi, j'ai toujours su qu'on lui avait jamais fêté son anniversaire ou Noël dans sa famille, alors je lui offre des trucs pour récupérer le temps perdu et pour l'adoucir un peu. Ça marche moyen. J'ai peur que ce soit trop tard pour lui… Mais je calerai pas l'affaire parce que je voudrais qu'il ait envie de faire leurs fêtes à nos enfants quand, Inch'Allah, on en aura. Comme il kiffe la pub Levi's, je lui ai acheté le jean et la veste qui lui iront comme des gants. J'ai laissé ça dans le coffre de ma caisse pour être sûre qu'il tombe pas dessus avant. Je le vois déjà me faire la gueule, me dire que je claque mon fric alors qu'on en a pas beaucoup et bougonner parce que ça lui écorcherait la gueule de dire merci et de faire bisou. Mais avec le Grand Turc, il faut pas écouter les « fallait pas »…

*

Après les chrysanthèmes, on déclenche tout de suite le plan Supermax pour les fêtes de fin d'année. J'ai remarqué qu'on essaie de plus en plus tôt de mettre les gens dans l'ambiance. C'est une espèce de lavage de cerveau qui te rend complètement accro à la consommation. Il y a de la lumière tout le temps et partout. On te fout même plus la paix le week-end parce que les centres commerciaux et les magasins sont ouverts dimanche compris. Les gens décorent leurs maisons ou leurs balcons quand ils sont en appart' avec des guirlandes et des figurines électriques colorées. Le plan Supermax, aux USA, c'est une méthode de barbare pour traiter les prisonniers qu'on trouve dangereux (je parle pas des psychopathes comme Bundy, Manson ou leurs potots, mais des basanés qui pourraient être des terroristes) et qu'on veut casser. C'est un truc qui te rend dingue à cause de la lumière qu'on éteint jamais. La lumière, pendant les fêtes, elle s'arrête pas même si, des fois, les trucs clignotent. On dirait qu'on veut faire oublier l'esprit de Noël, celui qui parle d'amour, pour que tu penses plus qu'à acheter des trucs. Des trucs qui se bouffent, qui se boivent ou qu'on offre pour plus penser une seule seconde à la misère de sa vie, du mec qui fait la manche devant Lidl ou du type du dessus qui reçoit le minimum d'électricité légal, qui peut pas allumer la télé et le four en même temps. Je crois que Jésus, son message, c'était tout sauf un message capitaliste et matérialiste. Si ça avait été le cas, il serait pas né à Bethléem mais sur Times Square ou Wall Street. Et puis, trente-trois balais plus tard, un type comme Bush l'aurait vendu contre trente puits de pétrole et on l'aurait crucifié sur Broadway avec, en gros sur l'affiche, le teaser : « Eli, Eli, lama sabaqthani »… Tout ça, ça me fait penser à Bukowski et à son frigo qui ronronne dans le silence mais je sais pas trop pourquoi…

*

À Noël, j'ai reçu la saison 10 de *Friends*, celle qui est trop de l'arnaque parce qu'ils ont tourné moins d'épisodes que dans les autres saisons et qu'ils en ont fait deux coffrets au prix fort. C'est un super-cadeau mais c'est triste comme une page qu'on tourne parce que la série est finie. J'ai été gâtée cette année. Des sous, du parfum, des DVD et des bouquins. Quand je dis bouquins, c'est pour pas dire qu'on a mis le monde à mes petons parce que recevoir une belle édition du *Contrat social* de Rousseau et une autre du *Candide* de Voltaire, c'est un peu la même chose, non ? Ça a pas dû coûter très cher parce que ça vient de l'étal d'un bouquiniste du marché des Halles de Dijon. Je m'en fous, Leyla, elle a toujours su offrir le truc qui te fais monter les larmes aux yeux parce qu'elle t'aime assez pour savoir comment te faire déborder le cœur. Leyla, elle parle jamais que des moments où t'es beau, brillant et marrant. Quand elle t'aime, elle oublie vite que tu lui as fait des crasses, que t'es un con et que tu l'as blessée. Quand elle était petite, tout le monde l'appelait Lili la Gentille parce qu'elle était chouette et que même les gens qui la connaissaient pas lui refilaient tout un tas de trucs qui font plais' comme des bonbecs, des jouets ou des BD. Je me souviens qu'un jour, elle a dit avoir vu un ange en regardant le ciel à travers la fenêtre de la cuisine après dîner. Tout le monde l'a crue et moi, je l'ai regardée en me disant que c'était pas juste parce que j'étais la plus grande, la plus balèze et que c'était à moi la prem's que ça aurait dû arriver. J'ai toujours su ce que c'était que la bonté parce que j'ai grandi avec Leyla dans les pattes. Quand, bien plus tard, j'ai lu *À l'est d'Eden*, j'ai pleuré sur l'histoire des frangins et sur celle d'Abel et Caïn. Parce que j'ai beau dire et beau faire, Leyla, les M&M's l'ont mieux réussie que moi. Leyla, cette nuit-là, je crois pas qu'elle a jamais vu un ange rose et vert dans le ciel, c'est son pyjama et sa tronche qu'elle a pas su reconnaître dans le reflet de la vitre…

Moi non plus je me suis pas foutue de sa gueule, je lui ai offert une édition super-bien illustrée des *Contes de Grimm*. Leyla, elle a toujours aimé les contes. Elle en a jamais eu à faire grand-chose des histoires heureuses parce qu'elle aime bien pleurer aussi. Leyla, elle fait partie des très rares personnes qui savent pleurer devant les autres sans que personne croie qu'elle est faible. Moi, j'ai jamais su, c'est pour ça que je rigole beaucoup. Leyla, je me souviens pas de la vie sans elle. Elle est arrivée super-tôt après moi. On a été bébés en même temps. Elle apprenait à faire ses nuits quand moi, je faisais mes dents. C'est un beau cadeau de Rabbi de jamais avoir eu le sentiment d'être seule quand j'étais gosse. Ça me manque beaucoup, l'enfance. La vie avec elle, Yssa et les M&M's quand on était tous jeunes et forts. Aujourd'hui, on est encore tous beaux et tout et tout, mais c'est plus pareil… Leyla et moi on a toujours tout partagé jusqu'à ce qu'on grandisse, qu'on ait des tétons qui poussent et des envies de respirer l'air d'ailleurs. Je lui filais mes microbes et elle les siens. Je buvais du sirop avant elle, même quand j'étais pas malade juste pour lui montrer que c'était bon. Je cassais la figure de ceux qui l'embêtaient à l'école. Je volais la monnaie du pain ou les pièces de la coupelle sur le meuble de l'entrée pour qu'on s'achète des bonbons ou une meringue sur le chemin de l'école.

Jusqu'au jour où j'ai tapé dans le porte-monnaie de Mama et qu'on est allées se payer des cônes chez Madame Gonzales, l'épicière de l'autre côté de la route. Il y avait des esquimaux à la maison, mais les cônes… Et puis le camion avec un type bourré à faire exploser le ballon… Courir jusqu'au bloc, monter les deux étages avec mes claquettes qui faisaient clac-clac-clac, ouvrir la porte, essoufflée, rester à deux pas de Mama, parce que son gros ventre l'empêchait de voir ma tête quand j'étais trop près, dire que c'est grave, très grave. Mama hurle, Papa sort de la chambre où il récupère après un poste du matin à l'usine. Mama tombe par terre, se relève et maudit son gros ventre qui l'empêche de courir aussi vite que Momo vers son bébé. Elle s'en va quand même, la porte est grande ouverte, je vais à la fenêtre du salon et je regarde Momo déjà sur la route et Mama qui arrive presque. J'ai pas le son et ma tronche est collée à la vitre tellement je pleure. Leyla est morte peut-être… Je suis restée là jusqu'à la nuit. Toute seule, avec l'idée que je le serais toujours puisque Leyla était là-bas, sur la route, avec les jambes et les bras tordus et la tête toute rouge qui bougeait plus. J'ai pas vu les pompiers arriver. J'ai pas entendu l'hélico l'emmener. J'ai pas vu les M&M's quitter la route. J'ai pourtant pas lâché la fenêtre…

Et puis perdus à Dijon, demander la route du CHU à des passants, il fait chaud, c'est Ramadan même pour moi parce que j'ai oublié d'avoir faim et d'avoir soif. Leyla avec des machines partout. Leyla, la jambe et le bras gauches pendus en l'air avec des gros disques accrochés à des ficelles en fer. La tête de Leyla énorme avec un turban, comme Boua Haymar du bled, qui fait oublier son petit corps dans son lit en fer tout blanc et trop grand. Leyla sait pas qu'on est là, elle sait pas que Mama a les yeux perdus dans le vide et elle entend pas non plus Papa qui pleure fort.

Les aller-retour Montceau-les-Mines-Dijon, tous les jours. Papa qui est tout le temps très triste et qui a oublié sa tête quelque part le jour où il s'est claqué la portière de l'Opel Kadett sur le petit doigt. Faire pipi discrètement la nuit parce qu'il faut pas déranger les M&M's qui pleurent dans le noir. Momo qui a jamais dormi avec un nounours parce que, quand il était petit au bled, ça existait pas, quitte plus l'ourson rose où tu peux encore sentir l'odeur de Leyla. Le nounours, en plus, elle l'aimait plus parce qu'il avait perdu un œil et que j'avais essayé de savoir si c'était vrai qu'il parlait en le brûlant avec une allumette pour le faire crier, pour voir…

Les prières tout le temps mais pas les mêmes que celles de Ramadan. C'est les seules qui restent pour sauver Leyla comme leur avait dit le docteur. Mama qui se tape le ventre pour dire à Rabbi de lui prendre le bébé et de lui rendre Leyla. Leyla qui se réveille un jour comme ça et qui demande cash, comme si de rien n'était, si on m'a punie parce que c'était pas ma faute. On avait bien traversé sur les clous mais elle avait perdu sa claquette et elle voulait la ramasser toute seule comme une grande. Momo qui pleure encore même si Rabbi avait entendu ses prières. Mama qui a pleuré pour la première fois devant moi depuis l'accident.

L'hôpital des enfants. Des gens qui trouvent Leyla si mignonne qu'ils lui offrent des peluches et des bonbons. Une maman qui vient voir son fils et qui ramène à Leyla un chien où tu peux ranger ton pyjama dedans. Comme elle en avait pas un à elle avant de faire le paquet, elle a mis des tubes de Smarties à la place. Leyla, elle m'a refilé les Smarties parce qu'elle peut pas beaucoup manger, ça fait mal et les médicaments ça donne envie de vomir tout le temps. Leyla, elle me trouve triste, alors elle me laisse jouer avec ses cadeaux et, des fois, je peux emmener un de ses copains en peluche pour pas dormir toute seule dans la chambre.

Montceau-les-Mines-Dijon tous les jours parce que Leyla peut pas manger la nourriture de l'hôpital et qu'elle veut de la kefta, du melon ou de la pastèque. Leyla qui va mieux mais elle s'ennuie parce qu'elle peut pas sortir de la chambre sans son lit. Des fois, il y a des dames en rose, celles qui font jamais de piqûre, qui veulent bien descendre Leyla avec son grand lit jusqu'à la salle de jeu. Il y a des ballons, la télé et puis plein d'autres enfants malades qui jouent. Eux, ils ont de la chance, ils ont juste des chaises roulantes ou des trucs qui roulent avec des sacs en plastique accrochés. Leyla peut pas jouer au ballon avec moi, alors je joue pas et je lui raconte *Yakari* et *Petit Tonnerre* parce qu'elle voit pas bien la télé. Leyla a chaud, ça gratte sous le plâtre. Mama a apporté ses aiguilles à tricoter. Avec Leyla, on gratte dans le plâtre avec le bout rond de l'aiguille. Moi, le côté qui pique, je fais exprès de bien fermer la main dessus et de serrer, ça fait mal mais ça me rend moins triste. Leyla, après trois mois, va enfin rentrer à la maison. Je sais que c'est long, trois mois, mais une semaine, c'est encore plus long à attendre que Leyla revienne à la maison.

Et puis Leyla est rentrée. Mama, pour la sortie de l'hôpital, elle lui a acheté une belle robe blanche avec des rubans roses chez Madame Laubier. Elle est belle, Leyla, même si sa chaise roulante a froissé sa jolie robe. À la maison, c'est chouette, tout le monde rigole, même si des fois Leyla me dit dans l'oreille qu'elle croit qu'à cause d'elle on est devenus pauvres. C'est vrai que Papa, il a arrêté de travailler depuis son doigt cassé et même un peu avant parce qu'on allait voir Leyla à Dijon tous les jours. Mais non, on est pas pauvres parce que les M&M's, ils achètent tout ce que Leyla aime bien et on partage ensemble. Moui Aziza, elle allait même venir du bled pour s'occuper de nous parce que Papa, il avait repris le travail et que le bébé qui est dans le ventre de Mama, il allait bientôt sortir. Y a plein de gens qui sont venus voir Leyla. Elle a reçu plein de cadeaux. J'étais un peu jalouse même si j'aurais pas voulu être à sa place parce que moi, je pouvais sauter, courir et faire pipi dans les toilettes et pas dans un pistolet qui était pas comme un pistolet qui fait pan-pan. Et puis Mama et Papa se sont mis en colère et plus personne, sauf les copains berbères, les shlouhs, qui travaillaient à la mine, est venu.

Mama, elle nous a expliqué que la maison, c'était pas la foire, y avait pas de bête curieuse. Après, j'ai entendu la nuit, quand j'allais faire pipi, les M&M's dire en arabe que les gens, ils venaient juste voir si c'était vrai que Leyla, elle était devenue bête, pas propre sur elle et cassée pour toute la vie. Ils ont eu raison, les M&M's, de plus leur causer parce que Leyla, elle allait redevenir comme avant, elle était pas sale parce que après le pistolet, Mama, elle la lavait toujours et elle était pas bête parce qu'elle gagnait souvent au « Qui est-ce ? » ou au « Docteur Maboul » même si elle avait pas encore l'âge écrit sur la boîte.

Yssa est né le jour où Moui Aziza a fait du tajine avec des raisins et des oignons pour midi. Comme il est pas sorti par le bon trou, Mama a été très malade à l'hôpital des grands, pas celui où on fait des bébés. Papa, il s'occupe de tout ce que Moui Aziza peut pas faire parce qu'elle parle pas français. Il travaille, il va voir Mama à l'hôpital et Yssa à la maternité, il joue avec nous, il fait les courses, mais il oublie souvent les trucs de grands comme la lessive, la farine ou le Monsieur Propre au citron parce qu'il peut pas tout faire. Il a même oublié de m'acheter les chaussures qui iraient avec ma robe neuve pour ma rentrée en CP.

Moui Aziza, elle est restée super-longtemps à la maison et ça a été terrible. Leyla, elle rigolait beaucoup quand je grimpais sur le dos de Moui Aziza pendant sa prière. Leyla, Papa disait que c'était bien de la faire rire et d'être tous gentils avec elle. On faisait des concours comme à la télé. On devait rester le plus longtemps possible sans respirer avec la tête entre les gros nénés de Moui Aziza. C'est vrai que Moui Aziza, elle est grosse, mais c'est bien parce que, comme ça, on peut la partager entre nous sans la casser.

Mama, elle a arrêté de travailler un petit peu parce que Yssa a besoin d'elle. Il paraît que les garçons, c'est plus fragile que les filles quand c'est des bébés. Moi, j'aime pas trop Yssa parce que Papa, j'ai peur qu'il joue plus autant au foot avec moi et qu'il m'emmène plus tuer le mouton avec lui. Mama, depuis l'accident, elle me dispute beaucoup. C'est vrai que j'ai fait exprès de faire tomber Yssa sur le tapis et que je lui pique sa couverture Mickey et que je fais pas mes devoirs si personne vérifie derrière, mais Mama, c'est ma maman à moi en premier d'abord et c'est moi qu'elle devrait aimer le plus. Papa, il est plus gentil avec moi, il dit que la vie c'est le mektoub, que Mama est très fatiguée, que je bouge trop et que c'est pour ça qu'elle me crie souvent dessus, mais elle m'aime beaucoup parce que c'est ma Mama. Papa, il dit que si j'ai un prroublème, je dois aller lui dire d'abord pour pas ennuyer Mama parce que Leyla et Yssa, ils ont plus besoin d'elle que moi. Et puis, comme j'ai bien travaillé à l'école, comme j'ai appris à me laver et à m'occuper de moi toute seule pendant l'été, Mama et Moui Aziza, elles m'ont fait confiance comme à une grande personne. Leyla, elle est allée à l'école maternelle le dernier mois de l'année scolaire parce qu'il fallait qu'elle se rappelle à quoi ça ressemble une classe avant sa rentrée en CP. Mama, elle a repris le travail et pour les grandes vacances, Moui Aziza est retournée au bled avec nous trois dans les valises jusqu'à ce que les M&M's viennent nous chercher à la fin de l'été. C'était super-chouette le bled. Quand Mama, elle est venue avec Papa, elle m'a fait plein plein de bisous, je crois qu'elle était plus fâchée contre moi et que je lui ai beaucoup manqué aussi.

Leyla, elle a été tout le temps première de sa classe en CP et les M&M's, ils ont été soulagés qu'elle soit pas une bête de foire à cause de l'accident. Leyla et moi, on est allées chez le kiné presque tous les jours après l'école pendant des années. Elle faisait ses exercices de rééducation et moi, mes devoirs dans la salle d'attente. Quand j'avais fini et que Leyla était pas encore sortie, je lisais. Je lisais des livres empruntés à la bibliothèque de l'école ou de la municipale, des trucs que Mama m'avait achetés et, quand j'avais oublié, je tapais dans ce qu'il y avait sur la table basse. Il y avait toujours *Le Journal de Mickey, La Revue médicale* et *Le Nouvel Observateur* (qu'on devrait appeler maintenant *L'Ancien Observateur* vu le côté réac' de certains papiers). Quand j'avais tout lu, je regardais les posters et très longtemps, j'ai su le nom des modèles mythiques de chez Citroën comme ceux qui avaient fait la Croisière noire et puis la Croisière jaune…

À la maison, je refourguais à Leyla ce que je venais de lire pour qu'on vive dans le même univers, qu'on parle et qu'on imagine plein de trucs. Je crois que les M&M's, ils ont pas entendu beaucoup de parents se plaindre que leurs gosses se battaient pour un bouquin. Avec Leyla, des fois on se disputait fort parce qu'on lisait le même livre en même temps, qu'on voulait l'avoir pour soi toute seule et le finir la prem's. J'aimais lorsqu'on sortait nos lampes de poche en scrède pour pouvoir finir un chapitre quand Mama nous éteignait la lumière. J'aimais quand on jouait à être Long John Silver, Blanche-Neige et la sorcière, Robinson Crusoë et Vendredi, d'Artagnan et Milady, la Schtroumpfette et Gargamel, les Petites Filles modèles, Johann et Pirlouit, le Petit Nicolas et Marie-Edwige, Boucle d'or et les trois ours ou encore les Trois Petits Cochons et le Grand Méchant Loup. Je voulais tout le temps être le méchant et le bête parce que c'était plus rigolo. Ça tombait bien parce que Leyla, elle était trop gentille. Plus tard, on en a aimé bien d'autres…

*

Pour le nouvel an, avec le Grand Turc, on est restés à la maison et on s'est fait un dîner aux chandelles et tout et tout. De toute façon, y a pas vraiment de quoi faire la fête. À la télé, ça fait des jours qu'ils passent des images du tsunami et qu'on appelle aux dons. Pourtant, la fin d'année s'annonçait bien parce que les deux otages Georges M. et Christian C. ont été libérés juste à temps pour que leurs mamans passent de bonnes fêtes et préparent la dinde pour toute la famille. Le député J., celui qui a fait son gringo, s'en est pris plein la tronche et tout le monde est passé à autre chose. Le seul truc qui m'a écorché la gueule, c'est Decaux qui dit que si on vote non à la Constitution européenne, c'est qu'on est trop bête. C'est chaud quand un héros de ton enfance te fout la honte si t'es pas sûre d'être d'accord avec lui. Bref, l'année aurait dû se terminer par une tonne de bêtisiers à la télé et plein de programmes magiques, mais le tsunami a tout fichu en l'air. Un tsunami, c'est comme si la mer, elle devient trop gourmande et qu'elle croque la terre. Y a beaucoup de monde qui y voit un signe de Dieu mais je crois pas que ce soit encore la FDM (fin du monde). En tout cas, les Occidentaux, ils s'y intéressent de très près parce que depuis quelques années, l'Asie du Sud-

Est, c'est l'endroit où tu vas en vacances pour flamber. C'est comme prendre un brunch au Buddha Bar, mais en plus loin et en plus cher.

Ce qui me choque c'est qu'aux infos, ils montrent les corps des autochtones qui sont morts ou qui souffrent beaucoup, mais pas des Blancs qui y sont passés aussi. Il y a même une meuf qui a décidé de profiter de son séjour au maximum malgré le tsunami et qu'on a prise en photo à bronzer parmi les débris et le bordel. Y a plein de gens qui gueulent aussi parce que l'argent récolté pour le tsunami, c'est énorme et que, pendant ce temps-là, en Afrique, les gens, ils continuent à mourir de faim et de maladies sans que personne pense à eux. C'est vrai que c'est pas juste mais bon… On peut pas toujours être à la mode et y a plus personne depuis France Gall qui a pensé à chanter pour les Babakars… Momo, l'autre jour, il m'a dit que la soulidarité, les gouers, ils y pensaient pas pour lis Afrouicains, je lui ai demandé où ils étaient les Arabes pour l'Afghanistan, la Tchétchénie ou le Kosovo? Il a fait la tête et il m'a dit que tout le monde avait eu le cœur en Irak et surtout en Palestine…

*

Rentrée. Fallait bien reprendre un jour. De toute façon, le plus dur de l'année scolaire est déjà fait, maintenant ça va aller vite, trop vite. Comme d'habitude, après les vacances, les enfants sont plus contents que les grands. Enfin presque tous… Chez certains, c'est écrit en gros sur leurs tronches qu'ils ont dégusté autre chose que de la dinde aux marrons pendant les fêtes. En tout cas, heureusement qu'ils sont là, les gosses, pour me donner un peu de cœur à l'ouvrage.

Il y a deux moments de l'année où je pète les plombs, c'est pour mon anniversaire et pour la nouvelle année. Parce que, d'abord, j'ai l'impression de faire un pas de plus vers la tombe, même si dans le fond je pense que j'ai de la chance parce que c'est déjà ça de pris, et ensuite, parce que après les fêtes je déprime sévère, je sais que le mois de janvier va être très long.

En janvier, quand tu bosses pour l'Éducation nationale, t'en baves vraiment des ronds de chapeau côté fric. Comme le salaire de décembre tombe dix jours plus tôt que pendant les autres mois et que Noël est pas encore passé, je claque souvent mon fric comme de l'argent de poche sans penser à mes prélèvements ou à mes factures. Résultat, la nouvelle année commence et j'ai pas vraiment envie de faire la belle. Ça fait deux ans que je fais pas les soldes. Heureusement que je suis pas grosse parce qu'en février, je peux encore trouver des fringues pas trop moches dans les petites tailles.

De toute façon, quand t'es arabe en France et que t'es une fille, t'as pas intérêt à cumuler avec une sale gueule, un gros derche et un look craignos. Quand t'as pas vraiment la couleur d'un monochrome de Malevitch, t'as pas le choix pour qu'on te fiche la paix. Ce qu'il y a encore de pire pour une femme que sa couleur, c'est la laideur. Les hommes ont pas encore assez évolué pour respecter les femmes pour ce qu'elles sont et pas pour ce à quoi elles ressemblent. Moi, Hamdou'llah, ça va. Je rentre dans du 36 et j'ai une gueule qui passe facile dès que je mets du mascara et du blush. J'en fais pas trop non plus. Chez nous, faut aussi faire gaffe à ta jolie gueule parce qu'elle peut te causer plus d'embrouilles que ce qu'on croit. Un petit coup d'acide ou d'essence sur la tronche est si vite arrivé… C'est relou n'empêche d'être une femme, on t'en fait voir de toutes les couleurs.

*

J'aime pas prendre de bonne résolution au jour de l'an parce que ça dure jamais longtemps et que, quand j'arrête, je me sens encore plus nulle qu'avant. Cette année il y en aura une seule. Je vais apprendre un nouveau mot, choisi au pif dans le dico, et essayer de l'utiliser au moins une fois dans la journée. Aujourd'hui, c'est la semaine des A, je suis tombée sur *alexithymie*, ça veut dire qu'on arrive pas à mettre des mots sur des émotions. Va utiliser ça, l'air de rien, au bahut… La récré de 10 heures passée, la Russe se plaint déjà de Rieux. La journée va être longue pour elle parce que, si elle commence dès le matin, il va la soûler jusqu'à la fin des cours. Avant d'appeler sa daronne, Madame Certain essaie d'avoir des infos sur le gosse, histoire de pas la déranger dans le vent. L'occase est trop belle pour pas dire que je pense qu'il fait de l'alexithomie, non, de l'alexithymie, le truc qui fait qu'on sort les émotions d'une autre manière qu'avec les mots parce qu'on sait pas trop comment faire autrement. C'est vrai quoi, Rieux, les vacances de Noël, ça a pas du être le Pérou… Rieux 0 / la Russe 0, balle au centre. Madame Certain, comme Tarzan, Minipouss' ou moi, on a rien à dire sur Rieux et comme la Colonel est en étude, elle attend de voir comment ça se passera entre midi et 2 pour téléphoner ou pas. C'est pas trop la peau de Rieux que j'ai essayé de sauver, c'est à sa mère que j'ai pensé. La pauvre, elle l'a eu deux semaines non stop à la maison, faut qu'elle ait le temps de souffler un peu.

*

Lundi. Début du brevet blanc. Les petits ont des cours aménagés et les grands squattent le dernier étage pendant les épreuves. Ils sont tous un peu beaucoup stressés par la mise en scène. On a collé des étiquettes sur les tables et les gosses seront pas placés par classe mais par ordre alphabétique. Ça fait super-bizarre parce que aujourd'hui, ils ont vraiment l'air de petits à qui t'as envie de dire de pas s'inquiéter, que tout se passera bien… Premier examen, celui qui ouvre la voie à beaucoup d'autres, Inch'Allah. Même les glandeurs et glandeuses invétérés sont à l'heure avec des fiches et des cahiers à la main pour les révisions de dernière minute. Ça sert pas à grand-chose, mais si ça peut les rassurer… On devra monter dans les étages pour apporter du brouillon supplémentaire et voir si tout se passe bien. Dans le couloir, à l'étage, y a même un stand bouteilles de Cristalline et gobelets. À midi, ils mangeront en premier à la cantine, histoire pour ceux qui le veulent d'aller réviser en étude. J'ai appris qu'il y avait de l'éducation civique en plus au programme maintenant. C'est pas un mal. Peut-être que ça peut améliorer les choses à long terme… En tout cas, c'est pas l'avis des gosses qui trouvent ça chiant et qui stressent parce que, généralement, les profs d'histoire-géo, ils en font pas pour pouvoir boucler leur programme avant la fin de l'année. Madame Playmobil, celle qui a les cheveux coupés au bol qui bougent pas, elle essaie quand même mais elle dit qu'on peut pas courir deux lièvres à la fois… Et là, voilà le père d'Agen qui ramène fièrement sa fraise en disant que l'important c'est de partir à point. N'importe quoi, ce type. C'est facile quand on fait cours qu'aux premiers de la classe et qu'on dit aux autres de la fermer ou de tenir la poignée de porte. J'aime pas ce prof parce qu'il pourrait être vraiment bon s'il voulait, il a pas choisi l'histoire comme ça, c'est un vrai passionné, il devrait juste apprendre à communiquer son virus aux gosses. Les épreuves commencent et c'est surtout une question de chance…

*

J'ai abandonné ma résolution à moitié. Je continue à apprendre un mot par jour mais je l'utiliserai plus que dans ma tête. J'aime pas trop faire la maligne. J'ai remarqué que quand tu la ramènes pas trop, les gens, ils se croient plus intelligents que toi et, comme ça les rassure, ils sont plus cool. Mama, elle a toujours repris la phrase de Hassan II, « habal ta rabeh… », qui dit que pour gagner dans la vie, il faut faire le bouffon. Madame Certain, elle a longtemps marché dans ma combine mais, depuis la rentrée, j'ai l'impression que la bouffonne attitude s'est émoussée. C'est pas grave, il me reste la technique de la tortue, rentrer dans ma carapace dès que je sens que ça devient trop perso. Ça va, je maîtrise et en plus, je passe pas assez de temps à la Vie Scolaire pour que ce soit dangereux.

La Colonel et la Russe, elles adorent le bureau. C'est la planque où les élèves peuvent pas les suivre. Autant c'est chouette de souffler un peu pendant la journée sans les gosses, autant je comprends pas que le bureau soit le QG de ces deux-là. Même quand elles sont d'étude, elles trouvent le moyen de s'esquiver toutes les deux secondes pour pécho une ou deux bouffées de l'air du bureau en faisant semblant dc vérifier sur les listes ou le tableau blanc des informations. L'étude, elles en ferment pas la porte, comme quand t'es gamin et que tu demandes à ta maman de la laisser entrouverte parce que t'as peur du noir. La Russe et la Colonel, elles ont une trouille bleue de se retrouver seules face aux élèves et je suis sûre qu'eux, à cause de ça, ils leur prennent la tête bien comme il faut. Moi, j'aime mieux les gosses que de rester au bureau à me taper des tâches administratives ou comparer avec elles des recettes de tartes aux légumes. L'autre jour, j'ai bien rigolé in petto quand Madame Certain leur a ramené ses classeurs perso de recettes de cuisine. La Russe et la Colonel, elles ont eu l'œil humide. C'est vrai que les classeurs de Madame Certain, elle y a mis beaucoup de goût et de temps pour les monter, mais bon, c'était pas non plus l'*Encyclopédie* de Diderot… Elles étaient folles et la Colonel, elle se voyait déjà cuisiner des « coquilles Saint-Jacques aux clémentines » qu'elle aurait présentées dans un joli service, sur une jolie nappe avec beaucoup de broderies qu'elle aurait faites de ses blanches mimines…

Et là, Madame Certain, voix de la raison par excellence au bureau de la Vie Scolaire, dit qu'il faut bien chercher parce qu'il y a des recettes pour petits budgets dans ses classeurs et qu'elle a joint à ses trésors des magazines de déco qui peuvent inspirer des idées aux petites bourses parce que le bon goût, c'est pas qu'une histoire de moyens… La Colonel, elle fait la gueule sévère parce que avec ses foulards sur l'épaule et ses mocassins assortis à son rouge à lèvres et ses reflets or cuivré dans les cheveux, elle croyait vraiment qu'elle avait fait sa révolution sociale et qu'elle pouvait donner le change à une bourge. Madame Certain, elle a dit ça parce que c'est vrai, comme quand tu dis à une copine bouboule que le dernier programme Weight Watchers semble avoir été fait sur mesure pour elle. La Colonel, elle sait pas que tu peux avoir de la classe et de la noblesse même avec un habit râpé, un œillet vert, un foulard rouge ou des Repetto blanches sans que personne te trouve déguisé… La Colonel, elle a pas compris qu'on est pas bourge juste parce qu'on en a respecté tous les codes vestimentaires et qu'on s'est fendu d'un parfum capiteux de dadame. Parvenir, ça veut pas dire arriver…

*

Aïd-el-Kébir. J'ai pas osé demander un jour pour fête religieuse. C'est triste parce que j'aurais bien voulu aller aider mon père. Il aurait fait comme d'habitude son Joe l'Indien avec son grand couteau et moi, ma Pocahontas qui s'occupe avec Mama de la dépouille. Le Grand Turc, il a pris une journée de congé. En ce moment, il doit tenir le mouton tandis que son daron dit avec l'accent kétur : « Bissmi'llah, Allah ou Akbar ! » avant de lui passer le fil du couteau sur la gorge. L'Aïd-el-Kébir, c'est un hommage à Abraham, le Patriarche de tous les monothéismes. Abraham, il aimait tellement Allah qu'il a bien voulu lui sacrifier son fils. Mais au dernier moment, Rabbi, qui est pas le crevard auquel voudraient nous faire croire les intégristes, il a envoyé un mouton à la place. Cette histoire, Momo, il me l'a racontée à chaque Aïd-el-Kébir pour que je me souvienne que Rabbi, il aime bien qu'on l'aime mais qu'il a pas besoin qu'on zigouille des gens pour le lui prouver. C'est aussi l'occase de dire que dans la vie, il y a aussi la mort et du sang partout. Momo, il dit que pour tuer une bête, il fou la rispicti biene coume il fou y pas loui fire di mal. Ça, il en est convaincu Momo, mais le mouton, ça l'empêche pas de morfler le pauvre.

J'aime bien la fête du mouton parce que j'ai toujours été aux premières loges. Momo, il m'a toujours dit : « Ji ferai de toi un oum, ma fil. » J'ai beaucoup de chance parce que les femmes, chez nous, comme elles ont même pas le droit de tuer un poulet, elles assistent de très loin au spectacle. Momo, quand j'étais gosse, il m'emmenait tout le temps avec lui tuer des poulets, des pintades, des dindes et des moutons. Des fois, on a même niqué des canards.

Au bled, quand il y a un mariage, une fête ou une circoncision, c'est toujours à lui qu'on confie la mission de tuer les bêtes, même si c'est des plus gros trucs, style des veaux ou des bœufs. Momo, il a appris le métier de boucher avant de faire l'armée, et avant la France qu'il a choisie aussi parce qu'il voulait pas se retrouver sur le front Polisario où il aurait pu avoir le sang d'un bonhomme sur les mains. Tuer des animaux pour manger, ça m'a pas traumatisée plus que ça. Même si j'ai vu plein de trucs chelous. J'ai attendu de grandir pour être conne et penser pendant quelque temps que c'était de la barbarie. La barbarie, c'est pas ça, c'est tuer pour tuer ou pour se défouler. Très tôt, j'ai appris que la mort, c'est pas n'importe quoi, ça fait mal et même si, des fois, ça dure que quelques secondes, c'est long, très très long…

Le mouton de l'Aïd, c'est une superstar, il a le droit à un traitement de faveur. Il faut le chercher dans les fermes du coin, s'assurer qu'il a encore sa queue, lui rendre visite pour le tatouer au henné et demander à Rabbi de nous bénir, lui et nous, le jour J. Quand on veut tuer une bête, il faut d'abord l'immobiliser. Qu'est-ce qu'on a pu courir, n'empêche, avec Momo pour pécho les animaux qu'on voulait égorger… Après, il faut tenir ou attacher les pattes, pour un mouton ou une vache on en attache trois sur quatre. Y a des gens qui bandent les yeux, Momo, il caresse doucement son animal, il le calme avant de lui mettre sa main devant les yeux, des fois, j'ai eu le droit de mettre ma main à moi. Après, on tourne la bête avec la tête en direction de La Mecque en marmonnant des trucs sur le sacrifice et enfin, on tue en disant « Bissmi'llah Allah ou Akbar » parce qu'il faut pas le faire comme ça en free style. Une vie, c'est pas toi qui la donnes, alors il faut que tu la prennes en demandant sa permission à Dieu. Et puis, une fois la gorge tranchée, parce que t'as pas le droit de tuer autrement, tu dois libérer l'animal. Ça me faisait très bizarre quand j'étais gosse de voir un poulet courir et battre des ailes avec la tête qui pendouille et le sang qui coule fort. Les moutons, comme on les avait détachés, ils tapaient toujours un sprint avant de tomber raide morts. Tous, ils avaient les yeux ouverts avec une drôle d'expression dedans…

Momo, il disait que lui, il avait égorgé et que c'était Rabbi qui avait repris la vie. Ça sent fort le sang, le fer et la terre jusque sur les fringues et le vrai supplice commence. Il faut s'occuper de la dépouille. Ça me fascinait beaucoup tout ça mais j'ai jamais demandé à en faire autant. De toute façon, comme je suis une fille, j'aurais jamais eu le droit. Yssa, Papa l'a jamais laissé faire non plus, mais c'était pas pour les mêmes raisons. Yssa, Momo voulait pas qu'il charcute une créature de Dieu pour rien ou pour se débarrasser d'une corvée. La mort, ça se donne pas comme ça ou alors c'est que t'es un sordide con qui vaut moins que rien.

Moi, il fallait que j'apprenne que la vie c'est sacré. Un jour, si Rabbi voulait bien, je donnerais la vie et il fallait que j'apprenne à croire qu'elle est douce et éternelle, cette vie, si je voulais avoir la force et la patience d'élever mes petits. Il disait souvent que, si les femmes gouvernaient le monde, il faudrait d'abord s'assurer qu'elles aiment avant toute chose les enfants, les petits, les grands et les vieux. Parce que ceux qui disaient que, si elles avaient le pouvoir, il y aurait pas de guerre sur la planète, ils se mettaient le doigt dans l'œil jusqu'à l'os. Une fame, ci tun nome coum tout l'monde ! C'est vrai ce qu'il disait Momo, parce que Cléopâtre et toutes ses copines, elles aimaient pas autant les autres que le pouvoir et elles ont pas hésité à faire la guerre. Je crois que c'est pour ça que j'ai jamais kiffé la chanson de Julien Clerc « Femmes »…

Après le bahut, je suis rentrée direct chez mes darons. Ils ont pas trop galéré parce qu'ils ont eu la chance d'avoir un endroit où tuer leur mouton. Les M&M's, c'est pas des hors-la-loi, mais tant que Momo sera en vie, personne fera le sacrifice à sa place. À la télé, ça fait des jours que les JT annoncent que les contrôles de gendarmerie seront renforcés et qu'ils montrent les représentants du Conseil du culte musulman français qui disent que c'est mieux de faire faire ça dans un abattoir. D'abord, ce truc de Conseil du culte musulman français, je connais personne dans mon entourage qui y a élu qui que ce soit pour le représenter. Ensuite, c'est vrai que tuer un mouton dans une baignoire ou devant un immeuble, ça craint mais il y avait quand même une juste mesure à trouver entre l'anarchie qui régnait avant et l'interdiction de faire le sacrifice soi-même. À l'abattoir, c'est cher et en plus, comme tu tues pas toi-même ton mouton, t'as pas l'impression d'avoir rempli ton devoir de musulman. Momo m'a dit que son copain Boua Hamoussa, il s'était fait pécho en pleine action à la ferme et qu'il avait récolté une amende super-salée.

À la mosquée, après la prière du Maghreb, ils étaient tous en colère, les barbus comme les autres. Qu'est-ce qu'ils croient en France ? Qu'ils vont se mettre à acheter du mouton en barquette avec des étiquettes Promotion spéciale ☪ AÏD-EL-KÉBIR ☪ ? Les règles sanitaires, est-ce qu'ils les respectent, les gens qui font la fête du Cochon, quand ils lui tirent une balle dans la tête et qu'ils le saignent en plein air pour faire du boudin ? En France, ils devraient arrêter les lois à deux vitesses, parce que les traditions, qu'elles viennent d'ici ou d'ailleurs, si elles font de mal à personne, c'est qu'elles font un peu de bien…

*

Les premières copies du brevet blanc ont été rendues aux élèves. C'est loin d'être le *Titanic*. Beaucoup de bonnes surprises. Rachid, le grand Algérien fraîchement débarqué en France de son bled natal, a cartonné. Ça fait plaisir parce que Rachid, je me doutais qu'il allait assurer en maths, mais vu les lacunes qu'il avait en histoire-géo et en français, ça relève du miracle. Rachid, il a seize ans et il est en troisième. Il est pas nul parce que chez lui, il a jamais retapé une seule classe. Mais ici, c'est pas pareil. On l'a d'abord envoyé au lycée. Là-bas, ils ont pas su quoi en faire parce qu'il avait pas le niveau. Au LEP, le lycée professionnel, les places sont comptées et en plus y a des listes d'attente longues comme des jours sans pain. Il a atterri au bahut à la rentrée des vacances de Toussaint. Rachid, au bled, il l'a eu son brevet, mais ici, ça compte pas. Il doit tout recommencer de zéro.

Quand il est arrivé, on peut pas dire que l'accueil des petits rebeux a été chaleureux. Au contraire... Ils se sont foutus de sa gueule à cause de ses fringues, de sa dégaine, de son Pento qui lui dégouline souvent sur la tronche et de son cartable Tan's vert qu'il tient toujours comme un journal. Rachid, ils sont vaches avec lui. Je sais pas s'ils se rendent bien compte de leur attitude. Ils devraient parce qu'ils ont fait exactement ce qu'ils reprochent à certains gouers... Juste parce qu'il leur rappelle ce à quoi ils auraient ressemblé en naissant du vrai côté de la Méditerranée, ils le snobent. Pas un seul a fait l'effort de le prendre sous son aile. OK, Rachid est plus vieux, mais je crois que ça l'emmerde plus que n'importe qui de se retrouver avec des gamins. Il fout la honte à tous les autres petits rebeux parce qu'il montre pas une image glorieuse du bled. Il est souvent en retard parce que dormir, c'est le seul truc qui lui reste pour oublier un peu ce qu'il est venu foutre ici. Je comprends qu'il se réfugie dans le rêve, parce que les M&M's, y a pas une nuit où ils rêvent pas du bled, et eux, ils sont là depuis des lustres...

Rachid, je l'ai tous les vendredis en deuxième heure d'étude parce qu'il fait pas d'anglais ou de LV2, il prend des cours d'arabe par le Cned. D'habitude, pendant cette heure, on est en tête à tête. Il se met toujours dans le fond. Au début, on se parlait pas. Rachid s'est peu à peu déridé alors maintenant, quand il me demande s'il peut chercher un dictionnaire, je comprends qu'il veut discuter un chouia. J'aime bien parler avec lui parce que je vois combien ça le met mal à l'aise de parler à une fille comme moi. C'est souvent le choc des Titans entre nous mais Rachid s'adoucit très vite parce que je le traite pas comme une merde.

Il a été tellement perdu en France qu'il est allé à la mosquée retrouver un peu de sens à tout ce qui lui arrivait. Le problème, c'est qu'il y a pas fait de bonnes rencontres. Rachid, il a trouvé personne pour lui tendre les bras et lui souhaiter la bienvenue, à part des loups musulmans déguisés en agneaux. J'ai découvert ça en parlant un peu avec lui. Il me demande mon aide en français et, souvent j'essaie de lui traduire des mots qui relèvent de l'abstrait. Quand Rachid voit pas du tout où je veux en venir, j'essaie de lui expliquer en arabe, même si j'ai pas le droit. Ça le fait beaucoup rigoler ma manière de parler en arabe, moi pas trop parce que je vois mes limites très vite et je trouve ça triste. Rachid, il est content parce que à ces moments-là, il se sent pas bête, il se souvient qu'il sait plein de choses. J'admets assez facilement être une analphabète dans ma langue d'origine, ça me pose aucun problème quand Rachid me dit que les Arabes d'ici, ils se croient supérieurs à ceux de là-bas alors qu'ils ont plus grand-chose d'origine. C'est vrai que moi au moins je parle arabe parce qu'on m'a appris et que je suis souvent allée au bled. Les gosses dernière génération, pour la plupart, ils baragouinent quelques mots, ils peuvent pas tenir une conversation en VO mais ils affichent leurs couleurs plus que jamais. Avec Rachid, je fais preuve de beaucoup d'humilité parce qu'il me balade sur beaucoup de trucs.

Le seul truc sur lequel il peut pas me faire la leçon, c'est la religion, le Dinh. Rachid, il fréquente trop les FM (Frères musulmans) pour avoir les idées claires mais Hamdou'llah, il a encore le cœur propre. Quand il aborde la religion, j'ai l'impression d'être devant un perroquet qui récite sa leçon. Je sais bien où il a pécho ses idées sur le paradis. Rachid, comme sa vie ressemble à un enfer, il fait plein de choses pour gagner des hassanates et se permet de juger les autres en bien ou en mal en fonction de la religion. Les hassanates, c'est des espèces de bons points que tu gagnes quand t'es musulman et que tu fais une BA, mais le gros lot, c'est pas un badge ou la casquette de Davy Crockett, c'est la Jena. Je lui ai dit à Rachid que c'était con parce que Rabbi, c'est pas un marchand de tapis, il négocie pas avec toi comme ça. Je lui ai dit aussi que Rabbi, s'il aimait que les Arabes musulmans, il aurait pas mis des gens de toutes les couleurs, de toutes les croyances sur terre.

Rachid, il entend tellement de conneries chez les FM que je me sens souvent obligée d'essayer de rectifier le tir parce qu'il est jeune et qu'il faut qu'il apprenne à kiffer la vie sans penser que si son voisin est pas comme lui, il lui fait de l'ombre. J'ai repris depuis le début en lui demandant ce qu'il penserait d'un type qui viendrait vers lui et lui dirait que wesh il est le nouveau prophète et qu'il va lui montrer le chemin de Dieu ? J'ai corsé l'affaire en disant que ce mec, il était radieux, charismatique et super-séduisant. Rachid, il m'a regardée comme si je le décevais beaucoup et il m'a répondu que Mahomet, Salla'llah ou haleh ou Salem, c'était le dernier prophète et que c'était écrit dans le Coran. J'ai dit que les musulmans, ils étaient malins parce que avec cette petite phrase, ils ont rajouté une clause restrictive au contrat religieux. Moi, si j'avais été juive à l'époque de Jésus, je suis tellement têtue et fidèle que j'aurais pas cru une seule seconde à son histoire. Si j'avais été chrétienne à l'époque de Mahomet (Salla'llah...), j'aurais pas cru une bande d'Arabes nomades qui seraient venus me dire que c'était l'avènement d'un nouveau prophète et d'une autre religion, j'aurais fait de la résistance parce que la foi, elle doit résister même à un sabre. Après, je suis pas sûre que j'aurais pas succombé au charme de Moïse, de Jésus ou de Mahomet (Salla'llah…) si je les avais rencontrés en personne, de visu… Rachid, s'est posé le problème différemment, ça l'a aidé à réfléchir. Alors comme ça les juifs, c'est le peuple le plus fidèle et le plus têtu, les chrétiens, un peu moins mais quand même… Ça voulait aussi dire que les musulmans étaient soit très avant-gardistes, soit très peu fidèles… Une fois que je l'ai pécho dans mes filets, je lui ai dit que l'islam, c'était comme l'Épisode III du monothéisme. Je lui ai rappelé l'histoire de Mahomet (Salla'llah…) et de son voisin juif. C'est une histoire que Momo nous a souvent racontée, celle du voisin juif du Prophète, qui le détestait et qui chaque matin venait vider ses poubelles devant sa porte. Le Prophète, un matin, il a pas trouvé d'ordures devant sa porte, il s'est inquiété. Le voisin juif était malade et il est allé le voir. Si Mahomet (Salla'llah…), il avait écouté des types comme les FM, il aurait souhaité qu'il crève le voisin juif, mais non, il s'est fait beaucoup de souci, il a été triste. Si le Prophète, il avait été capable d'aimer son voisin sans chercher à le convertir, pourquoi lui, Rachid, se sentait-il le devoir de juger de qui est bon et qui est mauvais ? Je lui ai dit aussi que faire des bonnes choses, c'était pour soi-même, que les hassanates pour Rabbi, c'était un moyen d'éveiller la conscience d'un homme de la nécessité d'avoir du cœur et de l'amour pour soi et les autres. Un monde meilleur, je lui ai dit que ça se bâtit pas sur du neuf, du rasé, du propre ou du frais, ça se bricole avec ce qu'on a déjà sous la main…

Je suis fière de Rachid parce que les notes qu'il a eues pour le brevet blanc, ça va lui redonner un peu confiance en lui. Les autres rebeux, il les a superimpressionnés. Certains sont tellement dégoûtés que le rat du bled ait cartonné qu'ils se demandent si Rachid, il aurait pas sucé Einstein, par hasard ?

*

J'ai toujours peur lorsque je vois combien de temps il me faut pour être présentable. Est-ce que les femmes en sont toutes là ou est-ce que je suis un boudin undercover ?

Comme tous les matins, j'écoute Skyrock dès que je monte dans ma caisse. C'est la seule radio en France où tu peux entendre des Rachid, Mohammed, Samir ou Latifa appeler sans avoir l'impression que les animateurs font dans la BA sociale. Tout le monde a sa chance à la Skyroulette ou avec Laurence Broccoli. Tiens, il faudrait que je m'inscrive sur le Net, enfin je me dis ça tous les matins quand j'entends :

– Maljour à toi, ma première victime !

– Maljour, Laurence… Baptiste, 17 ans, lycéen, Nantes !

– Moui… Tu sais que pour gagner au maillon faible, il faut répondre à deux questions ? Et je suis méchante, très très méchante, espèce de nul !

– Wesh, Laurence ! Je vais tout déchirer !

– Aujourd'hui, question littérature… Qui a écrit *Le Journal de Mickey ?*

– Ben, c'est facile Laurence, c'est Mickey Mouse ! Je crois que je t'ai niquée là, Laurence ! Ah ! Ah ! Ah !

– Moui, Baptiste… Tu aimerais bien ! Tu es le maillon faible, au revoir ! Au suivant !

J'aime bien rigoler un peu sur le chemin. D'accord, c'est pas France Culture mais bon…

Quand j'arrive au collège, j'ai que deux minutes de retard. Pas de quoi fouetter un chat. Je me gare. La voiture de Madame Certain est pas encore là, c'est bon signe. C'est dur de pas être à la hauteur parce qu'on a du mal à être ponctuelle. Comme je suis souvent en retard, j'ai beau faire de mon mieux toute la journée, je peux pas faire oublier que j'étais pas là à l'heure. J'ai souvent l'impression d'être le Grand Lapin blanc parce que je pars plus tôt que les autres et que le temps me stresse plus que n'importe qui, mais que j'arrive toujours à la bourre. Quand j'aime bien bosser avec quelqu'un, j'aime pas en profiter et ça, c'est trop nul parce que je crois pas que la Dame de cœur ou Madame Certain, elles apprécieraient le coup du lapin…

*

Après le brevet blanc arrivent les premières orientations des grands. Les troisièmes, on leur a distribué des papiers où ils doivent faire trois vœux d'orientation pour l'année suivante. L'ambition, dans ce bahut, ce doit être un mot tabou. J'ai été super-surprise que les gosses, ils rêvent pas plus grand. Beaucoup, après la claque du brevet blanc, se sont mis en tête d'arrêter l'école le plus tôt possible. Il est loin le temps où on appelait ceux qui allaient au LEP les lépreux.

Aujourd'hui, la plupart des troisièmes, ils veulent juste apprendre un métier pour bouffer parce qu'il y a du chômage et que les grands, ceux qui étaient là avant, ils galèrent sévère quand ils ont pas trouvé de patron. Pour ceux qui en ont trouvé un, ils découvrent ce que c'est qu'être un outil. L'évolution fait qu'on a appris à pas jeter un truc dont on s'est servi, on le perfectionne, mais je crois que maintenant, de plus en plus, on garde l'outil et on jette la main qui le tient. Les patrons qui prennent des gosses en apprentissage, souvent, ils leur enseignent ce que personne a réussi avant à leur entrer dans la tête, mais une fois que c'est fait, ils offrent plus grand-chose, ils passent à quelqu'un d'autre parce qu'un boss, c'est pas non plus une assistante sociale. Les grands, j'aimerais bien leur faire comprendre qu'ils devraient pas se presser autant pour découvrir que personne est indispensable, même pas eux… J'ai rien à dire parce que je sais bien qu'on est en ZEP mais quand même… Si on rêve pas quand on est jeune, on rêve quand ?

D'accord, de l'autre côté, les conseillers d'orientation, ils servent pas à grand-chose pour ceux qui savent pas s'en servir. Y a aussi les parents qui devraient exiger dans le contrat que leurs gosses, ils fassent mieux qu'eux au lieu de leur parler de combien c'est chouette pour la voisine depuis que sa fille bosse en intérim comme caissière chez Leader Price. Les élèves, ils ont oublié que le CIO, c'est juste un endroit où tu pécho des infos et des conseils, pas le temple de la vision. Un conseil, t'es pas obligé de le suivre quand tu penses à quelque chose de plus ronronnant pour ta gueule. Moi, quand j'ai passé les tests en troisième alors que je cartonnais en cours, on m'a dit que j'étais faite pour la blanchisserie… N'importe n'aouac ! C'est vrai que je suis la pro du repassage mais j'ai décidé de garder ça comme hobby et d'essayer un truc plus cool. J'ai jamais compris qu'on hypothèque l'avenir de quelqu'un juste comme ça. Les gosses, ils rêvent pas très longtemps à devenir astronaute, président de la République et du monde, clown ou Zizou. Ils croient que dans la vie, tu passes des castings pour devenir une star, ou tu dois être premier de la classe tout le temps pour devenir docteur ou avocat. Même le grand classique de devenir flic, ils y pensent plus depuis qu'ils regardent *Les Experts* à la télé parce que c'est trop dur, les sciences. Quand je leur dis qu'il y a que le travail qui paie et que le QI ou le talent, c'est juste des options, ça les fait marrer. Moi, je rigole moyen.

Si les petits, ils arrivent pas à comprendre qu'ils ont plus de chances de devenir ingénieurs, médecins ou avocats que de gagner la Star Ac' ou de devenir footeux pro, c'est qu'on leur a trop montré les étoiles et pas la colline plus bas qui est pas si dure à grimper…

*

Aujourd'hui, avec Tarzan, on a parlé de *Contre-Courant*, un truc qui passe d'habitude en fin de semaine. Lundi, ils ont diffusé un des volets d'une série qui s'appelle *Chroniques de la violence ordinaire* ; le documentaire, il nous a retournés tous les deux mais pas pour les mêmes raisons. Tarzan, il a halluciné de voir que la France des banlieues, c'était pas comme il croyait. C'est un asile, mais on sait plus si c'est un endroit pour souffler un peu ou un truc de ouf… Moi, j'ai eu de la peine, de la colère et la nausée. Quand on a discuté, Tarzan, ça l'a vachement surpris que je nie rien et que je fasse pas non plus la victime. Il peut pas savoir que je m'inclus dans le lot et que j'ai du mépris pour ce qu'on veut que je sois… parce que je sais d'où je viens et ce que je suis, même si, qui je suis, je le découvrirai jamais. Pour voler comme le papillon et piquer comme la guêpe, il suffit pas de gueuler ou d'être en colère, il faut savoir aussi reconnaître ce qui est beau et croire qu'on en fait partie. Mohammed Ali, ça a toujours été mon modèle, en plus de Momo. Ce type-là, il s'est jamais couché, il a jamais cru qu'il valait rien quand on le lui a dit. Les gosses du reportage, ils font les cons, ils ont trop cru en leur manche et en leur parole, parce que à bien y regarder, c'est des souriceaux avec des gueules de lions…

*

Saint-Valentin bientôt. Comme je serai au bled pendant la fête, j'ai décidé comme une grande qu'on la fêterait en avance, la veille de mon départ. J'ai sorti *Scarface* de sa cachette. C'est une fête à la con, commerciale et tout et tout, mais bon… Si le Grand Turc me la fêtait pas, je me poserais des questions. Quand on est amoureux, toutes les occases doivent être bonnes. Depuis quelque temps c'est plus comme avant, on commence à se ressembler, on a plus besoin de se faire des bisous pour se rassurer ou se faire plaisir, on est passés à autre chose… Je comprends plus très bien, je suis calme, très calme même, mais comme ça ressemble pas à un film ou à un Harlequin, ça me fait flipper. Le Grand Turc, il m'offre souvent des fleurs juste pour mes beaux yeux sans avoir d'idée en tête, je peux rien dire, rien suspecter parce que c'est pas la fin du monde de recevoir un bouquet par-ci, par-là. Mais quand même… Je croyais que l'amour ça torturait, ça faisait mal, ça rendait bizarre, ça obsédait, mais non, chez nous c'est la croisière s'amuse et même quand on se prend la tête, on fait vite la paix. Y a de la routine bien sûr, mais c'est pas un problème, de toute façon c'est la vie, je m'imaginais pas vivre sur des montagnes russes tout le temps non plus parce que le vertige, ça soûle au bout d'un moment.

Le Grand Turc, je sais qu'il va m'offrir du parfum. Celui de la femme idéale à ses yeux, c'est-à-dire moi en bien coiffée, féminine, douce et féline. Le problème, c'est que moi, j'aime mieux les parfums légers, les trucs androgynes, qui sentent le soleil et l'enfance. C'est cool quand même parce que, quand le Grand Turc m'offre un cadeau sans que je l'aiguille, c'est un super-moyen pour me gonfler le cœur à bloc. J'aime voir comment il m'imagine et combien il m'idéalise. Des fois, moi, je me demande encore ce que je lui trouve et je suis bien contente de constater que lui, il croit avoir décroché le gros lot…

✶

Tout le monde était énervé au bahut. Il était temps que les vacances de février commencent. Cette année, on est dans la zone qui arrête l'école en premier. Mais partir avant, ça veut dire rentrer plus tôt que les autres. Tout à l'heure, si tout se passe bien, je serai de retour au pays. Depuis plusieurs jours déjà, je faisais des rêves bizarres où je revoyais toute ma smala de là-bas, les vivants comme les morts. Quand j'en ai parlé au Grand Turc, il m'a dit que je ferais mieux d'y aller. Le Grand Turc, il est pas en vacances, il peut pas venir avec moi, et puis il dit qu'on a pas trop les moyens pour partir à deux. L'important, c'est que je me fasse mon kiffe et que je revienne dans deux semaines rassurée et en bonne santé.

Moi, je suis inquiète parce que si le Grand Turc m'a dit de partir c'est qu'il sent quelque part que quelque chose doit arriver. Chez les musulmans, on dit que quarante jours avant la mort, on la sent, on la rêve et on a une chance de se racheter ou de faire quelque chose d'important. Je flippe un peu. Et si j'allais mourir ? Pire, si c'était quelqu'un de chez moi ? En tout cas, avec le Grand Turc, on est allés le week-end dernier m'acheter un aller-retour Lyon-Casablanca au prix fort. Le Grand Turc, il a rien dit pour les sous parce que mon argent à moi, il le voit comme de l'argent de poche, un truc qui lui évite de rogner sur le budget familial pour me payer le coiffeur ou un pot de crème antirides. Il aime les cheveux très longs et il trouve qu'à vingt-cinq piges, c'est complètement con de se tartiner la figure avec des crèmes pour vieilles alors que j'ai encore un ou deux boutons d'acné qui traînent. Mon argent, il a toujours considéré que c'était mon passeport « Ferme ta gueule ! » et que c'était très bien comme ça parce que ça lui permettait à lui de vivre avec une femme qui a envie de lui et pas besoin de lui. Il a tort, le Grand Turc, j'ai besoin de lui parce que je l'aime vachement beaucoup.

Pendant toute la semaine, après le boulot, j'ai pas arrêté une minute. J'ai tout arrangé à la maison pour que le Grand Turc manque de rien. J'ai fait la lessive, la cuisine, j'ai blindé les placards avec du linge propre pour lui et le congélo avec des petits plats pour que monsieur puisse tenir deux semaines, tranquille, sans avoir à se soucier de rien. Partir au bled, c'est pas si cher, mais quand on a encore de la famille, ça peut devenir très vite la ruine. Les M&M's, ils ont pigé le truc depuis longtemps. Ils font leurs achats au fur et à mesure pendant l'année et stockent jusqu'à ce qu'ils partent pour le bled. J'aurais bien voulu emmener la France entière mais c'est pas possible. Mine de rien, j'ai réussi à me restreindre grâce à un conseil de Mama, donner de l'argent plutôt que des babioles ou des bonbecs. Ça fait pas d'excédent de bagages et c'est plus utile parce que au bled maintenant, on trouve de tout. Elle a raison, Mama, un sachet de fraises Tagada, en euros c'est pas grand-chose mais en dirhams… J'ai retiré presque tout ce qu'il me reste sur mon compte bancaire et mes économies parce que le mois de février est plus court et que mon salaire sera plus vite tombé que mes prochains prélèvements. J'emmènerai pas ma

Visa pour pas être tentée de vivre au-dessus de mes moyens. Partir au bled en cours d'année, ça doit pas me faire oublier que je gagne pas non plus des mille et des cents, même si j'ai la chance d'avoir un travail qui, des fois, me fait oublier que c'en est un. Quand je suis sortie de la banque avec mon fric en poche, j'ai pas fait la maligne, je savais qu'il était pas à moi et que c'était qu'une espèce d'amana, le truc qui appartient déjà à quelqu'un d'autre.

La première fois que j'ai eu autant de fric dans les mains c'était quand j'avais reçu mon tout premier salaire. Un vendredi en fin d'après-midi, j'étais allée à la banque retirer en espèces – en petites coupures surtout – tout le fric que j'avais gagné et je suis rentrée chez moi. J'ai parlé à personne à la maison, je suis allée direct dans ma chambre où je me suis enfermée et j'ai sorti l'argent de mon sac à dos. C'est pas qu'il y en avait tant que ça du blé mais je portais pas encore de sac à main à l'époque. Donc, cet argent, je l'ai étalé consciencieusement sur mon lit et je me suis jetée dessus et je me suis roulée dedans en rigolant. Après, je me suis assise au milieu de tout ce fric et je me suis dit que c'était bizarre de gâcher des journées entières de sa vie pour ces bouts de papier. Je suis restée longtemps comme ça. Je savais qu'à ce moment-là j'étais riche parce que je bossais pour ma gueule, que je payais rien, que l'argent c'était tout bénéf pour ma pomme. Le flouze comme j'en avais jamais eu avant, j'avais pas de grands besoins, au fur et à mesure, j'ai compris pourquoi ça pouvait rendre dingue parce qu'une fois qu'on y a goûté, on en veut toujours plus, il y en a jamais assez. N'empêche que le samedi matin, à 8 h 45, j'ai ramené tout le flouze à la banque avec autre chose que l'impression d'être blindée ou chanceuse.

Normalement, j'ai de quoi passer deux semaines, aller où je dois aller sans taxer personne. Ma valise est prête, j'ai pas pris grand-chose parce que ce que j'emmène, j'en laisserai une bonne partie là-bas et que j'aurai pas les moyens, à mon retour, de me refaire une garde-robe. De toute façon, au bled, je taxerai une djellaba à quelqu'un pour pas me faire emmerder. Les M&M's, ils m'ont dit que depuis les attentats de Casa, même si les frérots barbus étaient très surveillés, il fallait faire gaffe à pas tortiller du croupion. Moi, je m'en fous, j'ai jamais tortillé de quoi que ce soit et tant qu'on me demande pas de porter un voile ou un ngab, le truc qu'avait sur la figure Lala Fatima, la voisine, je me ferai discrète. Quand j'étais gosse, Lala Fatima, comme on voyait juste ses yeux, je croyais que c'était une desperado comme dans Lucky Luke. Elle me faisait peur, Lala Fatima, parce que je croyais toujours qu'elle allait sortir un flingue de sous sa djellaba alors que, souvent, elle en sortait une pièce ou une ghoriba avec un clou de girofle dessus. Une djellaba, c'est chouette parce que même si tu portes un truc tout pourri dessous, personne s'en rend compte et, en plus, c'est joli et confortable.

Tout est prêt pour le départ. Le Grand Turc m'emmène à l'aéroport et les M&M's viendront me chercher au retour. Je devrais plus m'inquiéter de rien mais j'ai le trac. Est-ce qu'ils me reconnaîtront? Est-ce qu'ils ont beaucoup changé? Est-ce que le bled est comme avant? La dernière question m'obsède. J'ai eu beau regarder TV Bled attentivement chaque fois que j'étais chez les M&M's, j'ai pas trouvé de réponse. J'ai comme l'impression qu'à la télé marocaine, ils montrent pas le bled que je connais. J'ai pas vu mon bled avec le bruit, le désordre, l'odeur et l'envie de vivre que tu peux presque toucher. Bref, je me prépare à rentrer au pays comme si je partais en pèlerinage... parce que c'est pas parce que tu te sens enfin chez toi à Jérusalem ou à La Mecque que c'est vraiment chez toi. Je pars avec l'impression d'être une traîtresse à mes M&M's. Je les laisse derrière moi et c'est pas juste. Eux, ils m'ont dit qu'ils étaient contents, qu'ils étaient fiers même d'avoir réussi à garder les racines vivaces, à pas perdre l'essentiel en France... Mama a pas pu s'empêcher de me donner ses derniers conseils au téléphone. Tandis que le Grand Turc attend que j'embarque, Mama, elle me parle de ceux dont elle aimerait avoir des nouvelles, elle me dit combien je devrai donner à un tel ou à une telle, elle me dit qui est fâché avec qui et surtout me prévient de bien me tenir et de pas leur faire hchouma à Momo et à elle. J'ai l'impression d'avoir dix ans et je sais plus vraiment si j'ai encore envie de partir...

*

Aéroport Mohammed V. Je peux plus faire marche arrière. Dans l'avion, j'ai eu les larmes aux yeux quand on a enfin survolé le Maroc. C'est beau, le Maroc. En France, j'ai laissé la neige derrière moi, en février, là, on dirait que Rabbi s'est amusé à jeter des tapis de couleurs profondes sur le sol. J'ai jamais su si c'était le Maroc qui me faisait cet effet ou l'Afrique... Que j'arrive par les airs ou la mer, j'ai toujours eu une impression étrange en débarquant au bled comme si une grande aventure allait commencer... Au retour, en France, c'est pas pareil, je retrouve toujours l'impression d'être enfin en sécurité comme si je rentrais à la maison, même si ce sentiment, beaucoup m'ont appris à en avoir honte...

J'ai pas eu le temps d'aller au consulat marocain pour renouveler mon passeport, alors j'ai voyagé avec mon passeport français. À la douane, on m'a demandé ma carte nationale. Je savais pas qu'il fallait en avoir une, j'ai sorti ma carte d'identité française… Pas de carte nationale, beaucoup d'embrouilles. Tandis que tout le monde passe, moi, j'ai le droit au traitement de faveur. On fouille mes bagages et, en plus, on me regarde, tssktssktssk… Ah ! Ces Marocains… ils se prennent pas pour de la merde quand ils viennent de l'étranger. Je fais contre mauvaise fortune bon cœur parce que je sais que si je commence à me la raconter, ça va durer dix plombes de plus. Enfin, ils me laissent repartir et une nana de la douane m'a gentiment noté mon numéro de carte nationale marocaine au crayon de papier sur mon passeport français. Je savais pas que j'en avais une finalement… Ils ont mis un sacré bazar dans mes bagages, j'ai tout rangé en gardant les yeux bien baissés pour pas qu'ils voient que j'étais furax. C'est pas grave parce que, pendant un quart d'heure, j'ai oublié le trac que j'avais et qui s'était amplifié à l'atterrissage. Maintenant, avec mon chariot, on se dirige vers les baies vitrées derrière lesquelles les gens t'attendent. J'ai le cœur qui bat très vite mais je vois personne. Est-ce que Mama a donné la bonne heure d'arrivée ?

Et puis, Moui Aziza, Boua Jedi, mes cous' Icham, Myriam, Hamid, Moustafa, des gosses que je reconnais pas mais qui ont un air de famille, mon grand-oncle Salim, sa femme Fadila et les femmes de mes cous' ! Ils sont tous venus ! C'est bon d'avoir des gens qui vous aiment même si c'est de loin, de là-bas… surtout si c'est encore là-bas. Je lâche tout et je cours vers mes grands-parents. Ça pleure, ça rigole, ça s'embrasse partout sur la figure, tous les autres sont venus se greffer sur nous et je sais plus si le smack avec une moustache c'est Boua Jedi qui me l'a collé ou quelqu'un d'autre… C'est pas grave parce qu'un accueil comme ça, y a des gens à l'aéroport qui aimeraient bien avoir le même… Surtout la Dame en blanc qui a pas cessé de pleurer dans les bras de sa fille dans l'avion. La Dame en blanc, elle est venue pour enterrer quelqu'un… Le blanc, chez nous, c'est comme le noir pour les Occidentaux.

*

Direction le parking. Ça a pris moins de temps que ma traversée le long des baies vitrées, Mach 3 à la vitesse des rires, des larmes qui ont séché bien plus vite qu'elles sont arrivées sur nos figures. Enfin, le ciel, le sol, l'air du bled. Voilà. J'y suis et je sens mon pif qui pique et les larmes montent et me mettent des arcs-en-ciel dans les yeux parce que je veux plus les fermer mes yeux pendant les deux semaines que je passerai là. Je pleure pas, j'ai juste envie de crier, de rire, de courir partout avec les bras ouverts… I AM THE KING OF THE WORLD !

Ils sont venus à deux voitures mais ils sont une grosse douzaine plus moi maintenant. Il y a la voiture de maître que Moustafa conduit pour les grands patrons de sa boîte, et puis une 404 orange fluo. On fait un deal, mes bagages montent dans la voiture sombre et racée et moi dans la Peugeot. Je suis au bled mais pas au festival de Marrakech, alors je veux profiter de la promiscuité des corps. Boua Jedi et Moui Aziza, ils m'aiment, mais ils choisissent le confort de la berline tandis qu'avec Icham, ses parents et les gosses, on embarque dans la 404. On est assis les uns sur les autres, Icham doit sortir la tête par la portière pour pouvoir faire une marche arrière. Les gosses veulent écouter de la musique mais

Icham, il veut pas, alors ils chantent. Sur la route, c'est nous les rois de la boîte à sardines. On arrive très vite dans Casablanca, mais j'ai pas lâché une miette du bled qui courait le long de la route. C'est vert, y a plein de gens, y a plein d'animaux. Le bled, quoi. J'ai une pensée pour Jean-Marie. Il y a des Arabes de toutes les couleurs partout, le pauvre, mon rêve à moi ressemble au pire de ses cauchemars.

C'est le cirque sur la route, on trouve de tout. Des carros tirés par des chevaux super-maigres, des charrettes attelées à des mules ou à des ânes avec des pare-chocs faits de panneaux de signalisation, des mobylettes multiplaces, des vélos, des camions Berliet et des voitures que même en France j'ai jamais vues parce que c'est du dernier cri allemand ou américain. Sur le boulevard Sidi-Othmane, on a doublé un Hummer et un peu plus loin une mobylette avec une femme en djellaba accrochée à son mari et un mouton entre eux et le guidon. Et tout autour ça sent le monde. Le bruit et l'odeur du monde, de l'Afrique, du bled, de l'humanité quand elle a pas eu le temps de cacher ses vieux, ses malades et ses pauvres… Ça brille, ça grouille, ça baigne dans une odeur d'épices, de cuisine et d'encens, en notes de tête, de crottin de cheval, d'herbe et de macadam mouillés, en notes de cœur, et de gasoil et d'ordures, en notes de fond. Et puis là, une chape d'ouate s'étend sur Casablanca et les gosses arrêtent de brailler dans la voiture parce qu'on entend déjà le muezzin qui chante l'appel à la prière du Maghreb. Je suis au bled pour de vrai, qu'est-ce que c'est bon ! Les bruits de la rue jouent en sourdine et les klaxons se font plus pressants parce qu'il faut se dépêcher. On dépasse l'épicerie du shlouh et puis enfin la maison.

On débarque femmes et enfants, pour les bagages on verra après la prière parce que Rabbi attend pas. Cette année, la maison compte un étage de plus. Moui Fatima, la voisine, elle en fait construire un nouveau aussi parce qu'elle se laissera pas piquer sa part de ciel sans rien dire. Dans le quartier, c'est comme partout, des paraboles tendent l'oreille vers le ciel. C'est chouette, n'empêche, tout ça… Je suis au bled, c'est la quatrième dimension en plus rigolo, mais c'est chelou. Toutes les voisines sont à leurs fenêtres. C'est qui la fille maigre et blanche qui porte un grand manteau noir ? Ah ! la fille de Malika… Elle est malade ? Frrança, elle renvoie toujours les enfants malades et habillés tristes… Moui Aziza arrive et me dit de grimper vite pour éviter les coups d'aïn.

Une fois arrivée au quatrième étage, je cherche des yeux au moins un truc qui me rappelle la maison comme elle était avant. J'ai rien vu mais il y a la même odeur que chez les M&M's et ça, ça vaut tout les souvenirs du monde parce que ça dit que t'es chez toi. Les gosses me tournent autour. Ils ont la sage attitude mais leurs yeux brillent assez pour que j'y croie pas une seconde. Derrière la porte qui mène au stah, la terrasse à ciel ouvert, il y a un truc qui gratte et qui pleure. L'un des gosses, Si Malik, le petit Noir avec des lunettes et l'air malin, il me dit que c'est Loulou. Devant mon air étonné, les gosses se rapprochent et me disent qu'il faut pas avoir peur, qu'il est gentil et que, si quand même il me touche, ils lui bouateront dinh mou la gueule. Ils m'aiment, ces gosses, parce qu'ils me protègent déjà. C'est terrible. On ouvre la porte. Un caniche abricot me fait la fête et aboie tout autour de moi. Et là, je me dis que le bled, la famille, c'est plus ce que j'ai connu. Un chien, on m'a toujours appris qu'il fallait pas en avoir dans la maison parce que ça empêche les anges d'entrer, comme quand le Prophète avait recueilli un chiot et que Djibril (Gabriel pour les intimes) était resté sur le seuil de sa baraque. Peut-être qu'au bled ils y croient plus et qu'ils veulent plus se faire emmerder par des anges ? Même le nom du clebs est chelou : Loulou, ça rime à quoi ? J'aurais mieux compris un Zaïzaï ou un Laïlaï dans le décor. J'écarte Loulou en rigolant et je dis que je préfère les chats parce que c'est plus hallal. Moui Aziza, elle est d'accord parce qu'elle est Hadja et qu'elle sait que les chats, c'est pas haram depuis qu'une minette a fait ses bébés dans la capuche du Prophète sans saigner.

On s'assied tous, les femmes préparent tout ce qu'il faut pour le thé. Moui Aziza, elle sort une clef de sa poitrine, là où elle a toujours rangé ses sous ou les trucs importants. Elle la donne à ma cousine Myriam et lui dit de prendre une assiette dans la cuisine et de la remplir avec les gâteaux qu'elle trouvera dans les boîtes en carton cachées sous son lit. Attention il faut qu'elle referme bien la porte derrière elle. Sacrée Moui Aziza, elle a pas changé. La pauvre, elle a jamais pu dormir sur ses deux oreilles parce qu'elle a toujours planqué ses trésors sous son lit. Quand Myriam revient avec une assiette pleine de cornes de gazelle et de fqas, et qu'elle la pose sur la table, les gosses ont les yeux pleins d'envie mais Moui Aziza, elle leur tire plus vite que son ombre des coups de fusil du regard. Et puis, une fois qu'ils ont bien capté le message, elle déplie son tapis de prière, fait face à La Mecque et paie son tribut à Rabbi.

On a servi le thé une fois que les hommes sont rentrés de la mosquée. Je suis la star et on me sert en premier. Je tape comme une affamée dans les cornes de gazelle parce que c'est mes gâteaux préférés, les gosses me regardent, mais eux, ils ont le droit à rien. Comme c'est moi la star, je prends l'assiette et je leur dis de se servir. Y a en pas un qui ose parce que au bled, les gosses, ils passent après les grands. Je dis que c'est moi qui décide et là, en cinq-cinq, y a plus rien dans l'assiette. Moui Aziza les repousse et me dit que si on les laissait faire, ils nous tondraient la laine sur le dos parce qu'ils sont pas aussi civilisés que les enfants en France. Elle a toujours raison, ma Moui Aziza, mais là elle se trompe. Les enfants, ils sont partout pareils mais c'est pas bien de laisser leurs yeux pétiller d'envie dans le vide.

Boua Jedi, lui, il rigole. Ce type, c'est le bâton de jeunesse de ma mère, c'est aussi celui qui engueulait Momo au téléphone en lui disant que, s'il touchait à un de mes cheveux, il se chargerait de lui casser la figure quand on viendrait au bled pour l'été. Boua Jedi, il a toujours été très chouette avec les enfants. Comme c'est un Hadj depuis la fin des années 70, il a toujours bénéficié d'une auréole au-dessus de sa tête dans le monde, alors, quand il défend un gosse, les autres, ils ferment leur gueule et rangent leurs mains dans leurs poches. Je l'aime bien parce qu'il a jamais traité les filles de la famille comme de la merde, au contraire... Boua Jedi, il a pas eu de fils, il a eu que Mama, mais il l'a élevée comme s'il avait rien voulu d'autre. C'est rare chez les Arabes. Moui Aziza, elle a toujours été très dure avec Mama parce qu'elle voulait lui faire comprendre qu'être une femme dans la vie, c'est pas le boulot le plus facile du monde. Être les gosses d'une fille unique, ça a toujours été tout bénéf pour Yssa, Leyla et moi. Mais c'est aussi parce que Mama, elle est gentille et humaine avec tout le monde depuis qu'elle est petite. Gamine, quand j'étais méchante avec les gosses du quartier du bled, personne venait se plaindre parce que j'étais la fille de

Mama, celle pour qui tout le quartier a pleuré quand elle est partie pour la France.

Tandis qu'on parle tous en même temps et qu'on rigole, je remarque que mon cous' Icham reste silencieux dans son coin. Ses frères et sœurs qui ont cramé vers l'Europe nous avaient dit qu'il filait un mauvais coton, qu'il était devenu un FM. Déjà à l'aéroport, je l'ai agressé parce que je l'ai serré dans mes bras et que je l'ai embrassé. Si Malik, il m'avait regardé supersurpris et m'a dit que j'aurais pas dû parce que son oncle Icham touchait pas les femmes, les regardait pas et les embrassait encore moins. Moi, j'en avais franchement rien à faire, c'était con et je voulais me faire plais'. Icham, il a plus de barbe depuis les attentats de Casablanca en mai 2003, parce que la famille entière lui est tombée dessus et lui a fait raser les poils sur sa tronche. Moi, Icham, je le prends pas au sérieux. J'ai pas cru une seconde que c'était un monstre sanguinaire parce que ce type, lui et moi, on a passé des heures à l'ombre sous le coffre de la Simca bleue de Boua Jedi à bouffer du Tonigencyl pour nous rafraîchir et à rêver à ce qu'on voudrait faire quand on serait grands. Icham, quand je lui ai expliqué ce que ça voulait dire la croix gammée qu'il avait dessinée sur son jean et qu'il trouvait si jolie, il a eu honte, il a fait coudre une pièce de tissu sur le dessin et comme il savait qu'elle était encore dessous, il a plus voulu remettre ce froc. Icham, il a juste pas pu changer à ce point, c'était pas possible. Je l'ai attrapé par le bras et je lui ai collé un bisou bien bruyant et tout le monde s'est mis à rire, même lui. Il faut jamais laisser croire à un agneau, parce qu'il a mis une peau de loup sur son dos pour se protéger, qu'il fait peur. Autrement, il se transmute pour de vrai et c'est trop tard… C'est à ça que servent la famille, ta daronne et tous ceux qui t'aiment avec leur viande. Je crois pas que Hitler, Custer ou Benni, s'ils avaient eu encore leur mère pour leur dire qu'ils étaient des gros cons, ils auraient fait des trucs aussi dégueu et aussi inhumains.

*

Après le thé, j'ai fait la distribution de cadeaux. Je sais pas pourquoi, mais quand j'offre quelque chose à quelqu'un que j'aime, j'ai toujours honte même si le truc, il vaut cher et qu'il cartonne. Quand on aime, c'est jamais assez même si dans le paquet on met la lune et les étoiles et tout l'univers. Pour Boua Jedi, « Héritage » de Guerlain parce qu'ils font plus « Balafre » de Courrèges, pour Moui Aziza, des dragées, des clous de girofle et des pruneaux, de vrais produits de luxe au bled, de la noix de coco en poudre parce que au bled ils mélangent de la cire blanche avec le fruit pour niquer la consommatrice, et enfin de l'eau de Cologne pour qu'elle se sente comme une impératrice. Pour les gosses, j'ai apporté des sachets de bonbons. Ensuite, j'ai pris mon portable et j'ai appelé les M&M's et le Grand Turc pour dire que j'étais bien arrivée et que tout le monde les embrassait. Quand je suis remontée, Myriam m'a demandé avec l'air d'un chat qui aurait avalé un canari si je voulais aller au hammam et après chez le coiffeur. Bien sûr que je voulais bien, l'arrivée au bled sans le hammam et le coiffeur le premier soir, c'est comme louer une chambre dans un hôtel de luxe et pas défaire le lit. Myriam prépare tout ce qu'il faut, les seaux et tout et tout, tandis que je vais dans la chambre qu'on m'a prêtée récupérer mes affaires de toilette et du linge propre. Pour partir au hammam, j'ai remis mon manteau, j'ai essayé la djellaba de Hamti Fadila, mais elle est trois fois trop grande pour moi.

Myriam, elle peut pas sortir sans la sienne parce que son mari, il ferait des tas d'histoires s'il l'apprenait.

*

Avant le hammam, on est passées à l'épicerie acheter du savon noir et du ghassoûl, une espèce d'argile qu'on se met dans les cheveux. Quand on arrive, il y a une meuf à l'entrée qui me regarde avec écrit dans les yeux « jackpot », mais Myriam, elle la bouffe du coin de l'œil et on rentre. Je crois que même en disant rien et en baissant la tête, les blédards, ils savent que je suis pas d'ici. Le hammam, c'est dix dirhams par tête, comme on est cinq, ça fait cinquante dirhams. C'est rien du tout, cinq euros, mais ici, c'est déjà une grosse somme. Myriam m'a dit que c'est devenu trop cher, qu'elle y va plus qu'une fois par mois avec sa fille, qu'elle emmène plus Si Malik depuis qu'il a le zizi trop grand et qu'il regarde les femmes avec un drôle d'air. Même que la khyassâ, la femme qu'on paie pour vous frotter et vous porter les baquets d'eau, lui a dit en colère que la prochaine fois elle devrait aussi amener le père du petit. J'ai rigolé et puis j'ai payé.

Quand on s'est déshabillées, la fille de Myriam, elle s'est moquée de moi parce qu'un string, elle en a jamais vu avant et qu'elle trouve ça moche et tordu. Je me suis sentie bête et je lui ai dit que c'était pour pas faire de marque sous un pantalon, mais je crois qu'elle trouve l'explication encore plus tordue et bête que mon string. En cinq-cinq, on s'est toutes retrouvées à oilpé et on a donné nos sacs à la dame qui s'occupe des casiers avant de quitter le vestiaire commun et de rejoindre le hammam.

Un hammam au bled, ça a pas du tout la même signification qu'en France. D'abord, y a vraiment rien de sexuel et, si on voulait, on pourrait pas parce qu'on sépare les femmes des hommes. C'est chelou parce qu'en France, même si tu vois des gens à oilpé partout dans les médias, t'apprends très vite à fermer à double tour la porte de la salle de bains. Mais au bled, tu te balades cul nu dans le hammam devant plein de personnes sans que ça leur fasse le moindre effet. Le hammam, avec Myriam surtout, ça fait tomber toutes les pudeurs qui se sont installées avec le temps et la séparation. Y a plus rien à cacher. Je me rends compte quand même que je suis pas aussi à l'aise avec le corps des autres, depuis qu'on s'est posées avec tout notre attirail. Tandis que Myriam est allée remplir les seaux, j'ai pas lâché des yeux une daronne. Pour se savonner le ventre, elle a d'abord passé son sein droit par-dessus son épaule et puis après le gauche. La daronne, même à oilpé, elle a vu que j'étais pas d'ici et elle me fait signe qu'elle peut pas agir autrement. Je lui souris. Les femmes en France, elles devraient imiter celles du bled, comprendre que c'est pas une honte d'avoir un corps de daronne quand t'as plus vingt ans, parce que les seins qui pointent vers le haut, c'est que t'as pas encore vu la vie. Les femmes ici, elles savent qu'elles sont en vie parce que la peau, la graisse, la cellulite, les os, les rides, la perfection, le poil, le cheveu, elles en ont toutes au moins quelques-uns en commun.

*

Je me suis jamais sentie aussi propre qu'en sortant d'un hammam. Devant les moutons de peau qui s'accrochaient au gant de crin, j'ai eu honte mais ça a pas empêché Myriam de frotter jusqu'à l'os. Là, on va chez le coiffeur. Le coiffeur, pour une frisée made in bled, c'est la preuve par A plus B que, chaque fois que tu vas en voir un en France, tu te fais rouler. Au bled, les coiffeurs, ils ont la foi. Ils savent que la force est en eux et ça, ça leur permet de transformer une masse rebelle et crépue en cheveux d'ange lisses et brillants. En France, quand t'es frisée et que tu montres à la coiffeuse une photo sur un catalogue de modèles, elle te regarde plus dans les yeux et te dit qu'elle va faire de son mieux. Comme elle connaît pas le cheveu made in bled, elle galère et au moment où tu dois payer, même si ça ressemble à rien, t'oses rien dire. Là, je sais que pendant deux semaines, je vais être coiffée la classe, que je vais plus penser au problème existentiel majeur de ma vie. Y a des gens qui disent que le bonheur, c'est dans la tête, moi je dis qu'il dépend de mes cheveux.

Un coiffeur, au bled, c'est pas péjoratif comme en France. Du moins ici, ils utilisent pas le même préjugé. Si en France, on te soupçonne d'être pédé quand t'es coiffeur, au bled, on est sûr que t'es un grand baiseur, un mac, un suppôt du Chétane. Ici quand on tripote les cheveux des dames, ceux qu'elles sont censées cacher, et qu'on leur parle, forcément c'est qu'on est dans le secret des dieux et qu'on pécho plus que n'importe qui. Comme on suppose que les femmes sont vaniteuses, vicieuses mais pas intelligentes en même temps, on croit qu'un type qui les rend belles, il se les fait forcément. En France, un type qui parle toute la journée avec des femmes, il est forcément pédé. C'est bizarre comme on peut voir le verre à moitié vide ou à moitié plein d'un côté à l'autre de la Méditerranée…

*

Le coiffeur chez qui on m'a emmenée, c'est un chaud lapin, il fait honneur à la réputation de son métier. C'est super la conscience professionnelle mais là, je crois que s'il arrête pas de faire le beau gosse en carton, je lui fais un nœud de sa queue qu'il frotte partout sur le siège. J'ai mal parce que j'évite le contact mais que de l'autre côté il a une mèche de mes tifs accrochée à sa brosse ronde. J'en peux plus. Je te l'attrape par le bras et je lui dis d'arrêter le sèche-cheveux deux secondes. Avec mon arabe encore chevrotant, je lui dis que ça va pas, non ? S'il arrête pas, je lui casse les dents. Le coiffeur, il me dit que c'était pour me faire plaisir. Je sais plus quoi dire. Je paie pour un brushing, pas pour… Personne fait plus de bruit. Les filles qui sont entrées dans la boutique se changer en douce de leurs familles sortent leur tête de derrière le paravent et me jettent des regards haineux. Je crois que je casse la baraque de quelqu'un… Il s'excuse. Myriam me dit que c'est normal tout ça et qu'elle aurait bien voulu m'emmener chez sa coiffeuse, mais elle est partie chez sa tante pour le week-end. Je lui dis de terminer vite même si ça doit faire mal. Pendant tout le reste du brushing, le coiffeur, il a plus osé me regarder dans la glace. J'ai payé et je lui ai dit qu'il devrait se faire barbier avant que quelqu'un lui coupe son matos. Il m'a répondu en souriant sous sa moustache de blédard que ça fait partie des risques du métier…

*

Il se fait tard. Tout le monde se jette quelque part pour la nuit. Je suis morte de fatigue. C'est pas le décalage horaire parce que au bled, en hiver, ils retardent que d'une heure sur la France. C'est pas la bouffe parce que j'ai l'habitude de dîner tard et lourd. C'est surtout que deux heures d'avion suffisent pas à prendre de la distance avec ce que tu laisses derrière toi et pas non plus à te préparer mentalement à la claque que tu vas prendre en pleine poire. Quand on vient en voiture, c'est autre chose, on a trois jours de galère, de route, pour se rompre le dos et les idées avant de débarquer sur la terre promise. J'ai pas sommeil. J'ai les idées confuses. J'ai peur de je sais pas trop quoi... Tandis que je suis au lit avec Monsieur Ibrahim et ses fleurs du Coran, Myriam m'appelle à travers la porte. Est-ce qu'elle peut entrer? Est-ce que j'ai sommeil? Oui, non... Myriam a attendu que ses petits s'endorment avant de me rejoindre.

Myriam, elle a bien quinze ans de plus que moi et je me souviens que, quand j'étais gamine, après Mama, c'était la femme que je trouvais la plus belle du monde. Il y avait, bien sûr, Moui Aziza juste après. Je me sentais coupable à l'époque parce que même si je l'aimais bezef, Moui Aziza, elle était trop grosse pour être en premier. Je crois que j'ai appris très vite que, dans la vie, on est pas obligé d'aimer que les belles choses parce que des fois, les trucs, ils sont beaux juste parce qu'on les aime. Myriam, elle a pas changé, elle est même plus belle que jamais. Je lui dis qu'elle ressemble à une chanteuse que j'aime bien qui s'appelle Norah Jones, ça la fait bien rigoler. Moi pas. C'est pas parce qu'elle porte des fringues de daronne, qu'elle met le zief pour plus se faire emmerder par sa belle-famille et son mari, qu'elle peut me la jouer à moi. Ma Myriam, elle a encore ses paillettes dans les yeux, elle est plus belle que jamais. Maintenant, Myriam est avec moi dans le lit. Blotties sous les couvertures, on se raconte des trucs sur la famille, ses sœurs qui ont cramé vers l'Europe, ses frères qui se sont mariés avec des filles arabes mais d'Europe, et les M&M's, Leyla, Yssa. Elle ose pas me poser des questions sur le Grand Turc. Je comprends et j'en parle pas non plus parce que ce serait indécent.

Je lui dis qu'elle a de beaux enfants. Zarah est trop sage à son goût pour son âge et il faut pas que je croie que c'est elle qui l'oblige à porter un foulard. Non, c'est la mode alors elle veut faire comme toutes ses copines, mais elle a pas le droit de le porter à l'école parce qu'il faut que sa tête respire. Je souris, l'argument de la tête qui doit respirer, ils auraient dû le sortir devant les détracteurs de la loi sur la laïcité, ça fait scientifique et c'est plein de bon sens. Si Malik est très vif pour son âge. Oui, il travaille très bien à l'école, mais il fait les quatre cents coups dans le quartier et elle a peur qu'un jour son mari, le Négro, il le tape trop fort.

Le Négro, elle parle tout le temps de lui comme ça. C'est un Sahraoui, un copain de son frère Moustafa qui, en mal de mariage, avait demandé la main de Myriam. Elle sait qu'il l'a épousée parce qu'un homme noir du bled qui marie une Blanche, c'est qu'il a réussi dans la vie. Socialement, ça en jette encore. Myriam, elle a rien contre les gens de couleur parce qu'elle, elle voulait en épouser un plus noir encore mais plus gentil, Aziz le banquier. N'empêche qu'on l'a obligée à lui dire oui au Négro, et je me souviens encore d'elle à la veille de ses noces qui demandait à ses sœurs, à Leyla et à moi si elle avait eu raison d'obéir. Nous, on disait que non, Mama, elle disait que non, Boua Jedi, il disait que non, le Négro était trop noir pour la famille. Mais le père de Myriam, Hami Salim, Moustafa, Moui Aziza et les frères en âge de donner leur avis, eux, ils disaient que oui. Depuis le mariage de Myriam, j'ai assisté qu'à un seul mariage, le mien. Ce jour-là, j'ai pensé très fort à elle.

Myriam, son mariage, il était très beau, très réussi, très cher, mais c'est le pire souvenir que j'ai du bled. J'étais gamine à l'époque, treize ou quatorze ans… J'ai assisté à un sacrifice humain et ce jour-là, j'ai remercié Rabbi d'être l'aînée, de pas avoir de grand frère, d'avoir les M&M's pour parents et de vivre en France. Myriam, elle avait beau porter les sept tenues, plein d'or et avoir reçu des tonnes de cadeaux, j'ai vu dans ses yeux beaucoup de tristesse, beaucoup de peur et une envie de disparaître pendant tout le temps où on l'a mariée.

Je me souviens d'avoir halluciné sept jours non stop et d'avoir cru définitivement vivre un mauvais rêve éveillé le soir où dans la chambre des dames, on l'a préparée pour sa nuit de noces. Toutes les daronnes, les femmes mariées et les jeunes filles de la famille étaient là. Quatre générations de bonnes femmes. On préparait Myriam. À quoi ? Je me suis pas posé la question bien longtemps, les initiées au devoir conjugal y sont toutes allées de leurs anecdotes perso, de leurs conseils à deux balles. Y a même une tante qui vivait en Espagne qui a parlé de poupée gonflable pour illustrer la thèse ambiante que les hommes étaient des animaux stupides et possédés par le Chétane dès qu'il s'agit de sexe. J'ai eu peur et Myriam était vraiment dans ses petites babouches parce qu'elle, elle verrait le Chétane dans la nuit. On lui a expliqué dans le détail comment ça devait se passer et surtout comment elle devait agir pour que le drap soit bien taché. Sa mère lui a dit que si elle suivait bien ce qu'on lui avait dit, elle pourrait même lui faire plaisir en trempant l'un des mouchoirs brodés qu'elle lui avait mis dans son trousseau pour le garder en souvenir.

Je connaissais le truc du drap qu'on exhibe après la nuit de noces devant les deux familles pour prouver que la fille est vierge et qu'il y a pas eu tromperie sur la marchandise, mais je croyais que les femmes étaient plus solidaires que ça. Je crois que c'est au mariage de Myriam que j'ai compris pour la première fois que c'est en grande partie à cause des femmes qu'on est encore considérées comme le sexe faible. Elles se serrent pas les coudes et elles effectuent aucun devoir de mémoire pour éviter que les injustices se perpétuent. Le drap de la nuit de noces, qu'il soit taché ou pas, c'est le passeport pour l'enfer.

J'imagine toujours pas comment on peut se laisser prendre par un type qu'on connaît pas sans devenir complètement folle… Même quand t'aimes le type, que tu l'as choisi, que t'as envie de lui confusément parce que tu comprends pas vraiment ce qui te chatouille et te grattouille dans le ventre, la pénétration, c'est violent. T'as beau être d'accord, ça peut très bien se passer, tu peux même apprécier, mais c'est un corps étranger qui entre dans un endroit de toi que tu vois jamais et dont tu t'es jamais servie que pour pisser. Les hommes, ils comprennent pas ça, mais je crois qu'ils le sentent parce que j'ai jamais vu plus virulents et violents que quand ils sont homophobes, misogynes ou burkaphiles. C'est leur viande qui parle, comme une sonnette d'alarme qui tinte au fond d'eux, ils ont peur de ce qui pourrait faire écho à quelque chose d'enfoui très profond. J'ai toujours kiffé Tennessee Williams parce que c'est le seul qui parle de la piqûre, du choc, de la décharge de douleur et du fix que ça représente.

Myriam, elle était folle d'inquiétude avant et là, on la jetait dans la gueule du loup en lui disant que ça allait faire mal mais que c'était pour son bien. La nuit de noces, c'est pas long parce que le mari ouvre son cadeau mais, selon les règles de l'islam, il a pas le droit de jouer encore avec. Elle est partie dans un cortège de youyous, accrochée à Momo qui a parlé un peu avec elle et lui a dit qu'il resterait derrière la porte et qu'elle avait encore le droit de dire non. Momo, c'est pas mon héros pour rien. Moi, j'ai pas voulu suivre, Yssa et Icham sont restés aussi, mais c'était pas parce qu'on voulait taper dans les gâteaux en loucedé. Il y a des moments comme ça où on a la chance de pas faire partie de la meute…

Avec Myriam, on parle de tout et forcément on en arrive au Grand Turc. Elle me dit qu'elle se souvient que j'avais dit que je me marierais jamais. Myriam a un sourire triste parce que ce truc, je l'avais crié le lendemain de sa nuit de noces et qu'elle voit ses souvenirs lui arriver droit dans la tronche. Comme elle sait que ça été pénible pour tous ceux qui l'ont aimée, plus que le qu'en dira-t-on et l'honneur de la famille, elle me caresse les cheveux puis m'embrasse la joue pour me faire comprendre que tout ça, c'est du passé. Myriam me demande de lui raconter la rencontre, moi, le Grand Turc, le mariage et l'amour en vrai. Si je lui dis que l'amour c'est sniffer les pets de l'autre en trouvant ça normal dans le décor, elle va pas comprendre… Pourtant, c'est ça l'amour, le vrai. Tu peux niquer, faire des gosses, prendre des crédits pour la maison et la voiture, sortir dans le monde, vieillir ensemble et même finir par respecter l'autre sans que personne fasse la différence entre le vrai et le semblant de… Mais tu peux pas accepter, tu te révolteras toujours face à l'odeur du cul de quelqu'un que t'aimes pas… C'est la part animale, celle qui fait que tous les mammifères de la planète, ils paradent et se sniffent le cul pour savoir à qui ils ont affaire et si c'est une affaire. Myriam, elle a besoin d'entendre autre chose. Je lui dis qu'il est beau et très gentil, le Grand Turc, qu'on s'est aimés au premier regard et qu'on a pas voulu se marier tout de suite parce qu'on avait pas de sous, que je voulais rester libre et lui aussi.

Est-ce qu'on a attendu jusqu'au mariage ? Bien sûr ! Qu'est-ce que j'aurais pu répondre d'autre ? Que la voir marcher en canard et les yeux bouffis d'avoir trop pleuré, ça m'avait écœurée, ça m'avait fait comprendre que serrer les cuisses, c'était un moindre mal par rapport à tomber sur un gros crapaud noir qui se transformerait jamais en Ali Baba charmant... Bien sûr, on a respecté la religion, on a voulu bien faire les choses. Est-ce que ça m'a fait bizarre ? Très... Je m'en remets à peine, j'ai des fois l'impression que plus rien m'appartient depuis qu'on y touche, que mon corps se réveille sans que je l'aie sonné et j'ai de drôles d'envies et, et, et... Est-ce que ça me dégoûte ? Non, c'est pas ça. C'est plutôt qu'on m'a tellement dit que c'était pas bien que j'ai du mal à m'habituer à avoir la permission de tous, que j'arrive plus trop à regarder Momo droit dans les yeux, mais j'espère que ça me passera... Ce qui me prend vraiment la tête, c'est la contraception parce que ça change beaucoup de choses dans le corps...

Myriam, elle me sourit avec des yeux qui regardent très loin... Je sens que je deviens indécente et qu'elle regarde en arrière avec des si... Et puis je lui dis que c'est con de circoncire les petits garçons, on devrait au contraire leur coudre le prépuce et laisser juste un petit trou pour le pipi et le lait, ça leur ferait les pieds et ils seraient plus humbles... Il est tard, je dis beaucoup de conneries et que l'excision et toutes les mutilations et toutes les humiliations, je sais bien que c'est aux femmes qu'on les fait subir parce qu'elles supportent tout, mais pas qu'on touche à un cheveu de leurs petits garçons… Myriam, elle connaît pas Œdipe, et puis l'amour d'un homme qui te sort des entrailles, c'est tout ce qui te sauve quand t'es une femme au bled.

*

Mes jours au bled sont comptés. Au petit déj, j'apprends qu'Icham a décidé de pas aller à ses cours d'informatique pendant tout mon séjour. Ça fait des vagues à la casa. Déjà qu'il est salafiste, il va pas non plus faire l'école buissonnière ! Toute la famille d'ici et d'Europe s'est cotisée pour lui payer ses cours, alors maintenant, quand il fait un truc qui plaît pas, on lui fait croire qu'il a sur les mains le sang de tous ceux qui se saignent aux quatre veines pour sa gueule. Je crois que le gros problème dans la vie d'Icham, c'est qu'il est jamais devenu un homme aux yeux de la famille. D'accord, il est le petit dernier d'une famille de huit gosses. D'accord, il est fragile depuis qu'il a pécho les oreillons à quinze ans. Mais à vingt-deux ans, ça fait déjà longtemps qu'il a une couille plus basse que l'autre et du poil au menton. Le problème d'Icham, c'est qu'il a tout pour dire qu'il est un homme mais que personne le croit.

Si… Les FM, eux, ils ont reconnu que c'en était un. Un enfant, il peut pas décider tout seul de sa vie sans que quelqu'un critique sa décision, il peut pas se marier non plus. Les FM, ils lui ont dit que sa vie, il pouvait en faire ce qu'il voulait, même la foutre en l'air parce que c'est le djihad. Les FM, ils lui ont dit qu'il aurait pas droit à une femme mais à soixante-douze. Je sais pas pourquoi, mais plus t'es pauvre, plus tu crois que t'as des chances de gagner au loto ! Icham, comme tous les mecs de mon quartier avec qui j'ai grandi en France, on le prend pas au sérieux. Tout le monde lui dit qu'il est jeune, qu'il doit fermer sa gueule à la maison et qu'il doit pas faire de problème, c'est tout. Mais on lui disait déjà la même chose quand il avait sept ans…

Momo, lui aussi, c'est le petit dernier de sa famille mais il a jamais eu de problème pour qu'on croie que c'était un homme. À l'époque, quand un garçon du village devenait pubère, on lui faisait subir une espèce d'examen de passage. C'était une sorte de rite initiatique qui dépendait de la tradition du coin où tu habitais. Momo, on lui a fait attraper un serpent à mains nues et il a dû lui couper la tête avec les dents. C'est violent comme test mais la vie d'un homme, c'est violent. Les Indiens d'Amérique, eux, ils donnaient un nom aux petits garçons, et puis plus tard, quand ils étaient ados, on les envoyait s'isoler quelque part sans boire et sans manger pour méditer jusqu'à ce qu'ils aient une vision. Généralement, le type, au bout de trois ou quatre jours, il crevait tellement la dalle qu'il planait et, dès qu'il voyait un animal et s'il disait que le truc était bleu, on l'appelait toute sa vie Loup bleu, Bison bleu, Ours bleu, parce que, sa vision, celle qui l'avait fait galérer, elle avait fait de lui un homme. Même le prince Siddharta, il a dû connaître la privation avant d'avoir sa révélation, celle de la loi du milieu : « Si tu tends trop la corde, elle casse. Si tu ne la tends pas assez, elle ne sonne pas… » Le vieux, sur le radeau qui passait sur l'eau, il disait ça en vrai à un gosse à qui il apprenait la musique, mais Siddharta, lui, il l'a compris comme un homme parce qu'il avait souffert dans sa viande juste avant.

En tout cas, c'est dommage qu'il y ait plein de types comme mon cous' Icham qui ont l'âge hormonal mais pas le droit d'être un homme. C'est dommage qu'il y ait plus de rites de passage parce que c'est pour ça que les types, ils pètent les plombs. Quand t'as vécu un truc super-violent, après, les responsabilités, les devoirs et tout ce qui est pas rigolo dans la vie, tu oses les prendre parce que c'est presque du pipi de chat à côté de ce que t'as dû faire pour y avoir droit. En Europe, c'est chelou mais je crois qu'à part l'adoubement pour les chevaliers, les autres, ils avaient pas le droit à leur rite initiatique. C'est con parce que la noblesse chez un homme, c'est un truc universel qui fait que le monde tourne mieux pour les femmes et les enfants. En France, les types, les gosses d'immigrés, c'est pareil que pour Icham, ils ont la jeunesse éternelle mais pas le glamour qui va avec. Il suffit d'allumer la télé pour se rendre compte que du moment que t'es rebeu ou renoi, même si t'as trente-cinq piges, t'as pas de nom, t'es même pas un homme, t'es un *jeune*, c'est tout.

Icham, il s'est fait cueillir par les FM. Les mectons comme lui qui vivent encore chez Papa, Mama, en France et un peu partout dans le monde, y en a encore plein à ramasser à la pelle. Les FM, c'est une solution parmi tant d'autres pour dire que t'es un homme, un vrai. Icham, lui, il a pas trouvé de travail, question shit, il habite pas dans le bon coin du bled pour en faire son beurre, et puis, à Casablanca, c'est pas là que tu peux pécho de la clientèle de qualité, les touristes, ils vont à Marrakech, à Chefchaouen, dans les villes impériales, ou ils font comme Kerouac, Ginsberg et Burroughs, ils se contentent de Tanger. Si Icham peut pas bosser ou vendre du shit, il peut pas voler non plus parce que les prisons marocaines, c'est *Midnight Express* et que, si les keufs l'ont pas attrapé en premier, son père lui coupera les deux mains, les jambes et la tête. Puisque Icham a pas de fric et que le rap, au Maroc, c'est pas encore un débouché, il peut pas avoir la Golf ou la

Merco qui ferait croire à ses potes et aux filles que c'est un homme, même si chez lui il baisse la tête et très bas les yeux. Au moins, Icham, il dort pas dans un lit superposé, depuis que les plus grands ont quitté la casa il a une chambre à lui tout seul. Il peut pas passer ses nerfs sur une de ses frangines qui réussit mieux dans la vie parce qu'il a jamais été salaud et que, de toute façon, elles sont toutes parties. Icham, il connaît rien à la West Coast ni à l'East Coast et encore moins au R'n'B. Comme il peut pas regarder des clips avec des types pleins de bijoux dans une piscine avec des bonnes meufs, parce qu'il a pas Internet et qu'à la télé, il tient pas la télécommande et qu'on zappe dès qu'il y a un bisou, Icham, il rêve pas showbiz.

Les FM, eux, ils l'ont pris comme il venait, ils sont pas regardants sur la marchandise, l'essentiel, Icham, il l'a : une vie à foutre en l'air. Les FM, ils ont même pas besoin de passer de petites annonces dans les journaux comme les sectes parce que eux, ils sont pas sélectifs, ils tapent dans les gens en manque d'idéal, de reconnaissance, de sensations fortes, de fric, de pouvoir, d'autorité… Oui, d'autorité ! J'ai toujours cru que les gens aimaient pas ça, mais dans mon boulot j'ai remarqué que les gosses, qui sont des personnes comme tout le monde, ils en redemandent. Après, l'autorité, t'en fais ce que tu veux, soit tu la combats, soit tu t'y plies, mais tu peux pas vivre sans, et tous ceux qui croient que c'est pas la peine, ils finissent toujours par se faire mordre la main…

Icham, ça me touche énormément qu'il veuille s'occuper de moi mais j'ai un peu peur… Non, il a gentiment décidé de m'accompagner partout où je voudrais aller. Il sait qu'ici, je peux pas conduire parce que c'est le Far West pour moi. Icham, il sait aussi que je veux faire plein de choses en un temps très court, même aller à Marrakech et à Doukala. Il a senti que j'avais un peu peur de ce qu'il est devenu, alors il a souri et m'a promis de pas me demander de me couvrir la tête. Je lui donne un coup sur l'épaule en rougissant de plaisir parce que Icham, il a pas oublié le Tonigencyl et les parties de pêche aux nuages à Oualad Zian…

*

J'ai beaucoup de chance. Mon séjour tombe pile poil avec une fête religieuse et ça, ça veut dire que je vais tâter le pouls du Maroc en live. C'est Achoura demain, dans les souks, les boutiques, partout, on trouve des jouets made in China et des tahrijates, des derboukas et des bendirs made in bled. Ça fait déjà plusieurs jours qu'avec Icham, on parcourt la ville et puis les environs de très tôt le matin jusqu'à tard le soir. Icham, il a compris que je voulais m'en mettre plein la tête. Hier, il m'a dit que c'était bizarre parce que c'est comme si j'allais jamais revenir. Si, je vais revenir au bled, sur mes jambes ou dans une boîte… En tout cas, avec Icham, on a déjà fait le tour de la famille de mon père, on a cherché à Oualad Zian, le douar où il est né, où il a grandi, et j'ai même pu retrouver le garage où il a vu le Bibendum Michelin pour la première fois.

Momo, un jour, il devait avoir sept ou huit ans, il a vu le Bibendum Michelin et il est resté longtemps à le regarder et à se dire : « 'Llah, 'llah, meskin kiskil y gro ci bounome ! » Cette anecdote me gonflait tellement quand j'étais ado que je lui ai répondu que le Bibendum, il était gros parce qu'il avait bouffé des types comme lui pour faire des pneus. Momo, il m'a mis une raclée et m'a dit qu'Inch'Allah, ce bonhomme, il espérait qu'il le boufferait jusqu'à la retraite. Mais j'avoue que grâce à toutes les histoires que Momo m'a racontées depuis que je suis gosse sur son bled et sa famille, on a pu interroger les blédards du coin, on en a fait monter quelques-uns dans la voiture pour nous montrer le chemin et tout ça, sous le soleil, la pluie, le vent et dans la boue du Maroc en février. À cette période de l'année, on peut voir toutes les saisons défiler en une journée. J'ai pris plein de photos pour Momo, pour l'aider à patienter parce que je me rends bien compte que là, c'est chez lui pour de vrai. Icham, il a halluciné, il a compris que parler aux enfants, leur raconter l'enfance, le passé, la famille, le bled, tout quoi, ça sert à dérouler les racines plus loin et plus longtemps.

Dans la voiture, je suis silencieuse. Icham a ramassé une jeune fille sur le bord de la route, une instit de campagne, et va la déposer devant la Téléboutique du douar. Il y a deux gosses d'une quinzaine d'années qui font du stop et portent de grands balluchons dans le dos. On les prend aussi. On déposera tout ce beau monde devant la Téléboutique. Maintenant, au bled, tout le monde a un portable, même Moui Aziza. La Téléboutique, dans un douar, a pris la place number one et tout le monde essaie d'économiser pour se payer un pas-de-porte afin d'en ouvrir une. La Téléboutique, c'est sans risque, pas de stock et bénef' garantis.

Bermil Zeft, le gros type du quartier, ses frères en Italie, comme ils voyaient qu'il foutait rien et que personne voulait lui donner de travail, ils lui ont avancé de l'argent pour monter un petit commerce. Bermil Zeft, il a pas fait épicerie ou café parce que sa daronne lui a dit qu'il taperait peut-être pas dans la caisse, mais qu'il allait liquider les stocks à lui tout seul. Il a pas appris de métier manuel et il voulait pas non plus dépendre de ses employés. Comme tous les gros, Bermil Zeft, il était fasciné par ce qui est petit et va vite en général, et par les portables en particulier. Il a vu que ses frères qui l'année d'avant n'avaient pas de téléphones mobiles pouvaient plus s'en passer. Même si, à l'époque, au Maroc, le portable était encore rare, Bermil Zeft, il a choisi d'ouvrir une Téléboutique comme celle des beaux quartiers de Casablanca. On s'est bien foutu de son gros derrière et de sa gueule. Il a vite rendu l'argent à ses frères, intérêts et principal, il a ouvert cinq autres Téléboutiques mais à la campagne cette fois-ci. Bermil Zeft, il a marié la plus belle fille du quartier, celle qui se foutait bien de lui quand elle le croisait avec ses copines, il lui a fait trois gosses, elle attend le quatrième. Il rend tout le monde jaloux, surtout les hommes, parce qu'il a promis qu'il aurait autant de femmes que de Téléboutiques et que la deuxième est déjà fiancée. Bermil Zeft, il doit attendre que sa femme lui donne la permission à cause de la nouvelle loi sur la polygamie, elle lui fait du chantage, elle lui dit que oui, elle lui dit que non, elle lui dit qu'elle verra pour la signature après la naissance du bébé… Bermil Zeft, il a pas compris que rendre une femme vraiment heureuse, c'est quasiment impossible quand on est pas son fils, alors quatre, cinq ou six…

Je discute pas avec les nouveaux passagers. Aujourd'hui, j'ai vu pour la première fois la tombe de ma grand-mère et, depuis, je me dis que j'aurais pas dû. Dans ma tête à moi, ma grand-mère vivait encore parce que pas de tombe, pas de mort. Icham, quand on était au cimetière, il m'a laissée pleurer, il a compris que je prenne une poignée de la terre du dessus de la tombe pour mon père. Comme au bled, on met pas de fleur, à la place on met de l'eau de rose et de l'eau de fleur d'oranger dans les creux faits exprès sur la dalle, on s'était arrêté en chemin pour en acheter dans une épicerie. Dans un cimetière, il y a toujours des gens qui offrent leurs services pour une prière. Moi, je choisis toujours le plus vieux de ceux qui rôdent parce que je sais qu'il est souvent le dernier à arriver et qu'il peut pas en vivre aussi bien que les autres, mais qu'il peut pas faire autre chose non plus pour bouffer. Icham, le salafiste, il a ronchonné, il m'a dit que c'était pas bien, que j'aurais dû prier pour ma grand-mère toute seule, que ces gens-là, ils font de la mendicité leur bizniss. Il a pas compris que j'ai payé pour la musique et que pour moi, quelqu'un qui tend la main, même s'il possède tout l'or du monde, il avoue qu'il lui manque quelque chose. Un pauvre, très très pauvre, qui tend pas la main, c'est quelqu'un qui a toutes les richesses du monde puisqu'il s'appartient encore, il se laisse pas dévorer comme ça par la misère. J'ai été triste, soulagée et heureuse d'avoir pensé à ma grand-mère, même si maintenant je sais que je la reverrai plus dans ma tête comme la vieille dame qui me chassais, la babouche à la main, parce que j'avais tué des poussins en jouant trop fort avec eux.

*

Achoura. Myriam vient avec ses enfants à la casa ce soir. Je suis contente parce que le Négro, maintenant, il lui donne plus de liberté. Elle peut venir voir la famille toute seule ou avec ses enfants, sans escorte, et on peut rester entre nous. Hier, Icham, il a voulu me remonter le moral, alors on a écouté de la musique. Comme il est salafiste, il a pas le droit d'écouter autre chose que les prêches à la mosquée et le chant du muezzin. Je crois que les FM, ils ont pas bien fait leur lavage de cerveau parce que mon cous', il a pas coupé tous les ponts entre la famila et lui. Icham, il a juste voulu me faire plaisir, on a écouté *Tonton du bled* de 113, Michael Jackson, de la musique chaabia et du raï. Il paraît que la musique, ça fait partie des trucs haram chez les FM. Je me suis mise à danser et Icham, il m'a dit qu'il fallait pas pousser non plus le bouchon. C'est vrai que je sais pas danser, j'ai fait quelques pas de mia et j'ai rigolé nerveusement parce que le ridicule tue pas. Alors j'ai évacué tout ce qui est pas sorti quand j'ai pleuré sur la tombe de ma grand-mère. Momo était là partout, j'ai jamais autant aimé mon daron qu'à ce moment-là.

Et puis, avec Icham, on a terminé la soirée à se raconter des trucs de nos vies, on s'est parlé comme deux étrangers qui se reverront jamais. De toute façon, Icham et moi, on vit pas sur le même continent, ça pousse à la confidence. Il m'a parlé de sa vie d'avant. Sans pudeur, sans regret, il m'a dit où il s'était perdu, combien il souffrait de solitude, comment l'islam lui a fait du bien parce qu'il a plus qu'à se laisser faire. Je lui ai pas ri au nez même si, à la fin, j'avais l'impression d'être en plein gag. J'ai juste demandé à Icham s'il se sentait libre… Non, il se sentait plus lourd, plus plein et plus malin que jamais. J'ai pas compris. Icham m'a dit qu'il suffisait juste de faire comme le Prophète pour être heureux. Peut-être… Mais est-ce que le mimétisme implique obligatoirement de dormir sur le même flanc que lui, de porter les poils et les cheveux longs ? Oui. Alors, je dois être un sacré suppôt du Chétane. J'ai pas la même notion de l'islam, du bonheur ou du mimétisme. C'est normal, je vis ailleurs, m'a dit Icham, je me suis laissé avoir par les gouers. J'ai souri longtemps, je l'ai écouté en pensant : « Laisse La Mecque tranquille ! »

Le jour de Achoura au bled, c'est la Toussaint mixée avec Noël et les Grandes Eaux de Versailles. Le matin, on visite les morts au cimetière. Les cimetières, au bled, c'est marrant parce qu'on y trouve des vendeurs de fruits secs, de bonbons, de graines, de pop-corn, de fèves ou de pois chiches au sel et au cumin, d'autres qui refourguent de la camelote, de l'encens, des chapelets, des prières calligraphiées joliment et encadrées, des gerabs l'ma tout en couleur qui portent des outres en peau pleines d'eau et des timbales de cuivre pour boire, et puis des chèvres, des moutons, des bêtes de somme, du monde habillé de blanc ou de couleur partout, partout. C'est surtout pour ça que je voudrais être enterrée là-bas, au chaud et au milieu de tout ce bruit, de tout ce monde pour jamais être vraiment seule et morte.

Partout, au retour, commence Zem Zem. C'est pas l'eau de Zem Zem qu'on trouve à La Mecque. C'est une espèce de rituel païen, un exutoire pour la peine et les souvenirs qui sont remontés à la surface. Dans la rue, tout le monde se balance de l'eau à la gueule. Personne, à part les flics, échappe à la douche. Je rentre trempée, j'ai vu tous mes morts, même ceux que j'ai pas beaucoup ou jamais connus. Je m'en fous, au bled, c'est moi l'étrangère, c'est à moi de chercher à garder un peu de sens à tout ça. Quand je pense aux M&M's, je vois tout ce qui a fait que, petit à petit, ils sont devenus pires que des étrangers. Les M&M's, ils ont emporté dans leurs bagages le Maroc de l'enfance jusqu'aux années 70. Ils sont revenus régulièrement bien sûr, mais ils ont vu le Maroc comme la robe de mariée dans laquelle on n'entre plus, mais dans laquelle on s'est engagée un jour avec toute l'innocence et l'insouciance du monde. Il leur reste seulement les souvenirs de la douceur, de la famille, quelques photos et quelques traces çà et là dans l'œil du Maroc, de celui qu'ils ont connu à l'époque où il était un jeune et libre royaume plein d'espoir après la décolonisation.

Myriam est enfin arrivée. Si Malik tient à la main un bilboquet rouge et bleu et Lala Zara serre dans ses bras un gros poupon tout rose. À la casa, on leur a acheté des bonbons et des petites tahrijates décorées. En fin d'après-midi, quand Moustafa sera là avec sa femme et ses enfants, on fera un saut au souk pour que je leur offre ce qui leur plaît. Achoura, pour les enfants, c'est comme Noël, ils rêvent des semaines entières de ce qu'ils aimeraient recevoir et, le jour J, ils attendent avec impatience le retour du cimetière. Après, quand ils retournent à l'école, ils flambent comme des malades devant leurs copains. Ce qui est chouette, c'est qu'ici ils aiment encore jouer dehors et que leurs parents ont pas les moyens d'investir dans une Playstation ou une Xbox pour avoir la paix. Les enfants du bled ont pas encore trouvé la caverne où ils rêveraient de tout ce qui les rendrait plus beaux, plus forts et plus glamour s'ils avaient les moyens de l'acheter. Le Grand Turc, quand je râle à cause des factures qui tombent et de l'absurdité d'acheter du PQ, il me dit souvent : « Pas de sous, pas de souci ! » Ça m'énerve parce qu'il a souvent raison d'instinct et qu'il se trouve beau, fort, intelligent et glamour sans avoir besoin de rien.

*

Sur le départ pour Doukala. Quand Moustafa est venu avec sa petite famille à la casa, il m'a dit qu'il m'emmènerait pour le week-end à Doukala si je voulais. Moui Aziza et Boua Jedi, ils lui ont fait les gros yeux. Ils aiment pas l'idée que j'aille là où tout a commencé pour Mama. Doukala, j'y suis allée qu'une seule fois dans ma vie. J'avais à peine trois ans et Leyla deux. C'est bizarre, j'ai encore des souvenirs de murets bas et blancs le long de chemins de terre. Mama et Momo, chaque fois qu'on allait au bled, nous laissaient quelques jours avec Moui Aziza et Boua Jedi parce qu'ils voulaient pas créer de problème. J'ai toujours eu, depuis, l'impression d'être prise en otage avec mon frère et ma sœur le temps où nos darons partaient à Doukala. Bien sûr, on nous mettait pas de cagoule sur la tête et de flingue sur la tempe. Pendant l'absence des M&M's, on allait camper au bord de l'Océan avec tous les cous', on rigolait, on pêchait, on dansait, on dormait même, des fois, sur la playa à la belle étoile. Mais il y a toujours eu au fond de moi le sentiment qu'on me disait pas quelque chose de très important…

J'ai appelé Mama pour lui annoncer la nouvelle. Mama, je l'ai appelée souvent toute la semaine en pleurant. J'ai eu du mal à tout prendre dans la gueule comme ça aussi vite et aussi fort. Elle m'a consolée chaque fois et m'a rappelée systématiquement pour pas que je raque trop en téléphone. C'est une vraie maman, où que je sois, elle supporte pas que je dépense un centime pour lui parler, j'ai l'habitude qu'elle me raccroche au nez dès qu'elle sait qui, de moi ou de Leyla, elle a au bout du bigo pour me rappeler à ses frais. Mama m'a expliqué que le bled, c'est très déprimant comme quelqu'un qu'on aime trop, malgré soi, et qui s'en fout un peu. À l'autre bout du combiné, je l'ai entendue être fière et soucieuse aussi. Je lui ai dit que Moustafa s'était proposé comme chauffeur et que c'était pas du goût de Moui Aziza et de Boua Jedi. Elle m'a demandé affolée si je leur avais fait de la peine, si j'avais pas amené ça comme un de mes éternels caprices ? Non… Mama, elle a senti que je disais la vérité. Elle m'a dit qu'ils seraient très surpris de me voir là-bas, que je devais absolument prendre des photos et qu'elle me paierait les pellicules. Pas la peine, Mama, j'ai un numérique et j'ai prévu le coup en rachetant des piles et une carte mémoire supplémentaire. Elle est passée dare-dare à autre chose parce que je lui causais en chinois. Il faut que je parle à tout le monde à Doukala, que je donne tout ce que je peux, elle me remboursera, c'est promis, et que je demande à chacun où en est la vie.

Mama a pleuré au téléphone, elle m'a appelé « oulidi » comme quand elle m'aime beaucoup. Elle m'a dit de lui téléphoner de là-bas, de réunir tous ceux avec qui elle voudrait parler un peu et surtout d'être très discrète devant le fils de Moustafa, le petit Nordine, parce qu'il racontera tout à Moui Aziza et à Boua Jedi. Promis. Je ferai gaffe.

On a quitté la casa à minuit passé le vendredi soir. On est partis comme des voleurs, parce que, jusqu'au dernier moment, Moui Aziza a fait dans le chantage affectif et Boua Jedi dans le devin qui annonce que des mauvais présages. De guerre lasse, les grands-parents m'ont embrassée et m'ont dit que j'étais bien la fille de Momo, têtue, excessive et gamine comme pas deux. J'aimerais que ce soit vrai, mais j'ai toujours su que j'arriverais jamais à la cheville de Momo. C'est mon héros.

*

Sur la route de Doukala. Il y a Icham et Nordine sur la banquette arrière, Moustafa au volant, et moi à la place du mort, inquiète et dégoûtée de jamais avoir su dire au revoir sans laisser une impression de gâchis derrière moi. Je pars toujours comme une voleuse, les adieux déchirants sur les quais, je connais pas parce que je me débrouille pour partir sur une engueulade ou sur une fâcherie.

Dans la voiture, on y est arrivés au compte-gouttes. Nordine, après des câlins interminables avec Moui Aziza, Boua Jedi, sa Mama et Loulou qui voulait pas que son petit maître l'abandonne, m'a pris la main et on s'est échappés avant de changer d'avis. Icham nous a rejoints peu après avoir bouclé son sac et, enfin, Moustafa est venu une bonne heure plus tard, une fois la famila rassurée sur le but de notre voyage et son café avalé. Nous voilà prêts pour l'aventure. On sait que la route va être longue. On est heureux d'être là, ensemble, parce qu'il y a des moments de la vie où la distribution compte tout autant que l'histoire pour créer la magie. Personne pourrait imaginer une *Grande Vadrouille* sans de Funès et Bourvil ou une *Équipée sauvage* sans Brando et Marvin.

Tandis qu'on sort des lumières de Casablanca, la nuit nous tombe vraiment dessus. On trace la route pleins phares et, quand il y a pas de marquage au sol, on se repère aux pierres qui brillent le long de notre chemin. On croirait qu'on est sur Hollywood Boulevard, le Walk of Fame, sur une piste blindée d'étoiles parce que le ciel, débarrassé des lumières de la ville, est soudé au sol. Avec la caisse et ses phares, ça fait comme une fermeture Éclair qu'on ouvre pour séparer les deux. Le chauffage à fond, la musique très bas, on se prendrait presque pour des explorateurs à la découverte d'un nouveau monde. Le Maroc dort. Chh… pas un mot. Le silence s'est installé. Personne lâcherait une miette du spectacle. Il y a des moments dans la vie où on sent que le spectacle commence, que ça va être chaud. Alors, on se cale, on ferme sa gueule et on pense à rien derrière les yeux qu'on garde grands ouverts.

*

Samedi. Il est 6 heures du mat'. On est presque arrivés. On fait la deuxième étape dans un café miteux. On a parcouru seulement deux cents bornes. Tandis qu'Icham est parti faire ses ablutions avant de prier et que Nordine dort dans la voiture, Moustafa commande du thé à la menthe et m'installe loin du comptoir et des regards. Au bled, une femme seule dans un café, c'est suspect. Il attend qu'Icham revienne pour traverser la route et nous rapporter des beignets. L'ambiance est légère. On se rapproche du but. Nordine est là maintenant. Lové dans mes bras, il me demande de lui refroidir son thé. Je fais comme on a fait pour moi avant, j'attends que Moustafa me serve un verre, j'en prends un autre vide et je joue aux vases communicants en faisant attention de sauver la mousse. Nordine boit, il mange le beignet que je lui tends et je me dis que la vie est à la mesure de l'enfant. Quand tout le monde a fini, Nordine me dit que Mama serait contente de nous entendre. Moustafa dit qu'il est trop tôt, qu'il faut pas réveiller les M&M's et qu'il sera bien assez temps de donner de nos nouvelles quand on sera sur le marché du Khmiss. Moustafa a raison, on devrait attendre… Mais j'ai jamais pu résister à l'intuition d'un gosse.

Je sors mon portable, j'appelle, Mama décroche à la première sonnerie. Elle a pas dormi de la nuit, elle est là au bout du fil et je sens qu'elle pourrait être juste au-dessus de moi comme si elle nous suivait du haut d'une planète lointaine. Là, elle me dit qu'elle est contente, qu'elle sait que je souffre d'avoir tenu tête à mes grands-parents et qu'elle comprend. J'ai la même émotion que quand j'étais petite et que je lui lisais une rédaction, beaucoup de fierté et beaucoup d'inquiétude de pas faire assez bien à ses yeux. Je la vois pas, j'entends juste son visage qui se plisse et se détend. Une Mama, ça sert à tout, ça sert surtout à lui prouver durant toute sa chienne de vie qu'on est pas vraiment le chat qu'elle croyait. Maintenant que je suis rassurée, je lui passe les autres. Moustafa parle logistique. Icham lui parle vite et la rassure, il a l'impression que Rabbi est de notre côté. Et puis Nordine veut lui parler. Sans qu'on ait prévu le coup, il parle avec elle, il l'embrasse et dit qu'il sera muet comme une tombe même s'il sait pas pourquoi. Là, on s'est tous regardés, on s'en serait cogné le front tellement c'était prévisible. Parler à mots couverts devant un gosse, c'est comme lui planter un coton-tige dans l'oreille, au début ça bouche, il entend rien, après quand on lui enlève, ça lui fait froid mais il entend mieux. J'ai dit au revoir à Mama, j'ai parlé à Momo et il a blagué comme d'hab avant de raccrocher.

Moustafa nous dit de grimper dans la caisse, on a encore cent cinquante bornes à faire et ce sera moins facile parce que la route se remplit. Nordine dort plus, il a des cernes, mais maintenant tout ce qui compte pour lui c'est de pécho une photo d'Icham. Pendant qu'on s'est arrêtés, j'ai bien vu qu'il était grognon à cause du manque de sommeil et du manque de place. Pour lui changer un peu les idées et l'occuper, je lui ai refourgué mon appareil photo. D'accord, c'est magique, il fait même un peu caméra mon truc, mais ça le soûle vite fait. Alors je lui ai dit que je lui achèterais l'harmonica qu'il voulait s'il arrivait à pécho une photo d'Icham. Il a pas réfléchi longtemps, il a bien voulu parce qu'il a cru qu'il serait plus fort que tout le monde et il le voulait vraiment, son harmonica.

Icham, en bon disciple de FM, il trouve que les photos sont haram. J'ai expliqué à Nordine que son oncle est pas bête parce qu'il y avait plein de gens dans le monde qui ont eu peur des appareils photo, ils ont cru que ça volerait leurs âmes. Icham, il est pas bête, il est con, parce que ça, il le fait comme une marionnette qui a la main de quelqu'un dans son derrière pour le bouger. N'empêche qu'il est plus difficile à photographier que le loup blanc, c'est un sacré challenge pour Nordine et comme ça, le temps qu'il passe à esquiver les baffes d'Icham, il arrête de me défoncer le dos à coups de pied dans mon siège.

On arrive enfin au marché du Khmiss. Comme la banque était fermée hier à cause d'Achoura, j'ai pas pu changer mes euros. C'est le week-end, il reste plus que le marché pour trouver un plan. Tandis que Moustafa cherche un tuyau et qu'Icham s'est cassé pour la mosquée, Nordine et moi, on se balade. Nordine prend des photos. Les gens d'ici sont méfiants. On nous suit, on nous observe. Quand Moustafa nous rejoint, on ose enfin nous approcher et lui demander pourquoi faire ces photos. Moustafa prend l'appareil et fait défiler sur l'écran tous les clichés bidons pris par Nordine. Y a pas de quoi avoir peur. Les gens se mettent à rire et demandent si on veut bien les photographier.

Une vieille dame qui vend du pain sur une charrette nous appelle, nous offre le thé et un pain. Elle fait ça parce qu'on est beaux et qu'on a l'air gentil. Je la photographie avec son grand fils et son âne et lui montre ce que ça donne. La vieille dame pleure de joie. Sur la photo, elle se rend compte tout à coup que son fils est le portrait craché de son mari mort il y a longtemps, quand ils étaient jeunes. Le numérique, c'est la classe, mais là, je regrette de pas avoir investi dans un Pola. On se quitte et la vieille dame nous embrasse, Nordine et moi, sur le front comme si elle nous connaissait depuis toujours. Ça, c'est le genre de truc qui arriverait pas en France parce que c'est gratuit et que toucher un étranger, ça fout la trouille, alors l'embrasser… J'ai entendu qu'il y a une bonne femme, Ama, elle fait le tour du monde pour câliner, comme ça, pour rien, tous les gens qui viennent la voir. C'est chouette et j'imagine qu'elle est grosse, qu'elle a de gros nénés et qu'elle sent bon le pain comme la vieille dame d'ici.

Quand Icham nous rejoint enfin, on s'en va trouver notre agent de change clandé. Moustafa a rendez-vous avec lui à la station Mobil dans cinq minutes, il y a plus de temps à perdre. Le clandé arrive dans une Kangoo jaune, il y a des keufs à côté. J'hallucine pas quand je vois le clandé leur serrer la patte. C'est ça aussi le bled. Moustafa négocie un euro pour dix dirhams alors que le change est à un peu plus de douze. C'est pas grave, c'est le tarif pharmacie de garde. Une fois que j'ai la thune, on fait les courses. On achète de la viande, des fruits secs, des sucres d'orge, des bonbons made in bled, des cigarettes et on cherche une pharmacie où prendre du collyre, de l'aspirine, du baume et de la lotion contre les douleurs en tous genres. En quittant la casa, on a pris que nos fringues et l'appareil pour pas énerver un peu plus Moui Aziza et Boua Jedi. Et puis il est vraiment temps de reprendre la route.

*

On arrive enfin. Enfin… D'abord, il faut quitter la route et s'engouffrer dans une forêt. Il fait chaud, on ouvre les fenêtres et l'odeur de l'océan se mêle à celles de la forêt et de la terre rouge. Moustafa sent les larmes me monter aux yeux, il met de la musique chaabia et bat la mesure de ses mains sur le volant. Il est plus de 10 heures, c'est une heure convenable pour arriver. On a passé la nuit sur la route et mon envie d'arriver enfin se brouille avec un violent désir de tracer la route pour échapper à ce qui m'attend là. Tant pis, Moustafa chante, il s'allume une clope et, alors qu'on sort de la forêt et de sa piste défoncée, il s'arrête à hauteur d'une vieille cabane de pierre, brisée, décapitée et bouffée par des mauvaises herbes et des fleurs sauvages. Il monte le son, nous dit à tous de sortir et danse comme un Indien. Moustafa m'attrape, m'entraîne et tandis qu'on tourbillonne, j'oublie de pleurer. La vie est belle, c'est ici que je le découvre pour de bon. Nordine ouvre les bras et virevolte au milieu des hautes herbes et Icham arrive pas à retenir son pied de battre la mesure. On est morts de fatigue mais on s'en fout. C'est une belle journée pour vivre. On reprend la piste et, lorsqu'on voit le début du muret de pierres blanches, on sait qu'on nous a repérés et que la nouvelle arrivera bien avant nous. Un petit vacher d'une dizaine d'années nous arrête quelques minutes plus loin, il reconnaît Moustafa et Icham et nous laisse là. On le voit cavaler entre la pierraille, sans lâcher son bâton plus grand que lui, en direction des maisons blanches du dessus de la colline.

Alors qu'on arrive, une haie d'honneur se dresse et on a pas le temps de poser le pied à terre qu'on nous saisit, on nous étreint, on nous embrasse et on nous rit à la figure. Doukala, c'est de l'humanité en barre. Qui est cette fille maigre avec un long manteau noir ? Ils m'ont embrassée avant de poser la question, ça en dit long sur la mentalité du coin. Je réponds que je suis la fille de Malika, alors on m'attrape, on me serre plus fort, en pleurant cette fois-ci, et on m'embrasse toute la figure et les yeux surtout. Des petits partent alors en courant dans tous les sens, il faut prévenir tout le monde. J'ai l'impression d'être Cortès, mais en plus amicale et en plus pacifique.

*

La piste disparaît. On quitte la voiture. Il y a plein de gens autour de nous, des youyous fusent de partout et on nous embarque dans un champ de pierres blanches au pied de la colline où sont les maisons. Moustafa est resté derrière, Icham s'en va droit devant tranquillement, Nordine et moi, comme deux chiens fous, on s'en va en courant. On passe une grande porte blanche et on se met à regarder partout avant d'apercevoir Boua Haymar. Je reconnais que lui.

Boua Haymar, c'est le type qui parle français, celui que j'ai déjà vu plein de fois à Casablanca quand j'étais gosse. Boua Haymar a beaucoup vieilli, mais qu'est-ce qu'il est beau avec ses yeux turquoise ! Nordine lui embrasse la main, moi, je lui saute dessus. Je le fais presque tomber parce que j'ai pas vu sa canne. Il se démonte pas plus que ça, il me dit doucement de rentrer dans la maison parce que ses jambes sont plus ce qu'elles étaient. Boua Haymar, c'est le grand-père d'Icham et de Moustafa, et le mari de la sœur de Moui Aziza. C'est lui qui m'a appris à me faire un turban, qui m'a raconté la guerre en France et en Indochine. À l'école, grâce à lui, j'ai fait plus attention à ce qu'on m'a appris sur 39-45 et l'Indochine. Qu'est-ce qu'il est beau, n'empêche, Boua Haymar !

Moui Dada, sa femme, est là et nous accueille gentiment avant de donner quelques ordres aux petites filles qui nous observent craintivement par la fenêtre. Il y a une des petites habillée de pourpre qui ressemble à la petite fille afghane en couverture du *National Geographic*. Moui Dada, c'est la sœur jumelle de ma Moui Aziza, alors quand je vois certains de ses gosses qui ressemblent comme deux gouttes d'eau à Mama, ça me fait bizarre.

C'est la fête, maintenant, on s'entasse à une bonne vingtaine dans la case en dur. Ceux qui ont pas trouvé de place sont aux fenêtres, mais c'est pas un problème parce que les volets de bois sont ouverts et qu'il y a pas de vitres. Il y a pas non plus d'électricité, d'eau courante, de chauffage ou de téléphone. C'est rien, ici, ils ont pas l'air de s'en plaindre. Les enfants sont très très beaux et les gens grands et forts. Ça rigole, ça raconte des blagues et, au moment d'offrir ce qu'on a apporté, c'est de la folie. J'ai beau regarder, y a pas la lune ou les étoiles dans les sacs de plastique noir. Juste quelques confiseries, des fruits secs, de la viande de bœuf et quelques médicaments. Icham a pensé à prendre quelques bouteilles de Coca pour les petits même si ça représente tout ce qu'il aime pas.

✶

Après le thé, on nous a laissés nous reposer un peu. Comme tout le monde travaille dans la famille sauf Boua Haymar qui peut plus à cause de ses jambes raides et de ses yeux qui collent et sont très rouges, on s'est affalés dans la case et on a dormi. C'est la journée, y a pas de raison de se blottir contre un veau ou une vache pour avoir chaud dans la case. On a pas non plus allumé le brasero, on a déplié des couvertures et gardé nos manteaux pour pas gâcher. Nordine a dormi contre moi et moi contre Boua Haymar qui s'en fout que je sois une fille parce que ça compte plus devant la joie qu'il a eue de me revoir.

On a attendu d'être entre nous pour lui donner en cachette les paquets de Lucky Strike dont il rêvait. Ça lui rappelle ses vingt ans. Moui Dada, elle a jamais aimé le voir fumer. Moui Dada, elle a compris plus tôt que n'importe qui les méfaits du tabac. Quand il est rentré d'Alsace après la guerre, elle a trouvé qu'on lui avait donné de très mauvaises habitudes. C'est vrai quoi, la guerre, il l'avait pas choisie, Boua Haymar, parce qu'on l'avait pris dans une rafle avec son frère sur le marché du Khmiss. Alors, s'il y avait survécu, et Moui Dada a jamais voulu poser de question sur le pourquoi du comment, il avait pas le droit de se foutre en l'air comme ça, à l'œil.

J'ai discuté à voix basse avec lui en français parce que lui, Boua Haymar, il se souvient encore de tout et qu'il est très fier, dans son Doukala perdu et loin de tout derrière une forêt magique, de faire revivre ce qui lui reste encore aujourd'hui de la France qu'il a jamais connue que sous les tirs et les bombes. Il est ancien combattant de deux guerres, une gagnée et une perdue. Quand il parle français, c'est pas avec des gros mots ou des *zi-vas*, c'est plutôt avec des mots de béni-oui-oui du style : m'ssiou, d'accour, ci vrai, dibout… Ça me fait mal au cœur. Mais je crois que Boua Haymar, il aime la France même si elle lui a carotté beaucoup d'années de sa vie. Quand je lui raconte la France, la colonisation, un certain Dieudonné qui parle du vice de l'homme blanc, il comprend pas tout et me dit qu'après la sieste, il me montrera quelques papiers qui m'expliqueront beaucoup de choses. Je l'embrasse, mais je me garde bien de lui dire que depuis que je sais lire, il a dû me les montrer une bonne dizaine de fois, ces papiers qui veulent plus rien dire qu'à ses yeux à lui et ses copains anciens combattants. Ces papiers, c'est tout ce qui reste aux tirailleurs pour se souvenir alors que personne veut plus se rappeler d'eux en France et encore moins au bled…

*

On a dormi deux heures et demie. Je me lève reposée. Ça sent le pain et on peut entendre la bouilloire qui siffle. Il doit pas être plus de 4 heures de l'après-midi. Dans une heure, la nuit commencera à tomber. Les petits ramèneront les vaches, les garçons avec des bibelots de bois ou de corne qu'ils auront taillés et les filles avec leurs fuseaux de laine. Les hommes reviendront des exploitations agricoles dans lesquelles ils bossent à la journée pour un peu de vrai argent qui sert à acheter tout ce qu'on peut pas fabriquer sur place, comme le sucre, l'huile, les médicaments, les bonbonnes Camping gaz et les bougies. Et puis, sur place, les femmes lâchent leurs métiers à tisser pour préparer le repas. Boua Haymar est assis au fond de la pièce, les yeux dans le vague, il égrène doucement un chapelet. Je sais pas s'il voit encore vraiment… Avant de nous coucher, on a sorti une dosette de collyre pour lui nettoyer les yeux. Quand je reviendrai de ma toilette, je lui demanderai si ça va mieux.

J'ai besoin d'un coin pour faire pipi. Nordine m'accompagne à la case d'Aïcha, une des filles de Boua Haymar qui ressemble à ma daronne sauf qu'elle a les yeux turquoise de son père. Elle finit son rang sur son métier et va me chercher une timbale d'eau pour me rincer avant de m'accompagner dans un champ de pierres.

Ça craint, je vais pas faire pipi comme ça, le zouk à l'air ! Aïcha me dit que c'est la nature, que tout le monde le fait ici et qu'elle me couvrira. Bon… Je peux pas me retenir jusqu'au départ. Je me défroque en guettant les alentours, ça a l'air désert. Je demande à Aïcha de me tourner le dos. Aïcha rigole, mais s'exécute. Pipi enfin ! Tandis que je fais gaffe à pas m'arroser le froc ou les pompes, je vois pas et j'entends encore moins passer son frère Hussein dans mon dos. C'est quand il nous a dépassées de plus de cinquante mètres et qu'il nous hèle que je me rends compte qu'il a vu mon popotin en live. La hchouma ! Aïcha se fend la poire et me dit entre deux kach ! kach ! que c'est la nature, qu'on fait partie de la même famille et que ce type m'a fait sauter sur ses genoux quand j'étais pas plus haute qu'une quenouille. Elle a raison, Aïcha, mais quand même, ça la fout mal, je me rhabille en Mach 3 avec le feu aux joues.

Dans la case, une toile cirée est tendue sur le sol avec dessus plein de bouffe et le plateau pour le thé. Boua Haymar est sorti avec Moustafa et Nordine, me dit Moui Dada. Je pars à leur recherche en faisant gaffe aux clebs, c'est pas des loulous, c'est des crevards capables de te bouffer d'un coup de gueule. J'entends derrière la case les rires étouffés de Nordine. Je gravis le petit chemin pavé défoncé et qui je vois ? Boua Haymar soutenu par Moustafa dans le fond et Nordine qui, en entendant mes pas, fait des grands signes d'alerte. C'est que moi. Nordine reste à son poste et moi, je rejoins les autres. Ils sont en train de cloper en douce. Moustafa soutient Boua Haymar d'une main et tire sur une Lucky Strike de l'autre. Boua Haymar fume aussi mais c'est pas la même chose. Y a pas d'addiction, c'est juste un kif. Je rigole, je lui dis en français que c'est pas beau. Boua Haymar me répond que ci pas bou mi si bon ! Il a l'air tout à coup d'avoir vingt piges. Je l'imagine bien avec un uniforme et une clope pincée entre ses dents, jouant aux osselets entre deux gobelets de vin d'Alsace. À la guerre, c'est comme ça qu'il a perdu ses jambes. Comme il faisait froid, pour donner du courage et de la chaleur aux tirailleurs d'Afrique indigènes, on leur lâchait de la piquette à boire même s'ils étaient musulmans. Question d'économie de fournitures, comme des couvertures, et question de gestion de bataillons qui auraient pu se soulever. Je crois que ses engelures à 10 pour cent aux jambes, elles viennent de là. Elles viennent du bon vin d'Alsace qui lui a fait trop oublier ce qu'il ressentait et à quoi il croyait. En France, on lui a réservé un traitement de clodo pour lutter contre le froid mais aussi pour éviter toute rébellion. Boua Haymar, il se doute pas qu'à l'école, on nous a parlé de lui et de tous ses potes de galère. Il soupçonne pas qu'il fait aussi partie de l'Histoire, celle qu'on écrit avec une majuscule. N'empêche que là, il crapote et repense à tout, le sourire au coin des yeux, tandis qu'il recrache la fumée, là, il s'en fout de la guerre pourvu qu'il se souvienne de ses vingt ans.

Est-ce qu'il voit encore ? Bien sûr, mais ses yeux lui font très mal et ça pique énormément. Je suis rassurée. Tandis qu'ils écrasent leurs mégots, Nordine redescend voir si le chemin est libre. On arrive à la case, Boua Haymar se laisse installer sur une paillasse avant de réclamer sa sacoche, celle où il garde son seul trésor sur terre, les papiers d'ancien combattant avec écrit dessus République française. Boua Haymar, il sait pas lire, il sait juste que ce qui a fait de lui plus un homme que son mariage, ses enfants ou sa vie à Doukala, c'est sa vie de soldat, celle où, des fois, son cœur a battu si vite qu'il a cru qu'il allait le dégueuler. La case se remplit peu à peu, c'est la fiesta à la lumière des bougies. Boua Haymar veut pas manger et veut pas boire. Je demande en scrède à Icham s'il croit qu'il est malade. Icham dit d'une voix chelou que non, Boua Haymar est vieux, il peut pas sortir le soir tout seul, alors il évite d'avoir envie de pisser ou de pipoter pour pas déranger. C'est bien vu, ça m'étonne pas une seconde de Boua Haymar. Et Icham ? Pourquoi il avait disparu après le réveil ? Pourquoi il était là et pas là en même temps ? Je lui demanderai quand on sera seuls et prêts à dormir…

Toutes les petites choses qu'on a rapportées du marché du Khmiss sont échantillonnées sur des assiettes de métal émaillées. Aïcha s'excuse de pas avoir d'œufs à nous offrir. C'est la faute des poules, elles pondent plus. Ah bon ? Les poules pondent plus à Doukala ? Oui, depuis le passage de l'agent sanitaire du royaume et les médicaments qu'il leur a laissés, elles font plus un œuf. C'est une grande perte, je sais, à Casablanca, Moui Aziza, elle cache les œufs sous son lit parce qu'ils sont pas d'or, mais ils valent aussi cher que le lait. À Doukala, les femmes se font un petit peu de thunes en vendant leurs œufs sur le marché du Khmiss. Là, elles touchent plus rien. En parlant, je comprends pourquoi. À Doukala, les gens sont pauvres et les bébés et les Mamas meurent vite, l'agent sanitaire du royaume, il vient une fois tous les six mois pour voir comment ça se passe et ramène des médocs. Là, il était venu leur parler brosse à dents, dentifrice, contraception et vaccin. Il a laissé des bons pour le dispensaire le plus proche qui vaccine gratos les gosses, des plaquettes de pilules pour les dames et des kits d'hygiène bucco-dentaire. À Doukala, on fait pas confiance comme ça, on teste les médocs sur les animaux. Si ça fait du bien aux bêtes, alors ça peut pas faire de mal aux gens. C'est comme ça que les plaquettes de pilules ont fini dans le poulailler et qu'Aïcha est enceinte pour la huitième fois. Quand on demande, à Doukala, combien quelqu'un a d'enfants, il compte dans sa réponse les morts et les vivants. Au début, cette vision frontale m'a fait très peur. Maintenant, j'aime cette manière qu'ils ont d'inclure les morts parmi les vivants, ça les rend tellement plus humains que tous les gens que je connais là-bas, en France, qui admettent ça que dans les films et les infos, chez les autres…

*

Il est pas tard. Pourtant, j'ai l'impression qu'on est restés des heures à se serrer les uns contre les autres. Il y a même eu du couscous à la viande de bœuf, un repas de fête sur fond de rigolade. Le summum a été atteint quand Moui Dada s'est assise à côté de Boua Haymar et qu'il l'a embrassée sur le front pour ma photo. C'est rien, mais c'est très rare au bled les effusions de tendresse conjugale en société. Moui Dada a fait la belle, la farouche en se cachant le visage avec un pan de son foulard et j'ai compris que ce qui avait sauvé la vie de Boua Haymar, c'était l'envie de retrouver ce petit bout de femme à qui il s'est toujours plié volontiers. J'ai pensé au Grand Turc… Est-ce qu'il m'aime au point de faire de moi son étoile au milieu d'un vide, moi qui suis à mille milles de lui ?

Les petites filles, au début très discrètes, se sont rapprochées de moi et me tiennent la main. Elles me parlent pas mais je sens tout ce qu'elles voudraient me dire et me demander. Je sais y faire avec les gosses… C'est bientôt l'heure de se coucher. Est-ce que demain, elles voudront, Inch'Allah, rester avec moi ? Elles haussent les épaules, se regardent et gloussent de plaisir. Comme elles répondent pas, je regarde leur père, Hussein. Il dit que oui, si chacune à son tour va s'occuper des vaches. Et pendant l'école, comment elles font ? L'école est à la ville, c'est loin et c'est pas bien de laisser des filles sur la route toutes seules et… C'est injuste, le monde change et la forêt qui les protège à Doukala sera peut-être plus là quand elles seront des femmes, comment elles vont faire sans savoir lire ni écrire ni compter ? 'Llah ou halam, les garçons non plus, ils y vont pas. Je prends sur moi mais j'ai de la peine à l'idée que quelqu'un d'autre que l'agent sanitaire du royaume découvre le Doukala de derrière la forêt et leur apporte l'électricité, le téléphone et l'eau courante. Si ça arrive, ils auront plus de place nulle part parce qu'ils jureraient tous avec le décor… La modernité, c'est comme un bébé, on doit la nourrir à la douceur du sein avant qu'elle se fasse les dents et qu'elle bouffe du steak. Si on va trop vite, on peut l'étouffer même si on pensait qu'à son bien.

*

Dimanche. On arrive enfin à Casablanca. La semaine prochaine, à cette heure-ci, Inch'Allah, je serai en France. Doukala, c'est fini, mais, maintenant, je sais que c'est là-bas que je voudrai être enterrée si j'ai pas eu la chance d'y mourir. C'est venu comme ça. Doucement, le sentiment que j'étais chez moi a commencé à squatter ma tête. Bizarrement, tous mes autres projets, comme visiter la grande mosquée Hassan II, aller à Marrakech, faire du shopping dans la vieille ville, me semblent superflus. J'ai trouvé un sens à ma visite, j'ai trouvé ma dernière demeure. Je crois que mes rêves, ceux qui m'ont conduite ici, ont leur réponse. C'est pas trop que ma vie me semble nulle, que je sache pas vraiment encore où aller. C'est plutôt qu'après le mariage, la vie à deux, j'ai l'impression d'avoir accompli le rêve de quelqu'un d'autre. J'ai un boulot pourri, ingrat, qui me plaît quand même, mais le problème c'est que c'est pas un métier et que je sens bien qu'il faut me remuer avant que je m'enfonce. Maintenant que j'ai mon décor de happy ending, j'ai la sensation étrange qu'il faudra combler tout le temps qu'il me reste par des trucs la classe. Je rêve pas bébé, fric ou gloire, ça c'est chelou pour tout le monde et surtout pour moi. Qu'est-ce que je veux ? J'en sais rien... Déjà que le Grand Turc m'est tombé dessus alors que, même dans ma famille, personne comprend vraiment ce que je cherche... Ça fout la flippe tout ça... Vivre une love story à laquelle j'ai jamais osé penser et en plus, depuis Doukala, je réalise que, quand on sera morts tous les deux, on sera pas sur le même continent, on pourrira chacun dans son coin.

Moui Aziza, elle flippe comme pas deux, elle a passé Nordine à la question, mais il a rien lâché, il a pas dit que Mama a téléphoné sur mon portable et qu'elle a pu parler à tout le monde là-bas. Boua Jedi, quand il m'a vue revenir, les yeux pleins de paillettes, et que je lui ai sauté dessus, il a plus pensé à rien, il a compris que j'avais rien trahi, que j'étais encore à eux et plus que jamais. Moui Aziza, elle a fait plein de bébés avant Mama, ils sont tous morts dans son ventre ou un peu après leur naissance. Pour Mama, quarante jours après qu'elle a su qu'elle attendait un enfant, elle a pris ses cliques et ses claques et elle est partie pour Doukala. Moui Aziza, elle a cru à un coup d'aïn ou à du shôr pour ses autres bébés, alors elle a fui et elle s'est réfugiée chez sa sœur qui habitait là-bas derrière la forêt magique. Moui Aziza, elle a fini par l'avoir son bébé, mais c'était une fille. Tandis qu'elle attendait son enfant, Moui Aziza, elle a bien senti que c'était sa dernière chance. Elle s'est battue comme une tigresse contre elle-même pour pouvoir garder l'enfant au chaud dans son ventre.

À Doukala, elle s'est sentie minable, trahie, déçue par le zaman quand après tant d'efforts, elle a pondu une petite fille. Pendant quarante jours, Moui Aziza a pas touché à la petite. Boua Jedi est venu dès qu'il a appris la nouvelle. Il s'en foutait que ce soit une pisseuse, Moui Aziza pouvait donner la vie, ils étaient bénis de Rabbi, ils réessaieraient plus tard d'avoir un petit garçon, quand sa femme aurait plus de force. Boua Jedi, il savait pas que la viande de Moui Aziza lui avait dit que c'était la dernière fois. Il a pris sa fille comme une reine, il lui accroché une médaille d'or avec l'Ait el-Koursi et a décidé de l'appeler Malika comme sa mère à lui.

Moui Aziza, elle a pas pu allaiter Mama, c'est sa sœur, Moui Dada, qui s'en est chargée. Moui Dada avait accouché d'Aïcha quelques mois auparavant et ça la dérangeait pas de faire ça pour sa sœur. Le problème, c'est que Moui Aziza a eu peur qu'on croie que Mama était pas vraiment d'elle, pas à elle, que le plan Doukala c'était un plan bidon pour pécho un gosse de sa sœur jumelle et le ramener quelque temps après à Casablanca. Elle a eu raison, Moui Aziza, de se méfier parce que avec son air coupable, elle a mis la puce à l'oreille de tout le monde. Elle s'est pas rendu compte que les gens, quand ils voient un bout d'os à ronger, ils se posent pas de questions, ils foncent et plantent leurs dents dessus même si au bout y a encore quelque chose de vivant. Donc, les gens ont parlé et Mama, quand elle était petite, elle a commencé à croire qu'elle était pas la fille de cette femme qui l'éloignait toujours d'elle, qui l'embrassait pas, mais celle de sa tante Moui Dada qui la serrait fort dans ses bras en douce de sa sœur et qui lui offrait une couverture, une poule ou des œufs quand elle venait en ville. En plus, Moui Dada, elle, elle avait plein d'enfants, alors ça avait de quoi faire rêver une gosse qui s'ennuyait toute seule sans pouvoir jouer avec personne. Moui Aziza, elle a été très méchante avec Mama parce qu'elle supportait pas que sa fille rêve à quelqu'un d'autre comme daronne. Quand j'étais petite et que j'ai fait le coup de dire à ma daronne que je croyais pas qu'elle était ma mère, elle a pas été en colère, elle m'a juste conseillé de demander à Momo où on m'avait trouvée. Momo, il a pris un air très triste et m'a dit qu'il aurait préféré jamais me le dire, mais que mentir, Rabbi, il aime pas ça, alors il voulait bien m'avouer qu'on m'avait trouvée dans une poubelle et que c'était pour ça que j'étais plus noire que tout le monde à la maison. J'ai été très choquée mais je l'ai pas cru. Plus tard, je suis retournée voir Mama, j'étais pas fière, elle m'a tirée par le sweat, m'a serrée très fort, m'a embrassée partout et elle a pleuré. J'ai plus jamais douté et elle, elle a compris que Moui Aziza, elle avait dû beaucoup souffrir.

Quand Moui Aziza m'a trop soûlée avec ses questions et ses insinuations, j'ai plus pensé, je lui ai sauté dessus et je l'ai embrassée jusqu'à ce qu'elle crie à l'aide. Son foulard a glissé, ses yeux sont pleins de larmes mais je crois qu'elle a plus peur. Là, elle a compris que ses petits-enfants sont bien à elle. N'empêche que, quand je lui dis plus tard que j'ai plus vraiment envie de faire tout ce que j'avais prévu, mais que je préfère rester avec elle et Boua Jedi, elle peut pas s'empêcher de me dire que je dis ça parce que j'ai claqué tout mon fric en le donnant aux gens de Doukala. Moui Aziza, je la changerai pas, alors pourquoi essayer de lui expliquer ?

*

Marrakech. Après une journée de repos. J'ai retrouvé l'envie de revoir la ville rouge. Cette fois-ci, la distribution est différente. Je suis avec deux FM, mon cous' Icham et mon cous' Hamid. Hamid, je voulais pas trop partir avec lui, mais bon... Quand j'étais gosse et qu'il était étudiant en pharmacie, il est venu avec un de ses copains chez nous en France pour passer deux semaines de vacances avant de tracer vers l'Angleterre. Hamid, avant, il était très chouette. Quand il est venu à la maison, on a bien rigolé, il s'est super-bien occupé de nous pendant que les M&M's étaient au travail. Ça le dérangeait pas, à l'époque, de faire la cuisine et d'étendre du linge pour aider, même si c'était un garçon. Depuis qu'il est devenu un homme, c'est plus le même type. Il croit que les femmes sont toutes bonnes à être enfermées et ont le gène FG, celui du foyer et des gosses. C'est dommage que Hamid ait la mémoire courte parce que moi j'ai pas oublié qu'il est sorti avec Fatima, la fille de nos voisins portugais, et qu'il nous refilait des bonbecs pour pas qu'on le cafte aux M&M's. Moi, je me souviens encore très bien de la fois où les M&M's ont bossé de nuit tous les deux et où Hamid devait nous garder. Cette nuit-là, il est rentré très tard et il sentait comme les babas au rhum, les gâteaux qu'on a pas le droit de manger même s'ils ont l'air super-bons parce que c'est haram, et il a vomi longtemps dans les toilettes.

Hamid, il se souvient plus de tout ça et il est devenu super-con. Il veut plus parler de l'Angleterre où il a vécu dans un squat jusqu'à ce que les M&M's viennent le chercher et lui paient son billet de retour pour le bled. Les M&M's lui ont fait la morale, lui ont expliqué qu'il devait continuer ses études et qu'ils les lui paieraient s'il voulait bien se ressaisir. Hamid l'a fait. Il a terminé ses études avec les honneurs, mais il a pas trouvé de boulot. Une pharmacie, il avait pas les moyens, et les M&M's non plus, de s'en payer une. Hamid est resté longtemps sans travail avec un joli diplôme accroché au mur. Il a cherché longtemps, et la chance a enfin montré le bout de son nez grâce à Moustafa qui en avait parlé à son patron qui connaissait un type qui dirigeait le service pharmacie du grand hôpital de Casa. Hamid a intégré le labo de l'hosto, mais ça lui faisait bizarre de bosser avec des femmes maquillées, aisées, qui le traitaient comme un parent pauvre.

Il avait pas fait pharmacie pour faire un boulot bidon d'assistant laborantin. N'empêche qu'il avait de la chance d'avoir un boulot, Hamid, mais comme il avait rêvé plus grand, il a commencé à chercher à qui la faute… Bien sûr, c'était celle de toutes ces femmes qui au lieu de rester à la maison, prenaient les bonnes places, les places qu'on aurait dû réserver aux hommes. Il a tout de même continué à travailler, à économiser de l'argent pour pouvoir se marier. Hamid avait trouvé du réconfort auprès de ses potes les FM pendant sa période de vaches maigres, alors maintenant que ça allait mieux, il restait fidèle, il voyait encore plus où ils voulaient en venir.

Quand il a eu assez d'économies, il s'est mis à chercher une femme. Il fallait pas qu'elle soit trop jeune, trop noire, trop moche, trop libérée ou trop intelligente. Comme Hamid avait déjà trente-sept ans, son choix était restreint. Va trouver, toi, une fille de plus de trente piges qui soit jolie, blanche, soumise, éveillée mais pas trop et vierge ! Hamid a dû prendre son mal en patience parce qu'il avait peur de faire le mauvais choix. Ses copains avaient beau lui proposer leurs sœurs, il mélangeait pas l'amitié et les affaires. Le mariage, c'est une affaire trop sérieuse pour y mêler les sentiments. Un jour, l'une de ses sœurs en rentrant du hammam parla de sa copine Zina. La pauvre avait pas trouvé à se marier malgré qu'elle soit pas mal, qu'elle soit sérieuse et porte le voile, parce qu'elle était trop vieille à trente-deux ans et que sa famille était trop pauvre. Hamid qui écoutait jamais les femmes, a pris ça comme un signe, il a demandé à sa sœur si elle voulait bien parler de lui à Zina. Deux semaines plus tard, ils se sont mariés devant le hadoul, un juge de paix musulman, et ont préparé leurs noces.

Hamid me fait profiter de son séjour annuel à Marrakech offert par le comité des œuvres sociales de son hôpital aux employés cadres. Je pouvais pas partir sans lui. Quand on arrive à Marrakech, il fait la gueule parce qu'il y a une femme en uniforme de gendarme à la circulation. Hamid, ça le dérange pas, les nanas qui se font sauter au plastique pour le djihad, mais en voir une avec un flingue, payée pour maintenir l'ordre… À l'hôtel, comme je m'appelle Madame Rabhan-Grand Turc et pas El Ghafar comme mes cous', la réceptionniste veut pas nous lâcher la suite que Hamid a réservée la semaine précédente. Ça m'énerve, elle croit quoi, que je suis une poule qui fait un prix de groupe à deux clients ? Est-ce qu'elle a bien regardé nos gueules ? Elle le remarque pas, l'air de famille ? La réceptionniste est gênée, elle voit bien qu'on est de la même famille mais elle a des ordres, on est pas en France, c'est le Maroc ici. Je lui dis qu'elle devrait appeler un responsable.

Tandis que mes cous' attendent au comptoir, je vais aux toilettes. Ça pue le fric dans cet hôtel, pas parce que c'est beau, mais parce que les rebeux qu'on y croise peuvent pas s'empêcher de mixer un mot de français avec un mot d'arabe pour faire style. Je suis entourée de Mesdames et de Messieurs Tasi, ces Arabes d'un autre Maroc que le mien, ceux qui mettent les pieds en France que pour visiter des musées et faire du shopping.

Avec le responsable, rien à faire mais, après deux cents dirhams de rachoua – bakchich marocain –, j'ai le droit à une chambre pour moi toute seule et mes cous' à une double. On prend nos passes et on se donne rendez-vous dans une demi-heure au bord de la piscine pour prendre un café avant de tracer vers la place Djemaa el-Fna.

*

Marrakech a bien changé. La ville a explosé dans tous les sens. Le seul critère respecté, c'est la couleur. Il y a du rouge partout, ça tombe bien, c'est ma couleur préférée. Quand on déboule sur la place Djemaa el-Fna, on assiste à une réception de touristes au Club Med. Arrivée triomphale aux chants des Gnaouas et des GO qui leur accrochent des colliers de fleurs d'oranger autour du cou et leur tapent la bise. Et puis ils s'engouffrent tous dans la forteresse paradisiaque aux hauts murs de pierre où se trouve encastré un distributeur automatique de billets Crédit Agricole. Même dans le Grand Sud marocain, on perd pas le nord.

Il fait super-chaud, pourtant il doit pas être plus de 10 heures du mat'. La place est pleine de touristes, mais ça vaut rien avant le soir. On fait un tour dans les galeries du souk couvert et Icham me propose de partir voir si notre grand-tante Lala Majda est chez elle. On prend un taxi beige, Hamid a son portable qui sonne, mais il le coupe. Ce doit être sa femme… J'ai l'impression que ce voyage, pour lui, c'est plus qu'une simple visite touristique, c'est une bouffée d'oxygène loin de sa femme, du bébé et de leur appartement en travaux pour lequel il paie des traites si chères.

Quand on arrive dans le quartier de Lala Majda, je reconnais pas les lieux. Icham se moque de moi. Comment est-ce que je pourrais reconnaître ? Lala Majda, après la mort de son mari et les problèmes avec son fils, a vendu son riyad et a loué une petite maison dans un quartier plus loin du centre, moins cher. C'est vrai que là, Lala Majda, elle a échangé un diam's contre un zircon, y a que le rouge de la façade pour rappeler qu'on est encore à Marrakech. Je comprends mieux maintenant. Si on est descendus à l'hôtel, c'est pour pas embêter Lala Majda. Hamid et Icham me briefent avant d'entrer. C'est pas trop la mort de son mari qui l'a poussée à vendre son beau riyad. Il était déclaré depuis des lustres comme gardien à la Mamounia, elle touche une pension raisonnable, mais son fils l'a mise dedans. Le fils de Lala Majda est en prison depuis plus d'un an et ça, ça la ruine. J'ai pas le temps de demander pourquoi.

Lala Majda sort de la maison avec un cabas à la main. Elle nous remet pas. Mais je dois avouer que moi non plus, je reconnais pas cette vieille femme courbée qui tremble en enfonçant une énorme clef dans la serrure d'une lourde porte en ferraille. Qu'est-ce qu'elle a vieilli ! Quand Hamid la salue, elle sursaute et se roule presque en boule sur elle-même. Lala Majda nous regarde, moi et les deux barbichus. Elle reconnaît enfin mes cous', mais moi, elle me prend pour ma daronne.

Si Mama était là, elle apprécierait pas l'erreur sur la personne. Je ressemble trop à Momo. N'empêche que Lala Majda, elle est vraiment désolée, elle doit prendre le car, il faudra revenir plus tard. Daïf 'llah, Lala Majda, elle est si paumée qu'elle sait plus ce que l'hospitalité veut dire. C'est pas grave, on boira pas de thé, pas d'eau et on ira se poser ailleurs. On reviendra, Inch'Allah, dans deux jours avant de repartir pour Casablanca. Elle nous embrasse même pas, l'air inquiet, elle part en boitillant. On reste plantés là. Et puis je me mets à lui courir après. Icham et Hamid apprécient pas spécialement, mais ils nous rejoignent. Lala Majda s'en fout, elle pense au fiston qui va la disputer parce qu'elle peut pas lui ramener ses clopes. À quoi ça tient, l'amour d'un fils ? À un paquet de Marquises certainement…

On arrive à l'arrêt d'autocar. Lala Majda est très vieille tout à coup sous le soleil de Marrakech. Je demande à Icham de me donner mon sac. Quand je tends deux billets de cent dirhams à la vieille tante, mes cous' me fusillent du regard. Lala Majda prie Allah de me bénir sur plusieurs générations. Le cœur y est, mais ses yeux fouillent les alentours à la recherche d'un marchand de clopes. J'en aperçois un pas loin. Icham prend l'argent que je lui tends et court lui acheter ce qu'il peut de Marquises pour cent dirhams. Hamid me dit que le fiston mérite pas. Lala Majda accroche les clopes très vite et monte dans l'autocar qui est déjà là. Elle nous regarde même pas, Lala Majda est pressée d'arriver maintenant qu'elle est certaine d'avoir un sourire de son fils.

L'autocar s'en va et, tandis qu'on le suit tous les trois des yeux, Hamid me dit que le fiston est en taule parce que c'est un gigolo. Il a eu les yeux plus gros que le ventre, il a commencé à voler ses clientes. Le fiston, il a remarqué qu'il plaisait, il a monté ce qu'on appelle au bled un boudybizniss. Au début, ça marchait bien, il était étonné d'avoir peur de rien, d'avoir le matos à toute épreuve, de gagner autant pour si peu de risques. Il a appris à niquer mieux, à parler moins, à plonger les yeux bien comme il fallait et là, son boudybizniss, c'est devenu un jackpot 2 000. Et puis… Plus on gagne, plus on dépense. Les femmes blanches, elles aimaient faire ça le soir après les activités et le shopping de la journée, après une balade en calèche seulement quand elles sentaient le parfum et qu'elles avaient le plaisir d'enlever une jolie robe. Après tout, elles se payaient un gigolo pour pas se sentir trop seules au paradis.

Le fiston dormait le jour et racolait le soir, la chemise ouverte, la dent de lion pendue à un lien de cuir odorant made in bled et la peau couleur pain d'épice. Avec les femmes, c'est pas comme avec les hommes, il fallait s'introduire, séduire pour toucher son fric, il pouvait pas enchaîner les passes. Les pires, c'étaient les baratineuses, celles qui paient pour se montrer accompagnées à une table de resto même si personne les connaît. Avec celles-là, il pouvait enchaîner sur personne d'autre. Très vite, il a eu l'impression que, avec le boudybizniss, c'est lui qui se faisait niquer. Une pute, ça respecte pas le client, ça se sert de son vice, et il a commencé la carotte. Le fiston, il a pas pensé une seule seconde que l'une de ses clientes pourrait se plaindre. Il soupçonnait pas l'existence des femmes libérées. Il croyait qu'elles auraient honte autant que lui, qui disait à sa mère qu'il était barman dans un grand hôtel et qu'il était tellement bon qu'on lui refilait de gros pourboires. Quand il s'est fait prendre en flag', le zouk à l'air, on l'a embarqué pour prostitution. On lui a cassé la gueule jusqu'à ce qu'il reconnaisse les vols et pendant tout le temps où on l'a cogné, il se disait qu'avec des tronches pareilles, ils pouvaient que cracher sur le boudybizniss… Lala Majda a vendu le riyad pour lui payer un avocat, graisser quelques pattes, l'entretenir en prison et payer l'amende après avoir perdu le procès. Le fiston dit merci quand il y pense et que le cabas est plein. Il fait vieillir Lala Majda quand elle vient les mains vides. Il a tordu sa clef pour le paradis, le fiston, il a rendu sa mère folle de chagrin.

*

Dimanche. Les M&M's viennent me chercher à l'aéroport. L'avion survole enfin la France. Je suis chez moi. J'ai la tête pleine du bled. J'ai les yeux gonflés d'avoir trop pleuré. Mama m'a appelée plein de fois avant le décollage pour me consoler et pour que j'entende qu'elle et Momo, ils étaient fiers de moi. J'ai pleuré longtemps. Quand je suis montée dans l'avion, j'ai pas eu de chance parce que cette fois-ci, j'étais pas seule comme à l'aller. Un bobo d'une cinquantaine d'années était assis juste à côté de moi et avait envie de bavarder. Je l'ai refoulé poliment quand il m'a demandé ce qui poussait une petite jeune fille comme moi à voyager seule. J'ai dit que j'avais vingt-cinq piges et que ça faisait bien longtemps que j'étais plus une petite jeune fille. Comme chez les Turcs l'alliance se porte à droite, le bobo, il a pas remarqué que j'étais mariée et a continué son cinoche parce que j'avais vingt-cinq ans, que j'ai cette chance d'être très jolie quand mes cheveux sont bien brushés et qu'une nana toute fine avec un gros chagrin, ça plaît beaucoup aux vieux beaux. Je dois reconnaître qu'il a réalisé un sacré exploit en réussissant à parler tout en rentrant son bide pendant deux heures et demie. Je l'ai laissé dans le vent pendant tout le vol, moi, je pensais à ceux qui m'avaient accueillie et surtout au bled que j'avais dévalisé avec mes yeux et ma viande. Je me suis rendu compte qu'en deux semaines, j'avais pu voir le bled comme je devais le voir, et plus comme dans mes souvenirs d'enfance ou ceux de mes parents. Tout ça si vite, ça se mélange dans ma tête. C'est très violent comme sentiment, j'ai l'impression d'avoir trouvé autre chose que ce que j'étais venue chercher. Bien sûr, j'ai renoué des liens avec la famille et le pays, mais je me suis pas débarrassée de ma colère. Je suis en colère. J'aime pas l'idée d'avoir à faire toute ma vie un grand écart énorme pour garder l'équilibre entre ce que je suis et ce que j'aurais pu être. Je suis en colère parce que ça va être plus chaud encore si le Grand Turc et moi, on décide de se reproduire. Je suis en colère parce que je m'aperçois que je peux m'attacher à rien, que je suis une mule comme dans le bouquin dont j'essaie de déchiffrer une ligne depuis plus d'une heure. Impossible à cause de mon voisin, le bobo, qui a toujours pas fermé sa gueule, et de mon cerveau qui s'est connecté à mon cœur. *Their eyes were watching God*, tu parles d'un titre !

Moi, j'ai toujours su d'où je venais. Montceau-les-Mines et le bled, ça fait de moi une Bourguignoule, je sais bien que le mot existe pas encore dans le dico. Mais Yssa, il a réussi à créer un mot pile poil pour dire qu'on est pas des hybrides, qu'on peut faire plein de choses dans la vie, qu'on est pas stériles, qu'on est pas des bêtes de somme même si, souvent, j'ai l'impression que regarder le ciel, c'est tout ce qui nous reste… Et encore… y a des zozos qui ont réussi à faire en sorte que les yeux de certains regardent le ciel à l'envers et trouvent pas d'espoir et de force, mais la volonté de se faire encore plus mal ! C'est pas juste ! Pourquoi la loi du milieu j'arrive pas à l'exercer là ? Je voudrais tout avoir en même temps pour plus avoir à faire des choix. J'aime pas choisir. J'ai toujours l'impression d'y perdre comme quand, gosse, on jouait à la chaise musicale et que j'écoutais la musique en tournant au lieu de fixer mon attention sur la place qu'il me fallait gratter avant quelqu'un. Pourquoi, pour avoir une place, il faudrait niquer celle de quelqu'un d'autre ?

Après la douane, il me reste plus qu'à récupérer mes bagages et à chercher les M&M's des yeux. Je me sens pas bien parce que la tortue que j'ai ramenée en fraude essaie de sortir de sous mon col roulé. Je risque une très forte amende et, en plus, je réalise que j'ai fait une sacrée connerie écologique. Je l'ai appelée Abraham comme le poisson dans *Arnold et Willy*. Je me demande comment ils font les trafiquants de drogue pour gérer ça ? Je flippe sévère quand je tends mon passeport mais tout se passe bien. Je m'attarde pas et je vais chercher mes bagages. Les gens me regardent chelou. Ils se demandent certainement combien j'ai pu payer pour autant d'excédent de bagages. Rien du tout. En fait, j'ai un cous' qui bosse à l'aéroport et qui m'a fait passer mes soixante-huit kilos comme une lettre à la poste. Sur place, je me suis dit que c'était pas normal mais heureusement, je suis pas du tout une criminelle. Le cous', même s'il a été serviable, c'est pas ce qu'on fait de plus gentil. Il était stressé, c'était parce que je faisais partie de la famila qu'il a accepté.

La veille, à l'aéroport, tout était bouclé parce qu'on a trouvé un bras dans une valise. C'était sur un vol en partance pour le Qatar. Y a plein de Marocaines qui bossent là-bas comme domestiques parce que la cuisine de chez nous est si bonne que même la place Djemaa el-Fna a été classée dans le patrimoine mondial de la gastronomie par l'Unesco. N'empêche que dans les pays arabes, y a pas que pour la cuisine qu'on est connu, on est aussi reconnu pour le shôr, la sorcellerie. Le bras, il était destiné à être vendu mille dollars le gramme. Ils ont bouclé l'aéroport à la recherche du reste du cadavre mais, en fait, le bras, après qu'on a interrogé la propriétaire de la valise, on a découvert qu'il provenait d'un cimetière où on avait enterré le corps entier la veille. La viande fraîche, c'était pour faire du couscous magique qui rendait celui qui en mangeait obéissant et fou amoureux. Les femmes des émirats, les patronnes, elles achètent ça à prix d'or pour que leurs maris leur ramènent pas de coépouse.

J'ai mes valises, je gagne la sortie. Les M&M's sont là mais ils me voient pas encore, mon téléphone sonne, je m'arrête. C'est le Grand Turc qui me souhaite la bienvenue avant tout le monde. Je lui dis que je peux pas lui parler tout de suite, que mes parents sont là mais que, promis, je l'appellerai un peu plus tard, sur la route, bisou. Momo me voit en premier, il court vers moi, m'embrasse et me renifle, Mama se greffe dans mon dos. Après avoir rigolé et pleuré et parlé vite et fort, on rejoint la voiture et je monte à l'arrière comme une gosse. Il reste plus de deux cents kilomètres avant d'arriver à la maison, je sors une cassette de Rouicha de mon sac à main et la tends à Momo. Il fait tourner et dans l'habitacle, maintenant, il a non seulement l'odeur mais le bruit du bled. Moi, je m'accoude aux deux sièges avant, la tête entre les mains, et Mama me caresse les cheveux. La route défile, la lune nous suit depuis Saint-Exupéry et moi, j'écoute maintenant Rouicha face B et je me dis… Ça y est, je crois que j'ai enfin des racines et des ailes !

✶

Lundi. Fini les vacances. Au boulot ! Aujourd'hui, le mot, c'est *enjuguer*, attacher un animal de trait au joug. J'ai pas fait exprès mais, des fois, le dico on dirait un tirage du Yi King. Je me souviens de rien, il faudra que je consulte mon emploi du temps en arrivant. J'ai pas beaucoup dormi. Je commence à avoir l'habitude d'avancer comme dans un rêve. Je conduis pour la première fois depuis un bail, ça fait drôle. Comme ça, en passant, pendant les pubs sur Skyrock, je me demande ce qu'aurait donné mon voyage au bled si je l'avais fait en solitaire dans ma caisse… Mais j'arrive. Je suis à la bourre, je me dirige direct sous le préau parce que, si je me souviens bien, lundi et jeudi, c'est par ça que je commence. Je jette mon sac à main au pied d'un pilier et j'enchaîne par : « Bonjour !… Dehors ! Allez ! On met le turbo ! »

Je suis là et pas là. Les enfants comme d'habitude sont contents de revenir à l'école. Est-ce que j'ai passé de bonnes vacances ? C'est quoi ces dessins marron sur mes mains ? Est-ce qu'au Maroc il a fait beau ? Est-ce que je suis pas trop dégoûtée de revenir ? Oui… Du henné… Très… Beaucoup, il neige et il fait froid ici… En moins d'un quart d'heure, j'ai répondu plusieurs fois la même chose avec le sourire banane. J'ai laissé la plupart de mes fringues et mon manteau au bled, je suis sapée comme l'as de pique mais c'est pas grave, il paraît que je rayonne… La première sonnerie retentit enfin. Je suis claquée mais j'y pense pas trop. Il faut pas, avec les gosses, c'est l'énergie qui marche et fait que tout roule. Tu t'arrêtes, tu te fais piétiner.

Je suis de foyer, je sais déjà comment ça va se passer. D'abord, il faudra faire l'appel. Pendant les vacances, on planque les ordinateurs dans un coffre-fort, parce que le foyer, c'est le premier endroit qui se fait dépouiller et saccager dans le bahut. Tarzan m'a dit qu'il s'occupera de leur réinstallation. Pour l'instant, les élèves, il leur reste la télé et des cartes pour tuer le temps. Dans le mille ! Après mon appel, ils allument la télé et zappent direct sur la 6. Les boutonneux bavent devant les créatures des clips et se chuchotent entre eux qu'elles sont « booonnes ». Pendant les gags bidons des animateurs et les flashs infos, ils se tournent vers les petites meufs qui sont là, toutes mignonnes et toutes connes, et commencent leur baratin maladroitement. J'en vois une à qui ça fait super-plais' d'entendre qu'elle est booonne et je me dis qu'elle est foutue si elle croit que c'est un compliment. De l'autre côté, je me demande comment ils font les mecs pour cracher sur Britney Spears et baver d'envie sur Fanny, la petite boutonneuse, méchée, pailletée, maquillée et sapée serré. Elle a même pas de nénés, Fanny ! C'est pas grave, faut pas chercher à comprendre les puceaux. Ils bichent entre potes, ils se la racontent à mort sur Clara Morgane mais rêvent quand même à des gros seins, des petits seins ou des seins qui tombent comme ceux de la cantinière, ceux de la fille qui est assise juste devant en maths et ceux de la conductrice de bus.

*

Après la récré. Je me pose enfin au bureau. Pas d'étude. Pas de foyer. Madame Certain profite de nous voir tous réunis, Tarzan, la Colonel, la Russe et Minipouss', exceptionnellement là pour récupérer un jour d'absence, et moi. Demain, une stagiaire va rejoindre l'équipe de la Vie Scolaire. Elle s'appelle Marianne. Elle bossera avec nous jusqu'aux vacances de Pâques. On connaît son frère, il est en cinquième. C'est le petit Salomon, le petit renoi avec des lunettes. De toute façon, les renoix, on en a seulement deux au collège, Salomon et Cajou. Si c'est pas l'un, c'est l'autre. Avant les vacances, la Colonel, elle les a confondus. Ce jour-là, Salomon avait pas remis ses lunettes après l'EPS, la Colonel, elle lui a collé deux heures parce qu'il jouait avec une balle de tennis trop près des fenêtres. Elle l'a appelé Denzel tout du long et Salomon, il a pas jugé bon de rectifier. Le courrier est parti chez Cajou, jusque-là, rien d'anormal. Le problème s'est posé lorsque le petit s'est pointé l'air goguenard avec un mot de sa mère sur son carnet de correspondance nous priant de vérifier les absences de son fils, Denzel Cajou, parce que ce jour-là, c'était pas possible, il était malade. La colle étant signée de la main même de la Colonel, la méprise a étonné personne sauf elle. C'est vrai, quoi, ils se ressemblent tous, si en plus ils commencent à brouiller les pistes, c'est pas du jeu ! On a fait venir Salomon à la récréation. Salomon a avoué mais, il croyait que la pionne avait oublié de le coller. Au final, ni Cajou ni Salomon ont été punis. La Colonel, quand elle a entendu parler de Marianne et de Salomon, elle a pas pu retenir tout son sang de lui monter à la figure. Moi, je suis contente, rien que pour ce spectacle-là, je pourrais faire sonner des hautbois et des musettes pour accueillir Marianne.

C'est déjà l'heure de manger. J'ai perdu l'habitude d'utiliser des couverts et, franchement, je m'en fous. J'ai même pas une demi-heure pour bouffer, alors, tant pis, je tape dedans. Ça fait marrer Tarzan qui me raconte que lui aussi il est allé au Maroc l'année dernière. Il est chouette, Tarzan. On en parle, on s'échange nos impressions, la beauté, le bazar, la pauvreté qui se mixent si bizarrement au bled. Tarzan, il me raconte sa petite histoire, celle que chacun de nous pourrait sortir pour illustrer sa rencontre du troisième type avec un pays inconnu. Il visitait Essaouira avec sa copine et un groupe de touristes quand une vieille dame qui marchait devant eux a fait remarquer à son mari combien l'Arabe était cruel avec les bêtes, avec l'âne famélique attelé à une charrette pleine de légumes surtout. Tarzan, il a tapé sur l'épaule de la vieille dame choquée pour lui dire de bien regarder le gosse qui vendait les légumes de l'autre côté de la charrette. Tarzan, il lui a demandé si c'était pas plus choquant de voir un petit garçon d'à peine sept ans affûté comme une lame de rasoir, maigre, sans chaussures et habillé de vieilles nippes, vendre des primeurs un jour de semaine au lieu d'aller à l'école. Tarzan, il a vu l'enfant comme le gosse qu'il était, la vieille dame, elle a regardé l'âne comme une pauvre créature échouée chez les Arabes. La vie, les voyages en particulier, c'est une espèce de jeu des Sept Erreurs, soit tu prends comme ça vient, soit tu bloques sur ce qui cloche, mais là, pour pas être injuste, faut tout débusquer.

*

Mardi. *Espressivo*, de manière expressive, avec chaleur. Joli mot. Marianne est déjà là quand j'arrive. J'aime pas faire la bise à des gens que je connais pas et que j'aime pas. Généralement, j'esquive, je dis bonjour de loin ou je tends la main. Là, Marianne, je peux pas la planter, elle a pas plus de vingt piges, elle flippe sévère, ça se sent. Je lui fais un joue à joue rapide mais *espressivo.* Les gosses l'observent déjà ; comme Marianne est une fille du coin, beaucoup d'entre eux la saluent et lui parlent. Elle est très noire, très belle et toute petite, Marianne, mais qu'est-ce qu'elle en jette ! Dans la tête des gosses, elle a déjà piqué à Minipouss' la place sur le podium de la plus jolie pionne. Quand t'es pion ou prof, le physique, c'est pas essentiel mais bon, ça aide. Si tu ressembles à rien, ça donne aux gosses une occase de plus de te casser et de se foutre de ta gueule.

Donc, Marianne est jolie, exotique et en plus elle sait se faire sa place au soleil. Des grandes de la ZUP se sont pointées et ont voulu profiter du fait qu'elles la connaissaient en dehors du bahut pour squatter les toilettes jusqu'à la sonnerie. Marianne les a gentiment mais fermement dirigées vers la cour. La Colonel et la Russe, elles devraient prendre des notes parce qu'on est déjà fin février et qu'elles ont pas encore trouvé autre chose que les heures de colle et les menaces en gueulant pour obtenir le même résultat. Avec moi, c'est déjà dans la poche pour Marianne. D'abord parce que c'est une sœur de couleur et ensuite parce que c'est une gamine de vingt ans et qu'à vingt piges, je crois qu'on devrait recevoir des brassées de fleurs, des bravos et plein de jolies choses pour croire que la vie est belle et accueillante.

Marianne aussi me traite instinctivement comme une sœur de couleur, elle fait pas attention à ma rudesse, elle sent bien qu'elle a rien à faire de mon côté pour se sentir la bienvenue. Le truc du frangin de couleur, y a que les basanés qui peuvent piger. Les culs blancs, il faut qu'ils soient loin de chez eux pour savoir ce que ça veut dire. Les culs blancs, ils imaginent pas une seconde qu'on puisse faire confiance à quelqu'un qu'on connaît pas, comme ça par instinct, alors que c'est eux qui ont créé la présomption d'innocence. Les culs blancs, ils envisagent pas que la couleur de la peau ça veut dire qu'on se sent, toute sa vie au milieu d'eux, comme un scarabée sous un microscope. Pourtant, c'est les premiers à avoir découvert la mélanine, et Darwin, il était blanc de blanc, non ? Heureusement d'ailleurs parce que sa théorie de l'évolution, déjà que beaucoup en doutent, s'il avait été basané, ou pire, noir, personne y aurait jamais cru.

Le Grand Turc, il est blanc et lui, il tuerait pour avoir la peau un peu plus sombre parce qu'il voit tous les jours combien certains culs blancs sont cons. Le Grand Turc, il compte plus le nombre de fois où, dans un lieu public, un train, un magasin, on lui a bavé des horreurs sur le dos des bougnoules, des négros et des ping-pongs sans savoir que lui-même, il faisait pas partie du même club. Il a une théorie, le Grand Turc, celle du portefeuille magique. Imagine, tu mets un portefeuille blindé de biffetons au centre d'une pièce pleine de monde, tu coupes le courant quelques secondes et tu rallumes, les gens, combien tu paries qu'ils matent déjà tous de travers le basané du coin ? Même si c'est pas lui, le basané, il a la tête à ça. Le Grand Turc, il souffre du complexe Canada Dry et il aime pas du tout qu'on le prenne pour ce qu'il est pas. Moi, Norah, je me demanderai toute ma vie durant si le Grand Turc, je l'aime pas justement parce qu'il est Canada Dry, donc hallal…

*

Avec Marianne, ça rigole ! Bon, c'est pas du goût de tout le monde mais on s'en fout. Elle m'appelle bicote et moi, négresse. Ça choque beaucoup mais c'est normal, ils peuvent pas comprendre. L'autre jour, à table, la Russe en a presque perdu son appétit après la parole quand je lui ai dit que Marianne et moi, on s'entendait bien parce qu'en plus de l'estime personnelle, il y avait du mimétisme entre nous, que c'est très primitif et qu'elle pouvait pas le savoir. La Russe est restée scotchée quand je lui ai dit qu'elle et moi, on était pas pareilles et que c'était humain d'avoir un mouvement de recul, même inconsciemment, devant quelqu'un de différent, qu'elle pouvait pas faire semblant. Elle a nié, j'ai dit que si et Marianne a approuvé. Quand on lui a expliqué qu'on s'en foutait, que nous aussi, quelqu'un de blanc, on le regardait comme quelqu'un de différent, elle a tiqué sévère. La Russe a cru à du racisme anti-blanc. Là, on avait atteint le sommet ! Comment osait-on dire des choses pareilles en France ? C'était si visible sur sa figure qu'avec Marianne, on s'est mises à rigoler parce que franchement, on savait plus comment lui dire que la couleur de la peau, c'était un truc si visible qu'il fallait être hypocrite pour pas reconnaître que ça changeait le rapport à l'autre au départ mais que ça changeait rien à l'humanité dans le fond. Après tout, la différence c'est pas le contraire de l'égalité. Si on avait eu le choix, on aurait pas aimé naître blanches ? Ben non... Là, on a définitivement dégoûté la Russe et la Colonel en leur répondant que pour rien au monde on aurait voulu être blanches. Comment ? Être blanc, c'est pas un rêve ? Et Michael Jackson alors ? C'est le roi de la pop, respect...

*

Marianne, c'est de la grande classe, elle a pigé le boulot et j'adore la voir faire avec les gosses. Je sais bien que l'autorité, c'est pas naturel, mais avec elle j'y croirais presque, elle est si jeune… Les élèves l'aiment et moi aussi. Madame Certain l'a chargée de s'occuper de l'animation et d'aider les enfants à faire leurs devoirs pendant leur temps libre. Ça fait du bien à tout le monde. Les semaines filent vite et me chamailler avec elle et Tarzan, ça fait que le boulot, du côté des grandes personnes, passe mieux. Marianne, elle va me manquer quand elle quittera le bahut. Je sais pas pourquoi, mais quand je m'attache à quelqu'un, j'ai aussitôt la séparation à l'idée. Quand j'aime, c'est encore plus dur…

Marianne me rejoint souvent quand je suis de foyer. Elle m'a choisi un rôle, celui de la grande sœur, parce qu'une maman, elle en a déjà une qu'elle adore et que je suis trop jeune. J'aime bien quand on choisit à ma place, ça m'évite de servir à rien. Marianne a besoin de vider son sac, de parler, de poser son masque de dignité, celui que tous ceux qui souffrent se collent sur la tronche pour donner le change. Norah les bons tuyaux, c'est moi. Et, en plus, la confidentialité est garantie. C'est toujours la même chose, j'écoute et, quand c'est fini, je sais que je dois oublier si je vois le masque réapparaître. Marianne, elle me parle de la violence, de la cruauté de son père, des assistantes sociales, des juges pour enfants, du foyer, elle en pleure. Je comprends mais j'ai pas pitié. La vie est injuste, c'est connu. Marianne a pas besoin que je la plaigne, elle a besoin de dire les choses, de nommer son monstre dans le placard, c'est tout. La violence c'est comme la mort, ça renvoie toujours à la sienne… Je pense aux raclées que Momo m'a mises jusqu'à très tard. Je pense à Momo qui pleurait toujours après, aux bonbons, à l'argent qu'il me refilait pour se racheter. Momo m'a jamais vue pleurer sous les coups et il m'a jamais vue non plus chialer en cachette quand je regardais dans le creux de ma main les bonbecs ou le fric qui me brûlaient les paumes. J'ai eu la chance que Momo m'aime plus que lui-même. Ça m'a évité de croire tous ceux qui disaient l'herbe plus verte ailleurs parce que je savais que personne m'aimerait comme les M&M's.

Marianne, elle, c'est autre chose, c'est plus dur et pourtant, c'est pas une victime. Marianne a le port de toutes les négresses, elle est fière, elle est digne, elle sait que baisser la tête, c'est bon pour ceux qui se résignent à l'abattoir.

*

Vendredi. Encore une semaine et c'est les vacances. Aujourd'hui, c'est *Gone*, enfant des rues, gamin, pas aussi glamour que *Gone with the Wind*. Je commence par mes deux heures d'étude habituelles. En ce moment, je me tape tout Eric-Emmanuel Schmitt et ça la fout mal quand, en étude, je me mets à rire toute seule. Les gosses, ils imaginent pas une seule seconde qu'un bouquin, c'est comme un film, ça peut te faire rire, ça peut te faire chialer, ça peut te faire peur et, des fois, ça te fait même réfléchir… J'aime Eric-Emmanuel Schmitt parce qu'il écrit des trucs simples comme un haïku et, en plus, c'est utile. Maintenant, il y a tellement de bouffons qui se tripotent l'ego en scribouillant et de bouffonnes qui parlent de leur cul pour faire moins bourgeoises que je me demande vraiment si Kerouac, Céline ou même Sagan pourraient être édités… Nan, pas assez politiquement corrects !

Les enfants voient pas ce qu'il y a de révolutionnaire dans le fait de penser et d'imaginer. Écrire, c'est donner à la cervelle l'occasion de respirer, de jouer avec la pression, mais je crois qu'à part en Harry Potter, ils ont pas la foi. Je pense à Icham, je lui ai confié mon *Monsieur Ibrahim et les fleurs du Coran*, je me suis dit que ça lui ferait peut-être du bien. Dimanche, au téléphone, je lui ai parlé, il m'a dit qu'il avait vu le film avec Omar Sharif en DVD, ça lui a plu. Alors il a commencé à lire le livre avec un dico pas loin, c'est long mais il aime bien parce qu'on peut encore sentir mon parfum dessus. J'ai souri au téléphone et je sais que lui aussi. Il me manque, Icham. Est-ce que je savais que j'avais eu raison sur l'islam, les mesousas, les Juifs, et tout ce dont on avait parlé ? Bien sûr ! Icham, ça m'a fait plaisir qu'il comprenne un peu plus qu'on est tous l'étranger, l'infidèle de quelqu'un, que cracher sur le seuil d'une baraque de Juifs dès qu'on voit une mesousa, c'est dégueulasse et ça change rien pour les Palestiniens. Icham, il a compris que l'important, c'est de se battre contre le monstre qu'on est tous au lieu de perdre son temps à vouloir faire de l'autre un être parfait, angélique selon soi. Si je veux que tout le monde soit comme moi, est-ce que ça fait de moi un Dieu ?

Après la récré. Au bureau, Madame Certain est en colère. Elle raconte comment Tony Micelli s'est fait contrôler hier tandis qu'il rentrait chez lui après une toile. Tony Micelli, il fume pas, il boit pas, il est bien propre sur lui, il porte pas de casquette, mais il est brun, il a la peau mate et il est jeune. Monsieur Certain, son maire de mari, s'est chargé d'appeler le poste de police de l'arrondissement où Tony Micelli s'est fait pécho, pour dire ce qu'il en pensait. C'est bien, je souris. Madame Certain en est toute retournée. On a rudoyé son Tony Micelli, on l'a tutoyé, on lui a demandé ses papiers sans aucune courtoisie alors qu'il avait rien fait d'autre que marcher dans une rue après 23 heures ! Je cherche

La Part de l'autre dans mon sac et l'ouvre à la page cornée. Madame Certain continue son speech, elle en revient pas que les keufs puissent se conduire comme ça !

Comme je peux pas lire, que la Russe s'étonne devant cet incident spectaculaire et que la Colonel trouve ça normal parce que, chez elle, l'uniforme, c'est sacré, je dis que c'est pas grave et que ça arrive à des gens bien tous les jours et même plusieurs fois par jour. Comment ? Ben oui, quoi ! J'ai un frère qui fume pas, boit pas non plus, étudiant, respectueux de ses parents, de la religion et de la loi, qui se fait souvent contrôler, en descendant en ville et en en remontant, par les mêmes flics. Sans compter les séances de traque dans les magasins et supermarchés par les vigiles consciencieux. Yssa, il a une grosse voiture de plus de dix ans qu'il a payée en économisant et en bossant avec Momo chez Michelin pendant les vacances scolaires, mais un Arabe au volant d'une voiture potable, c'est suspect. Alors un Arabe qui va au cinéma ? Je lui dis qu'encore Tony Micelli, il a de la chance, quand ils ont vu sa carte d'identité, ça a dû les adoucir et maintenant que le père a appelé, il est tranquille. Madame Certain, elle croyait pas vraiment que ça existait, elle pensait que les keufs, ils s'en prenaient qu'à ceux qui ont le profil suspect. Madame Certain, elle a pas compris que c'est pas l'habit qui fait le moine pour les keufs mais souvent la couleur de peau. Son Tony Micelli avec sa peau mate et ses jolies boucles brunes, dans le noir qui plus est, ils pouvaient que lui tomber dessus.

L'injustice, c'est très empirique, il faut la subir pour savoir combien c'est dégueulasse et admettre qu'elle existe même dans le système. Là, Madame Certain, elle réalise qu'elle a eu beau protéger ses gosses de tout et être humaine au plus que parfait, elle peut rien faire contre ça… Nous, on apprend ça très tôt parce que ce que les Blancs apprécient le plus après les blagues belges, c'est les blagues sur les Arabes, celles où on est tous des voleurs, des menteurs, des criminels ou des dealers. Même les belles histoires nous épargnent pas les clichés, Schéhérazade est une baratineuse et Ali Baba est un voleur de voleurs (mais un voleur quand même !) sur un tapis… volant !

*

Dimanche. *Gribouille (vieilli)* : personne sotte et naïve. Je crois que je vais arrêter avec les nouveaux mots. Je préfère les trouver que les chercher et, d'ailleurs, c'est plus aussi rigolo qu'au début. Le Grand Turc est déjà parti au foot. Il a posé du pain frais, un sachet de croissants sur la table de la cuisine et préparé la cafetière. J'apprécie toujours les gestes de mon Grand Turc. Il en fait jamais trop et il attend jamais rien en retour, c'est un vrai gentil. Gentil de chez gentil. Je profite beaucoup de sa gentillesse mais j'ai la conscience tranquille, je prends rien de ce qu'il veut pas me donner de lui-même. Hier, on est allés voir le dernier Eastwood, *Million Dollar Baby*. Grand moment de cinéma. Sur le chemin du retour, on a pas parlé. Qu'est-ce qu'on aurait bien pu ajouter à ça ? Rien… Si, en fait, dans la vie, t'as beau porter des gants, ça empêche pas la merde de te coller jusqu'au bout du petit doigt… N'empêche que si tes gants, c'est quelqu'un qui t'aime qui te les offre et te les lace, la merde, elle te colle quand même mais tu la sens plus pareil, plus aussi fort…

*

Le référendum approche à grands pas. C'est la curée dans les médias. Attention, la race aérienne est en marche, elle approche du but, la ligne d'arrivée apparaît à l'horizon. Non seulement je me demande s'ils vivent dans la même France que tout le monde mais en plus je m'inquiète de leur mémoire. 2002, c'est pas si loin pourtant… Débats sur débats, sondages après sondages, émissions politiques, interviews de politiciens, de gens de lettres, du showbiz, partout on parle de l'importance du OUI, de sa légitimité, de son bon sens, de la bêtise, du repli sur soi et de l'ignorance de ceux qui y croient pas.

Je suis rien de tout ça, moi. C'est juste que j'ai l'impression qu'on me dit de signer un contrat que je comprends pas très bien et qu'en plus j'arrive pas à lire ce qui est écrit en tout petit dans le bas de la page. Avec le fric et le temps qu'ils ont dû y passer sur la Constitution, je m'attendais à une copie claire et lisible. En fait, dans l'idée je pense OUI, mais vu la levée de boucliers de la race aérienne, je me dis qu'une bouffonne comme moi peut pas dire OUI juste pour faire plaisir. Comme on peut pas voter PEUT-ÊTRE, je voterai NON… À refaire ! Le Grand Turc, il votera NON mais pas pour les mêmes raisons. Le Grand Turc, il digère pas le PEUT-ÊTRE à la Turquie. Le Grand Turc, il a compris NON. Il aimait déjà pas que j'écoute Aznavour à la maison, là, il le supportera plus. C'est quoi, cette histoire de génocide arménien ? La guerre, c'est la guerre ! Je suis allée vérifier en scrède mais j'ai pas vu de guerre Turquie-Arménie comme j'ai jamais vu nulle part de guerre Israël-Palestine. Quand on nomme pas vraiment les choses, des fois, les gens, ils vivent pas la même histoire et ils reconnaissent pas leurs torts…

Pendant ce temps-là, la race aérienne continue, elle avance… Le Bossu de Notre-Dame, il a la positive attitude, il cite une gamine qui chante pour les gamines, il nous prend tous pour des bouffons.

*

J'ai jamais vraiment su ce que c'était que l'adolescence. Je me souviens très bien de mon enfance mais à partir de l'âge de treize ans, c'est le black-out. J'en ai quelques souvenirs, de mon adolescence, bien sûr, mais c'est plutôt une impression d'étouffement qui m'en reste. Comme si je m'étais débattue jusqu'à la corde, comme si j'avais mis mon squelette à nu, comme si j'arrivais pas à sortir d'un ballon rouge qui roulait, roulait, roulait encore dans l'air.

Depuis que je suis une bonne femme, c'est-à-dire depuis que je me suis fait niquer dans la vraie vie, celle où tu peux pas appeler les M&M's à la rescousse, celle où t'es plus assez mignonne, rigolote ou triste pour qu'on te pardonne tes faux pas et tes maladresses, je comprends seulement que ce qui m'a foutue dans la merde, c'est mes hormones. Avant, j'étais espiègle, vivante, j'avais le droit de tout faire et de tout espérer. Maintenant, j'ai le droit de fermer ma gueule, d'assumer mes responsabilités, de bosser dix heures par jour pour un salaire de misère, d'enchaîner par tout un tas de corvées domestiques, et de rêver seulement quand je dors. Je sais plus où sont passés mes rêves de gamine.

Je sais plus comment avoir envie de devenir un Chevalier du zodiaque et Mohammed Ali en même temps. Tout ce que je sais, c'est qu'à treize ans, j'ai pigé que j'avais plus trop le droit de rêver en diagonale, mais seulement le droit de rêver TGV. Le brevet, le bac, la fac, un boulot honnête et socialement crédible et un mariage avec un musulman, voilà tout ce à quoi on m'a dit de prétendre. À vingt-cinq piges, j'ai accompli presque tout le rêve, machine à laver payée comptant, mais j'ai pas cinq sur cinq.

J'ai pas de métier, j'ai juste un job bidon qui me permet de pas tendre la main à mon musulman de mari. Le Grand Turc, il me dit toujours que, si je trouve ma voie, il me suivra n'importe où. Est-ce qu'il comprendrait mon désir d'être un Chevalier du zodiaque et Mohammed Ali en même temps ? Mais où est-ce qu'il faut aller pour devenir Mohammed Ali et un Chevalier du zodiaque en même temps ? Faut plus rêver ! Zut, flûte et crotte et merde ! Pourquoi j'ai essayé très tôt de comprendre où je devais aller au lieu d'y aller direct malgré le danger ?

Leyla, elle m'a dit que les Vierges ont un besoin de tout contrôler et finissent par vivre dans le grotesque. Elle a raison, Leyla, mais c'est pas parce que je suis d'un signe et pas d'un autre, c'est plutôt parce que les gens qui font les cartes routières et les grands planisphères, c'est pas ceux qui font le voyage. J'ai lu, j'ai maté des films, j'ai écouté les grands et les anciens parler, et j'ai vu, j'ai compris, j'ai senti que je volais au-dessus de tout. Pourquoi pas voler tout le temps ? Putain ! Je viens de piger pourquoi j'ai jamais aimé les oiseaux, pourquoi j'ai peur des oiseaux, ces enfoirés de volatiles qui font rêver mais qui finissent toujours par se poser quelque part. Momo m'a parlé un jour d'un tout petit oiseau qui vole jusqu'à la mort, sales oiseaux qui déçoivent mais pas jusqu'au désespoir !

Je me souviens… Une nuit, alors que Mama devait se lever aux aurores puisqu'elle était de poste du matin, je me souviens de lui avoir demandé pourquoi elle en était là. Pourquoi, elle avait épousé Momo. Pourquoi elle avait foutu sa vie en l'air comme ça. J'étais en terminale. Je venais de lire *Le Prince*. Je croyais vraiment qu'il y avait que les cons (les gens honnêtes et les croyants faisant partie de la catégorie), les ignorants et les pauvres pour gâcher leur vie. Mama m'a pas rembarrée. Mama a pas pleuré. Mama, elle s'est mise à faire l'idiote. J'ai pigé sa combine depuis peu. Ah bon ? Comment je voyais mon avenir alors ?

J'ai dit qu'à part elle, Momo, Leyla et Yssa, j'aimerais jamais personne. Je calculerais personne, je penserais à ma gueule, je ferais en sorte que tout ce qui dépend de moi aille sur des roulettes et de m'attacher à rien qui dépendrait pas de ma pomme. Mama m'a souri. Et ?... Je croirais en Allah parce qu'il faut bien y croire quand t'es arabe et que tu sais pas trop où commence ta culture et où finit ta religion, mais sans plus. Et ?... Je veux pas être heureuse, le bonheur, c'est une idée de paradis sur terre à la con pour endormir les gens qui ont pas de fric, pas de famille, pas assez à bouffer et pas de projet. J'ai dit que les 3B, le Bonheur, la Beauté, la Baise, tous ces trucs-là, c'était le nouvel opium du peuple ! Je risquais rien, je croyais pas qu'on avait parlé de Marx à Mama, c'était pas elle qui allait relever la paraphrase. Et ?... Je vivrais pour moi, je me laisserais jamais avoir parce que dans la vie, si tu veux un truc, faut pas le dire, quelqu'un pourrait te piquer l'idée. Il était déjà 3 heures du mat' passées. Mama m'écoutait encore. Et ?... Est-ce qu'elle croyait que j'avais pas compris le coup du *Bas les masques* qu'elle avait enregistré juste pour moi ? J'étais pas lesbienne, je voulais juste pas faire la bouffonne. J'étais pas jolie non plus comme Leyla, je le savais, je le voyais, j'en faisais pas tout un plat, tant mieux, la fable du Renard et des raisins, ça a toujours été ma préférée. Et puis c'était bien les M&M's qui disaient qu'avant le mariage, tout ça, c'était haram, non? Je voulais être libre, alors je voulais pas qu'ils aient peur de me voir rabouler avec un type et un gros ventre quand je reviendrais de la fac ou d'un voyage toute seule. D'abord parce que chez les bonshommes musulmans, la femme, c'est de la merde, ça te tient les tripes et une fois que l'envie t'est passée, tu la caches dans un trou, tu tires la chasse ou tu la laisses sécher au soleil loin de ta gueule. J'étais pas une merde. Et ensuite parce que je voulais vivre pour moi et la liberté, je savais bien que ça se paierait cher, ça se paierait en étant seule, indépendante et raide comme la justice. M'en fous!

Mama m'a regardée de ses yeux rougis d'insomnie, elle a eu la politesse de pas bâiller une seule fois. J'avais pas cours le mercredi alors elle m'a proposé de lui faire un café tandis qu'elle allait prendre sa douche et se préparer à aller bosser. Il était déjà 4 heures du mat'. J'ai eu honte de l'avoir gardée éveillée mais j'avais besoin de lui parler, de lui dire que je me laissais pas faire, que je me laisserais pas faire, qu'elle devait pas s'inquiéter pour moi. Dans la cuisine, Mama m'a dit qu'elle était triste pour moi mais qu'elle comprenait, qu'il fallait que j'aille me coucher pour pas me lever trop tard, la bibliothèque avait envoyé un rappel, je devais absolument y aller l'après-midi, qu'il fallait que je pense aux autres qui voudraient peut-être lire les bouquins que j'avais lus depuis un bail.

Mama, elle m'a dit qu'elle me comprenait, qu'elle m'avait bien écoutée mais que je me posais trop de questions, qu'elle était triste de voir son bébé se débattre contre sa nature, que depuis que j'étais gosse, je disais non, je boudais alors que je finissais souvent par dire oui et que ma main restait toujours tendue à qui en avait besoin. Elle a rectifié le tir en me disant que là où il y a du raisin, il y a forcément un grain ou deux tombés par terre et que, quand on a vraiment faim, il y a pas de honte à les ramasser, que ce qu'on trouve par hasard, c'est un cadeau de Rabbi pour celui qui est pas trop fier. Mama elle m'a dit que j'étais sûrement habitée par un djinn depuis les vacances au bled, un coup d'aïn sûrement… Mama, elle téléphonerait à Moui Aziza pour qu'elle aille voir un fkeh pour une prière spéciale et un talisman, un sboub que je mettrais dans mon soutien-gorge à l'abri des regards et que je devrais pas garder quand j'irais aux toilettes…

Ça m'a énervée que Mama, elle ramène tout ce que je lui ai raconté pendant des heures à une sordide histoire de shôr. Mais en même temps, elle avait raison, je préférais croire en une force surnaturelle nuisible plutôt qu'en mes hormones. Je savais bien dans le fond que je pouvais pas lutter contre ma nature de bouffonne, celle qui fait que je chialais à midi devant *La Petite Maison dans la prairie, Docteur Quinn* ou *Les Routes du Paradis*. Celle qui fait qu'aujourd'hui encore, c'est le même topo, c'est kif-kif et ce sera encore kif-kif demain, je lis une autre histoire de prince mais il est petit celui-là, je me fais des plans sur la comète très directs, très sensés, mais au final c'est le cœur qui parle et c'est toujours très con comment il se la raconte.

*

Je l'ai dit à personne encore, mais ce qui m'a poussée à aller au Maroc, je sais depuis deux semaines ce que c'est… Je crois que je suis enceinte. Il doit me rester trois semaines environ pour me décider. J'ai perdu beaucoup de poids depuis quelques semaines et je kiffe mes omoplates saillantes, on dirait la naissance de mes ailes… Personne peut imaginer ce qui m'arrive. Le Grand Turc, il se doute de rien, j'ai porté à blanc des serviettes hygiéniques pendant quelques jours pour donner le change. C'est pas trop que j'aimerais pas lui dire, mais j'ai envie de faire mon choix toute seule. Après tout, c'est mon corps et ce sont mes hormones qui m'ont foutue dedans. J'ai jamais fricoté avec qui que ce soit avant le Grand Turc, alors tout ce qui concernait la contraception, l'avortement, le sida, les MST et autres péripéties d'une vie sexuelle, c'était bien joli mais c'était pas pour moi.

Depuis le mariage, j'ai dû prendre la pilule parce qu'un bébé tout de suite, c'était pas envisageable. Le Grand Turc et moi, on a pas le temps ni les moyens de procréer. Pas de sous, pas de soucis… Pas le droit de procréer… Politiquement incorrect, presque un crime contre l'humanité de condamner quelqu'un à naître, à vivre sans tout ce que le fric garantit. J'ai pourtant jamais manqué de rien, j'ai toujours été aimée plus que je le méritais, je crois encore et toujours que le flouze vaut rien mais… j'ai peur d'avoir tort, d'avoir un gosse qui comprendrait pas pourquoi il est là, qu'est-ce qui m'est passé par la tête de le condamner à vivre sans toutes les cartes de crédit en main ? Et puis j'ai pas fini de grandir, le Grand Turc a pas fini non plus… On a tous les deux trop cédé au sens du devoir pour accueillir tout de suite quelqu'un qui nous en imposerait un de plus… un de trop. J'aime pas l'idée d'être la mère de quelqu'un, je sens que je vais tout foirer. Mama, elle m'a dit que les enfants d'aujourd'hui, ils voyaient bien que les grands avaient peur de tout et que c'était pour ça qu'ils vivaient le plus tard possible comme des parasites, c'est la génération airbag, la génération GPS, tu t'occupes de tout pour leurs gueules, eux, ils pensent à rien…

Un bébé, merde, un bébé. Depuis que je me doute, j'ai même du mal à me savonner le bide sous la douche, j'ai peur de le caresser et que ça me fasse comme avec les chats. Je veux pas m'attacher tout de suite, je veux pas me faire vampiriser complètement. Déjà qu'il me pompe de l'intérieur, le bébé, j'ai pas envie qu'il me prenne tout. Quand je pense que je dis souvent que bosser avec des gosses c'est le meilleur contraceptif du monde… Comment je vais faire ? Et si je continuais à faire semblant comme devant le Grand Turc, peut-être que le bébé arrêterait de grandir et sécherait jusqu'à se rabougrir, mes règles réapparaîtraient et lui disparaîtrait ? Surtout pas y penser.

*

Mardi. Madame Certain mange une pomme et un yoghourt 0 % entre sa saisie d'absences sur ordinateur et ses coups de fil. Entre midi et deux, je frappe toujours à la porte du bureau avant d'entrer. Comme tous les mardis, je suis de cour centrale et c'est pas toujours la balade du prisonnier. Aujourd'hui, j'ai eu un problème. En fait, entre la petite Patoche et moi, il y a vraiment incompatibilité d'humeur, j'ai déjà eu tout un tas d'embrouilles avec elle. La première fois, c'était à cause de son soutif, la deuxième, à cause de son string, ou plutôt celui de sa mère, la troisième à cause de la circulation dans mon étude de son agenda avec plein de photos obscènes, la quatrième et la cinquième fois à cause de débordements affectifs au beau milieu de la cour.

La première fois, je l'ai obligée à zipper son gilet jusqu'au menton et je lui ai dit qu'un soutif, c'était comme une petite culotte, ça se porte pas toute une semaine d'affilée même s'il est joli. Depuis, elle se zippe dès qu'elle me voit à cinquante mètres. La deuxième fois, je l'ai obligée à remonter son pantalon et à tirer sur son pull et je lui ai dit qu'un string, c'était un sous-vêtement, que c'était pas normal qu'une gamine de douze ans porte un truc comme celui-là même si je savais qu'on en vendait pour enfants. La petite Patoche, elle a marmonné dans son zip et elle m'a regardée comme si j'étais la dernière des coinços. Après ça, la mère de la petite Patoche a téléphoné à Madame Certain pour se plaindre de Madame Norah, dire que les pions avaient pas à critiquer la tenue vestimentaire des élèves et que les tailles basses, c'étaient des pantalons comme les autres. Madame Certain lui a parlé du string, la mère de la petite Patoche s'est trouvée bête, elle a juré qu'elle en avait pas acheté à sa fille mais que, maintenant qu'on en parlait, elle retrouvait souvent dans le panier à linge des sous-vêtements roulés en boule et planqués bien au fond qu'elle se souvenait pas d'avoir portés la semaine. Ses excuses à Madame Norah, mais Madame Certain savait bien comment étaient les enfants d'aujourd'hui…

La troisième fois, un truc circulait en étude au milieu du silence, j'ai senti les rires coincés dans l'air, j'ai levé les yeux de la géo de Samira et de la Pile number one et j'ai aperçu mon Petit Lord Fauntleroy qui me faisait signe de la tête dans la direction de Patoche. Elle a pas eu le temps d'entendre l'avertissement de sa voisine. J'ai appelé : « La petite Patoche, viens ici avec ce qu'on t'a passé ! Tout de suite ! » Elle a pris son air coupable et elle a essayé de cacher quelque chose sous la table. Elle a de beaux yeux bleus, la petite Patoche, des yeux à lui donner le bon Dieu sans confession… J'ai ordonné froidement qu'elle m'apporte ça. La petite Patoche a rougi, il y avait de quoi, c'était pas joli joli. L'agenda était tapissé de bites, de fucks et de photos de copains qui faisaient les cornes d'une main et tenaient une Kro de l'autre, il y avait même des photos de Clara Morgane à la page des dimanches. Confisqué ! Je lui demande de l'amener à Madame Certain. J'ai eu droit au regard d'horreur, à la haine en barre, mais je m'en fous.

La quatrième et la cinquième fois, la petite Patoche roulait des pelles à son petit copain du mois et puis au suivant en plein milieu de la cour. La petite Patoche, je lui ai expliqué qu'elle pouvait compter les amygdales de qui elle voulait et tant qu'elle voulait, que c'était pas mon problème mais que les petits, ils avaient pas à voir ça et qu'il fallait pas non plus donner des idées aux autres. Comme le règlement intérieur est pour tout le monde ou pour personne, elle devait comprendre qu'elle devait se sacrifier. Ses mecs, ils ont tous été reconnaissants de pas se faire punir et traçaient leur route dare-dare, mais elle, la petite Patoche, elle pouvait pas admettre ça, ils finissaient pas la semaine avec elle. Poubelle, au suivant !

Là, on se retrouve devant le bureau de Madame Certain, la petite Patoche, son mec, Beetle Juice, et moi. La petite Patoche, elle pleure et moi, je tiens par le col Beetle Juice, un troisième de quinze berges qui fait deux têtes de plus que moi, en attendant une audience de Madame Certain. Cet idiot de Beetle Juice est tellement amoureux de la petite Patoche qu'il a voulu me casser la gueule. D'où je disputais sa meuf ? Si j'avais un problème, j'avais qu'à voir ça avec lui directement, il me casserait la gueule plutôt que de laisser la petite

Patoche entre mes pattes. Je lui ai dit trois fois de se casser avant que je m'énerve. Beetle Juice s'est mis sous mon nez, la poitrine gonflée d'orgueil, il m'a bousculée, la petite Patoche a essayé de l'en empêcher, elle a pleuré. J'ai pas eu peur, je lui ai dit de se mêler de ce qui le regardait, qu'il m'aurait comme pionne jusqu'à la fin de l'année alors que sa copine… Beetle Juice a rien voulu savoir, je te l'ai cravaté ! Bureau !

Madame Certain tranche, Beetle Juice en salle du photocopieur en attendant que ses parents viennent le récupérer et le gardent pendant trois jours, et la petite Patoche en étude. Madame Certain va appeler sa daronne et lui expliquer qu'un rendez-vous chez le psy s'impose pour sa fille parce que Norah, elle a rien à voir avec ses problèmes, que sexuer tous ses rapports, c'est pas normal pour une fillette, qu'elle lui en avait parlé en vain l'année dernière, mais que là, il faudrait faire quelque chose avant qu'elle alerte les services sociaux.

Quand je pense que tout ça, c'est parti en live parce que la petite Patoche a joué au réf' à lancer des boulettes de pain et qu'elle a raconté à son type que je lui en voulais particulièrement, sans préciser que j'ai puni toute la tablée à ramasser les pots d'eau à la fin du service… Les copines ont pris le large quand elles ont entendu la version off de la petite Patoche pour Beetle Juice, pas folles les guêpes ! Beetle Juice, il a voulu me casser la gueule pour une histoire de boulettes de pain, sans savoir vraiment. Au bureau, quand la petite Patoche raconte enfin la vérité, je l'ai senti fondre, regretter de s'être fait prendre pour un con. Déjà qu'il est arrivé en cours d'année, Beetle Juice… Renvoyé de l'autre collège public et du collège privé de la ville, il a atterri ici parce qu'il a pas la chance d'avoir encore seize piges.

Madame Certain, elle lui a fait comprendre qu'on avait beau être classé ZEP, c'était pas la zone ici !

Moi, je suis déjà loin, j'ai déconnecté depuis longtemps, j'ai réalisé avec fureur que j'avais eu peur pour le bébé, le pruneau qui veut pas se rabougrir mais qui se voit pas encore. J'écoute les excuses de Beetle Juice et de la petite Patoche d'une oreille distraite, je quitte le bureau, je m'en retourne dans la cour, personne regarde… c'est bon… je pose ma main sur mon ventre en douce, ça me fait bizarre… Euh, bonjour, toi… moi, c'est Norah…

*

En ce moment, on célèbre l'anniversaire de la libération des camps de concentration. Ce soir, à la télé, il y a un documentaire sur Auschwitz avec la voix de Bernard Giraudeau au commentaire. Je vais le regarder seule. Le Grand Turc, depuis qu'on a dit que les Turcs ont commis un crime contre l'humanité avec le génocide arménien, il voit d'un très mauvais œil tout ce qui pourrait lui rappeler ça. Moi, j'ai beau lui dire que ce genre de truc, c'est très important pour un musulman parce qu'on a beau compatir au sort des Palestiniens, on a pas le droit de nier le génocide des Juifs. Le Grand Turc me dit que c'est pas son problème, que c'est un problème blanco-blanc. Il me répond toujours que ce qui troue le cul des Blancs, c'est d'avoir parmi eux des gens qui leur ressemblent mais qui dans le fond sont pas comme eux. Il en sait quelque chose parce que son cul blanc à lui passe très bien jusqu'à ce qu'il dise comment il s'appelle et d'où il vient. Mon Dieu ! Il existe des Blancs musulmans et turcs ! Pour le Grand Turc, Hitler, c'était un putain de David Vincent antisémite, parano à l'idée que les Juifs s'étaient infiltrés parmi les culs blancs.

Le pire, c'est que, des fois, le Grand Turc, il a raison. Quand il me dit que Hitler, c'est pas le seul enfoiré du monde, il y en a et il y en aura plein encore, quand il me dit que c'était pas Shiva non plus, qu'il avait pas assez de bras pour tourner toutes les vannes de zyklon B... Le Grand Turc, il dit que le devoir de mémoire, c'est une foutue excuse pour regarder en arrière et pas en avant, c'est facile de faire son mea culpa après coup. Pendant, c'est de la rébellion, de l'anarchie, les gens ont horreur du désordre, ils ont besoin d'un veau d'or même s'ils s'éloignent de la vérité et de la liberté. Le Grand Turc voit des choses horribles tous les jours à l'hôpital, il sait ce que ça vaut une vie humaine, pas grand-chose et c'est pour ça que ce soir, il va regarder Bruce Tout-Puissant en DVD et qu'il me laissera à mes Juifs et à mes Allemands et aux horreurs qu'on a découvertes par hasard en libérant l'Europe. Il m'a dit :

– Norah, te laisse pas embobiner, ils font les films après, mais la guerre, ils l'auraient jamais faite pour un milliard de feujs, ils l'ont faite pour résister, pour pas être traités comme des feujs eux-mêmes... Norah, crois-moi, la guerre, c'est tellement dégueulasse, c'est tellement égoïste qu'il faut y avoir un intérêt personnel pour la faire, on fait jamais la guerre par altruisme...

Le Grand Turc me dit que ni lui, ni personne de sensé, et encore moins un croyant, peut nier la Shoah, que je peux dormir tranquille là-dessus, mais qu'il cautionne pas l'idée de la mortification collective. Il veut pas admettre que la mémoire se fixe à un instant T, il est convaincu que seule la conscience doit s'exercer tout le temps, toujours, avant, pendant et après. Le Grand Turc, il pense pas au bien ou au mal, il pense à ce qui fait que lui et moi on est si différents et tellement pareils dans le fond…

Quand je rejoins le Grand Turc, écœurée, je crois comprendre pourquoi je crois en Rabbi… C'est ma conscience à moi, mon devoir de conscience à moi, ce qui fait que j'attends pas que quelque chose se mette à pourrir dans un coin pour m'en préoccuper. L'Histoire, ça compte parce qu'en fait c'est jamais fini. Se souvenir, c'est comme tuer le lien, le célébrer avec distance et dire que c'était comme ça avant avec la certitude que c'est bel et bien fini. Rien finit jamais, tout continue, c'est pour ça qu'on dit tourner la page et pas fermer un livre. La mémoire, ça ressemble trop à il était une fois…

*

Sale mois d'avril. Le pape agonise. Tarzan est de foyer entre midi et deux. La cour est vide, tous les élèves sont au réfectoire, j'en profite pour descendre au foyer me réchauffer un peu. Tarzan regarde les infos. Lorsque j'apparais, il me montre l'écran et me dit que le pape est mort. Je dis que c'est triste mais que c'était prévisible… Le pauvre, il était si malade… Tarzan me sourit et me dit que c'était de la blague, c'était juste pour voir ma réaction. N'importe quoi ! Je le pourris un peu, je dis que c'est pas une chose à faire. Tarzan essaie de se rattraper. Le pape, il va bientôt mourir de toute façon, c'est plus qu'une question d'heures… de jours tout au plus. N'empêche ! J'aime pas les blagues sur les vieux et sur la mort, ça me fout la trouille. J'ai trop vu au bled ce que ça faisait quand quelqu'un rendait les armes, quand il avait plus la force, qu'il se ressemblait plus, qu'il devenait un bébé ingrat, un être si fragile que si quelqu'un soufflait dessus assez fort il en crèverait... Tarzan, t'es qu'un gros con !

Tarzan se met à regarder le bout de ses baskets, tout penaud, il avait oublié combien je pouvais lui être inconnue. C'est ça de bosser, de galérer avec des gens avec qui on s'entend bien, on oublie souvent qu'on a accès qu'au visage pratique de quelqu'un… Comme Tarzan est gêné et que j'ai assez fait les gros yeux, je lui souris et lui dis que c'est normal qu'un intellectuel grec comme lui respecte pas et comprenne rien à la religion. C'est vrai, quoi, la mythologie, c'est du Walt Disney ethnologique ! Tarzan est pas d'accord du tout. Tandis que je m'en retourne vers la porte, il me répond, en rigolant un peu quand même, que j'ai pas le droit de dire ça, que c'est honteux, etc. Je me tourne vers lui avec un large sourire et je fais semblant de jouer du violon. Je suis déjà dans la cour quand je lui lance mon : « Chacun son kiffe, mon pote ! »

*

Sale mois d'avril, on a commémoré les atrocités d'Auschwitz, le pape est mort et Lady Di est définitivement morte et enterrée, meilleurs vœux à Charles et Camilla… Madame Certain a trouvé inadmissible que le drapeau français soit mis en berne pour JP 2. J'ai trouvé ça malsain que les documentaires sur lui soient si vite diffusés. Après tout, on fait pas d'oraison funèbre pour quelqu'un qui a pas eu le temps de refroidir. Un deuil, c'est d'abord la peine, ensuite le regret, enfin l'acceptation et le souvenir. Pour vraiment pleurer quelqu'un, il faut de l'instinct et le manque, surtout pas le souvenir. Le souvenir, ça réconforte ou ça juge, c'est pas ce qui se fait de plus objectif, ça raye pas l'ardoise pour de bon. Alors que tout s'endurcit sur la planète, tout le monde s'attendait à un pape moderne et peut-être bien noir ou rouge… Je sais pas pourquoi, mais je me disais bien que c'était pas possible qu'on élise un agneau parmi autant de loups… En plus, l'islam, ça fout tellement la trouille au monde…

N'empêche, avec le Grand Turc, on s'est amusés du truc de la fumée. Autant nos coutumes semblent bizarres aux autres, et même barbares pour certaines… autant on a l'impression d'un choc des civilisations quand il s'agit de celles des autres. C'est quoi ces histoires de fumées, de croix, d'eucharistie, de pantoufles à baiser et de trône de saint Pierre ? Nous, comme on vit en Europe, on est bien obligés de s'informer, de comprendre, d'apprendre…

*

Tarzan est un intellectuel grec. Tarzan a trouvé le secret du bonheur, faire marcher sa tête et ses muscles. Ça me fait une belle jambe. Moi, je suis un Chevalier du zodiaque et Mohammed Ali en même temps ! Depuis que la douzième semaine est loin derrière moi, j'ai l'impression que le monde m'appartient. C'est con à dire, mais je m'aime. D'habitude je dis au Grand Turc « Je t'aime » et lui me répond en riant que lui aussi il s'aime et m'ouvre les bras au cas où j'en voudrais un peu. Là, j'ai un truc à moi toute seule, j'ai un secret.

J'ai encore rien dit à personne et ça fait drôle. Mes seins ont poussé, mon bide s'arrondit un peu, mais c'est à ma gueule que je crois que ça se voit. J'ai les yeux qui pétillent comme ceux d'un chat qui aurait avalé un canari. Personne voit rien. J'évite juste d'aller chez les M&M's parce que je sais que Mama, elle le verrait tout de suite à mon air. Mais pour l'instant, tout va bien, je me sens vivante comme jamais.

Le Grand Turc, hier, il m'a demandé si j'avais eu des nouvelles de mon roman. J'ai dit que non, mais que c'était pas grave, j'étais sur un gros coup, un truc que personne avait jamais fait avant. Le Grand Turc, il m'a attrapée dans ses bras, il m'a serrée et il m'a dit que j'étais son petit génie à lui. C'est vrai que je suis géniale, je suis en train de créer un truc unique, mais ça prendra encore du temps, six mois au plus et quand ce sera fini, ça commencera tout juste, ça changera ma vie, sa vie, et il faudra pas oublier surtout ce qu'on voulait avant, tout ce dont on rêvait avant, il faudra rester humble pour que ça marche. Le Grand Turc, il m'a jamais connue aussi bavarde sur mon travail, il a demandé à tout hasard s'il pouvait jeter un coup d'œil. J'ai répondu bien sûr, bientôt, laisse-moi encore un peu de temps, j'ai pas envie que tu me refasses le coup de l'épithète et de l'attribut du sujet parce que j'aurais cité Épictète et que tu sais pas qui c'est… Le Grand Turc, il a senti qu'il y avait cachalot sous gravillon, un truc énorme, un truc bien plus gros qu'une anguille sous roche. J'ai fait bisou et on a dîné.

Au boulot, Tarzan me demande si je suis malade, si j'ai de la fièvre, si je couve pas quelque chose. Oui, je couve quelque chose mais ça ira, c'est pas contagieux et j'ai pas l'intention de me mettre en arrêt, la fin d'année approche alors je tiendrai le coup jusque-là. Tarzan me regarde un peu méfiant, mais c'est déjà l'heure de la demi-pension, alors chacun de nous vaque à ses occupations. Il pleut dehors, il fait froid pour un mois de mai. Tarzan me refait le coup de Norah la gouffa, il rigole et puis s'amuse de me voir passer ma main automatiquement dans mes cheveux. Madame

Certain part en pause, on se retrouve seuls tous les deux au bureau.

Avec Tarzan, je suis jamais gênée comme les autres pionnes. La Russe, quand elle voit de quelle manière je lui parle, comment il me ramène une petite cuillère quand j'ai oublié d'en prendre une, comment il me tient la porte ou combien il est serviable et gentil avec moi, elle comprend pas. Pourtant, y a rien à comprendre, avec les gens il faut être réglo, avec les hommes faut pas faire de chichis mais faut pas non plus oublier qu'on est une dame. La Russe, elle m'a dit une fois que Tarzan, il lui faudrait une femme comme moi. Je l'ai rembarrée tout de suite en lui rappelant que le môssieur vivait avec une très jolie et très gentille fille, qu'il était amoureux et que moi, je m'étais pas mariée pour la forme, que le Grand Turc, c'était tout ce qu'il me fallait. Bon sang de bois, l'estime entre un homme et une femme, ça existe et t'as pas besoin d'un rapport de séduction à la con pour qu'un type te tienne une porte, t'apporte un café ou te cède la place à table ! La Russe, elle a pas pigé que pour être traitée comme une dame, t'as pas besoin de laisser tes couilles au vestiaire. Il suffit juste de dire que c'est comme ça et pas autrement, de rigoler au lieu de minauder tout le temps et d'assumer aussi la force qui est en toi. Un type, il doit pouvoir compter sur ta parole, il doit pouvoir parler avec toi de tout, de rien et de ce qui compte sans avoir l'impression que t'es une femmelette et sans se sentir le droit de franchir certaines limites comme avec un pote de vestiaire ou de beuverie. La Russe, de toute façon, elle ramène tout au sexe. C'est normal, rien marche pour elle sans poser ses nichons sur la table et sans se cacher derrière son mec, le vieux musclé qui la fait se sentir si petite, si fragile et si bête à côté de lui.

En attendant, Tarzan, c'est pas à moi qu'il oserait sortir des blagues salaces et c'est pas moi qui lui sortirais le Grand Turc à tout va. Tarzan, il sent bien que, s'il faisait ou disait un truc pas correct devant ma pomme, je lui casserais la gueule moi-même, comme une grande. La Russe, elle peut pas faire ça, elle est trop civilisée et c'est pourquoi elle est une femme, et moi une espèce de bouffonne féministe un peu pute, un peu soumise quand ça mange pas de pain, qui paie l'addition et le ciné de temps en temps mais qui laisse à son Grand Turc le plaisir d'acheter les packs d'eau, de lait et la lessive.

Le Grand Turc, il me dit souvent en rigolant qu'il doit être un peu pédé parce qu'il est marié avec un type qui a des nénés qui poussent encore, d'ailleurs si je pouvais grossir de partout ça lui plairait beaucoup, mais qu'il s'est fait couillonner quelque part parce que je lâche jamais l'affaire, que je parle fort, que je suis de mauvaise foi et que je fais mes trucs de fille comme un bûcheron. C'est vrai, quoi ! Est-ce que je peux pas faire tout comme dans la pub Oil of Olaz, celle avec la danseuse, la Corse, qui me ressemble tant ? Des fois, je fais semblant de me fâcher. Le Grand Turc exagère toujours. C'est son *pudisme* à lui, c'est sa manière de me dire qu'il m'aime avec des fautes de syntaxe, des fautes d'orthographe, et qu'il en revient pas de se faire mener par le bout du nez avec aussi peu de grâce. Le Grand Turc, il est comme tous les autres hommes, il veut bien se faire entuber par une femme, mais avec douceur, tendresse et beaucoup de temps, il trouve pas ça normal de se laisser faire à découvert et que ça glisse pourtant de soi. Le Grand Turc, il voit pas que ce qui fait de lui un homme à mes yeux, c'est sa gentillesse, sa capacité à laisser son grand corps d'athlète très imposant au placard juste parce que ça se fait pas d'écraser la petite punaise que je peux être quelquefois. Le Grand Turc, il a la technique guerre froide, il tape pas du poing sur la table, mais il m'a fait comprendre depuis le début qu'il pouvait le faire à tout moment.

*

Jeudi. À l'heure, plus une minute de rab. Je pose mes affaires au bureau et je vais direct sous le préau. Je me demande bien pourquoi je me charge d'un cartable tous les matins… Probablement pour donner le change. De toute façon, tous les pions ont le même complexe du cartable. On peut pas quitter la maison sans une sacoche ou un cartable qui dit : « Moua, Môssieur, je travaille pour l'Éducation nationale. » Ça impose le respect à la vieille voisine trop curieuse et, surtout, ça te donne l'impression de travailler vraiment, de servir à quelque chose. C'est aussi pour ça qu'on donne un uniforme aux matons en prison.

Sous le préau, personne. J'en profite pour aller faire mon petit pipi goût café. Trop tard pour aller dans les toilettes réservées au personnel, j'utilise celles des filles. Je prends un peu de papier et je choisis la première cabine venue. Ça craint rien à cette heure-ci, les dames de service viennent juste de les récurer, ça sent le Surfanet, je sais, mais je fais mon pipi en équilibre. Tandis que je me rhabille, je lis sur la porte à hauteur de mon nez : *La France ô Français / général de Gaulle / Les Arabes dehors !* signé d'une croix gammée et commenté par un *Ta mère la pute ! Nique ta mère la France aux Français / Martel à Poitiers… Arabes, le retour en force !* Tout ça écrit au marqueur noir et répondu au correcteur blanc. J'aurais bien écrit moi-même un commentaire mais je crois que c'est pas compatible avec mes fonctions… N'empêche, de Gaulle, il doit se retourner dans sa tombe, le pauvre, entre les bouffons qui se réclament de lui pour commettre des conneries et les autres qui le citent de traviole…

*

Ouf ! Mama m'a appelée hier. Est-ce que je vais bien ? Est-ce que je peux passer à la maison ? Est-ce que je suis sûre que tout va bien ? Est-ce que j'ai besoin de quelque chose, d'argent, de n'importe quoi ? Oui, trois fois oui et non. J'aime bien quand Mama se souvient tout particulièrement de moi. C'est bête, mais je cloisonne tout le monde dans ma vie. J'en veux toujours à quelqu'un que j'aime de pas aimer que moi. Je comprends, moi non plus je pourrais pas choisir et aimer qu'une seule personne mais c'est pas pour autant que je ressens pas strictement le contraire. D'ailleurs, le secret du bébé, je crois que c'est beaucoup à cause de ça. J'ai peur que le Grand Turc m'aime plus comme avant, qu'il aime le Draculito dans mon ventre plus que moi. J'ai peur que Draculito aime plus le Grand Turc que moi. J'ai toujours eu peur que Mama aime Leyla et Yssa et Momo plus que moi, etc.

Là, j'ai plus le choix. Je dois aller voir les M&M's. Est-ce que Mama se rendra compte de quelque chose ? J'aimerais bien, dans le fond… Momo, c'est autre chose. Si je pouvais me cacher dans un trou, je le ferais volontiers. Je sais sans le savoir que Draculito, c'est la vraie fin, la fin définitive et implacable de ce qu'il y avait d'unique entre nous. Ce que le mariage et le Grand Turc avaient pas achevé, Draculito s'en chargera, et encore plus sûrement s'il est un garçon.

En fait, à la maison, Mama a fait semblant de rien sentir, de rien voir. Mama m'a dit que j'avais bonne mine, que j'avais pris des formes et que ça m'allait bien. C'est à tout ça que j'ai compris qu'elle savait. Mama me fait jamais de compliment sur mon physique, il y a toujours eu chez moi quelque chose d'invisible pour elle. Momo, il a fêté il y a quelques mois ses trente ans de Michelin. À l'usine, on organise une cérémonie collective tous les ans pour fêter les trente piges de bons et loyaux services des ouvriers. Mama peut pas y aller, elle travaillera de nuit le vendredi prochain. Momo me veut moi, pas Leyla, pas Yssa, mais moi. Bon. C'est bizarre mais pour mon daron, j'ai toujours été le reflet de lui-même en fille. Même tronche, même caractère, même humour, même coups de gueule et même impression d'être un monstre avec la volonté de devenir un ange. C'est à moi que Momo racontait ses délires, ses conneries, ses ratés de jeunesse, c'est moi qu'il réveillait pour prendre le petit déj en tête à tête, c'est moi qu'il emmenait au PMU, tuer le mouton, jouer au foot, voir les copains… Momo, c'est avec moi qu'il regardait *La Dernière Séance* avec les films couboï, *Le Cinéma de minuit* et les films nouarrybla, la boxe et les rediffs de matchs du grand Mohammed Ali. Tout le reste, on voulait bien le partager avec les autres. Momo et moi, on était Heckel et Jeckel, et c'est encore et toujours l'homme de ma vie. Le Grand Turc le sait et il s'en fout parce que lui aussi il aime Momo. Le Momo qui me baratinait quand j'étais petite pour que je mette une chemise qui, me disait-il, lui avait appartenu et à laquelle j'ai un jour trouvé, en fouillant dans le placard, une jupe assortie, et ça, ça a été le début de la fin du Heckel et Jeckel pur et dur. Momo, c'est mon héros quand même, j'irai, c'est promis.

Je devrais pas m'engager à faire des choses juste pour faire plaisir. Samedi est déjà là. Momo m'a attendue avec impatience. Lui qui demande toujours à Mama de m'appeler pour avoir de mes nouvelles, pour pas dire directement que la vie sans moi, c'est plus pareil, que je lui manque, s'est fendu de trois coups de téléphone ce matin. Momo a le trac des débutants. Est-ce qu'il doit mettre une crabatta ? Est-ce qu'un jean et un polo Eden Park et des baskets ça passe ? Non et oui. Est-ce que j'ai vu l'heure, il faut que je vienne toutdsouit' ? J'arrive ! Momo est content que j'aie fait les frais d'une paire de talons hauts, d'un tailleur pantalon, d'un brushing et d'un peu de rose à lèvres. Ci la klasse ! Alli, oun y va ! Comme il est trop énervé, je conduis. J'ai l'impression d'avoir un collégien sur le siège passager. Momo se tortille mais lâche pas la route des yeux. On tourne à la sortie Blanzy-La Fiole, là où il y a un gros pneu Michelin. Momo en peut plus. Il se défroisse en sortant de la voiture et cherche son badge. Mais où il a bien pu mettre son badge ? Je le sors en soupirant de mon sac à main. Il me fait un clin d'œil et respire un grand coup.

J'aime pas voir ça. Je veux que Momo reste Momo, le type le plus fort, le plus grand, le plus beau et le plus malin du monde. Je veux pas voir le Momo qui se ronge les sangs pour si peu. J'ai l'impression d'être avec un petit garçon, presque mon fils… Je lui dis de s'approcher, je remets son col de polo d'aplomb, je lui demande de tourner sur lui-même. C'est bon, on peut y aller.

À l'intérieur, stupeur et tremblement. Momo est avec une jeunette. C'est pas possible, Malika a pas pris une ride ! Y non ! Ci ma fille, Norah ! Momo fait le cake, il dit qu'il a trois grands enfants et ça étonne tout le monde parce qu'il fait pas du tout son âge. La cérémonie commence après que tout le monde a eu son verre de mousseux ou de jus d'orange Lidl. C'est cheap, mais c'est déjà ça…

Le DRH fait un petit discours à la gloire des ouvriers. Putain ! Il se fout vraiment de la gueule du monde, le type avec son costard anglais et ses pompes si bien cirées qu'à les regarder tu pourrais perdre un œil ! Trente ans, trente piges, c'est une vie ! C'est pas de la collaboration, c'est du sacrifice, c'est avancer tête baissée vers l'abattoir de la retraite avec les rhumatismes, l'arthrose, les yeux qui voient plus, l'oreille qui bourdonne et, pour beaucoup, l'alcoolisme en prime d'une vie passée à l'usine. Non, pour le DRH, c'est une étroite collaboration, un travail d'équipe… On appelle finalement chacun des ouvriers sur l'estrade. Aux hommes, on remet une médaille et une enveloppe, aux femmes, on ajoute un bouquet de fleurs minable et criard. J'ai pas envie de voir ça. J'ai pas envie que Momo ait l'air réjoui. J'ai peur que son tour arrive et de l'entendre dire merci. Mohammed Rabhan, non !… Dis-leur pas merci, dis merde… Je lui crie de l'intérieur : « S'il te plaît, Papa, dis MERDE ! » Momo a dit merci…

Merci pour cent euros et une médaille bidon. Merci pour lui avoir niqué sa vie. Merci pour le pain qu'il a toujours mis sur notre table et les billets qu'il fait glisser en douce par Mama dans ma veste quand je viens à la maison. Il est heureux, Momo, je fais semblant de l'être pour lui. Une torture. Je dis rien, je souris et j'attends que ça se passe, qu'il veuille rentrer à la maison.

Momo, dans la voiture, a rien dit. Je lui ai dit que moi aussi j'avais quelque chose pour lui dans la boîte à gants. Un paquet de la parfumerie, celle qu'il aime tant, où il entre souvent se faire parfumer par les vendeuses qui le connaissent bien. Là, il se met à pleurer. Trente ans, vingt-cinq ans déjà oulidi, ça passe ! J'ai pleuré aussi.

*

Yssa est pas encore décidé pour le référendum. Il a demandé son avis à Leyla, elle, ce sera oui. Les M&M's votent pas, ils sont marocains, mais c'est oui aussi. Yssa se méfie beaucoup, les M&M's, ils étaient contents pour Chirac en 1995 jusqu'à ce qu'on leur dise pour le bruit et l'odeur. La plupart des immigrés sont de gauche dans le pays d'accueil et de droite, voire d'extrême droite, dans leur pays d'origine. En France, les darons, ils font tout juste la différence entre Le Pen et les autres, mais ils sont très au courant de la taxe sur l'électroménager, du prix de la pomme de terre, du mètre carré au bled. Yssa m'a appelée et m'a demandé ce que j'en pensais. J'ai dit qu'on se verrait ce week-end pour en parler un peu. Avec Yssa, c'est simple. La différence d'âge, les devoirs, le bain, le convoyage à l'école, le cassage de gueule de ceux qui lui avaient fait mal, l'apprentissage du vélo, tout ça a fait de moi son aînée. Avec Leyla, dix mois et dix centimètres d'écart, c'est à peine suffisant pour nous différencier sur la ligne d'arrivée. Moi, c'est non, mais j'ai pas envie de l'influencer, Yssa. J'ai raison aujourd'hui mais j'aimerais tellement avoir tort demain, voilà ce que je lui dirai.

*

Jeudi. Tarzan travaille pas le jeudi. Tarzan et Minipouss' font partie d'une espèce en voie de disparition, ils sont surveillants d'externat. Aujourd'hui, je sens que quelque chose tourne pas rond. Déjà, pendant la récré du matin, ça a commencé à se chercher. La cour est en pente douce, dès qu'une bagarre se profile à l'horizon, on peut voir, même de loin, une nuée de pèlerins se diriger comme un seul homme vers l'embrouille. Le Petit Lord Fauntleroy, un petit blondinet originaire du Nord, gentil, malin comme un sapajou et serviable, est venu me prévenir que ça chauffait. J'y suis allée dare-dare et j'ai fait le vide tandis que bienheureusement la sonnerie a retenti. À 13 h 30, tous les combattants étaient prêts mais Derrick et Madame Certain sont passés dire bonjour…

À 15 h 30, ça y est ! Ça éclate, c'est le Petit Lord Fauntleroy qui me l'a dit. J'enlève mes chaussures à talons et je me mets à courir pieds nus jusqu'à eux. Bataille fachos/Bourguignoules. Il reste plus qu'un facho dans la mêlée quand j'arrive et vas-y que les Bourguignoules cognent. Les grands des deux camps sont pas fous pour risquer le renvoi juste avant le brevet. Il reste plus que les petits en scène qui ont coincé… Johnny ! Je gueule, je tape dans le tas pour libérer mon Johnny. Quel sale boulot quand même ! Je protège Johnny de mes bras et je hurle à la bande de vautours de se disperser. Quand je pense qu'on dit que les enfants sont des petits êtres innocents ! Tu parles ! Ils ont l'instinct du sang, le goût du sang, la graine de violence germée au fond des yeux ! Johnny dans le creux d'un bras et l'autre qui fait signe à Magidus, 50 cent, Moogly et Bamboula de me suivre au bureau. C'est un vrai chemin de croix pour Johnny qui s'est engagé, je peux pas le prévenir de tous les coups en douce, le pauvre s'en prend plein la tronche et dans la meute il m'est bien difficile de voir d'où pleuvent les coups.

Au bureau, Madame Certain, est surprise de me voir sans chaussures, essoufflée, avec Johnny dans les bras.

Les autres entrent à la queue leu leu et se rangent le long du mur. Je veux pas m'expliquer, j'accroche Johnny et le pousse devant. Vas-y ! Johnny raconte comment, le pauvre, il s'est fait tabasser mais Madame Certain lâche pas des yeux la croix gammée qu'il porte autour du cou et qui est sortie de sous son T-shirt. Elle confisque l'objet, le jette avec dégoût sur la table et envoie Johnny en attendant à l'infirmerie. Madame Certain regarde les autres avec son air : à nous maintenant ! Il les a cherchés, il leur a dit bougnoules, crouilles, sales Arabes, rentrez dans votre pays ! Derrick arrive tandis que je leur dis que oui, c'est des sales Arabes ! Depuis quand on s'attaque à quelqu'un à plusieurs, à la déloyale ?

Mon « sales Arabes » plane au-dessus des têtes, Derrick, Madame Certain sont choqués, les gosses regardent le bout de leurs chaussures. Je suis énervée, je suis perdue, je leur dis qu'il faut pas qu'ils s'attendent à une vie bouquet de violettes, que leurs parents les envoient pas à l'école pour se battre, qu'il leur faudra plus que des bonnes notes pour réussir, que des bougnoules, des crouilles, des sales Arabes rentrez chez vous, ils ont pas fini d'en entendre, que j'en entends encore, que j'en sens encore au fond des yeux, que je fais tout pour me blinder, qu'ils doivent en faire autant même si, dans le fond, c'est pas juste, c'est pas normal, mais c'est comme ça, qu'on peut rien y faire et qu'il faut pas entrer dans la combine tête baissée…

Les petits, oui, ils sont si petits, si fragiles encore, s'excusent. T'as raison, Norah, on est désolés, mais c'est pas juste ! Bienvenue sur terre, les moches, la vie est belle mais elle a jamais été juste.

*

Vendredi. Je sais que Tarzan donnera sa démission à la fin de l'année scolaire. Personne est prévenu, il me l'a dit en catimini. Quand je pense à la bagarre d'hier, je me dis qu'après, tous les jours au collège seront des jeudis. Ça a choqué tout le monde quand je lui ai dit qu'il m'avait manqué la veille. Tarzan a compris, il m'a même envoyé une boulette de papier en rigolant et j'ai riposté. Une fois seuls au bureau, Tarzan, Madame Certain, Lady Di et moi, on a reparlé de Johnny, de ce que ça faisait d'avoir à défendre un con raciste, du sales Arabes que personne d'autre aurait pu sortir sauf moi… J'ai rien dit, j'ai pensé très fort que, quand ces mots sentent si fort dans l'air, il y a pas d'autre choix que de se les approprier pour les dénaturer de toute violence, de tout mépris, que j'aurais très bien pu dire sales cons mais que là, j'avais évité à Magidus, 50 cent, Moogly et Bamboula un jour de renvoi et de sévères remontrances. J'ai coupé l'herbe sous le pied de tout le monde sans que personne s'en rende compte. Aujourd'hui, à la récré, les gosses sont venus me voir la fleur au fusil et on a pu parler de tout ça tranquillement. C'est arrivé aux oreilles de leurs darons et ils ont compris que je leur avais évité non seulement un renvoi, mais une bonne raclée. J'espère juste que Draculito, plus tard, il se laissera pas bousiller la vie par tout ça, qu'il s'aimera, qu'il se regardera fièrement dans une glace et qu'il saura casser la gueule à un con hors de l'école jusqu'à ce qu'il comprenne que ça en vaut pas la peine et qu'il trace sa route loin, très très loin…

*

Fête des Mères. Référendum. Leyla va voter à Dijon et Yssa et moi à Montceau-les-Mines dans notre école primaire. C'est chouette de pouvoir retourner à l'école, même si c'est un dimanche. N'empêche, j'y ai passé les plus belles années de ma vie. J'étais toute-puissante, j'aimais mes darons à en crever, je rêvais de devenir un Chevalier du zodiaque, Mohammed Ali, astronaute, Olive et Tom, Ken le Survivant, Nicky Larson, Superman, Jimmy Hendrix, Bruce Lee, égyptotruc et écrivain, tout à la fois, ça me semblait possible à l'époque… Depuis, je mets les pieds à l'école pour voter, la photo du président de la République a changé et sur le planisphère dans la salle où votent les N à Z, il y a plus écrit URSS.

Aujourd'hui, il y a autant de monde qu'aux élections régionales. Ce qui me fait bisquer, c'est l'attitude des gens. Comment, ils ont le droit de vote ? Mais où va la France ? Les petites vieilles du quartier tiennent bien serré contre elles leurs sacs à main juste au cas où l'Arabe qui sommeille en Yssa et en moi se réveillerait. Les gens à l'intérieur du bureau de vote, quand ils nous voient débarquer tous les deux, nous sourient, ça leur fait plaisir de voir des petits Arabes qui votent. Quand je sors ma carte d'électeur pour qu'on me la tamponne après avoir signé le registre, la dame me dit que c'est bien de voter régulièrement, qu'on devrait tous faire la même chose. Tous qui ? Moi, j'ai juste signé au-dessus de là ou Yssa a signé avant et j'ai rien répondu… Je crois que si je lui parlais de Malcolm X et de son *The Ballot or the Bullet*, elle prendrait peur et verrait, tout d'un coup, d'un mauvais œil mon geste citoyen…

J'en ai déjà discuté hier au soir avec mon cousin Dalil et, à lui, ça a pas plu du tout. Dalil, il est marié depuis quatre ans avec Dalila, une fille de harki qu'il a rencontrée dans son école de commerce à Agadir où elle complétait son cursus par l'apprentissage de l'arabe et qui l'a fait venir en France. Dalil vit en France depuis trois ans avec Dalila, il est devenu français et est très convaincu que c'est bien mieux qu'être marocain. Dalil, il avait quoi ? Une chance sur dix millions de se mettre en couple avec une Dalila. N'empêche que Dalil, hier, il m'a dit avec son accent de blédard que la France, lui, il l'avait choisie, qu'il voterait OUI, que, nous, on savait pas la chance qu'on avait d'être français, qu'on le méritait sûrement pas… Vendu, de chez vendu, le cous' Dalil, je lui ai répondu qu'il suffisait pas de se faire naturaliser pour être français, parce que nous on conteste, on dit non, on est de mauvaise foi souvent, on est tout ce qu'un Français de souche est… Malgré tout. On a l'habitude de rien respecter sans y avoir réfléchi avant et dans le fond, le sens de la France, on l'a puisqu'on a l'esprit critique. Le cous' Dalil, je lui ai dit qu'il aurait très bien pu devenir allemand, italien, espagnol ou papou vu sa mentalité puisqu'il était prêt à cracher sur ce qu'il a été pour devenir français ou quelqu'un d'autre. Français sans être un peu cartésien et franchouillard, c'est tout simplement pas possible.

Dalil, il a pas compris ça, il a pas vu qu'il faut compter avec Voltaire, Descartes mais aussi Desproges, Coluche et les Bidochons. Dommage parce que Dalil et Dalila, ils se donnent beaucoup de mal pour avoir l'air de, ils gomment toutes leurs aspérités arabesques, ils se battent contre les moutons qui résistent, mais, à bien y regarder, ils appartiennent plus à rien. Momo, il a du mal avec Dalila parce que c'est une fille de harki, pour lui c'est des traîtres, des gens qui ont choisi la France contre les leurs. Momo, il dit que les harkis, ils ont pas trouvé de place en France parce qu'ils rappelaient trop aux Français leurs collabos à eux. La traîtrise, c'est comme la mort, ça renvoie toujours à soi, à sa peur de se regarder en face. Momo, il a donné sa place à Dalila quand même parce qu'elle fait partie de la famille mais je crois qu'il se laisserait couper la langue et raser la tête plutôt que d'avouer qu'on a une harki dans la famille. Moi, les harkis, je sais ce que c'est, des gens qui ont parié sur le mauvais cheval parce qu'ils ont vécu la vie comme si elle devait durer toujours, que les regrets, ils auraient le temps de les oublier, ils ont oublié que, des fois, il faut prendre des décisions comme si on devait mourir tout de suite, en son âme et conscience… C'est pour ça que nous, les autres Arabes, on a du mal à vivre tout de suite, on pense trop à la mort.

Moi, je pense à tout à l'heure. Je pense aux chaussons que j'ai trouvés dans mon sac ce matin avant de quitter la maison. Le Grand Turc sait pour Draculito. Il était déjà parti pour son match de foot quand je me suis réveillée. Plus j'y réfléchis, plus j'y pense à sa déception et au temps qu'il a pris pour acheter ces chaussons jaunes. Pas de question, pas de dispute, pas de je te regarde droit dans les yeux, juste des chaussons jaunes dans mon sac.

*

Le Grand Turc est un type formidable. Il m'a pas fait le coup du *C'est super ce qui nous arrive*. Le Grand Turc m'a demandé si j'allais bien, m'a dit qu'il savait que c'était dur pour moi mais qu'il était content que j'aie laissé faire les choses. Le Grand Turc, il m'a prise dans ses bras, il m'a embrassée comme si rien comptait plus que moi. Le Grand Turc m'a dit qu'il fallait arrêter la politique de l'autruche, qu'il fallait voir un docteur maintenant mais que, promis, il m'aimait toujours plus que n'importe qui, sauf sa mère, son père et Rabbi. C'est bon d'avoir quelqu'un qui décide qu'on est pas malchanceux ou malheureux juste parce que tout va pas comme on l'a imaginé. Le Grand Turc m'a dit qu'il espérait que Draculito soit une fille, qu'il voulait pas que je pense au fric, que Rabbi nous a fait un cadeau et que c'était à nous d'en faire ce qu'on voudrait. Après tout, le fric, le temps et l'amour, ça se trouve pas toujours sous le sabot d'un cheval mais ça se trouve quand même... Et puis, il m'a quittée pour aller voter et respirer un peu, maintenant qu'il a le droit de savoir, il faut qu'il s'habitue à l'idée que, bientôt, Inch'Allah, on sera trois...

À la télé, le soir, on a appris qu'on a gagné. Le Bossu de Notre-Dame voit ses jours comptés au gouvernement. La race aérienne s'est trompée à trop réfléchir, à trop flamber, elle retombe avec fracas et mépris sur terre. Dans les médias, on sent l'incrédulité, on sent le désarroi de ceux qui se croyaient si haut perchés pour plus dépendre du désir de l'autre. Comment on peut se tromper autant ? Ils ont cru quoi ? Qu'ils dirigeaient un club sélect, un endroit à tenue correcte exigée, qu'ils avaient besoin que de gros rupins, d'intellos et de vedettes pour décider que ce serait OUI ? Eh ben, c'est NON, et ça me dégoûte d'avoir voté la même chose que Jean-Marie !

*

Première échographie. La gynéco me fait les gros yeux. Comment, enceinte et pas fière de l'être ? Le Grand Turc, il a vu tout de suite que j'ai qu'une envie, c'est de me barrer. Il répond que c'était pas prévu, que j'avais jamais pris de contraception avant et que je m'en étais rendu compte très tard. J'aime pas quand il ment pour moi mais j'aime bien aussi, ça fait chevalier servant prêt à tout pour sauver sa belle même si la belle c'est que moi. Bon… La gynéco se dit sûrement que je parle pas de moi-même parce que je suis soumise à mon mari et que c'est lui qui décide… Elle me pardonne, elle me sourit. On va voir ça. Elle regarde mes papiers, les commentaires du docteur Dudoux et me propose de monter sur la table pour l'écho. À mon ventre, on dirait que j'ai une digestion difficile mais pas que je suis enceinte ; à mes seins, là, on peut pas se tromper sur le diagnostic. Elle me met un gel froid sur le bide et me passe un truc qui ressemble à un appareil pour le palper-rouler. Draculito va bien. Draculito a un développement parfait. Draculito est bien placé. Draculito par-ci, Draculito par-là, il me vole déjà la vedette. La gynéco me demande si je veux savoir si c'est une fille ou un garçon. Comme je réponds pas, elle tourne son regard vers Le Grand Turc avec beaucoup de dédain. Le Grand Turc, il veut bien mais il se sent super-mal à l'aise avec la gynéco. Le pauvre, il comprend pas qu'elle a rien contre lui, mais c'est une putain de féministe soixante-huitarde qui a dû se battre pour la pilule et pour le droit à l'avortement, et qui regrette juste de pas avoir eu un nom connu pour signer la pétition des trois cents et quelques salopes. La gynéco, elle croit que j'ai pas le droit de répondre alors que, moi, j'ai juste peur de savoir si Draculito, c'est un Draculito ou une Draculita… Une ancienne militante du MLF, elle a le droit de pas accepter, de pas comprendre qu'une bouffonne laisse son Grand Turc décider des fois.

Draculito est un Draculito. J'ai un zizi et maintenant je sais que Momo et moi, c'est bientôt fini.

*

Ça y est. Sarko revient aux commandes. Déjà qu'il est patron d'un trust et qu'on entend, la nuit, ses dents rayer le parquet de l'Elysée, maintenant il se prend pour Robocop. Terminator en Californie et Robocop en France, pour prétendre à la présidence, il faut être un ciborg maintenant. N'empêche, je crois qu'on va pas tarder à renouer le dialogue avec les Ricains, entre mutants, on se comprend non ? Forcément quand je pense à la Californie, je pense à Steinbeck et à son Curly, à Curly ministre de l'Intérieur. Sarkurly, voilà, il manquait plus que ça ! Faudrait toujours se méfier des petits, des frisés, et encore plus des petits frisés... Tout les petits frisés que je connais sont méchants parce qu'ils compensent. Les grands se plient en quatre et rêvent de devenir invisibles, les gros sont souvent des clowns qui voudraient qu'on les traite comme des petites choses fragiles et les petits, ils font plus de bruit que les autres, plus de mouvement, plus de tout... histoire de pas se faire écrabouiller, ils montent en puissance, ils montent tout en épingle. Momo, il est petit et frisé, la pub pimouss', il l'a toujours aimée, piti mi cousto y michant ! qu'il disait quand j'ai commencé à le dépasser, à lui tapoter tendrement la tête comme si c'était le petit vieux du *Benny Hill Show*. Voilà donc Ken Premier ministre et Sarkurly prétendant au titre du plus grand bonhomme de France... Putain de remake de *Highlander*, il doit en rester qu'un seul !

*

Fin du troisième trimestre. Ça passe. Quasiment tout le monde passe. Maintenant, c'est les parents qui réclament le redoublement, ils font appel aux décisions de passage des conseils de classe. La politique de la Dame de cœur, c'est passage obligatoire même si c'est perdu d'avance, même si ça veut dire foutre en l'air un gosse qui en troisième réalisera qu'il en sait pas plus qu'en sixième et qu'il est pas capable d'écrire sa première lettre de motivation pour un apprentissage foireux ou le LEP. Le gosse, ça fera longtemps qu'il aura perdu confiance en lui, il croira avoir truandé le système et ses darons pour rien, il pensera que ce qui se présente est une belle aubaine, même si c'est un stage charcuterie chez Leader Price, mais bon, ça fait chouette dans les rapports de voir que le taux de redoublement du collège est très faible, voire inexistant. En étude, j'en suis à ma septième lettre de motiv' plus modèle. Je me suis écœurée, je me suis senti le devoir de leur dire que le modèle, il fallait en prendre soin parce qu'il en aurait beaucoup besoin. J'ai expliqué comment on faisait toujours le même courrier en changeant simplement les noms, la date et l'adresse comme dans les trucs qu'on te fout dans ta boîte aux lettres, qui t'annoncent que t'es l'heureux gagnant de quelque chose de terrible et auxquels tu réponds jamais… J'ai pas osé dire qu'à eux non plus, on répondrait probablement pas. Heureusement, il reste le brevet pour leur prendre la tête et les attacher encore un peu à l'école, celle de tout le monde, celle qui est encore la même pour tous et surtout sans issue de secours avant seize ans, même s'il y a beaucoup de voies de garage… L'Éducation nationale, des fois, on dirait une putain de banque, on hypothèque l'avenir de certains, on en met d'autres en faillite, on risque le tout pour le tout dans certains cas, mais c'est toujours les épargnants consciencieux qui en sortent gagnants, le bac et des projets d'avenir plein les poches.

*

Les beaux jours sont là, les tenues s'allègent et on commence la chasse aux nombrils à l'air, aux bretelles de soutifs et aux baggys trop bas descendus. La Dame de cœur a fait passer à tous les élèves un petit billet à coller dans le carnet de correspondance et à faire signer par les parents et eux-mêmes. Ils s'engagent à avoir une tenue correcte sous peine de se faire rhabiller aux frais de la princesse, un T-shirt XXL bien moche est prévu au bureau de la Vie Scolaire pour chaque contrevenant, on a dû en faire la démonstration dans chaque classe comme une hôtesse de l'air avec les gilets de sauvetage. Faut vraiment que je change de boulot…

Le lendemain, bien sûr, la petite Patoche, elle a bien fait signer le billet par sa daronne mais elle a cumulé les trois interdits à la fois… elle fait dans la rétro burka. Je dis rien, ça fait longtemps qu'elle me prend plus la tête, qu'elle me parle et m'écoute, et, en plus, je vois déjà Tarzan prêt à fondre sur elle. J'aime bien être le méchant de l'histoire mais pas tout le temps avec les mêmes, ça sert à rien si les parents font pas leur boulot derrière… Les gosses, les filles surtout, c'est souvent leurs daronnes qui paient pour exhiber leur fraîche progéniture dans le costume J&J (jeune et jolie) comme si ça compensait leurs vergetures, leurs ridules, leur cellulite à elles. Des fois, je crois qu'on devrait faire école ouverte de temps en temps pour les parents, histoire de se mettre d'accord sur le baratin qu'on sert aux élèves, pour que ce soit vraiment crédible, il faut que les mythos soient cohérents et entendus. Norah, les plans bidons, faut pas trop y croire…

*

Avec l'été qui approche, on a droit à une expo d'informations sur le Sida avec distribution de capotes à la clef. Évidemment, le sexe, ça fait marrer les gosses comme le pipi-caca, réaction très primitive et très prévisible... ainsi que la fabrication et le largage de bombes à eau... Aujourd'hui, la gestionnaire, une dame de service, trois élèves et la Russe ont été les cibles malheureuses des têtes brûlées. Moi, j'en aurais fait autant, j'en ai même très envie mais je peux pas. À tout hasard, j'ai prévenu que, si on me faisait le coup, je saurais toujours d'où ça vient – ils en ont pas douté une seule seconde parce que Norah voit plus vite que son ombre – et que je leur mettrais la tête dans une pissotière avant de tirer la chasse. Pas très orthodoxe mais très efficace comme menace !

Les bombes à eau, c'est du pipi de chat à côté des bouffons qui s'amusent à cracher dans une capote devant des nénettes, ça les fait beaucoup rigoler et ça leur rosit les joues. Ceux-là, ils ont un jeu que je refuse de piger. Ceux que j'ai attrapés à faire ça, je te les ai démontés d'une force ! Je me suis pas gênée non plus pour dire devant tout le monde que, s'ils s'amusaient avec des capotes, c'est qu'ils avaient jamais été en galère d'en acheter pour leur usage perso. Trop facile... C'est l'âge où tout le monde est puceau mais où tu crois que t'es le dernier, t'as honte devant les potots à qui t'as raconté que t'avais pas fait le devoir de français pendant le week-end parce que ta meuf, Clara, celle qui a dix-sept ans et que personne a jamais vue, est rentrée de l'internat de Pétaouchnok à deux cents bornes de là, que t'es trop crevé parce que t'as fait du sport en chambre pendant quarante-huit heures non stop sans bouffer, sans boire, sans pisser et sans dormir. C'est l'affiche garantie, classement définitif du dossier, aucune récidive, efficacité prouvée.

*

Appel aux dons. La Pile Number two a perdu son père. La Pile Number two s'en fout. Il a grandi dans une famille d'accueil, il a pas vraiment connu son père. La PN2 sait juste que c'est un type qu'il rencontrait dans un parloir de prison deux fois par an et qui, quand il était tout petit, lui a laissé en souvenir des marques de brûlures de cigarettes sur le corps et fait percer une oreille. Les élèves de sa classe, les profs et la Vie Scolaire se cotisent pour lui offrir quelque chose, pour marquer le coup. La PN2, il rêve d'un nouveau jeu de guerre pour sa Play. Je donne aussi. Le problème, c'est qu'avec la PN2, il faut que je me concentre mentalement pour le voir en petit garçon comme les autres. Moi, la PN2 me met mal à l'aise, il est sans pitié, il est cruel, je le vois bien tuer, dans le fond du jardin, des animaux domestiques pour s'amuser juste comme ça ! C'est pas qu'il est pas gentil, la PN2, c'est pas qu'il est pas très mignon, au contraire… Le problemo, c'est qu'il est vicieux, manipulateur et qu'il change carrément de face quand il croit que personne le regarde. La PN2 est dur, froid, il a peur de rien, on croirait qu'il sort d'un bouquin de Stephen King. C'est pas sa faute, bien sûr… C'est celle de ses parents qui l'ont fait pour rien puisqu'il a jamais été aimé, c'est celle du système qui confie pas des gosses à l'adoption, mais les fourre en familles d'accueil pas souvent accueillantes et très grassement rémunérées, c'est… Quand bien même il serait le Bâtard de Dieu, un Justinien trouvé, le Bâtard du système…, j'aimerais pas le croiser dans un bois dans dix ou vingt piges…

Avec Tarzan, pendant l'hiver, on s'amusait de voir comment la PN2 mettait à l'amende tout le monde sur les plaques de verglas. Les grands comme les petits flippaient devant lui tellement il avait peur de rien, il glissait et faisait strike à chaque fois, quitte à être gelé et blessé lui-même. Ça, c'est le dessus de l'iceberg, la part visible et anecdotique. L'autre, celle qu'on veut pas voir, c'est celle de la PN2 qui est une vraie balance. La PN2, il est au courant de tout, il cafte tout, c'est pas beau mais c'est pas grave, ce qui me débecte vraiment c'est l'œil qu'il a quand il fait ça, il attend la sanction, il se réjouit à l'idée qu'on punisse quelqu'un, il y prend plaisir et se cale au fond de lui-même pour pas perdre une miette du spectacle. Moi, je le laisse jamais assister à la capture, je dis Ah bon ! Je m'en occupe, allez, file ! quand c'est grave. Quand c'est pas un truc important, j'ai le temps de lui dire que les balances, ça m'énerve, qu'il devrait être plus gentil avec les autres, que comme ça il aurait peut-être un ami. Il s'en fout bien, la PN2, il fait cavalier seul dans la vie et il sait pas comment on aime quelqu'un… Personne lui a jamais appris, je sais, mais c'est pas une raison… Madame Certain, la PN2, comme tous les autres gosses-chiens-perdus-dans-la-vie-sans-collier, elle peut pas s'empêcher de le regarder avec attendrissement, même quand elle lui passe un savon, il est pas con, il voit bien que sa bouche prend un air dur pendant que ses yeux partent en free style de douceur.

La PN2, il me fait peur quand il regarde la Minipouss', elle lui plaît. Son côté femme identifiable, nénés, cheveux longs, balayage californien, maquillage, jolies fringues et chaussures fines fait forcément d'elle un fantasme aux yeux de la PN2. Elle voit rien. La Minipouss' s'inquiète pas quand la PN2 lui dit qu'il aime quand elle porte du rose ou du vernis à ongles, elle entend pas lorsqu'il lui dit qu'elle aurait dû mettre ses chaussures à talons très hauts et pas ses petites claquettes plates. Je le vois arriver avec ses gros sabots, il la prend pour un fruit mûr et bien juteux, ça fout la trouille ! La PN2, il est de la race des bourreaux officiels, mais le secteur est sans débouché en France depuis 1981, il faudra qu'il trouve autre chose… S'il devient pas légionnaire ou maton quand il sera grand, il sera sûrement psychopathe avec un sexotype déjà défini… Je le vois bien en Bundy du Morvan. En attendant, c'est qu'un gamin mignon et malheureux parmi tant d'autres, il est peut-être encore temps de lui apprendre la compassion… Faut pas lâcher l'affaire, il faudrait vraiment que la PN2 apprenne ce genre de truc et qu'on lui offre autre chose que des cachetons contre l'hyperactivité, c'est pour ça que je prends jamais les bonbecs qu'il me tend, mais que je trouve toujours un Malabar au fond de ma poche pour sa gueule…

*

Je me suis fait arrêter par les keufs. Je me suis pris deux amendes d'un coup. Une pour l'utilisation du portable au volant, l'autre pour avoir négligé de changer mon adresse et mon nom sur ma carte grise. J'ai jamais aimé les keufs, je m'en suis jamais sentie particulièrement protégée ou nécessiteuse. Au bahut, j'évite un max le bureau quand je vois que les schtroumpfs cow-boys ont débarqué. C'est pas que j'aie une dent contre eux, ils m'ont jamais rien fait, mais c'est super-instinctif comme sentiment… J'ai pas confiance. Gosse, des fois, souvent avant et après les petites vacances, tu les voyais devant l'arrêt de bus à attendre que les types descendent pour les contrôler. C'était injuste, parce qu'ils contrôlaient que les mecs, pas les filles, pas tous les gens du bus, seulement les mectons et leurs cartes de bus… Yssa, il avait dans les onze piges, j'étais en terminale, j'ai halluciné quand je l'ai vu sortir sa carte de bus le sourire en coin et l'œil dur. Yssa il a pas dit non, j'ai rien à me reprocher, d'où ? Yssa, il s'est senti fier d'entrer dans la cour des grands du quartier, wesh ! On l'avait contrôlé comme un grand… Il faudrait maintenant le surveiller comme du lait sur le feu, il avait fait l'expérience de la flicaille gratuitement… Les keufs devraient jamais faire le premier pas, je connais trop de gens qui aimeraient les faire danser…

En tout cas, moi, quand j'ai vu la camionnette des gengens avec le gyrophare allumé, je me suis pas doutée une seule seconde que c'était pour ma pomme. Ils m'ont suivie pendant quinze bornes tandis que moi j'écoutais Bob à fond la caisse et que je battais la mesure sur le volant. En tournant pour prendre le raccourci entre les prés, j'ai vu qu'ils étaient encore derrière moi et j'ai compris. Je me suis arrêtée et j'ai baissé ma vitre. Une nénette avec « Cœur croisé » de Playtex sous son polo bleu – le maintien « Cœur croisé » ça se reconnaîtrait entre mille –, rangers et flingue, a sauté de la camionnette et a fondu sur moi. La gendarmette, la main sur le gun, m'a hurlé de couper la musique et le contact et de descendre de la voiture en gardant les mains bien en évidence. Je sais pas comment j'ai fait pour obéir parce que je m'attendais à « Mains en l'air ! » et que, là, ce qu'elle me demandait, c'était carrément mission impossible de faire tout en même temps… Est-ce que je me foutais de leur gueule ? Est-ce que j'avais pas vu le gyrophare et les appels de phares ? Est-ce que j'avais pas entendu la sirène ? Ben, non… Je savais pas que c'était pour moi… J'ai jamais été arrêtée par les gendarmes. Ça a pas eu l'air de la calmer, elle m'a ordonné de la suivre jusqu'à la camionnette en faisant signe à l'autre gendarmette de pas bouger. En cinq-cinq je me suis retrouvée assise entre elles deux. C'était pas les canons du *Gendarme de Saint-Tropez*, je m'en suis pris plein la figure, je crois qu'elles ont cru avoir alpagué un gros poisson, qu'elles ont flippé et qu'elles se sont excitées sévère pendant les quinze bornes de poursuite.

Les gendarmettes sentent l'adrénaline à plein nez, elles mc lâchent pas une seconde, où est ma vignette d'assurance ? À la maison, c'est qu'à cinq cents mètres de là, on peut aller la chercher si elles veulent… Sur les papiers, c'est pas écrit Le Creusot, mais Montceau-les-Mines… Je me suis mariée, j'ai déménagé, j'ai pas eu le temps de changer… Depuis combien de temps ? Ben, plus de six mois… Comment j'ai regretté de pas mentir… La gendarmette en « Cœur croisé » m'a rempli une autre contravention pour non-régularisation de papiers et m'a dit que j'avais cinq jours ouvrables pour présenter mon attestation d'assurance. La nature est bien faite, j'ai jamais rêvé d'être gangster parce que là, j'ai bien vu que j'avais pas la carrure, je me suis mise à table sans qu'on me demande rien, juste comme ça parce que j'avais rien à me reprocher. Quand je me suis présentée à la gendarmerie avec ma nouvelle carte grise, mon attestation d'assurance et mes talons de timbres fiscaux, le gendarme s'est foutu de ma gueule pour l'amende à l'adresse, il a trouvé ça vache de verbaliser une aussi fragile et jolie jeune femme. J'ai haussé les épaules et je me suis dit que lui, probablement, il m'aurait grondée, c'est tout…

Parce qu'on peut pas résister à mes grands yeux innocents.

*

Au bahut. Dernières semaines de cours. Enfin cours… Plutôt école, parce que les gosses sont plus notés, que les bulletins sont déjà à la maison depuis longtemps et que la menace de suppression des allocs plane au-dessus des têtes. Seule la Segpa se voit allégée d'une bonne vingtaine d'élèves. Les gitans, les manouches, les gens du voyage à demi sédentarisés sont partis dans le Sud depuis le mois de mai. C'est pour eux la période des grands regroupements et des baptêmes. C'est la saison où ils reprennent un peu corps, où ils se donnent l'illusion que le système les a pas encore niqués. Je savais qu'on avait des tanges parce que les garçons portent tous une chevalière en or et que ça se voit comme le nez au milieu de la figure qu'ils sont pas plus bêtes ou handicapés que les autres élèves. C'est juste qu'ils ont beaucoup bougé, trop bougé pour avoir eu une scolarité normale. De l'autre côté, les tanges, ils ont déjà un sens de l'honneur, du groupe et de la castagne, une putain de colonne vertébrale que tu vois rarement chez les autres gosses. Moi, j'aime bien les tanges, j'ai jamais trouvé qu'ils étaient des gitans…

C'est peut-être parce que la première fois que j'ai compris que j'étais une fille, c'est quand le nouveau de la classe, Mickey, un tange, m'a cassé la gueule dans les règles de l'art, à coups de poing. Je me souviens de la bagarre, de ses poings serrés, du sang sur mon nez, sur le sien, de nos yeux bouffis, du bruit que ça faisait un poing sur de la viande, de celui que ça faisait sur de l'os. J'avais toujours gagné mes bagarres, j'avais jamais eu peur, j'étais une vraie terreur, une vraie furie qui tapait pour faire mal avec l'idée d'avoir toujours de bonnes raisons, comme celle d'être la meilleure... Aussi bonne qu'un garçon, mieux même...

Mickey, on s'est fighté pour les pires raisons du monde, j'ai voulu montrer aux autres que j'étais la plus balèze, que j'allais démolir le nouveau parce que c'était un gitan qui sentait la pisse et l'herbe mouillée. Je m'étais jamais battue comme ça avec un type qui voulait en finir vite, qui comptait ses coups, qui avait mal mais qui avait pas peur. Je m'étais jamais battue contre un type qui avait honte de taper une fille, qui portait ses coups avec l'espoir qu'on les esquiverait... On s'est battus jusqu'à l'essoufflement, la fatigue, l'ahurissement. J'ai pas gagné, il a pas gagné, on aurait pas lâché l'affaire, je crois aujourd'hui que, s'il avait eu le dessus, je l'aurais frappé dans le dos plutôt que de m'avouer vaincue... On s'est fait punir tous les deux, mais j'ai compris que j'avais perdu dans le fond quand le directeur de l'école a dit à Mickey qu'on était bien obligé d'accueillir des gens comme lui, mais qu'il était hors de question de les laisser faire n'importe quoi, encore moins provoquer des bagarres, frapper des filles... Il m'a pas caftée, Mickey, il a juste baissé la tête pour pas que le dirlo voie ses yeux verts de rage... J'ai appris ce jour-là que quand je me battais, il fallait que ce soit à la régulière, pour ou contre quelque chose de précis, pas contre quelqu'un, j'étais une fille, on croirait toujours que j'étais la victime.

Avec Mickey, on est devenus potots, on a partagé le même banc malgré ses odeurs de pisse et d'herbe, jusqu'à ce qu'il reparte avec sa famille. Moi, je m'en souviens encore... comme de la première fois où j'ai posé le doigt sur quelque chose en moi que je soupçonnais pas. J'ai commencé la boxe à la rentrée suivante. Je crois que c'est pour ça que plus tard j'ai aimé Kusturica, que mon film préféré c'est *Arizona Dream* et que j'en ai acheté deux copies, une pour moi et l'autre pour Draculito qui existait pas même en rêve. Draculito, j'attends les grandes vacances pour lui composer son caisson de souvenirs et de survie.

Aujourd'hui, on reçoit des petits CM2 inscrits en sixième pour la rentrée. Ils sont parrainés par nos sixièmes à nous. Pour se familiariser avec le bahut, on leur a organisé une chasse aux trésors. Les petits CM2 doivent faire tamponner et signer leurs plans de l'établissement dès qu'ils trouvent l'un des points indiqués. J'en suis déjà à mon dixième autographe. Je me marre en voyant mes moches à moi faire les cakes devant les petits CM2, je repense à leurs tronches à la rentrée, ils en menaient pas large... Je me rends compte tout d'un coup qu'ils ont beaucoup changé, qu'ils ont grandi et que des nénés commencent à pointer. C'est beau et c'est triste à la fois, un gosse qui pousse... Bien sûr, c'est naturel, je suis fière d'eux et tout et tout, mais j'ai remarqué qu'ils jouaient moins, qu'ils se couraient moins derrière, qu'ils délaissaient les tables de ping-pong pour rôder autour des filles... Pourquoi on peut pas tout faire à la fois ? Pourquoi on arrête de jouer ? Je crois que personne a de réponse à ça... N'empêche qu'avec Tarzan, entre midi et 2, on se fait des parties de tournantes terribles avec eux sur les tables de ping-pong et ça leur fait super-plais' et super-bizarre de voir que, quand on devient grand, on peut encore jouer et avoir envie de gagner sans fausse politesse et avec beaucoup d'implication. Norah la boss ! Je gagne souvent, je crie, je pousse, quand je sens que je vais perdre, je pique la balle, je me mets à courir loin en riant et qu'est-ce qu'on se marre quand on peut encore faire partie, même en tant que membre honoraire, d'une bande de gamins !

*

Brevet. Chaleur étouffante pendant les épreuves. Tension à tous les étages, masques qui tombent, espoirs en bout de course et espérances qui trouvent un nouvel élan… Tout arrive, tout change déjà, les enfants sont sur le départ et jamais je les ai vus avec autant de netteté… Pourquoi c'est toujours quand on se quitte que les gens sont pleins, prennent du sens ?

Au collège, on fait centre d'examen. Ça veut dire que des élèves d'ailleurs, sous la surveillance de leurs propres pions, viennent passer le brevet chez nous. Qu'est-ce qu'ils sont beaux et gentils, mes moches à moi ! J'ai vu arriver les autres avec l'impression d'avoir des intrus à la maison… Je crains, des fois. Pas tant que ça non plus, parce que les intrus, ils portent des fringues chelous, trop courtes ou trop basses, ils s'esquivent souvent pendant les pauses pour fumer une clope et se bécotent sans pitié devant nos gosses à nous. Là, on réalise d'un coup, comme ça, l'air de rien, qu'on les a éduqués un peu à notre main, qu'on s'est attachés, qu'on les connaît, qu'ils nous connaissent et que des élèves de ZEP, ça peut donner des leçons de savoir-vivre à n'importe qui pourvu qu'on prenne du temps et qu'on lâche pas l'affaire. ZEP, dans mon bahut, ça s'est transformé en Zone d'Estime Prioritaire, on a réussi à en faire des gosses lambdas, ceux qu'on montrera jamais pour illustrer un *Droit de savoir* qui parlerait de ZEP. J'ai envie de leur dire merci, de leur dire bonne chance, merde et filez, y a plus rien à voir ici pour vous…

Depuis que j'attends Draculito, je ressens tout plus vite, plus fort qu'avant. Forcément, je démarre au quart de tour… Aujourd'hui, dernier jour d'épreuves, la tension est à son comble. Les intrus sortent avant les autres, leurs pions restent les bras croisés, nous, on a pour consigne de rien laisser passer. Ça fume sous le préau, les pions tchatchent avec leurs ouailles… Tarzan, il s'occupe de la cour centrale, moi, je dois leur demander de se diriger vers la sortie. Les pions s'en foutent, ils ont trouvé la combine pour pas se faire emmerder par les intrus, ils ont sympathisé avec l'ennemi. C'est tellement plus facile de dire amen à tout plutôt que de dire NON… Résultats rapides pour les pions mais dommages collatéraux pour les gamins. J'interviens, un gros bouffon m'envoie balader, je suis qui pour lui donner des ordres ? Ses pions disent rien alors j'ai plus qu'à fermer ma gueule ! Mon sang fait qu'un tour, je pourris le gros bouffon, les pions et leur prends tellement la tête qu'ils sortent de sous le préau avant que j'appelle la Dame de cœur, Madame Certain, Derrick et même le grand méchant loup s'il faut ! Il fait chaud, les fenêtres des salles d'examen, des bureaux sont grandes ouvertes, on m'entend, on entend le gros bouffon qui me répond et m'insulte, je veux bien être arabe – ça se voit comme le nez au milieu de la figure, abruti ! – mais sale… Bouge avant que je te casse la gueule ! Des têtes sortent et…

Les intrus et leurs pions sont enfin à la grille, ils attendent ceux qui sont pas encore sortis. Rieux, Momo la Gazelle, Rachid, tous les autres et les filles en plus, ils ont entendu depuis leurs salles d'exam, ils arrivent tous au compte-gouttes, ils se regroupent, ils observent les intrus de loin. Il y a de l'eau dans le gaz, les intrus, ils se prennent pour qui ? Norah, ça va ? Ils ont des sonars comme les dauphins ou quoi ? Peut-être qu'ils ont deviné pour Draculito... Non, c'est juste qu'il faut pas toucher à Norah, que le stress de l'exam retombe pas, que les gosses marquent leur territoire... Fight ! Il a fallu les séparer, il a fallu disputer les moches une fois que les intrus étaient partis dans leurs bus, et puis Tarzan et la Dame de cœur sont arrivés... après la bataille. J'ai pas donné de nom, une fois seuls, je leur en ai remis une couche de Bande de malades, c'est pas le moment de tout gâcher, on résout rien en se battant, je vous ai rien demandé, je suis assez grande pour me défendre toute seule... C'est chaud quand t'es adulte, tu dois dire des trucs très sensés parce que avec les moches, faut penser à leur plus tard et pas au moment présent où tu voudrais leur dire que tu les aimes, que t'es fière d'eux, que putain, ils ont reçu une bonne raclée, les intrus !

*

Ça y est, l'école est finie. C'est triste, un bahut sans enfants. Les journées administratives commencent. J'ai choisi le service de juillet. Là, je peux profiter des derniers jours de Tarzan. On bossera à trois, Tarzan, Minipouss' et moi. La Colonel, la Russe et Belle des champs prendront le service d'août. Madame Certain est plus cool que jamais, elle sait maintenant pour Tarzan. Des fois, quand elle le regarde et qu'elle croit qu'il la voit pas, elle a les larmes qui perlent le long des cils et prétexte une allergie à la poussière pour s'esquiver. Ça fait cinq piges que Tarzan et Madame Certain bossent ensemble... Ils se sont attachés l'un à l'autre, ça crève les yeux, mais ils font tous les deux semblant que non. Alors on fait tous semblant que non, on rigole ensemble, avec Tarzan, on fait des paris bidons pour savoir qui va se taper le classement des dossiers sortants, qui va décoller les étiquettes ou qui va faire les milliers de photocopies. Il me manque déjà, Tarzan. Madame Certain m'a confié que c'était la première fois en cinq piges que Tarzan se tape la paperasse et le classement, que d'habitude il participait à l'école ouverte. L'école ouverte, c'est un total concept du bahut et de la ville.

Deux semaines après les cours et deux semaines avant la rentrée, l'école reste ouverte aux gosses, ils s'inscrivent à des activités en juillet, comme les sports co', la voile, les percus, la piscine ou le golf, et en août ils font des remises à niveau, des gâteaux ou des ateliers d'écriture. Tarzan, je crois qu'après avoir dit au revoir aux gosses, il aurait plus la force de les affronter de nouveau.

La Dame de cœur m'a convoquée. J'ai toujours eu peur du bureau du dirlo. Madame Certain me dit que c'est rien, c'est pour parler de mon boulot, de mon contrat. J'y vais à reculons. La Dame de cœur me prie de m'asseoir, Norah par-ci, Norah par-là, elle est contente de mon travail, est-ce que je veux bien signer pour l'année prochaine ? Je sais pas, je lui dis qu'elle aurait dû me le dire plus tôt, que j'ai jamais aimé les bureaux de dirlo, que j'ai eu peur d'avoir fait un truc mais je savais pas quoi… La Dame de cœur rigole, oui, c'est vrai que quand je viens bosser sur l'ordinateur de la secrétaire je fais trop de blagues, je ris trop, que ça l'agace quand j'écoute de la musique sur mon MP3 parce que je chante faux et que recevoir des parents dans ces conditions ou passer un coup de fil relèverait presque du miracle mais bon… On est contents de vous, Norah, ça se passe bien avec les élèves et on peut compter sur vous… Je suis enceinte ! Je lâche ça comme une bombe… C'est pas grave… De combien ? Je pourrais faire la rentrée et… C'est bon. Je dois faire une lettre informant la Dame de cœur que je veux bien reconduire mon contrat d'un an. Pour le reste, on verra après la rentrée.

*

Dernier jour de boulot. J'ai pas encore fait ma lettre, j'ai l'impression que ce serait comme reconnaître que j'ai pas encore trouvé ma place. J'ai essuyé une tripotée de refus, mon roman m'est revenu à plusieurs exemplaires en plein dans la tronche, c'est grave et ça l'est pas parce que j'écris encore… J'ai réussi le concours d'entrée de la section de journalisme de mon ancienne fac, mais depuis il y a Draculito… Draculito me pompe, Draculito me pompe l'air. Mektoub en carton ! Même le Grand Turc m'abandonne à Draculito, il a reçu sa feuille de route pour Dakar. Le Grand Turc part pour Dakar en août et reviendra pas avant décembre. D'accord, je suis fière de lui, il part bosser dans une pouponnière, s'occuper des enfants sidéens et de plein d'autres gens, mais comment il peut me faire ça ! Il m'a bien proposé de rester, il veut rester pour Draculito, pour moi… Nan, le Grand Turc, ce serait pas mon Grand Turc s'il partait pas, je veux qu'il parte, je veux qu'il fasse des trucs pour lui, je veux avoir Draculito pour moi toute seule au début, et puis je veux qu'il culpabilise au Sénégal, je veux pouvoir raconter à Draculito, plus tard, combien Papa a été fort et courageux et que c'est un type super-terrible. En attendant, ma lettre se fera pas toute seule…

C'est aujourd'hui qu'on affiche les résultats du brevet. Les gosses sont déjà à la grille, ils attendent, ils ont peur, ils viennent régulièrement aux nouvelles. Les moches ont déjà changé, ils sont encore plus beaux. Pas de sac, pas de cartable, le MP3 ou le portable vissé à l'oreille, les tenues d'été, les tongs et les claquettes, ils font déplacés dans le décor. Entre nous, il reste plus que les souvenirs, mais c'est mieux que rien du tout. Je sais qu'à la rentrée, j'aurai oublié la plupart de leurs noms parce qu'on peut très bien aimer les gens pendant, sans avoir peur de couper le lien à la fin. Je me souviendrai, c'est sûr, des Sœurs Algérie, de Rieux, de Momo la Gazelle et de Rachid parce que c'est eux que j'attends aujourd'hui, c'est d'eux que je m'inquiète encore, c'est leurs noms que j'ai cherchés ce matin sur les listes. Tout le monde a eu son brevet… sauf Momo la Gazelle.

Quand je le vois arriver dans la cour avec sa casquette Vuitton vissée sur la tête, ses Ray Ban, ses sandales Adidas et sa chemise hawaïenne – probablement une Oxbow –, j'ai le cœur qui se serre, il s'est mis sur son trente et un pour que dalle… Pour l'instant, il sait rien, il fait le beau gosse, il s'amuse avec son portable en attendant qu'on affiche. Je le guette par la fenêtre jusqu'à ce qu'il ressorte avec un pote du bahut, les résultats seront là dans une heure, ça leur laisse le temps d'aller s'acheter une canette au supermarché du coin. On scotche les listes sur les portes du préau couvert, Momo la Gazelle arrive, il est à cinquante mètres encore, il allonge le pas. La Sœur Algérie, la plus féminine, la plus peste, attend son tour, elle s'impatiente tandis que sa sœur sourit à son téléphone parce que sa daronne lui dit – dix contre un – qu'elle est fière d'elles.

La plus peste aperçoit Momo la Gazelle et lui coupe les jambes d'un coup : « Tu l'as pas ! » lui crie-t-elle en riant. Momo la Gazelle stoppe. Tarzan, Minipouss' et moi, on sait pas quoi dire, Momo la Gazelle nous regarde. Je me tourne vers la plus peste et la pince très fort au bras, espèce de peste, c'est dégueulasse, tu me déçois, tu chies la honte ! La plus peste continue à rigoler, Momo la Gazelle arrive, cherche son nom sur la liste des admis… Rien, nada, oualou… Momo pense à son frangin qui a promis de le tuer s'il l'avait pas, il pense à ses vacances en Tunisie niquées pour de bon, il dit rien, il s'en va… Il y a des moments où dire quelque chose sert à que dalle… C'est pas le brevet qu'il a manqué, Momo la Gazelle, c'est un faux départ qu'il a pris. Et puis Rieux, Rachid et tous ceux qui veulent me faire bisou arrivent et on peut enfin se serrer dans les bras, se dire qu'on a passé du bon temps ensemble parce que j'ai déjà plus rien à faire pour eux et que, là, ça craint plus rien… Je rentre, je fais ma lettre bidon, on fête le départ de Tarzan, lui, je le serre pas dans mes bras. Tarzan s'en va, je lui en veux, parce qu'il a pas de lettre bidon à faire, parce qu'il a trouvé sa place, parce qu'il m'abandonne comme ça, que tous les jours seront des jeudis à partir de la rentrée, que c'est dur de dire au revoir… Bonne chance. Vis ta vie, mec !

*

Les vacances, enfin ! La famila est au courant officiellement pour Draculito. Le Grand Turc parade dans sa famille, c'est un vrai mec. Moi, dans la mienne, j'essaie de pas trop la ramener, j'ai trop la hchouma, tout le monde sait que j'ai rien d'une Immaculée Conception… Momo s'est tu, Mama m'a dit que c'était le mektoub, mais que je devais pas lâcher mes projets parce que ce qui l'intéresse, elle, c'est son bébé à elle, ce serait de la folie de tout sacrifier pour Draculito et le Grand Turc. T'as vu, lui, il fait son métier, il part au Sénégal et toi… T'as rien fait encore de ta vie, un homme, un enfant ça peut te laisser toute seule, il faut que tu prennes une place sérieuse, pourquoi tu fais pas prof, les enfants t'aiment beaucoup, tu les aimes aussi, puis tu serais fonctionnaire et y a les vacances… Cette année, je te paie les cours du Cned pour le concours, tu pourras réviser pendant ton congé maternité… Voilà, c'est pour tout ça que je flippe sévère pour Draculito, je suis comme ma mère ! Je lâcherai pas Draculito avant qu'il soit tranquille dans la vie, bien au chaud, blindé… Pour moi, je m'inquiète pas… Un jour, Inch'Allah, je ferai quelque chose qui me plaît, j'en suis certaine, du moins je le sens… J'ai pas le choix parce que prof, c'est du déjà vu, déjà déçu, déjà fichu.

*

La tortue Abraham est morte. Quand le Grand Turc m'a trouvée assise sur le sol, il s'est beaucoup inquiété. Est-ce que ça allait ? Et le bébé ? Et ?… Je me suis mise à pleurer plus fort, les chutes du Niagara par les yeux, le nez et la bouche. C'est l'été, j'avais pas de manche pour éponger le tout, j'ai laissé couler, couler, couler jusqu'à ce que j'aie le hoquet. Le Grand Turc, il m'a relevée, prise dans ses bras et conduite jusqu'au sofa. Pourquoi je me suis mise dans un état pareil ? J'ai fini par lâcher qu'Abraham est mort… Et que le palmier aussi est mort, que même le bonzaï est mort et que… je saurais pas m'y prendre avec Draculito, que j'étais une vraie bouffonne, que j'allais faire du mal à Draculito… Que j'ai même pas été foutue de l'aimer tout de suite comme ça parce que c'était notre bébé… Le Grand Turc m'a dit que c'était pas grave, que ça viendrait un jour ou l'autre avec Draculito, que c'est pas facile de voir que tout change autour de soi quand on a rien demandé… Draculito, il m'aimerait de toute façon puisque lui, le Grand Turc, je savais pas non plus y faire avec lui, que ça l'empêchait pas de me kiffer très fort, de faire avec parce qu'il savait que je l'aimais aussi et que, oui, j'étais une sacrée bouffonne parce qu'on a pas besoin d'avoir fait Maisons-Alfort ou pris des cours avec Nicolas le Jardinier pour s'occuper d'un bébé… Draculito, il savait bien que je l'aimais puisque je lui avais trouvé un petit nom chelou et que j'avais déjà peur pour lui. Le Grand Turc, il est très chouette, il me sort toujours de ces trucs !

*

Août. Déjà. Enfin. Le Grand Turc commençait à me taper sur les nerfs. Norah, fais ci, Norah, fais pas ça, Norah, mange, Norah, bois pas de café, Norah, va faire dodo, Norah, sors pas, il fait trop chaud, il pleut, Norah, viens prendre l'air… Le Grand Turc m'a pas lâchée, d'accord le massage des pieds, les salades composées, les est-ce que tu veux quelque chose ?, c'est très chouette mais j'ai l'impression d'être à l'article de la mort, d'avoir chopé un néo-phase terminale… En plus, je suis pas dupe, c'est pas que pour ma pomme qu'il fait ça, c'est pour Draculito aussi. J'aime pas quand le Grand Turc me regarde comme si j'étais une putain de vache sacrée, il m'appelle même Milka parce que je porte beaucoup de mauve et que ça y est, Draculito se dessine.

Le Grand Turc, il croit que mon bide est devenu un self-service, il peut plus dormir sans coller sa tête dessus, il peut pas me faire un câlinou sans poser sa patte dessus, et, bien sûr, il dit que non, c'est moi qu'il aime et que je suis bête d'être jalouse. Moi, j'esquive, je fais style d'avoir chaud et j'en profite, quand il m'énerve trop, pour lui coller une tape ou un coup. J'aime bien quand il dort, le Grand Turc, la tête sur mon bide, parce que je te l'attrape par les tifs et je lui tire mentalement dessus, nan mais ? Draculito, il est à moi toute seule, espèce de traître qui part au Sénégal sans moi ! Ça me fait beaucoup de bien et le Grand Turc, il le sait pas.

Demain, il part pour Dakar. Il me manque déjà, le Grand Turc, mais c'est pas trop tôt ! J'en avais marre de partager Draculito. Même dans la rue, j'ai envie de crever les yeux des gens qui regardent mon bide. C'est à moi !

J'ai plein de projets. Beaucoup de balades, de lectures, de musique, de films et de dodos. Tout ça, toute seule, sans parler avec personne, en décrochant le téléphone et avec Draculito. Draculito, je lui ai acheté une petite cantine de survie où j'ai déjà mis *Arizona Dream*, *When We Were Kings*, *Ali*, *Malcolm X*, une photo de Mohammed Ali, une autre de Tatanka Iotake, *Forrest Gump*, *City Lights* de Chaplin, un petit Coran bilingue, *Le Roi Lion*, *Alice au pays des merveilles*, *Mary Poppins*, *La Mélodie du bonheur*, *Les Contes d'Andersen*, *Barbe-Bleue*, que Draculito m'expliquera plus tard s'il pige la morale du conte, *Tom Sawyer*, les *Petit Nicolas*, *Un bon petit diable*, le *Candide* de Leyla, le *Manuel* d'Épictète, une photo de mes darons quand ils étaient jeunes, la photo en noir et blanc de moi à onze piges, cheveux attachés et pull West Coast qu'Yssa aurait bien voulu avoir parce qu'il a cru que c'était lui dessus et qu'il avait déjà bon goût à l'époque, une compil des deux Bob, une de James Brown et une de Lennon, un album des Counting Crows avec Mister

Jones et mon Jeff Buckley plein de grâce, et puis un peigne afro, *Des souris et des hommes*, *Mort à crédit*, *Le Petit Prince*, *La Nuit de l'iguane* et *Quarante-sept wagons pleins de coton* en attendant que Johnny Depp se décide un jour à jouer Shannon ou Silva et d'y mettre le DVD, puis *Le Baiser* et *L'Arbre de vie* de Klimt, et un truc que j'ai commencé à écrire avec tout plein d'anecdotes sur mon enfance à moi, celle de Momo, du Grand Turc… Il y a « Le Petit Momo et le caïman », « Le Petit Turc et le mariage chinois », « La Petite Nono et le gitan », « La Petite Houda apprend les gros mots » et… j'ai pas fini de composer, j'ai pas mis encore tout ce que je voulais dans la malle, j'enregistre plein d'épisodes d'*Arnold et Willy* et des *Chevaliers du zodiaque* sur le satellite… J'ai racheté *Monsieur Ibrahim et les fleurs du Coran* exprès, une loupe, un dico français-turc et une boussole, et j'ai mis mes premiers gants. Je crois que la cantine, je suis pas près de la terminer… J'ai envie de m'y mettre tout entière et puis mes rêves aussi, même si ça fait deux mois que je rêve plus quand je dors.

Je regretterais presque que le Grand Turc soit parti… J'ai pas réussi à décrocher le téléphone, mais le pari est tenu pour le reste. Le Grand Turc m'appelle tous les soirs et finit toujours par me demander de coller le téléphone sur mon bide pour parler à Draculito. Hier, j'ai collé le téléphone sur rien du tout et le Grand Turc m'a dit que franchement j'étais une sacrée peste, il allait pas le manger, Draculito ! Plus le temps passe avec Draculito, plus je deviens jalouse, j'ai envie qu'on soit tous les deux seuls au monde… Je pourrais presque tuer… Le Grand Turc, il m'a dit que c'était l'instinct, l'instinct de la femelle, pas le maternel qui viendra après la naissance, Inch'Allah que tout se passe bien, et le baby blues…

*

Les M&M's sont au bled. Ils appellent régulièrement. Hamdou'llah, tout va bien, tout le monde ça va, et moi ça va ? Ça va… Mama, tu me rapporteras des cornes de gazelle et du raïbi et du guedid et… Mama me dit que oui, mais que le temps qu'elle arrive, j'en aurai déjà plus envie. Elle rit souvent au téléphone depuis qu'elle est au bled, Mama. Même Momo a l'air de profiter. Tout le monde m'embrasse, merci pour l'appareil photo, est-ce que je savais qu'Icham venait de se fiancer avec une fille de Doukala ? Il est là ? Passe ! Allô, Icham ? Salamalekoum, youyous… C'était pour ça l'air triste quand on était ensemble à Doukala ! Icham, il avait pas les sous pour marier la petite Farah à l'époque et, en plus, sa grande sœur était pas encore mariée… Maintenant, c'est bon, l'autre est mariée avec un type du coin et Icham, Moustafa, il lui a trouvé un boulot dans sa boîte en attendant de finir les cours d'infos. Youyous, Hamdou'llah ! N'empêche, la question, elle m'avait travaillée depuis février ! Enfin une réponse, des fois, je suis une vraie petite princesse, je lâche pas l'affaire !

Les M&M's de nouveau, est-ce que je savais que… ? Un type s'est pointé à Casablanca pour voir Moui Aziza. Un Chinoua… Tout le monde a eu peur mais bon, Daïf'llah quand même. Il a demandé où habitait Boua Haymar à Doukala, pourquoi ? T'es qui, toi ? Le type, en fait, c'est le fils aîné du frère de Boua Haymar, celui qu'on avait laissé pour mort à Diên Biên Phu. Le Chinoua, il était pas chinois en fait, il avait réussi dans la vie et il venait voir d'où son père, 'llah y Rhamou, venait et rapporter quelques petits souvenirs à Boua Haymar. Momo, il m'a raconté l'histoire avec les larmes de fierté dans la voix… Ci bien, mime à l'outre bout du mounde, on pense encore au bled, mime apri ciquanta y lis anfa oussi… La famille Rabhan à l'internationale, Momo, je crois pas qu'il inclut Dalila dans le total… Le Grand Turc, il va pas me croire, on a des ping-pongs dans la famille !

*

Les vacances se terminent. Demain, c'est la prérentrée. Déjà. Juste au moment où Draculito et moi, on commençait à s'habituer à être ensemble… J'ai le trac, je suis fatiguée d'avance et, de l'autre côté, j'ai hâte. C'était temps que l'été finisse, il s'est passé trop de choses dégueu. Sale été. Hier, j'ai ajouté *Their Eyes Were Watching God* dans la cantine de Draculito, je crois que plus tard, je lui raconterai pourquoi, La Nouvelle-Orléans et tout et tout… À Draculito, je lui expliquerai la paille dans l'œil de Sarkurly, dans l'œil de tout le monde quand Katrina s'est pointé tandis que les poutres des immeubles brûlaient à Paris avec des mamans qui ont perdu plein de bébés et de famille parce qu'ils étaient pauvres et noirs, très très noirs… Pas comme Draculito, Inch'Allah, et pas non plus comme Sarkurly qui pouvait pas être petit, frisé, costaud et noir en même temps, et que c'est pour ça qu'il a osé demander des papiers à des gens qui souffraient et qui avaient tout perdu au lieu de leur tendre un Kleenex. Un Noir américain, pour eux, c'était plus un Américain qu'un Noir… Ceux de là-bas, au moins, ils avaient inventé le gospel, le jazz et le blues et ils venaient des States, pas de Bamboulie… Miles Davis,

Souchon, Vian en ont parlé et Gréco, elle a même niqué avec !

Draculito, je l'emmènerai à Londres, Inch'Allah, voir la finale du 1 500 ou du 5 000 mètres hommes parce qu'on a toujours un super-Marocain dans la course. Je dirai à Draculito qu'on a pas eu Paname 2012, comment les attentats ont fait leur entrée pour de bon sur le Vieux Continent, que les gens nous regardaient de travers depuis un certain temps mais que, là, ça devenait plus dur encore… comme s'ils croyaient qu'Al-Qaïda allait nous envoyer, à nous les rebeux et les musulmans, un faire-part de non-invitation ou nous demanderait de faire une marque blanche sur nos portes, nos sacs à dos ou nos baskets dans la rue ou le métro avant de démarrer leurs grands shows explosifs. J'ai plein de choses à dire à Draculito, mais y a école demain, il faut repasser mes affaires, prendre une douche, se brosser les dents et aller faire dodo…

*

Je suis morte de fatigue. La pré-rentrée s'est bien passée. Même discours que l'année dernière à ceci près qu'il y a eu des dégradations et des vols pendant les vacances et que le maire et un conseiller régional ont siégé aux côtés de la Dame de cœur et de Madame Certain. C'était terrible de la voir, Madame Certain, ignorer son maire de mari, d'où on se connaît nous deux ? Et puis, il y a eu l'annonce officielle de la prise en charge de quelques petits handicapés et d'un autiste. Tout le monde était bronzé et reposé, je les connaissais quasiment tous, j'ai profité du jus d'orange, des conversations avec Lady Di, avec Madame Certain qui était contente de me voir, avec les profs qui m'ont toujours dit bonjour, avec les autres, ceux qui me parlaient pas d'habitude et qui sont venus aux nouvelles… j'ai répondu que j'avais été piquée par un gros moustique.

*

Rentrée. Les petits sixièmes sont tous cernés, inquiets, souriants un peu mais pas trop, leurs parents, c'est la même chose. Un portable sonne, Madame Certain fait les gros yeux à la maman, elle essaie de pas les faire aussi à la Mama qui porte un foulard, parce que depuis l'année dernière qu'on bosse ensemble, elle a un peu mieux compris certains trucs… Tiens, y a le copain ou la copine d'école qui est dans la même classe, ça rassure même si on l'aimait pas trop l'année d'avant… Rentrée classique, sans surprise, avec juste la satisfaction de reconnaître des traits déjà vus quelque part… Ça se confirme quand j'entends Norah, que j'ai droit à un sourire plus appuyé, il ou elle est le frère ou la sœur de. À la récré, j'esquive les tentatives de bisou, ça va ? La bise à esquiver, je crois que c'est la chose que je trouve plus dure que n'importe quoi dans ce boulot. Alors, aux garçons, je serre la main, aux filles aussi et avec les trop cucul la praline, je mime la bise comme une dame du monde, de loin, ça marche toujours, ça casse pas trop et ça rompt pas le lien qu'on doit tisser pour que tout roule pendant l'année. Ça reste dur tout de même de freiner un geste d'affection comme ça parce qu'on veut pas se laisser attendrir par un gosse, parce que ça veut dire se faire arnaquer un jour où l'autre, pas être assez forte pour lui… La remplaçante de Tarzan, elle a l'air très chouette, les enfants lui tapent tous la bise parce qu'ils la connaissent depuis l'école ouverte et l'aide aux devoirs. On dirait Charlotte aux fraises et en plus elle sent très bon le sucre. Depuis Draculito, je sens tout plus fort. Je la regarde faire, je suis contente de voir un brin de douceur dans ce monde de brutes. Charlotte aux fraises, elle aussi m'a regardée faire et je crois que nous deux, ça va coller…

*

J'ai décidé de pas prendre mon congé maternité avant la dernière semaine de grossesse. Je me sens très bien, je vois pas pourquoi je devrais user des jours à blanc sans Draculito dans le creux de mes bras. Là, je le tiens bien au chaud, Draculito, je sais qu'il me manquera trop à la fin du congé, alors j'économise, je fais traîner… De l'autre côté, après le flou artistique de la rentrée, tout est en ordre au bahut et j'ai pas envie de partir tout de suite-tout de suite. Faut que je tienne au moins jusqu'aux vacances de la Toussaint, c'est une question de discipline, de lien, de mise en place de mon système. Si je partais trop tôt, j'aurais tout à refaire après mon congé et ce serait trop tard pour jouer à Norah la boss, celle qui voit plus vite que son ombre… N'empêche, ça a démarré très fort cette année ! Trafic d'eau écarlate pour se shooter à pas trop cher, graffiti à gogo, Sarko par-ci, la mère à Sarko par-là… La pauvre, elle s'en prend plein la gueule pour pas un rond, quand il était petit, s'il était déjà comme ça, il a dû se battre souvent pour défendre l'honneur de sa maman, le petit Sarkurly…

Belle des champs, la Colonel et la Russe ont formé leur trust, elles attaquent en bande maintenant pour pas se laisser déborder. Comme si un tir groupé d'heures de colle pouvait influencer le respect… Ça leur semble pas bizarre qu'il y en ait beaucoup d'autres pour remplacer Rieux, même les sixièmes s'y sont mis ! C'est pas facile non plus avec la nouvelle, l'Emploi Vie Scolaire créé par Ken Premier ministre pendant ses cent jours. La Nouvelle, elle sert pas à grand-chose parce qu'elle a peur, elle a trop regardé la télé et elle croit qu'en ZEP, texto, les parents ont démissionné ! Qu'est-ce qu'elle en sait ? Peut-être qu'ils ont jamais embauché… Peut-être qu'ils essaient malgré tout… La démission des parents, ça veut rien dire ! Les parents, ils se lèvent pas un beau matin en se disant qu'ils en ont marre, qu'ils jettent l'éponge ! Quand on investit autant de Nidal, de Pampers, de Blédine, de petits pots dans un gosse, c'est pas pour rien… C'est pas aussi simple… Ça se peut pas ! La Nouvelle, je crois qu'elle va pas tarder à rejoindre le trust…

*

L'été en finit pas, le Grand Turc me manque, les M&M's me manquent même s'ils sont déjà revenus du bled et que je les vois tous les week-ends, Draculito en finit pas de bouger et je crois que je vais aménager les toilettes pour pouvoir y dormir tellement j'y vais souvent.

Depuis quelques jours, je rigole tous les matins et ça me fait beaucoup de bien d'attendre les aventures de Bouba. Bouba, il est trop grand, trop gros, trop tout pour son âge. Mais c'est pas de ça que je me marre, Bouba a déménagé dans une maison. Bouba a vécu toute sa vie dans une tour alors je comprends que ça lui fasse trop bizarre. Bouba vient tous les matins en retard parce que lui non plus il dort plus et, quand il y arrive, c'est déjà l'heure d'aller à l'école. Ça lui fait drôle de pas entendre de bruit ou quelqu'un qui marche à l'étage du dessus. Bouba, il traîne aussi à la fin des cours parce qu'il veut pas quitter les copains du quartier qui partent dans la direction opposée. Bouba, il trouve ça chelou de plus entendre sa daronne lui crier par la fenêtre de rentrer manger. On lui a offert un chaton pour pas qu'il se sente trop seul mais il l'a caressé trop fort… Bouba, il dit que c'est des choses qui se font pas d'habiter dans une maison avec un jardin trop petit pour y mettre une balançoire ou faire du vélo. Le vélo, sans faire la course avec les copains, Bouba, il trouve ça bidon. Là où j'ai vraiment rigolé, c'est quand il s'est pointé au bureau de la Vie Scolaire pour demander un rendez-vous avec l'assistante sociale. Bouba, il a même appelé Allô, Enfance maltraitée pour se plaindre de ses darons qui l'ont obligé à habiter dans une maison. N'empêche, c'est vrai, y a des choses qui se font pas dans la vie… Même les potes de Bouba se foutent de sa gueule en l'appelant le Bourge. C'est plus une vie, ça ! Comme Bouba, personne semble le comprendre, il fait beaucoup de bêtises à la maison et à l'école. Il est trop tout pour pas se faire pécho et son daron, il lui a dit que c'était bien dommage qu'il existe pas d'Allô, Parents maltraités ! Avec Bouba, on a parlé souvent de tout ce qui lui arrive, combien ce serait chouette de manger dans le jardin puisqu'il fait encore chaud pour une fin septembre, combien ce serait chouette d'inviter les potots à faire une merguez-partie le week-end et combien ça pourrait être chouette de dormir à la belle étoile s'il faisait trop chaud à l'intérieur, il avait pas vu le truc comme ça…

*

Déjà Ramadan. Je le fais. Tant pis. Les M&M's ont atterri violemment parce que ce qui se passe au bled, depuis quelque temps, les a fait décrocher plus vite que d'habitude. Le bled pour eux, c'est comme si chaque fois ils y actualisaient une page web, une page oued. Les M&M's, ils ont les souvenirs qui glissent de plus en plus vers quelque chose qui leur fait peur, quelque chose qu'ils reconnaissent plus… On a maltraité des gens au Maroc, on les a jetés dans le désert, on a pas fraternisé, on a oublié tous ceux qui de chez nous cramaient aussi la route. Ci la honte, m'a dit Momo, ci dis souvages, dis malades, ci pas bien, ci haram ! Fou pas faire dis differance parce quou li gean y soune noir… Ci pas nourmal ! Mama, elle, elle a dit que le Maroc était pauvre, qu'on pouvait pas laisser passer tout le monde, que c'était normal d'essayer de se défendre… Mama, elle m'a trop énervée, elle refuse de voir combien c'est le même discours ici mais en moins grave… Même Sarkurly, il est pas aussi déglingo que certains blédards ou les keufs de là-bas… J'aurais jamais cru ça du bled ou de Mama !

Draculito, il a ajouté une sacrée goutte d'eau dans leur oued, il les a harponnés. La France, elle serait plus si facile à laisser derrière eux maintenant… Momo, il sait pour la cantine de survie, il m'a donné la photo de son père, celle qui a jamais quitté son portefeuille, celle qu'il nous laissait regarder sans la toucher. Mama, elle m'a payé les cours du Cned, elle me regarde souvent dans le dos, elle trouve que j'ai grandi un peu, peut-être… Elle s'inquiète, c'est tout. Les M&M's, ils m'ont demandé pour l'accouchement, comment j'allais faire sans le Grand Turc ? Ben… J'ai jamais pensé à lui pour ça, je pensais que Mama voudrait bien… Au pire, je demanderai à Leyla ou je me débrouillerai toute seule… Mama, elle a rien dit. Le soir, à la maison, Mama m'a appelée et m'a annoncé qu'elle était d'accord. C'est pour tout ça que Mama peut pas être le héros de mon enfance, elle met toujours du temps et beaucoup trop de distance entre nous deux, elle a trop peur et elle pense trop à demain. Si c'avait pas été très tordu, j'aurais proposé à Momo parce que lui, il aurait dit oui sans réfléchir, il a jamais rien su me refuser, il a toujours eu confiance en moi, il a jamais douté une seule seconde que je pouvais devenir Mohammed Ali et Chevalier du zodiaque en même temps.

Avec Ramadan, je pense à autre chose. J'entends enfin la voix du Grand Turc au téléphone pour de vrai. Le Grand Turc, c'était si facile de prendre son voyage au Sénégal pour des vacances aux frais de la princesse avec, en prime, la possibilité de se racheter une conscience ad vitam aeternam. Après tout, le Grand Turc, Papa, il est parti à Dakar aider des pauvres petits Noirs et leurs familles, si c'est pas la classe ça ? Comment j'ai fait pour pas entendre jusque-là la fatigue, les rides qu'a prises sa voix, la tristesse bien cachée derrière ses « T'inquiète, Nono » ? Le Grand Turc, il me dit que c'est à cause de Ramadan, c'est tout. Moi, je crois que c'est plutôt à cause de Draculito, de moi et beaucoup plus encore à cause de ce qu'il fait, de ce qu'il voit, à cause de tout ce qu'il peut pas faire, à tout ce qu'il devrait pas voir parce que putain comment on peut laisser arriver des trucs pareils à des gens ! La dernière fois, j'ai abusé, je lui ai demandé comment ils étaient les bébés là-bas… Le Grand Turc, je sais pas comment le comprendre, il m'a dit qu'ils étaient pleins de vie pour l'instant.

*

Vacances de la Toussaint moins une semaine. Sarkurly devrait déposer son nom à la Sacem, ça lui rapporterait... Sarkurly, on entend plus que son nom dans les médias, sur les lèvres, on voit plus que son nom sur les murs du bahut. Tous les matins, les agents de service sont obligés d'effacer des graffiti spécial dédicaces à lui et à sa mère. Pauvre type. Il manquerait plus qu'on s'attaque à son daron... Quand j'y pense, je demande mentalement à Draculito d'honorer, Inch'Allah, le Grand Turc et moi en faisant et en disant pas trop de conneries quand il sera grand. De toute façon, Draculito, il aura pas le choix, ça fait partie d'un des dix commandements.

Qu'est-ce qui lui a pris de dire des choses pareilles à Sarkurly ? Personne lui a jamais appris qu'on attirait pas les mouches avec du vinaigre ? Nan, puisque ça fait plaisir à M'ame Deschamps, à M'sieur Lepré, à M'ame Larue et à M'sieur Didier, il a raison... Faut trouver un coupable, faut libérer au moins une place de parking, une place de crèche, un lit à l'hosto, un boulot, un abonnement ANPE et même une place dans le Top 50 pour tous ces gens-là. Aux autres, on veut bien laisser la case prison ou l'aérodrome, tant pis, faut savoir sacrifier une pièce de temps en temps... Français, encore un effort si vous voulez être républicains... puis deux, puis trois, puis on finira bien par vous débarrasser de toutes ces... La prévention, y a que ça de vrai !

Pendant ce temps-là, je suis obligée de répéter aux moches que dégrader un établissement scolaire a jamais été un moyen d'expression très efficace et que, si j'en attrape un, il va en baver des ronds de chapeau. Les gosses, ils trouvent pas ça normal de pas avoir le droit d'en dire autant que Sarkurly, mais je leur dis qu'il faut commencer par travailler bien à l'école, se laisser pousser les dents très longues et devenir ministre avant que les gens les écoutent… Je crois que c'est pas gagné, faire autant d'études pour pas savoir parler, ça craint, non ?

*

Vacances de Toussaint. Mission accomplie. Je peux penser à laisser sortir Draculito maintenant que j'ai amorcé l'année avec les moches. Hier, j'ai reçu plein de petits cadeaux de la part des gosses. Ça m'a touchée mais j'ai pas pleuré, il faudrait pas qu'ils s'en souviennent quand je reviendrai. Madame Certain m'a dit que c'était normal parce que les gosses m'aiment beaucoup, la preuve, Rieux et plein d'autres sont passés me dire un petit bonjour. Moi, je sais bien qu'ils m'aiment, les gosses, mais les grands, je crois qu'ils regrettent surtout le bahut, là où ils étaient les plus grands, les plus forts, les plus beaux et tout et tout… Ils sont pas encore habitués à être anonymes. Je leur avais dit pourtant qu'on les noierait de plus en plus, que plus ils grandiraient, plus ils iraient dans des trucs plus grands et qu'après le bac, il faudrait qu'ils se battent fort pour pas disparaître, pour pas croire que c'est la loi du plus fort qui compte et surtout pour pas oublier ce à quoi ils rêvaient quand ils étaient petits… On a souvent la mémoire courte après vingt piges…

Là, Hamdou'llah, je suis bien au chaud à la maison, j'ai fait une petite place pour Draculito dans la chambre, même si je sens bien qu'il va dormir avec moi. J'ai fait ma valise aussi, elle est posée dans l'entrée et chaque soir quand l'un des M&M's vient rompre le jeûne avec moi, on me demande si j'ai bien tout vérifié. Momo, je lui ai dit, comme ça, sans faire exprès, juste parce que c'était une évidence, que c'était lui l'homme de ma vie. Momo m'a dit que c'étaient lizormounes qui parlaient, qu'on devait pas faire attention. Et puis, il m'a vraiment crue quand l'autre jour le Grand Turc lui a demandé très comme il fallait s'il voulait bien choisir le prénom de Draculito parce que c'était son premier petit-enfant. Momo, il a compris que personne avait pris la place de personne, que dans l'histoire ce serait toujours lui le héros. Depuis, Momo a réfléchi et demandé à Mama ce qu'elle en pensait. Momo, il a pas encore osé toucher mon ventre mais maintenant il le regarde, il demande si Draculito a beaucoup bougé aujourd'hui, si c'est bien raisonnable de continuer Ramadan alors que je suis pas obligée…

*

Nuit du destin moins un. Terminus, tout le monde descend ! J'ai perdu les eaux. Draculito arrive. Momo regarde les infos avec beaucoup d'attention, je suis obligée de l'appeler plusieurs fois avant qu'il lâche l'écran des yeux. Et puis tout bouge, c'est la maternité, Mama nous a rejoints. J'ai peur de la grosse aiguille dans mon dos mais bon, je souffrirai moins… Momo a regretté pour la première fois depuis quinze ans d'avoir arrêté de fumer. Mama donne des ordres, une vraie louve, Momo est resté loin derrière, il essaie de suivre LCI dans le couloir même s'il comprend rien de ce qu'il voit.

Draculito a des cheveux, on me l'a posé sur le bide dans un élan, j'ai pas compris, j'ai pas eu l'instinct de piger le mouvement… tout était pas encore sorti de moi… Il colle, il pue, il a une couleur bizarre, je fais bisou, je pleure, je rigole, j'ai jamais embrassé quelqu'un qui puait autant, mais c'est déjà fini, on me l'enlève, je l'entends pleurer, il fait déjà beaucoup de bruit et son odeur, notre odeur de musc, de sang, de pourri, ce truc bizarre est resté collé sur mes lèvres tandis que Mama me lâche la main et m'embrasse là, comme quand j'étais petite… Ça, ça a pas changé entre nous… Draculito est né à 5 heures du mat', à l'heure où tout s'éveille… 3 kilos 230 grammes de bruits et d'odeurs. C'est un beau bébé, tout fonctionne, tout est à sa place, Hamdou'llah… Mama pleure, elle relâche la pression, elle entend pas quand on demande comment on va l'appeler, Draculito. Mama, je lui aurai tout fait… Ça fait mal encore tout ça malgré la piqûre, je pousse toujours et je sais pas pourquoi. Et puis, c'est fini… J'ai très envie de dormir, j'ai envie qu'on me donne le bain aussi, j'ai froid tout à coup. Tandis que je flanche, tandis que j'entre dans du coton, j'entends Souleymane et c'est magnifique.

*

Souleymane est magnifique. Le Grand Turc sait, Momo lui a dit au téléphone. Momo m'a dit que le Grand Turc, il avait pleuré à l'autre bout du fil. Momo, il a dit que c'était bien parce qu'un homme doit savoir pleurer quelquefois. J'ai demandé si Souleymane, ça lui a plu, il a dit que oui, que le Grand Turc, il a dit merci. J'ai dit merci aussi à Momo… Le Grand Turc doit appeler ce soir. J'ai le trac des débutantes, j'ai peur qu'il me reconnaisse plus au téléphone. Je suis devenue tellement plus lourde tout à coup. Je suis devenue tellement plus lente. Je suis pleine avec Mani pendu au sein, j'écoute mon MP3 et de temps en temps quand il suce trop fort ou qu'il se cogne contre moi, je lui donne un coup de nez, un coup de front, je fais semblant de le mordre. Mani, il est tellement vorace, il est tellement collant que j'ai besoin de toutes petites esquives, de tous petits à-coups pour le remettre à sa place en attendant que le Grand Turc m'aide. Là, je suis bien, Mani dort sur mon ventre, j'allume la télé, ils rejouent *La Guerre du feu* aux infos, des bandeaux sur toutes les chaînes, des muselières aussi, sur les cris ils ont mis des commentaires…

Le Grand Turc. Allô… Oui, ça va et toi ?… Et Souli ?… Nan, c'est Mani… Ah bon… Oui, il va bien, il dort… Tu sais, il a tes fossettes… C'est drôle… Et puis on parle de tout et de rien, le Grand Turc me demande si c'est vrai que la France brûle. Je dis que non… C'est la Banlieusie qui crame, c'est les territoires d'outre-merde qui flambent en ce moment, ils supportent pas l'idée qu'on veuille liquider au Kärcher tous les bruits et toutes les odeurs de là-bas… Y a toujours quelque chose de pur et de bon dans l'air à sauver… Si on avait pensé un peu plus tôt à la Banlieusie, ils auraient eux-mêmes tiré la chasse d'eau chez eux, mais bon, comment garder des lieux communs propres quand on vous dit pas que c'est chez vous, qu'il faut en prendre soin et qu'on vous refile un Air Wick de temps en temps pour masquer ce qui refoule… La Banlieusie, on lui a pas donné toutes les chances, c'est pour ça que ça part dans tous les sens, que les gens mentent, qu'ils veulent pas reconnaître qu'au fond, ce qui calerait l'affaire, c'est un grand lavage à la Javel, faire place nette et propre avec un truc bien désinfectant, un truc antibactérien très efficace parce qu'on sait tous que c'est la faute des bactéries… À cause de celles qui se mélangent les unes avec les autres, qui multiplient les mariages, qui prolifèrent et que si on les arrête pas à temps, ça va déborder de la Banlieusie, ça va rendrc malade la France entière… plus que la grippe du poulet… Et puis prendre le poulet en grippe, ça sert à rien… Le poulet, c'est bon, ça sent pas toujours la mort, il faut juste savoir le cuisiner et l'accommoder à toutes les sauces… Le Grand Turc, il faut pas qu'il croie tout ce qu'on voit sur TV5… C'est du show, c'est pas la vérité, personne dit vraiment la vérité… Les FM, eux, ils ont très bien pigé ça, t'inquiète…

*

Mani et moi à la maison. On est seuls, livrés à nous-mêmes. Ça fait peur. Le Grand Turc m'a envoyé un mail où il demande une photo de Souli. Faut vraiment qu'on parle du petit nom de Souleymane. Draculito, Mani, Souli, il est un peu tout le monde déjà… Souleymane le Magnifique, ce que j'ai cru, ce que j'ai vu, ce que le Grand Turc en imagine… Souleymane le Magnifique, le fauve, à qui je parle comme à un animal de cirque dans trois langues différentes. Le français pour la raison, l'arabe pour les câlins et l'anglais quand je chante, quand je rêve… Souleymane à qui je voudrais apprendre qu'il faut faire le poids avant de livrer un combat. Souleymane le Magnifique qui doit comprendre qu'on est jamais trop petit pour se battre, que c'est pas une question d'être de taille ou pas, que les chenilles finissent, un jour, par voler aussi haut que les aigles… Avec le temps, le respect et la discipline… Souleymane le Magnifique pendu à moi tandis que je lui montre mes premiers gants. Souleymane qui cligne les yeux quand je lui dis qu'on se bat pas comme ça, on choisit un ennemi et on se prépare longtemps avant de l'affronter, si d'aventure il veut pas jeter l'éponge… Souleymane le Magnifique à qui j'aimerais dire que la nature est bien faite, qu'on est tous égaux mais que les ultimate fighters, c'est ceux qui se préparent à monter sur le ring, ceux qui attendent qu'on leur lace leurs gants, ceux qui se battent dans les règles de l'art, à la loyale, les Mohammed Ali… Pas ceux qui, parce qu'ils savent d'instinct – on saurait tous – serrer le poing, se battent à mains nues. Souleymane le Magnifique, il devra piger que souvent, on se bat pas parce qu'on en a le droit ou qu'on le veut, mais parce qu'on a plus le choix, qu'on a trop essayé, trop travaillé pour que ça parte en sucette. Souleymane le Magnifique, il devra être plus grand que le Grand Turc et moi, il reste tout à faire, il y a tout à croire encore, puisque personne n'a pu répondre aux questions de Bob Dylan même si beaucoup ont reniflé dans le vent, *The answer, my friend, is still blowin'in the wind*... Souleymane le Magnifique, je lui dirai, Inch'Allah, pourquoi on peut croire en Darwin et en Rabbi, que c'est juste une question d'humilité, une question de gymnastique mentale… Que tout ça, dans le fond, c'est aussi bête que de savoir que tout se passe dans la tête, dans le cerveau mais que c'est bien plus beau de dire que ça vient du cœur. Souleymane le Magnifique, on lui dira, le Grand Turc et moi, que le vrai djihad, c'est de se battre contre soi-même, contre le monstre qui empêche de devenir un ange… Qu'on a pas que Khomeiny et Benni même s'ils ont l'air de Pères Noël pour plein de gens… Il y a eu Cousteau, Cassius Clay et Malcolm X. Souleymane le Magnifique, il faudra qu'il comprenne que la vie est belle, qu'elle est injuste souvent mais qu'il faut pas attendre qu'elle s'en aille pour voir qu'elle est d'or plus que le silence, plus que l'amour. J'ai ouvert un bouquin un jour et j'y ai lu que « toutes les histoires sont des histoires d'amour ». J'ai trouvé ça bête, puis le temps a passé et maintenant… je voudrais le dire à Souleymane le Magnifique.

Composition réalisée par ASIATYPE

Achevé d'imprimer en août 2008 en Espagne par
LITOGRAFIA ROSÉS S. A.
08850 Gava
Dépot légal 1re publication : août 2008
LIBRAIRIE GÉNÉRALE FRANÇAISE – 31, rue de Fleurus – 75278 Paris Cedex 06

31/2082/1